U0494158

文脉流变与文化创新

王船山"情几"诗学发微

The Study of "Qingji" Poetics of Wang Chuanshan

杨宁宁 著

社会科学文献出版社
SOCIAL SCIENCES ACADEMIC PRESS (CHINA)

教育部人文社会科学青年基金项目"以情为幾：船山诗学的哲学阐释研究"（项目编号：19YJC751058）最终成果

总 序

  文脉是息息相通的文化血脉，是以人的生命和灵性打造的文化命脉。在文脉流变中，只有认真总结文脉流变的规律，不断推进知识创新、理论创新、方法创新，才能引导我们全面深入研究关系国计民生的重大课题，积极探索关系人类前途命运的重大问题，准确判断中国特色社会主义发展趋势，创新继承中华优秀传统文化精华。

  中国优秀传统文化的丰富哲学思想、人文精神、教化思想、道德理念等，可以为人们认识和改造世界提供有益启迪，可以为治国理政提供有益启示，也可以为道德建设提供有益启发。通过文脉流变和文化创新研究，对传统文化中适合于建构和谐社会关系、鼓励人们向上向善的内容，需要结合时代条件地加以继承和发扬，赋予其新的涵义。

  当代中国正经历着我国历史上最为广泛而深刻的社会变革，也正在进行着人类历史上最为宏大而独特的实践创新。这种前无古人的伟大实践，必将给理论创造、学术繁荣提供强大动力和广阔空间。这是一个需要理论而且一定能够产生理论的时代，这是一个需要思想而且一定能够产生思想的时代。通过文脉流变与文化创新研究，立时代之潮头、通古今之变化、发思想之先声，为哲学社会科学繁荣、为学科发展述学立论和建言献策，以担负起历史赋予的光荣使命。

  正是立足于这一历史和现实语境，扬州大学于2017年启动"十三五"重点学科建设工程，设立"文脉流变与文化创新"（交叉学科）建设项目，希望通过对传统文化的挖掘和再发现，将其有价值和现实针对性的精神资源予以传承和创新。

  "十二五"以来，扬州大学文科学科建设栉风沐雨，砥砺前行，取得了显著成效。2011年中国语言文学学科获批江苏省"十二五"重点学科，

2012年中国史学获批江苏省"十二五"重点学科,学科建设展示出新的姿态。2014年,整合中国语言文学、中国史、法学三个一级学科的优势,其"文化传承与区域社会发展"学科被江苏省人民政府批准为"江苏高校优势学科建设工程"二期项目,标志着扬州大学学科建设进入新阶段、驶上快车道。其间,先后承担了参照"211"工程二期项目"扬泰文化与'两个率先'"及三期项目"人文传承与区域社会发展"的建设,分别以"扬泰文库""半塘文库""淮扬文化研究文库"等丛书形式出版了150多种图书。大型丛书的出版,有力推动了扬州大学学科建设的整体水平,优化了扬州大学的学科结构和学科生态,彰显了扬州大学的学科底蕴和学科特色。

新世纪以来,学科建设在国际格局深度调整、国际关系多元变化的新形态下更加迫切,学科建设与专业建设的关系更加融合,学科的发展与科学技术的发展更加密切,学科渗透、学科交叉的价值和意义在社会发展、科技进步、经济繁荣、国计民生的作用进一步凸显,新一轮全球竞争、人才竞争不可能不与学科发生关联。为此,党和国家提出了建设"一流大学""一流学科"的发展战略。扬州大学深感任务艰巨,使命光荣,决定设立"文脉流变与文化传承"交叉学科,进一步强化人文科学的渗透融合,促进人文学者的交流协作,打造人文研究的特色亮点。

作为"文脉流变与文化创新"交叉学科建设的标志性成果,我们精心推出这样一套丛书。丛书确立了这样几个维度:

一是优秀传统文化的维度。建立文化自信,需要对文化传统、文明历史深化理解。只有深入研究中国历史,认真梳理文脉渊源与流变,才能更好地参透经典,认识自己,以宽广的视野真实地与历代经典对话。通过文脉流变与文化创新研究,能够更好地认识过去、把握当下、面向未来,从容自信地在风潮变幻的时代中站稳脚跟,"不为一时之利而动摇,不为一时之誉而急躁"。

二是学科交叉融合的维度。在研究中,不仅运用传统的文史方法来考察这些经典,同时也结合政治学、社会学、艺术学、历史学、民俗学等多个学科背景,并引入前沿的学术视野展开跨学科研究,做到典史互证、艺文相析,开拓新的研究范式。

三是文化比较的维度。文化总是在比较中相互借鉴、在发展中兼容互补的。通过对相互影响的文化系统进行比较,从"文化共同体"视角深入思考文本接受与文化认同的路径、特点和规律。

丛书的出版,凝聚了扬州大学文科人的历史责任,蕴含了作者的学术追求,汇聚了社会科学文献出版社领导和编辑的社会使命及辛勤劳动,在此一并表示真挚的感谢。

陈亚平
2019 年 11 月

序

姚爱斌

《王船山"情几"诗学发微》是杨宁宁在其博士论文基础上修改、充实而成的一部专著，此书现将付梓，首先我要向宁宁表示祝贺，并借此机会谈一点感想。

杨宁宁是山东济宁人，来自孔子故里。2009年9月，他和文爽一起成为我指导的第二届硕士研究生。硕士毕业之后，他和文爽又双双考上了博士研究生。他报考的是童庆炳先生的博士生，中间虽经历了一点曲折，但幸运的是，他最终还是成了童庆炳先生的"关门弟子"。童先生因考虑我曾担任过杨宁宁的硕士导师，就把我列为杨宁宁的副博导。杨宁宁朴实、善良、好学，读书用心，爱思考，多有自己的思路和看法，因此无论是跟着我读硕士，还是跟着童先生读博士，其学业都很突出、优秀。2015年6月，正值杨宁宁博士学业的关键阶段，童先生不幸离世，遵照文学院和文艺学所的安排，我接手了杨宁宁博士研究生最后一年的指导工作，帮助他推进博士论文的写作。2016年5月，杨宁宁以优秀成绩顺利通过博士论文答辩，圆满完成了博士研究生的学业。

杨宁宁对船山诗学的关注和研究，贯穿了他的硕士研究生和博士研究生两个阶段。在硕士研究生第一学期修学的"中国古典诗学专题"课后，杨宁宁曾完成过一个关于船山诗学的读书报告，阐述了他对船山诗学的初步感受和思考。也许是折服于船山诗学博大而深邃的理论魅力，又也许是契合了他自身执著善思的秉性，杨宁宁自此与船山诗学结下了不解之缘。他的硕士论文以船山诗学中诗歌整体思想为研究对象，从横向和纵向两个维度解析船山诗学中蕴涵的"圆净成章"的诗歌整体结构之美和"骀荡灵通"的诗歌乐章节奏之美。选择船山诗学,对一篇硕士论文来说,其研究难度不言而喻,但因为杨宁宁肯花功夫,学得主动,所以论文完成得比较顺利,质量也很高,答辩时得到高度肯定。这次学术经历也让杨宁宁对船山诗学内在学理的深刻、系统和复杂有了更深切的感知和认识,并直接促成他在博士研究生阶段继续探索船山诗学之堂奥的努力。

在决定博士论文选题时,杨宁宁显然有了更大的目标和勇气。20世纪30年代以降尤其是20世纪80年代以来,船山诗学研究逐渐成为一个学术热点,一块学术高地,无论是相对松散的范畴式研究,还是比较缜密的体系性研究,都已积累了丰富成果。如何立足学术前沿,在既有船山诗学研究的百尺竿头更进一步,是杨宁宁博士论文要面对和解决的一个挑战。可喜的是,通过对前人研究成果的充分消化和认真检讨,通过对船山诗学原典和相关哲学、史学论著的深入研读及细心揣摩,杨宁宁逐渐明确了其博士论文的着力点和新思路:针对船山诗学范畴研究中普遍存在的表面化、松散化之弊,杨宁宁的博士论文选择了对船山诗学进行体系性研究;针对船山诗学体系性研究中存在的套用西方文论模式之偏,杨宁宁的博士论文致力于揭示船山诗学自身独具的内在理路;针对部分船山诗学体系研究中存在的将其诗学观点一一对应于其哲学思想的机械划分之失,杨宁宁的博士论文更重视呈现船山诗学体系的有机性和生命力。倘若说此前关于船山诗学的很多研究(包括北美汉学界提出的"抒情传统"说)已经充分认识到以"情"为本体是船山诗学的一个基本特征,那么杨宁宁从船山诗学原典中用心拈出的"情几"之说,就进一步揭示了船山诗学中本体之"情"生成、流动、授受、转化以及呈现的内在机制,从而在其船山诗学研究中达成了体系性、内在性和有机性的统一,实现了对既有研究思路的超越。杨宁宁的论文牢牢扭住船山诗学中几个关键的人性论命题和诗学命题,如"心者,几也","情者,阴阳之几","诗之情,几也"等,并在此基础上提炼出"'情几'诗学"这一兼有学理基础和个人创造的范畴。应该说,杨宁宁博士论文的这个着力点选得很准,抓住了船山诗学的灵魂,也打通了船山诗学的经脉。由此切入,杨宁宁在具体研究中不仅完成了船山人性论与其诗论的内在贯通,而且完成了船山诗论诸层次和诸维度的贯通,刷新了关于船山诗学一系列概念、命题及论述(如"现量"说、"情景"论、"声情"论、"诗事"说、"诗理"说等)的理解和阐释,提出了不少富有理据和创造性的论断,如"性体情用"("心体情用")说、"情体诗用"说、中国古典诗学"主情传统"总结说等。

童庆炳先生生前指导学生做研究,常化用前人的"出入"说以启悟弟子。童先生所说的"入",是指研究者要深入阅读原始文献,入其境,会其心,感其情,通其理,不割裂,不臆断,不附会,在阐释具体概念和命题时,不仅要依据全篇,而且要依据全书,顾及全人。童先生同时又认为,学术研究尤其是理论研究要真正做到融会贯通,有所发明,有所创新,有所超越,仅靠"入"的功夫是不够的,还要善"出"。童先生所说的"出",是指研究者在深入原典的基础上,又能跳出文本,将研究对象置于更广阔的历史文化语境中考察,置于古今对话与中西比较的宏大视野中作深度反思,并重视分析文学文论与其他学科门类之间的关系,自然也包括从更高理论层面对研究对象的观照和分析。要言之,"入"为基础,"出"是升华;"入"为返本,"出"为开新;能"入"才能立住脚跟,能"出"方可开拓眼界。杨宁宁考上童先生的博士生后,常面聆童先生之教诲,对其"出入"说应该非常熟悉,且也应能够领悟在心。我在披览杨宁宁的博士论文时,有一个非常突出的整体感受:既抓得牢,又放得开。其文思是细致的,其文笔是细腻的,其行文始终紧扣着船山诗学的一手文献往前推进,这种写法和文风让人感到特别踏实,特别牢靠。但同时,杨宁宁的论文又不至于让人陷没于文献的繁杂和材料的琐碎之中,这是因为作者不仅在论文的首尾等要害之处确立了主脑,明确了主线,敞开了理论视野,而且在篇章结构安排和具体论述的一些节点上时时拎起,时时提振,从而使材料与思想、细节与主题、观点与阐释之间始终保持着辐辏相接般的呼应和关联。这样的研究和写作是扎实的,也是灵动的;是学术的,也是有思想的;是历史的,也是有个性的。

我本人治古代文论已约有 20 年,但未曾写过一篇关于治学方法之文字。此非由自谦,实因藏拙。根据个人很有限的一些经验和体会,我认为古代文论研究中最基础、最重要的一项工作仍然是对古代文论经典文本、基本概念和重要命题之理论内涵的准确理解。当然,"准确理解"这个说法可能会招致一些争议、怀疑甚至否定,尤其是来自西方接受美学、读者反应批评、后现代主义、解构主义等诸多理论流派的资源似乎也为反对者提供了强大的批判武器。尽管如此,我仍然坚持认为,真正的学术研究应该是朴实的，不能背离常识，要始终面向研究对象，与研究对象保持一种本真的、朴素的关系，这中间不宜前置性地塞进一些看起来很"高大上"的"某某主义"、"某某方法"之类的理论工具。如何做到对古代文论的"准确理解"？我想可以找到一个很普通、很平实的标准，这就是"融会贯通"——如果所研究的问题关乎一篇，即寻求对此一篇的"融会贯通"；如果所研究的问题关乎一书，则寻求对此一书的"融会贯通"；如果所研究的问题关乎一人，则寻求对此一人思想的"融会贯通"。以"融会贯通"为目标的古代文论研究，虽不固持某种放之四海而皆准的"定义"，但相信能够做出具体语境中的明确说明（而不是滑向无可无不可的相对主义）；虽不执着某种一成不变的思想和观点，但相信能够发现变化背后的规律、动因和机制（而不是满眼都是历史的"断裂"和"碎片"）。"融会贯通"式研究的要义是使古代文论成为"活物"，激发古代文论的内在生机，在人心、人性和人情的根基里，应机就便地建立历史与当下的对话和沟通，促成传统向现代的融入和转化。

在我看来，杨宁宁笔下的船山诗学是"活"的——它有性之根基，有情之魂魄，有心目之往还，有物色之葳蕤，有声韵之流动。在研究中，杨宁宁对船山诗学始终抱着最大的敬意，以"同情心"和"同理心"相对待，读其书，知其人，会其意，逆其志，然后条理之，发明之，张皇之。这样的学术成果是具有建设性和启发性的，应属于学术研究中"有用功"。因此，无论是对杨宁宁，还是对古代文论研究界，此类成果都是多多益善。

是为序。

庚子春避"新冠"之疫，于昌平沙河恒大城之蜗居

摘 要

船山诗学的本质是"情几"诗学,从特征上看,隶属于中国古典诗歌史的抒情传统,但船山诗学背后的人性论视域,又极大地深化了这个抒情传统。使之得以深化的要点或者说核心,就是"情几"论的提出。

船山所言之"几"源自《易传》,其基本内涵即"动之微",涵括"动"与"微"两个层面。从"动"的一面说,是要求在无定中寻求有定,在不确定性中寻求确定性,对应着"情者阴阳之几"的"情"之生成的表述;从"微"的一面来说,则是要求"由隐至显""见微知著",对应着"诗之情,几也"的"情"之外显或者说"诗"之形成的表述。以此"情几"论为核心,船山诗学将传统诗论中偏于具体环节的"缘情"论、"吟咏情性"论等发展成了一个极具统摄力与动能性的动态系统。

从"动态性"的一面来看,船山首先将心性论中的普遍、共性之"情"与诗歌中的特殊、个性之"情"贯通了。借由心性结构中"情"之动态生成的表述,船山"诗情"的生成也呈现为一个心物交触以生情的动态过程,提出诗情是"阴阳之几""心物交触"的产物。船山的"现量论"深入解释了这一生情过程,从其本质来看,"现量"其实就是对"情者阴阳之几"这一"情"之生成命题的诗学表达。(第二章内容)其次,"情生诗"的过程,也是"诗情""由隐到显"的动态呈现过程,一则通过"以景达情",一则通过"以声达情","景"靠的是一种内视觉,"声"则靠内在的音乐性与合乐特质。这两个过程均对应了船山所提出的"诗之情,几也"的观点,凸显了"诗情"所具备的动能特征。(第三章、第四章内容)

从"统摄性"的一面来看，船山心目中的"诗"，其实是"性-心-情"人性结构的自然延伸，是"情"的最终完成。通过"诗"，船山对于"情"的阐释更加深入而精微，不仅对"情"的不同类型有了更为精确的辨析，而且在此基础上，对"情"之"尽性""为善"的价值也有更加显豁的定向。（第一章内容）与此同时，在具体参与"诗"之构思、成形的过程中，"情"作为一个一以贯之的根本性要素，也越来越呈现其"本体性""统摄性"的一面。在这一视野下，"诗"在其形成过程中无法绕开的"事""理"等元素，同样可以整合到以"情"为主的诗学体系中。而这种整合，也相应地充实了船山"情几"诗学的理论内涵。（第五章内容）

船山的"情几"诗学具有其独特的理论价值，它不仅在与人性论互通互动的过程中，为船山所论证的人性结构尤其情感结构的完成，提供了完满的一笔，而且也从这一形上之维、人性之维的角度，为中国古典诗论中"抒情传统"的完成提供了坚实的思想支撑。

关键词： 船山　诗学　情几　统摄　抒情传统

ABSTRACT

The essence of Chuanshan's Poetics is "Qingji（情几）" poetics which belongs to the lyric tradition of Chinese classical poetry. However, the perspective of the theory of human nature behind Chuanshan's Poetics in turn greatly deepened the lyric tradition. The main point of the deepening process, or the core points, is the proposal of "Qingji" theory.

"Ji（几）" proposed by Chuanshan originates from Yizhuan. The basic meaning of "Ji" is "subtleness in movement" including two aspects: "movement" and "subtleness". From the aspect of "movement", it demands to seek certainty from uncertainty, and seek definiteness from indefiniteness. It corresponds with the statement of the generation of "Qing" in the phrase "affection is the subtle changes between Yin and Yang". From the aspect of "subtleness", it means from implicit to explicit and to recognize the whole through observation of the part. It corresponds with the expression of affection or the formation of poem in the phrase "the affection of poem is a subtle change". Taking "Qingji" theory as the core, Chuanshan's Poetics develop the more static theories "Yuanqing（缘情）" and "Yinyongqingxing（吟咏情性）" as a very powerful and initiative dynamical system.

From the "dynamic" side, at first, Chuanshan threaded the universality of the human nature theory, common affection and the special affection in poem together. The generation of "affection of poem" is a dynamic process, which is the result of the subtle changes between Yin and Yang and the collision of mind and object. Chuanshan's pratyaksa theory thoroughly explained the process of the affection's generation. From the fundamental point of view, "pratyaksa" is a poetic expression of the phrase "affection is the subtle changes between Yin and Yang" concerning the affection's generation. (Chapter2) Secondly, the process of affection creating poem is a dynamic rendering process of the poetic affection from implicit to explicit at the same time. One way is through scene to affection, the other way is through sound to affection. So the scene and the sound are both important ways to express the poetic affection. The scene relies on the internal vision, and the sound relies on the internal musicality and halcrow characteristics. These two processes both correspond Chuanshan's view "the affection of poem is a subtle change" and highlight the momentum characteristics of the poetic affection. (Chapter3, 4)

From the "dominant" side, poem in Chuanshan's mind, actually is a natural extension of "nature-mind-affection" human structure, and finally complete the affection. Chuanshan's explanation of affection was more deep and subtle through poem. In his explanation, there was not only more accurate analysis for different types of affection, but also the value direction of affection as developing one's nature and kindness was more definite. (Chapter1) At the same time, affection, as one of the recurrent and fundamental elements, also more and more showing its noumenon and dominant side in specific participation of poem's conception and formation. In this "dominant" perspective, the "reality" and the "logic" which cannot be possible to evade in the process of poem's formation can also be integrated into the poetics system with "affection" as the main part. And the integration enriched the content of Chuanshan's "Qingji" poetic theory. (Chapter5)

Chuanshan's "Qingji" Poetic theory has its unique theoretical value, which not only provides a perfect line for the accomplishment of Chuanshan's human nature structure especially emotion structure, but also provides a solid ideological support from the dimension of metaphysical and the dimension of human nature for the development of the lyric tradition of Chinese classical poetic theories.

KEY WORDS: Chuanshan; poetic theory; Qingji; dominant; lyric fradition

目录
Contents

绪 论 ………………………………………………………………… 001
 一 抒情传统视域下的船山诗学 ………………………………… 001
 二 船山诗学的研究现状及其问题 ……………………………… 006
 三 基本思路与研究方法 ………………………………………… 015

第一章 从"情者阴阳之几"到"诗之情，几也"
   ——船山诗学的人性论基础与内在机制 ………………… 023
 第一节 "性生"、"心几"与"情几"——人性结构的动态生成 …… 024
  一 "性之生"：性的动态生成及其性质 ……………………… 025
  二 "心者，几也"：心之内涵、功能、定位与性质 ………… 034
  三 "情者阴阳之几"：情的动态生成、性质、类别及其存在
    必然性 ……………………………………………………… 047
 第二节 "诗道性情"："情"的再辨及其价值旨归 ………………… 065
  一 "白"与"匿"："诗情"的有无之辨 …………………… 066
  二 "贞/淫""诚/袭""裕/遽""道/私"："诗情"的善恶
    之辨 ………………………………………………………… 071
  三 "诗以道性情，道性之情也"——诗中之"情"的价值
    旨归 ………………………………………………………… 083
 第三节 "诗之情，几也"："情以生诗"的内在机制 ……………… 085
  一 "几"之内涵 ……………………………………………… 086

二 "诗之情，几也"的具体呈现 …………………………………… 095

第二章 "现量"："情者阴阳之几"的诗学表达
　　　　　——"诗情"生成论的深度辨析 ……………………………… 109
　第一节 "兴"与"物感" ……………………………………………… 110
　　一 "兴"论 …………………………………………………………… 110
　　二 "物感"与"心物" ……………………………………………… 117
　　三 "心目相取"：船山的"心物"观 …………………………… 123
　第二节 "现量"说 …………………………………………………… 125
　　一 "八识"与"三量" ……………………………………………… 125
　　二 "现量"：从唯识论、心性论到诗论 ………………………… 132

第三章 "以景达情"："诗情"的视觉性呈现 …………………… 152
　第一节 "景"之特出：从"景物"到"景象" ……………………… 153
　　一 "物""景"之辨 ………………………………………………… 153
　　二 "宾主说"："情之景"的确立 ……………………………… 157
　第二节 "以景达情"："景象"对"诗情"的视觉呈现 ………… 173
　　一 "远近之间" …………………………………………………… 174
　　二 "广大深微" …………………………………………………… 178
　　三 "象外圜中" …………………………………………………… 182
　　四 "哀景乐景" …………………………………………………… 191

第四章 "以声达情"："诗情"的音乐性呈现 …………………… 197
　第一节 诗乐分合与内向转型：诗歌音乐性的发展脉络 ……… 198
　　一 "诗""乐"之合与分 …………………………………………… 198
　　二 诗歌音乐性的内向转型 ……………………………………… 201
　第二节 从"心之元声"到"声情"：船山论诗情与诗声之关系 … 205
　　一 "声""音""乐"辨 ……………………………………………… 206
　　二 "心之元声"与"声情" ………………………………………… 210

第三节　节奏论："声情"的实现方式 …………………… 218
　一　"敛纵含蓄"：船山论情感节奏 ……………………… 219
　二　"一意回旋往复"：船山论意义节奏 ………………… 227
　三　"天流神动"：船山论语体节奏 ……………………… 237

第五章　"以事为景"与"化理入情"
——"情几"统摄下的"诗事"与"诗理"形态 ………… 252
第一节　"以事为物为景"：船山诗论中的"诗事"形态 … 253
　一　"诗不可以史为"：船山之"诗史"批判 …………… 254
　二　"即事生情"："事"的物态呈现 …………………… 262
　三　"事之景"："事象"的形成及其形态 ……………… 268
第二节　"化理入情"：船山诗论中的"诗理"形态 ……… 275
　一　"诗理"批判的历史语境 …………………………… 276
　二　"议论入诗，自成背戾"：船山对诗之"议论"的批评 …… 285
　三　"化理入情"：船山对诗中"物理"与"性理"的反思与
　　　重塑 ……………………………………………… 291

结　语　走向"完成"的"诗"与"诗学"
——船山诗学的人性论意义与诗学史意义兼及"中国抒情传统"
论的再反思 ………………………………………… 307

参考文献 …………………………………………………… 312

致　谢 ……………………………………………………… 326

跋 …………………………………………………………… 330

绪　论

一　抒情传统视域下的船山诗学

古典诗学发展至明代，一种反思与综合的气质已然愈来愈显。一方面，明人对诗歌体式的反思全面展开，并逐渐走向细化与深化，相关的辨体理论著作层出不穷，蔚为大观；另一方面，在反思、辨析唐宋诗范型之争的基础上，明人最终确立了"尊唐抑宋"的诗学路向，而此一路向的形成，正依赖于"主情"观念的主导作用。"主情"，可以说是明代诗学的最关键之核心，明诗学内部的观点更替与发展，基本都是围绕着"情"的问题而展开的。因此，明诗学的背后，实际上关联着两个重要的诗学传统——形式层上的辨体传统与内容层上的抒情传统。但与此同时，明代诗学在秉承、拓展这两大传统的过程中，亦逐渐暴露出其弊端所在：对诗歌体式层面的过度重视，催生出一系列专门应对诗歌体式法则的琐碎僵化之作；对"诗"之"真情"的过度追求，则使诗中情感逐渐失去平和之风，流向放荡无度或幽僻孤诣。这两个层面上的诗学弊端，在明末已流于最烈。

船山的诗学观点，正是在这样一种历史语境中破土而出的。在《述病枕忆得》一文中，船山曾自述自己的学诗道路：

> 崇祯甲戌，余年十六，始从里中知四声者问韵，遂学人口动。今尽忘之，其有以异于毂音否邪？已而受教于叔父牧石先生，知比耦结构，因拟问津北地、信阳，未就，而中改从竟陵时响。至乙酉，乃念

去古今而传己意。丁亥,与亡友夏叔直避购索于上湘,借书遣日,益知异制同心,摇荡声情,而櫽括于兴观群怨;然尚未即捐故习。①

船山之学诗路径,先七子而后竟陵,最后乃悟诗重在"传己意"而不在模拟。但通过这一漫长的学诗之路,船山熟悉了明代的主流诗学观,并进入其背后所勾连的诗学传统中,这是船山诗学得以形成的一个极为重要的历时性语境。与此同时,船山评诗几四十年,冷眼所望,已然深刻体会到明末诗坛浮躁凌厉的弊病所在,这显然又为船山诗学观的形成提供了一个不可或缺的共时语境。在这纵横交织的交汇点上,船山形成了他别具一格的诗学观念。

船山的诗学观,是一种典型的"主情"诗学观,虽然他在诗论中对诗歌的体式之辨亦多有论及,但主要仍是从抒情视点发出的,如他主张"重古而斥律",提倡"以乐府、歌行、古诗评近体",皆是从利于诗情表达的角度所提出的辨体见解。所以在船山这里,形式上的辨体传统,是隶属于抒情传统的。"抒情传统",可以说是船山诗学的根基所在。

以"抒情"一词来命名古典"主情"诗学,其实是相当晚出的事情,从某种意义上说,这实际上是现代学人以西方叙事传统为参照对中国古典主情诗学的"现代命名"②。1971 年,陈世骧发表题为《论中国抒情传统》的会议演讲③,第一次明确将中国古典文学概括为"中国抒情传统"

---

① 王夫之:《述病枕忆得》,《船山全书》第十五册,岳麓书社,1996,第 681 页。文中所引《船山全书》均为此版本,以下不再逐一注明。
② 1906 年,王国维在《文学小言》中已提出从"抒情/叙事"的二分角度来观照中国文学:"上之所论,皆就抒情的文学言之(《离骚》、诗词皆是)。至叙事的文学(谓叙事诗、史诗、戏曲等,非谓散文也),则我国尚在幼稚之时代。"(载《王国维文集》第 1 卷,中国文史出版社,1997,第 28 页)此一用法到新文化运动之时已颇为流行,如 1917 年年初陈独秀发表的《文学革命论》就倡导"建设平易的抒情的国民文学",并多次对举使用"抒情写事""抒情写世""抒情写实",这里的"抒情"就是与叙事文体相对立的以表现情感为主的诗性文体;胡适 1918 年发表于《新青年》的《建设的文学革命论》也明确提出"中国文学……以体裁而论……韵文只有抒情诗,绝少纪事诗"。本部分中有关抒情传统发展历史的论述,对徐承先生的《中国抒情传统学派研究》(中国社会科学出版社 2015 年版)一书多有参考,特此说明。
③ 文章原是 1971 年美国亚洲研究学会其中一个分组(比较文学讨论组)的开幕词;同年,陈世骧的学生杨牧(王靖献)把讲稿带到台北举行的国际比较文学会议(淡江文理学院主办)宣读。翌年原文发表于英文学刊 Tamkang Review,同时由淡江大学外文系杨铭涂中译,刊于《纯文学》月刊。

(Chinese Lyrical Tradition),其后高友工提出的"抒情美典"论则是对"抒情传统"论的展开。此后,以台湾学人为主体的研究者承继此一思考路向,不断推陈出新,如柯庆明、吕正惠对抒情源流的梳理,蔡英俊、张淑香对抒情理念的重新思考,龚鹏程对抒情典律的质疑,郑毓敏对抒情之"致知"功能的肯定,以及马来西亚学者黄锦树对"抒情传统"的现代延伸,都将"抒情传统"的研究不断推向深入。与此同时,当时旅居加拿大的华人学者叶嘉莹、美国学者宇文所安、旅美华人学者王德威、新加坡学者萧驰、香港学者陈国球等,也都对"抒情传统"作了相当深入的理论推进。而随着"抒情传统"的影响日益扩大,与此议题相关的诸多前辈学人也被纳入了"抒情传统学派"这一阵营中来,如鲁迅与朱光潜关于"静穆"的论争,朱自清对"诗言志"的研究,闻一多对唐诗的研究,方东美、宗白华的美学建构,以及西方汉学家普实克关于中国现代文学"抒情的"和"史诗的"对话关系的研究,都被视作"抒情传统"研究的理论先驱。[①] 由此不难看出,所谓的"抒情传统",其实是一个不断被建构并蔓延、扩张的传统,即从"抒情诗"传统逐渐发展到"抒情的"传统。如果说陈世骧、高友工等人在早期论及这一概念时主要还限制在"古典"的范围内,那么到了黄锦树、王德威那里,"抒情传统"已然顺利过渡到了现代文学的领域,并与中国"现代性"的发生产生了复杂的联系。

本书借用"抒情传统"这一概念,并非着眼于其令人瞠目的扩展性与适用性特征,与此同时,笔者对"抒情传统"学派所高扬的"抒情"一词也持更为审慎的态度。实际上,20世纪40年代,朱自清就曾对"抒情"一词作过反思:"'抒情'这词组是我们固有的,但现在的涵义却是外来的。"[②] 但问题在于,"抒情"一词的兴起,并非仅仅涉及"涵义外来"的问题,还牵扯到对中国古典"主情"诗学的理解差异性问题。仅从"抒情"一词来看,这一词在中国古典文献中出现的频率并不高,较为早出且征引率较高的主要是《楚辞》中的用法,《楚辞·九章·惜诵》云:"惜诵以致愍兮,发愤以抒情。"朱熹释曰:"言始者爱惜其言,忍而不发,以

[①] 此处对"抒情传统学派"的脉络梳理,参阅了陈国球、王德威编著的《抒情之现代性:"抒情传统"论述与中国文学研究》,生活·读书·新知三联书店,2014。
[②] 朱自清:《诗言志辨》,《朱自清古典文学论文集》,上海古籍出版社,1981,第230页。

致极其忧愫之心，至于不得已，而后发愤懑以抒其情。"① 对于"抒"字，历代注家释为"挹出""舀出""泄"，可见"抒情"一词中，"抒"所蕴含的"宣泄"意味更为明显。在西方，抒情诗（lyric）通常指的是一种与叙事文体相对立的文体，黑格尔对这两种文体的特征有较为清晰的阐释："从一方面看，诗在史诗体里用客观事物的形式去表现它的内容……但是从另一方面看，诗也是一种主体的语言，把内在的东西作为内在的表现出来，这就是抒情诗。"② 从这种由内而外的"显现"角度来看，西方的 lyric 与中国的"抒情"，确实是相通性大过差异性，如果一定要说有什么差异的话，那就是中国古典诗歌所"抒"之"情"更偏向于一种郁愤之情，而对于中国古典"主情"诗学而言，这种"情"显然是片面的。更为重要的是，这种只强调"情"之外显、不涉及"情"之发生的"抒情"说，与中国古典诗学中"感物吟志"的缘情传统也是有差异的，"抒情"一词的高扬似乎天生就存在一种片面性。从这一角度来看，以"抒情传统"来概括中国古典诗学中的"感物吟志""吟咏情性""诗本性情"等诸多议题，就有一种以偏概全的嫌疑，至少在"情"之发生的环节上，它是缺失的。所以在这里笔者特别说明，本书虽使用"抒情传统"一词，但主要是基于该词的影响力——实际上，在当下诸多关于古典诗学的著作中，以"抒情"一词来概括古典诗学中的"言志达情"轨迹，已成为一种较为普遍的现象。但借用并非就是完全赞同，此即龚鹏程所说的"用其术语而未必同其学说"③。在具体的内涵理解上，笔者认为，"抒情传统"虽以"抒情"为名，但必须要涵括"感物""感兴"的维度，这是古典主情诗学可以被称为"抒情传统"的一个必然前提。

但另一方面，我们也不能不注意到，"抒情传统"学派的一些观点，尤其是高友工的诸多论述，是颇有价值的，如他们意识到，"抒情"之所以能成为中国诗学的一种"传统"，是与其内在的文化根源分不开的。高友工对此有深刻的认识，他曾明确提出对自己研究的期许："我希望在这里能逐步地讨论中国文化中的一个抒情传统是怎样在这个特定的文化中出

---

① 朱熹：《楚辞集注》，上海古籍出版社，2001，第 73 页。
② 黑格尔：《美学》第 3 卷上册，朱光潜译，商务印书馆，1979，第 20 页。
③ 龚鹏程：《不存在的中国文学抒情传统》，《延河》2010 年第 8 期。

现的。"①而他最具启发意义的阐述则在于，他不仅关注到诸多文化现象在抒情性上的表层勾连，而且还发现了这一抒情特质背后的哲学渊源。他说："我们更应该注意到，在整个中国哲学走修身养性这条实践的道路，正如中国艺术走抒情的道路，同源于在思想史很早即由客观的物或天转向主观的心和我。"②意即在中国抒情传统的背后，其实深隐着"由物到心""由天到人""由外到内"的哲学转型。虽然高友工于此处只是道出了"抒情性"与思想领域之关系的一个侧面，但其思考的方向显然是极富启发意义的。其后萧驰顺延此路向，提出："中国抒情传统作为中国文化的主脉之一，乃一对应传统'意识形态'、'理想'和'价值体系'的大传统。"③他尤为关注中国思想与抒情传统之间的联系，而从某种层面来说，其实正是中国思想成就了抒情传统的成形——儒释道二家均为"抒情"的"传统"化成之途提供了自己的思想资源。但在这一过程中，道家与佛家对抒情传统所作的理论支撑很早便完成了，而《诗经》以来的最为正统的儒家诗学，却在抒情之"传统化"的路途中，迟迟未能确立其思想基础。船山诗学的价值，正在于此，它为儒家式的抒情诗学最终确立了坚固的思想根基，从而使这一数千年来多处于主流地位的抒情诗学，成为一种真正意义上的"传统"。

借由明代诗学中繁杂而又综合的"情"论纷争，船山在诗之"抒情性"上不断反思、溯源，最终确立了汉魏六朝"温婉平和"诗风的典范地位。④而在这一检验标准的背后，并不仅仅是一种美学的考量，更深隐着船山对于"情"的缜密而细致的心性论思考：从这一"心性"角度出发，船山以其贯通宋明的思想者眼光，对"情"之生成、流变、性质、形态，尤其对"情"与"诗"的关系，均作了极为全面深入的论证。这种打通哲

---

① 高友工：《美典：中国文学研究论集》，生活·读书·新知三联书店，2008，第90页。
② 高友工：《美典：中国文学研究论集》，生活·读书·新知三联书店，2008，第107页。
③ 萧驰：《中国思想与抒情传统》第三卷《圣道与诗心》，台北：联经出版事业公司，2012，第ii页。
④ 张健曾提出："王夫之的审美价值系统是以汉魏六朝为基础建立起来的，所以他自然认为汉魏六朝传统高于唐诗的传统。"（见张健《清代诗学研究》，北京大学出版社，1999，第297~298页）此论不虚，但还有进一步细化的余地，进一步而言，船山并不以唐诗中独有的风神气格为最优，反以曹丕为代表的汉魏六朝诗中的温婉诗风为诗之典范。船山的这一见解，应当是与比他稍前的经学家郝敬的观点有所关联的。

学与诗学的做法，虽也有前人实践过，但均浅尝辄止，只有到了船山这里，"情"与"诗"的内在关系问题，才真正成为一个关键性、基础性的议题。而船山深厚的理学造诣与敏锐的诗学感悟力，显然也为这一议题的纵深拓展提供了良好的条件，由此，诗歌中的"情"与性命哲学中的"情"在船山诗学中从根本上得到了贯通。这种"情感"的本体性考察，即使在佛老诗学中也是极为罕见的。从这个意义上说，船山的"诗情"理论，不仅仅是儒家式抒情诗学传统的完成，它同时也是中国古典诗学中整个"抒情传统"的完成。

二 船山诗学的研究现状及其问题

"船山学"研究的晚起，已然是学界的共识。在藏诸深山近一百七十多年后，船山著作才得以较为全面地刊刻问世，在此之前，仅出现一些零散的刊本（如湘西草堂本、衡阳汇江书室刊本等），因所刻种数不多，流传不广，影响力甚小；而从官方举措来看，唯考据性的"稗疏"类著作被收入四库，其余皆遭禁制，这种官方态度显然也极大地制约了船山著作的问世与流传。钱穆所云"船山思想及身而绝，后无传人。直到晚清，他的著作才开始流布"[1]，正是针对此一现象而发。晚清以后，伴随船山著作的全面问世，船山思想的关注度亦极大提升，并在中西碰撞的大背景下，被逐渐置于一种现代视野的阐释语境中，而船山思想中气象万千的格局与能量，也为这一阐释的展开提供了条件。学者张辉即提出："王夫之这样的大儒，不仅著述丰富，而且思想构成异常驳杂，几乎涉及了传统中国思想的主要部类，无疑为现代解释提供了广阔的空间。"[2] 正是缘于这种时代际遇，船山思想中的不同侧面被不断挖掘出来，"船山学"由此开始了一个多世纪的极具时代特色的研究历程，其成果之丰富，更迭之迅速，都是难以尽言的。[3]

船山诗学的研究，亦夹杂在这一现代视野的阐释进程中。不过与思想

---

[1] 钱穆：《中国学术思想史论丛（八）》，台北：三民书局股份有限公司，1980，第147页。
[2] 张辉：《现代中国的王夫之——被追认的大儒》，《现代中国》第三辑，2003，第231~242页。
[3] 从谭嗣同"惟船山先生纯是兴民权之微旨"的论调，到梁启超关于王夫之"非王非朱，独立自成一派"的学术史定位，以及新中国成立以来对王夫之思想中的辩证法因素、唯物论因素，乃至启蒙思想因素的关注等，都显示出鲜明的时代特征。

界的热闹不同，船山诗学研究的进度相对要慢热一些，与其他古典诗学著作的高关注度相比，也略显安静。正如陶水平所说："现有的船山诗学研究还显得很不够，最为突出的是，现有的研究成果与船山在学术史上的地位极不相称，与其他一些诗学著作（如《文心雕龙》《诗品》《沧浪诗话》等）的研究成果远远不能媲美。"① 如今距离此番话的提出又过去近二十年，在这段时间内，船山诗学研究取得了长足进步，但也愈来愈突显出一些问题。

以下就对船山诗学研究的进程作简要评述。鉴于这一进程中比较突出的晚起特征，评述的重点将主要放在大陆新时期以来以及20世纪50年代以来台湾、海外的船山诗学研究上。与此同时，为便于梳理说明，本评述将按照当前研究成果的基本面貌，分别从范畴研究与体系研究两个层面进行。

（一）范畴层面的船山诗学研究

现代学术意义上的船山诗学研究，最早是以"范畴"②研究的面貌出场的。20世纪20年代至40年代末，在刚刚开疆破土的中国学界，出现了一个十分重要的现象，即陆续出现了一批文学批评史类的专著。这些著作大多辟有专章或专节对船山诗学作了论述，如方孝岳的《中国文学批评》（上海世界书局1934年印行）主要论述了船山的"兴观群怨"论以及诗史观。朱东润的《中国文学批评史大纲》（北平开明书店1944年印行）则主要就船山诗论的六个方面作了简明扼要的论述：一是反对琢字，进而反对琢句；二是反对诗要出处，强调偶然凑合；三是情景论；四是论起承转合；五是论兴观群怨；六是反对立门庭。郭绍虞《中国文学批评史》（上卷于1934年问世，下卷于1947年问世，商务印书馆印行）下卷将王夫之归入"神韵说"一章，并专立一节，全文分四目，即兴观群怨、法与格、意与势、情与景。这三种"文学批评史"在论及船山诗学时，不约而同地

---

① 陶水平：《船山诗学研究》，中国社会科学出版社，2001，第8页。
② 这里所说的"范畴"主要是指基本范畴或核心范畴。按照姚爱斌先生的理解，术语、概念、范畴三者之间是三位一体的关系，就某个特定的学科理论而言，其术语、概念和范畴的外延是相同的。从这一点也可确知，并非只有具备"普遍意义"才能称为"范畴"，范畴外延很大，也可以有很多种划分方式，对于一个学科或研究对象而言，研究者所着意的主要是"基本范畴"或"重要范畴"。参见姚爱斌《中国古代文体论思辨》，北京大学出版社，2012，第209~235页。

采用了一种类似"范畴研究"的研究方式,将船山诗学分门别类地划分为"诗法论""情景论""兴观群怨论""诗史论""反门庭论"等,这种划分,对于后来的船山诗学研究,影响是巨大的。

20世纪80年代以后,船山诗学研究继续承沿三四十年代的路子,逐渐步入正轨。"范畴研究"成为船山诗学研究中最为常见的研究路径。在此视角下,船山的"诗道性情论""兴观群怨论""情景论""现量论""意势论""兴会论""意境论"等,都得到了较为深入的探究。相关的单项研究,此处不再一一详述,需要多加关注的是,在单篇论文之外,此时出现了一批集中研究多个范畴或问题的著作或博士论文,如杨松年的《王夫之诗论研究》(台北文史哲出版社1986年版)、崔海峰的《王夫之诗学范畴论》(中国社会科学出版社2006年出版,2012年修订更名为《王夫之诗学思想论稿》,北京师范大学2001年博士学位论文)、李钟武的《王夫之诗学范畴研究》(复旦大学2003年博士学位论文)、涂波的《王夫之诗学研究》(湖北人民出版社2006年版,南京大学2003年博士学位论文)、魏春春的《船山诗学研究》(陕西师范大学2010年博士学位论文)等,基本都是循着范畴或命题研究的路向行进的。其中,作为迄今最早的研究船山诗学的著作,杨松年的《王夫之诗论研究》主要从现代学术的视角,对船山诗学中的各类范畴、命题,作了分门别类的辨析和界定。崔海峰的研究涉及"内极才情,外周物理""文质论""宾主说""意境论""双行说""兴会说"等二十多个范畴。李钟武主要诠释了船山诗学中以"兴""现量""情""意""势"为主的九个主要范畴。魏春春主要在"诗体论""现量论""思维论"方面作了论述。相比之下,涂波的论文在内容上似乎稍显凌杂,不仅含涉批评背景和批评性格,还论及"选本"式的批评形式,又探讨了"平"这一批评概念,辨析了船山之"杜诗批评"的内涵及其成因,以及诗乐关系、诗史关系等。对于为何选取这种关联性较少、各自为政的研究方式,作者也给出了自己的理由:"很多著作热衷于探讨船山诗学的总体特征,急于对他在文论史、美学史上的价值进行定位。可是很多细节问题都没有很好地解决,在这种背景下所作之大结论基本失真。"[①] 应该说,对于当前的船山诗学美学研究而言,这一见解是相当深刻

[①] 涂波:《王夫之诗学研究》,湖北人民出版社,2006,第267页。

的，船山诗学研究中的细节问题，确实需要作更为细致的考察与辨析，这类行之有效的细节研究，必然会比空泛的整体研究更有意义。但他所未能论及的另一层面的问题则是，无论是当前较为常见的其他学者的范畴研究，还是该书作者所致力的"细节问题"研究，相对于船山诗学的内在体系来说，实际上都还处在一种细节研究或者说局部研究的层次上。这类研究在推进相关论题的纵深发展上，无疑有其独特成就，但在这一过程中，整体视野或者说宏观视野的缺失也是显而易见的。也正缘于这一欠缺，近年来船山诗学范畴研究显现出明显的"割裂性"特征，不同范畴和论题各自成章，自成一题，联系相当松散和表面。如在论及"现量论"时，很少有论者关注到它与"神理说"的内在联系；论及"诗史观"时，也很少看到其背后的"情景论"支撑；论及"势"时也未能特别注意到其在"情景论"与"声情论"中同时存在的情况等。有鉴于此，船山诗学的"整体"问题或者说"体系"问题，就绝不是一个毫无意义或意义不大的形式问题，而是一个隐身于船山诗学一系列具体问题深层的关键视点。

（二）体系层面的船山诗学研究

对船山诗学体系的研究，差不多是与 20 世纪 80 年代的范畴研究同时开始的，或者说，这种体系研究，很大程度上就是借助西方文学批评方法，对不同范畴进行归类的整体研究。程亚林在此方面着手最早，1983 年，他在《学术月刊》第 11 期上发表了《寓体系于漫话——论王夫之诗学理论体系》一文，力求透过船山散漫诗话的表象，归纳出船山诗学的体系，在他的架构中，诗与生活，组成了这一体系的基础部分，情与理、情与景、意与辞这三对范畴构成了体系的中心部分，诗歌的社会功能则以"兴观群怨"的范畴来完成，这三个部分即组成了船山诗学的理论体系。其后，萧驰的《王夫之的诗歌创作论——中国诗歌艺术传统的美学标本》（《中国社会科学》1984 年第 3 期），叶朗的《王夫之的美学体系》（《北京大学学报》（哲学社会科学版）1985 年第 3 期），施荣华的《王夫之论诗美的主体创造》（《云南师范大学学报》（哲学社会科学版）1995 年第 4 期），刘洁、张晶的《论王夫之诗学中的审美主客论》（《吉林大学社会科学学报》2001 年第 3 期），均是立足于情景论范畴，或者从情景论所引申出的意象范畴、主客视角，对船山诗学之理论体系所作的重新思考。在此期间，从现代学术视角对建构船山诗学体系用力最勤的当数陶水平的《船山诗学研究》(中国社会科学出版社 2001 年版),全书主体部分共五章,分别是"'诗道性情'的诗歌本体论、'情景相生'的诗歌创作论、'诗乐一理'的诗歌音乐美论、'诗艺浑成'的艺术表现论以及推崇神韵之美的诗歌理想论或曰意境论"。[①] 不难看出,陶水平的研究依然遵循的是范畴研究的路子,但与其他范畴研究者不同的是,他将这些范畴纳入了一个整体的文学批评体系当中,而且在细致程度上也超过了程亚林等人的体系建构。

与大陆学者这种外在的体系建构不同,台湾与海外的学者则力求从一种"本原重构"的内在思路来重现船山诗学的脉络所在,即从船山本身的论述中,尤其是哲学部分的相关论述中,找到其诗学的潜在脉络。如蔡英俊的《比兴物色与情景交融》(台北大安出版社 1986 年版)之第四章《王夫之诗学体系论析》,将船山诗学溯源到了"比兴"传统上,在此一过程中,他尤为注重船山的"情""才"辨析,并认为这种"情""才"的发动,实际上就是"兴会",它直接关联到船山情景问题的展开。李锡镇的《王船山诗学的理论基础及理论重心》(台湾大学 1990 年博士学位论文),分为理论基础与理论重心两部分,实际上就是通过船山哲学中所涉及的"性、情、志、意"论,"言、象、意"论等来反观船山诗学中的主情论、情景论、兴观群怨论等。郭鹤鸣的《王船山诗论探微》(台湾师范大学 1990 年博士学位论文)提出,船山诗学的理论根本始自《诗广传》,他进一步将此根本归结为三条:一是"诗者,所以荡涤沾滞而安天下于有余者也";二是"导天下以广心,而不奔注于一情之发";三是"忠有实,情有止,文有函"。三者均立足于性情修养与创作之间的关系,以此为根基,郭鹤鸣勾勒出了船山具体诗评中的"性情风旨"论、"兴观群怨"与"情景交融"论。

比较而言,海外汉学家更注重船山诗学背后的易学根源,强调其诗论中充斥的生生不息的宇宙性与动态性。如黄兆杰(Siu-Kit Wong)认为船山是把诗作为宇宙的一部分而与其他部分接触,是将其视为人之意识对宇宙的回应[②];Black Alison Harley 的观点与此相近,认为船山是将诗"从行

[①] 陶水平:《船山诗学研究》,中国社会科学出版社,2001,第 15 页。
[②] Siu-Kit Wong, Ch'ing and Ching in the Critical Writing of Wang Fu-chin // Chinese Approaches to Literature from Confucius to Liang Ch'i-chao, Princeton: Princeton University press, 1978, pp. 121-150.

为的静态模式带往其宇宙其他部分所享有的动态生命世界中"[①];孙筑瑾（Cecile Chu-chin Sun）也提出："总的说来，王夫之的诗学观完全根基于中国传统的思想，尤其是《周易》中不同部分持续相互作用影响的变化的观念。"[②] 这些观点，对于后来萧驰的船山诗学研究都有很大影响。

在海外学者中，萧驰的身份最为特殊。他于1982年获北京大学文学硕士学位，随后发表了一系列颇有影响力的文章，1987年负笈北美，1993年获华盛顿大学比较文学博士学位后任教于新加坡国立大学。此后二十多年间，他在一种相当开阔的学术视野下，对船山诗学作了重新审视，其成果结集为《抒情传统与中国思想——王夫之诗学发微》一书（上海古籍出版社2003年版，2012年由台湾联经出版公司以《中国思想与抒情传统》第三卷《圣道与诗心》之名再版）。在此书序言中，萧驰明确表示，自己的研究目的是力图在中国诗学和思想哲学之间建构一座天桥。由此也可看出，萧驰的船山研究在基本思路上实际上与其他台湾、海外学者并无本质不同，但在广度与深度上有了极大的拓展。

在具体论述中，萧驰着力揭示了船山每一个诗学论题的哲学纵深。书中第一部分"船山诗学中现量义涵的再探讨"，主要从天人同构的系统论哲学角度对"现量说"作了分析，认为"现量"的两种含义——"现在义"和"现成义"体现了船山对诗人之身观限制和当下证悟式兴会的关注，指出"现量"说的实质性内容主要为"吾之动几"和"物之动几"间的往来授受，并特别注意到"现量"中的"显现真实义"因与近年古代文论研究者预设的现代文艺心理学框架不合而被忽略，而实际上，船山之情景关系论的理论基础并非艺术心理学，而是中国传统的相关系统论哲学。第二部分"船山天人之学在诗学中之展开"，分两部分讨论，其一论情景交融与儒家性命哲学，其二论情景交融与《易》学方法，前一部分主要说明了"船山诗学的情景交融理论，乃其性命之学二运五实中天人、心物授受往来命题的延伸"；后一部分则指出，由王夫之《易》学中抽绎而

[①] Black Alison Harley, *Man and Nature in the Philosophical Thought of Wang Fu-chih*, Seattle: University of Washington Press, 1989.

[②] Cecile Chu-chin Sun, *Pearl from the Dragon's Mouth: Evocation of Scene and Feeling in Chinese Poetry.*, Ann Arbor: Center for Chinese Studies, The University of Michigan, 1995, pp. 146-154.

出,构造"船山诗学中情景在'语法'意义上之与乾坤、阴阳这些符号范畴对应,潜在地肯认了人所参赞之天地化育与道体所开展之世界必归摄于一"①。书中第三部分"船山以'势'论诗和中国诗歌艺术本质",萧驰同样是从易学出发的,但不再关注其符号意义,而是突出其关于事物动态性质的阐述,并由此认识到船山以易学为基础,特别推崇具有动态之美的艺术形式,如他对以书法论诗的偏爱,对以弈论诗的借鉴,多是由此而来的。萧驰的结论是:"正是船山诗学,而非受佛学沾溉之唐宋诗学中'意境说',发扬了肇端《周易》的中国主体文明精神。"②书中第四部分"船山对儒家诗学'兴观群怨'概念之再诠释",在这一贯通作者和读者两个诗学维度的论述中,萧驰认为隐于其后的仍然是船山的性命哲学,认为船山"强调性命授受过程中天之'抟造无心'和个体之'日受命于天',故而在诗学中彰显了在每一片刻兴感之中,诗人或读者'所持之己'可能的差异"③。在书中第五部分"诗乐关系论与船山诗学架构",萧驰以船山所标举的"诗者,幽明之际者也"的命题为核心,探讨其心目中的诗乐关系,即"处优位之乐并不与诗隔绝,而可'涵之于下',即涵容在诗里;同时,处下位的诗亦能'际之于上',即以希微清空为其至高境界",由此,萧驰认为,船山"其实揭示了中国文艺中一个与中国哲学中'超形上学的吊诡'相对应的、肯认形上与形下一贯、具象与抽象显微无间的传统"④。在书中最后一部分"宋明儒的内圣境界与船山诗学理想",萧驰又再次申明,船山诗学中蕴含着宋明儒的内圣境界,细言之,就是宋明儒注重心内澄明的内向式思维,到了船山诗学中遂化为"以情景契合而开显人'天地之德'、心与宇宙生命的感通"⑤,因此说船山诗学的理想亦暗合了天人授受、内向超越的哲思特征。

由此回顾不难看出,在呈现船山诗学背后的诗学体系及思想资源时,萧驰的研究是相当全面而细致的。需要注意的是,在深入揭示船山思想与其诗学关系的过程中,萧驰还有意识地将船山纳入了"抒情传统"的视域

---

① 萧驰:《抒情传统与中国思想——王夫之诗学发微》,上海古籍出版社,2003,第40页。
② 萧驰:《抒情传统与中国思想——王夫之诗学发微》,上海古籍出版社,2003,第91页。
③ 萧驰:《抒情传统与中国思想——王夫之诗学发微》,上海古籍出版社,2003,第168页。
④ 萧驰:《抒情传统与中国思想——王夫之诗学发微》,上海古籍出版社,2003,第169页。
⑤ 萧驰:《抒情传统与中国思想——王夫之诗学发微》,上海古籍出版社,2003,第208页。

之下，这就为船山研究打开了一个新的参照维度：一方面，"抒情传统"的视角必然要将船山诗学置于整个中国古典诗学史中加以考察，船山诗论中的承袭与突破，乃至完全打破常规的言论，也就有了一个更为系统的观照角度；另一方面，船山诗论中的"情"的贯穿与高扬，得到了现代学理的反思与支撑，至少在观照方式上更为注重其"情"论背后的思想基础。这一"抒情传统"视点的引入，为以后的船山诗学研究开启了新的路径。

曾守仁的《王夫之诗学理论重构：思文/幽明/天人之际的儒门诗教观》（台湾大学2008年博士论文）一文，明显受到萧驰研究思路及方法的影响，不仅在各个议题研究上深度探求其背后的思想支撑，同时也采用了较为明显的"抒情传统"视角。他所设立的章节，包括"诗史论""兴观群怨论""情景论""诗乐一理论""意势论"等，依然不出前人所划定的区域，但由于每一章节都能从船山性命哲学中的"情论"角度给出思想支撑，所以显现了一定的深度。而他对船山诗论之"情"的"忧患"定位，也使得船山的"抒情"诗学有了一个更为明晰的论证起点。在大陆学术界，亦出现了一些试图借助船山自身的思想资源来呈现其诗学体系的研究论著。其中羊列荣的《船山诗学研究》（复旦大学2000年博士学位论文）在这方面颇有创见，以船山的宇宙论哲学与意识论哲学为基础，作者归纳出船山诗学的两种范型——"元声论诗学"与"意识论诗学"，前者以"元声"观念为核心，后者以"现量说"和"取影说"为核心。这两类诗学在相互补充中发展至极致便是"神韵"。石朝辉的《情与贞的交织：对王船山诗学的一种解读》（湖南人民出版社2015年版，北京师范大学2009年博士学位论文），则主要以"情论"贯穿始终，将船山思想中的"情"与"贞"以及二者之关系作为研究对象，并以"情贞一体"的基本观念，重构了船山的诗学脉络。不论是羊列荣的范型辨析，还是石朝辉的"情贞一体"论，都体现了对船山哲思资源的重视，这一努力值得肯定，但与台湾、海外的相关研究相比，在格局与深度上都还有些距离。在当前船山诗学研究的行进路程中，这种差距与不平衡是值得深思的。

（三）当前船山诗学研究中存在的问题

总体来看，大陆学界的船山诗学研究似乎更注重广度，台湾和海外学界则更注重深度。近十多年来，正如前文所述，两者皆沿其各自的研究路向逐步推进,但同时也暴露出了研究中的问题所在。

第一,船山诗论的背后有其特定的哲学根源或者说思想基础,已成为学界的共识,但有共识是一回事,具体研究中能否真正落实又是另外一回事。在已有的研究论著论文中,真正能从船山哲学角度入手探析其诗论内涵及诗学脉络的,其实并不多见。更为重要的是,即使那些力求深挖船山诗学之哲思根源的著作,也往往容易流于泛泛之论,有的对船山诗学背后可能存在的相关思想一笔带过,有的则将哲思部分与诗学部分截然分开,看似是研究二者之间的联系,其实两个部分仍然是各说各话,缺乏有机关联。之所以会形成这种状况,很大程度上就是因为未能真正厘清船山"诗""思"互通的隐微契合点。在这方面,应该说萧驰的研究是很有启示意义的。

第二,船山论诗属典型的"主情"派,在当前研究中,虽然绝大部分论者已然认识到这一点,但在具体论述时仍然存在两个不足:其一,缺乏历时性的眼光。在论述船山"主情"观点时,很少把他与元明以来的"宗唐黜宋""主情斥理"的诗论传统联系起来,似乎船山的"主情"观是一个脱离传统的、生来即有、不证自明的理论倾向。其二,对"情"的本体地位缺乏深层认识。大部分论者都将"主情"视为船山诗学的本体论,但这一"情本体"的地位在船山诗论中是如何体现出来的,却鲜有人论及,所谓的"情本体论"更多沦为一种意义不大的装潢和摆设。

第三,在当前船山诗学研究中,对其"诗学体系"的论证也暴露出两类弊病:其一,对于从西方批评视角将船山诗学划分为"本体论""传达论""表现论""功能论"的建构式研究而言,所谓的"体系"其实更近于一种外界的植入或套用,船山诗学话语被论者分门别类地提取出来,更接近于拆碎后的重新组合,而非内在于船山诗学自身的"体系"。其二,对于力图从船山自身的哲学思想中探寻其诗学理路的"还原"式研究而言,"体系"的价值要更为明显,但将船山诗学的每一要点均对应于某一种哲思渊源的做法,依然显露出一种机械划分之嫌,这样的"体系"亦缺乏有机性与生命力。

第四,西方理论思维的过分介入,也是当前船山诗学研究中的一个问题。萧驰在回顾反思其早年研究时就曾说过:"船山诗学的情景关系理论之基础绝非近年所津津乐道的艺术心理学,而是中国传统的相关系统论哲学。"① 实际上,不仅仅是艺术心理学,反映论、主客审美论、现象学等都曾是介入船山诗学研究中的优势理论。笔者认为,西方理论视角的介入并非不可行,但在具体运用时,应充分考虑到船山诗学的特殊性及隐含其中的中国传统思维方式与表达方式。最恰当的方式应该是,在立足于船山诗学自身的学理基础上,有节制地借用相关的西方理论进行类比、对比或阐释。

三 基本思路与研究方法

(一) 基本思路

本书展开研究的一个基本理论前提,是承认船山看似散漫不羁的诗论诗评中,存在着贯穿始终的线索。一般看来,中国古典诗论的零散化表述是一个普遍现象,船山诗论亦是如此。杨松年就曾明确指出:"从现存的中国文学批评作品,可以清楚看到,五四以前的这类著作,多数并不是有意识,而且要求系统性地提出诗文见解。……它们乃是作者随感写下的文字,零零碎碎地,有若平日的言谈。"② 又说:"中国文学评论所发生之问题也出现于王夫之诗论。在评论之系统上,王夫之依然不能脱离前人,如《诗译》与《夕堂永日绪论内编》依然是以片言段语之方式,写下作者的意见,不离'诗话'之格式。"③ 不过,杨松年这里对"系统性"的理解是有些问题的。在一个具体的文学批评作品中,表述方式是一回事,观点思想间的内在联系是另一回事,不能仅从表述形式的零散,就判定各部分内容之间也必定毫无关联、毫无线索。换言之,一个"系统"的形成,并非仅仅是由形式层的统一决定的,表述方式的零散并不能抹煞表述内容中的潜在逻辑。程亚林称船山诗学为"寓体系于漫话"④,可能更具有说服力。但问题的关键在于,这里的诗学"体系"不应是对外在标准的牵合,而应是内在脉络的自行勾连和显现。

在此前提下,本书拟解决的几个基本问题是:船山诗学与其天人性命思想的关联是什么?它们之间的契合点在哪里?如果说船山诗学中确有

---

① 萧驰:《抒情传统与中国思想——王夫之诗学发微》,上海古籍出版社,2003,第1页。
② 杨松年:《王夫之诗论研究》,台北:文史哲出版社,1986,第1~2页。
③ 杨松年:《王夫之诗论研究》,台北:文史哲出版社,1986,第10页。
④ 程亚林:《寓体系于漫话——论王夫之诗歌理论体系》,《学术月刊》1983年第11期。

"体系"存在,那么这一"体系"是从哪一根主脉发展而成的?其各个部分与此主脉之间又是何种关系?其形成轨迹是什么?发展的原动力又是什么?为解决这些问题,本书采用的策略是:在基本通读船山相关心性论哲学与诗学著作的基础上,同时借由"抒情传统"的历时视角,对船山诗学理论,尤其是诗歌创作理论作较为宏观的考察。需要特别说明的是,为避免从其他外在理论视角展开的错位解读与牵强阐释,在此一过程中,笔者主要以船山心性哲学及原始诗学文献作为研究基础和重点,对于西方相关或相近的各类理论则采取审慎借鉴的态度。

本书的理论起点,仍然是船山的"诗道性情"论,但船山这一观点的内核与前人的"主情"理论,如"言志""缘情""吟咏情性"等还是有所区别的。关键的一点就在于,前人的这些"诗情"理论大都比较朴素,基本上所要表达的理论内涵就是"诗以达情为主",船山"诗道性情"论的理论内涵则要深厚得多,不仅论及诗情的生成和诗情形之于诗的具体路径,而且特别突出了"诗情"对于其他诗歌元素的统摄作用。从这个角度说,船山的"诗道性情"论其实就是一种"情本体论",如果再换用船山本人的术语,那就是"情几论":在船山的诗学视野中,"情"不仅产生于"几",而且也通过"几"的运行方式使"诗"得以最终形成。

"幾",现在的简体字常写作"几"。从字源上看,我们现在看到的这个"几"字,其实合并了两个传统汉字。第一个汉字是"几"。这个"几"是个象形字,段玉裁《说文解字注》里说:"几,居几也。……居几者,谓人所居之几也。古人坐而凭几,蹲则未有倚几者也。几俗作机。……象形,象其高而上平可倚,下有足。"[①] 所以这个"几"主要是一种家居的器物。第二个汉字本为"幾",但汉字简化后,与前面的"几"字被统一简化为"几"。这后一个"几(幾)"才是我们主要探讨的"情几(幾)"之"幾"。这个"幾"是什么意思呢?《说文解字》曰:"幾,微也。殆也。从丝,从戍。戍,兵守也。丝而兵守者危也。"《说文解字注》解曰:"幾,微也。《系辞传》曰,幾者、动之微,吉凶之先见也。又曰,颜氏之子,其殆庶幾乎。虞曰,幾、神妙也。//殆也,歹部曰,殆、

---

① 段玉裁:《说文解字注》,中华书局,2013,第 722 页。

危也。危与微二义相成，故两言之。"① 所以按照《说文解字》以及段玉裁的解释思路，"幾"有两义，一个是"微"义，一个是"殆"义。"殆"之义主要从其字形而来，繁体之"幾"，从丝从戍，兵守，所以有危险之意。"微"之义，则主要从《易传·系辞》而来，即所谓"幾者，动之微"，除此之外，《易传》里还有圣人"研几（幾）"的说法，"研几（幾）"，就是深刻把握事物的细微运动，从中看出吉凶之征兆，这是对"动之微"的效果运用。

在船山这里，他所用的"几（幾）"②，其根本和源头就是《易传》中的"动之微"，具体来说，就是涵括"动"（运动义）与"微"（隐微义）两个层面。

从其"动"的一面看，"几"作为一种"动态"存在，要想发挥其效用，就必然要在"无定"当中寻求"有定"，在"不确定性"当中寻求恰当而且独一的"确定性"，这就是"几"之"运动义"的基本内涵。在诗学当中，生于"心物之几"的"情"在这方面最具典型性：一方面，"情"生于"心""物"之间的相值相取；另一方面，这一相值相取的过程，因其时间、地点、程度、条件等的变化而使所生之"情"千变万化，不具有雷同性，因此每一个"情"的产生，其实又是独一的，有其自身独一无二的特殊性与确定性。从其"微"的一面来说，"几"之"隐微"内涵，则包含着由微而著、由隐至显的必然趋势，所以惟有"向显之隐""含著之微"，才能称为"几微"。"诗"中之"情"在此一方面最具典型性："情"要实现"由微而著""由隐至显"，需要通过"诗"来达成，或者可以说，"诗"本身就已是"情几"的外显呈现，"诗情"的"几微"特性成为"诗"之成型的本源动力。

因此，船山的"诗道性情"论，与前人"主情"诗论的最大不同，就是突出了诗之生成的动态特性。

一方面，"诗情"的生成过程是动态的，它是"阴阳之几""心物交触"的产物，所谓"情者阴阳之几"，就是指心物交触以生情的过程。船

---

① 段玉裁：《说文解字注》，中华书局，2013，第161页。
② 此处需特别说明：学界目前多将"幾"写作简体"几"，虽有混淆其原义的弊病，但为保证这一学术关键词的一致，本书亦循此惯例。若无特别标明，除涉及数量外，本书中之"几"，皆是指"幾"。

山的"现量论"深入解释了这一生情过程,从其本质来看,"现量"其实就是对关于"情"之生成的"情者阴阳之几"这一命题的诗学表达。另一方面,"情生诗"的过程,也是"诗情""由隐到显"的动态呈现过程,一则通过"以景达情",一则通过"以声达情"。船山此处提出了"诗之情,几也"的说法,这里的"几"是指一种隐微状态,"几愈微,响愈幽,非夔旷之识,谁从而审之哉"[①],实际上指明了处于隐微状态下的"情"需借助音响呈现的事实。"景"与"声",成为表现"诗情"的两个并列的重要途径,船山在这两个方面的论述是不遗余力的。"景"靠的是一种内视觉,"声"则靠内在的音乐性与合乐特质。

船山以"情几"为核心的诗学,主要就从"情景论"(涵括"现量论"与"景象论")和"声情论"两个方面建立起来。但在这一过程中,船山作为"诗主情"的一派,会不可避免地与其他诗学派别产生冲突,其中最主要的两个是"诗理"问题与"诗史"问题,这是自宋代诗学以来影响甚巨的两个问题。以"情"为立足点,船山不仅对这两个问题作了相当精到的反驳,而且吸收了它们的合理性,将其融入了"情几"诗学当中,这使他的诗学体系在根基稳固的同时,也呈现一种极强的统摄力和融合性。从"事"的角度说,船山有意淡化其叙事性,而突出其与"物""象"的共通之处,提出了"即事生情"(与"即景生情"相通)、"事之景"(与"物之景"相通)这种"以事为物、以事为景"的方法。从"理"的角度说,船山反对"标新立异""诋评""凌杂"的诗中之"议论",但对以"物理""性理"入诗的现象却有更多的同情之心。在"物理"方面,他提出了"内极才情,外周物理"的说法,力求将"物理"融于"诗情"之中。在"玄理""性理"方面,船山提出了"自得"之说,认为"玄理"与"性理"均应是在"自得之情"的基础上自然生发而来。运用这种"化理入情"的方法,船山很好地解决了诗中之理的合法性问题。总而言之,反面修正的"以事为物为景"论与"化理入情"论,在"诗情"的统摄下,将本与"诗道性情"相抵牾的"事"与"理"整合到了"情几论"当中。经过这种修正,"事"与"理"最终以"合法"

---

① 王夫之:《诗广传》卷四,《大雅四十八论》四七《论瞻卬一》,《船山全书》第三册,第479~480页。

身份进驻于以"情几"为核心的诗歌当中。"事"与"理"的加入,也极大地丰富了船山"情几"诗学的理论内涵。

船山"情几"诗学的面貌由此可以得到一个大致的呈现。第一,从心性结构的角度来看,"诗"其实是"性-心-情"人性结构的自然延伸,是"情"的最终完成。因此,在船山的理解中,"情"是"诗"的本原所在,若无"情","诗"的存在即无任何意义。从这一角度来说,船山所说的"诗道性情",其实深隐着极为深厚的人性论基础。第二,以心性结构的角度来言"诗"之"情",则对"情"的认识必然较一般的"言志""缘情"论更为深入。心性结构层面的"情"与诗人之"情",一体一用,体用相函,作为心性之"情"生成根据的"情者阴阳之几",自然也是"诗情"产生的深层机制,这就为"诗情"的生成作出了独一无二的论证。船山在诗论中所特意突出的"现量"说,实际上就是从"情者阴阳之几"的维度对"诗情"之生成过程的论证与描述。第三,"情"的完成形态是"诗",所以"情"的生成仅仅是开端,承载着"情"的"诗"的最终形成才是目的。在这一过程中,"情"的动力作用是十分明显的,船山所重点论证的"以景达情"与"以声达情",就是为"情"之动能的实现所提供的两条基本路径,这同时也是经过千余年古典诗歌创作实践所得出的两类基本创作范型。第四,作为"情"之外显的"诗",自然是以"情"为本的,但"诗"在其形成过程中也必然会遇到"事""理"元素的碰撞与冲突,而在"情"之统摄视域的观照下,这两类元素同样可以整合到以"情"为主的诗学体系中。由此,船山以心性结构为论证起点,以"诗"之完成为"情"之终点的"情几"诗学,得以基本完成。心性结构在成为"诗"之根基与起点的同时,"诗"也成为人性培育和建构中不可缺少的一个组成部分。

(二)研究方法

本书在具体论证过程中,主要采用"互文对照法"、"批评文本细读法"与"文化语境分析法"三种方法。

第一,互文对照法。此一方法的初衷,是力求呈现船山在其诗论诗评中一些相对集中的思考焦点与言说脉络。正如前文所说,船山的诗学著作,包括《诗广传》《诗译》《夕堂永日绪论内编》《夕堂永日绪论外编》《南窗漫记》《古诗评选》《唐诗评选》《明诗评选》等,均是以诗话、评语等"只言片语"的零散化方式表述成文的。面对这样的表述状态，若是仅仅阅读其中的一部分，必定会感到其诗学观点杂乱无章，但若对其作通盘考察，则不难看到其中的精神与脉络所在，之所以会如此，就是因为这些分散无序的诗话或评语之间具有极强的互文性。船山的这些诗评诗论，虽大多是偶感发之、信笔写之，但其关注的重点，其所好所恶，其思理所在，在凌杂的散点论述中仍然是有章可循的。由此，在海量阅读船山著作时，归纳其倾向，梳理其线索，就是一个自然而然的研究方法。在此过程中，我们不仅能见出船山的理论侧重与兴趣所在，也能看到其观点迁转的痕迹。以"现量"为例，"现量"本是一个佛学概念，但最早出现于船山的《读四书大全说》当中。船山在此书中提及"现量"的目的，主要是批判"现量"之"不思而亦得"的"征声逐色"本质，以此与"思"形成对比。在其后专论"相宗"的《相宗络索》中，随着对"现量"理解的深入，船山对"现量"的评价亦趋于平实。到了晚年所作的《夕堂永日绪论》中，船山对"现量"之内涵，以及其对于诗学的价值，已然更为明了，因此对"现量"给出了很高的评价。若缺乏这一"互文性"的视野，很难认清船山"现量"说的真实面貌的。

第二，批评文本细读法。这里所说的"批评文本"，不仅仅指船山具体的诗论与诗评，还包括船山在其诗论诗评中所褒扬、批判或简单提及的作品。在当前的船山诗学研究中，研究者往往停留在船山的诗学批评话语层面，而对这一批评话语所针对的具体诗歌文本则不够重视，这种研究方法是有明显欠缺的。从某种角度来说，对船山诗学的研究，是一种"批评的再批评""理论的理论研究"，要想对船山之批评有真正的了解，就必然要对船山本人评论过的诗歌文本，甚至于有关这些诗歌文本的历史论争，都要有相应的了解。唯有如此，才能对船山诗学观点的产生契机、特定内涵、现实针对、影响预期等有更为全面深入的理解。以船山对王维《终南山》一诗的评点为例。船山尝云："'欲投人处宿，隔水问樵夫。'则山之辽廓荒远可知，与上六句初无异致，且得宾主分明，非独头意识悬相描摹也。"[1] 此评专论情景关系，船山评价的重点是"与上六句初无异致，且得宾主分明"一句。要了解船山这一评语的内涵及针对性，就需要对此诗有

---

[1] 王夫之：《夕堂永日绪论内编》第十六则，《船山全书》第十五册，第825页。

深入了解。王维此诗共八句,前六句以相当客观的眼光描绘终南山的壮美景色,后两联则一转,叙述者兀然现身,颠覆了前六句当中的全知视角。对于这样的手法,有些论者持批评态度①,船山则对其推崇有加,认为这一写法不仅通过"隔水相问"的情境设定表现出了终南山的辽廓荒远,从而与前六句保持了一致,而且通过后两句,突出了主体之"我",暗示出前面的"景"都是从"我"的眼中看到的,全诗前后由此主宾融合,联为一体。船山此论颇有见地,但要理解其精华所在,对诗歌文本的熟悉是一个必然的前提。本书将会有不少对诗歌作品的解读、鉴赏性论述,这些论述绝非可有可无,它们是通向船山诗学观念的必经之路。

　　第三,文化语境分析法。要想全面深入地了解一个诗学家的诗学观,语境分析是必然要采用的一种方法,但船山本身具有其独特性,这就决定了我们在对船山诗学进行语境分析时,要从一个不同于一般语境研究的维度展开。与风光无限的黄宗羲、顾炎武不同,船山在入清之后的四十多年间,绝大部分时间都是在几乎与世隔绝的荒野孤灯下度过的,明清之际的动荡与纷争已逐渐落幕,家国沦陷已成既定的事实,在此情形下,远离政坛与诗坛的船山,选择的是一条"与古人对话"的道路。在儒学上,他斥阳明,正程朱,继张载,在诗学上则是斥竟陵,黜七子,贬两宋,尊初唐,宗魏晋。在此过程中,他深受明人"主情"风气的浸润,受到严羽、杨慎、郝敬等人诗学观的影响,在继承反思的同时又自成一家,以其理学家的功底,将诗论与心性论贯通。由此不难看出,船山诗学所处的文化语境,更多的是一种传统观照下的历时语境,或者说是"内语境"。对于文化语境,笔者认为有"外语境"与"内语境"之分:"所谓外语境,主要强调一种共时性因素的关联与互渗。在外语境的视野下,研究对象或研究主体都处于一个横向式的关系网中,他们所处的时代风貌、政治环境、社会状况、文化导向都会产生综合性影响。""所谓内语境,主要指一种历时性的承传式的内在影响,大致可以理解为一种传统,包括思想传统、学术

---

① 如与船山同时期的吴见思在其《杜诗论文》中就认为:"唐人惟摩诘律诗可以颉颃老杜,然《终南山》一首:'太乙近天都,连山到海隅。白云回望迥,青霭入看无'四句诚与老杜无间,接云'分野中峰变,阴晴众壑殊'已觉六句俱景,至落句曰:'欲投人处宿,隔水问樵夫。'未免粘带而响,亦稍落,承载上六句不起。老杜必推开一步有雄浑句以振之矣。"

传统、文学传统等。"① 在明末清初的大环境中，船山对诗歌的认识不可能不受到外语境的影响，但就其深层的诗学理论而言，他所受到的传统诗学观念的影响（包括承继与批判两个方面）要更为显著。缘于此，笔者在论述船山诗学时，不可避免地要对其观点先作一番追根溯源的考察，例如，在论及船山的"心目相取""现量"等概念时，就必然要对与此相关的前人诗论中的"兴论"与"物感论"作历时性的揭示；在论及船山对"诗史"概念的批判时，必然要对明人的"反诗史"观作简要回溯。这种溯源式的细致考察，从某种意义上说，其实就是从内在承传的角度对船山诗学观念的形成与发展所作的一种"内语境"分析。

---

① 杨宁宁：《合外内之"境"：文化诗学之语境化研究再议》，《福建师范大学学报》（哲学社会科学版）2015 年第 1 期。

第一章
从"情者阴阳之几"到
"诗之情，几也"

——船山诗学的人性论基础与内在机制

在船山精研的众多学问中，诗学是最为独特的一种：一方面，"诗"是学者船山的研究对象，船山以智性哲人的眼光，注《诗》论《诗》，对历代诗人诗作也作了相当精到的点评；另一方面，"诗"也是隐者船山的一种生存方式，其人生阅历、感悟、哀乐、忧患无不寄托于诗歌的创作与批评当中。在半生著述的隐居环境下，"诗"成为连接船山生命之两面——感性之思绪（遗民情结）与学理之寄托（学术抱负）①的关键。细言之，"诗"不单成为船山情感体验的无可替代的承载体，同时也为其人性结构思辨尤其"情"的识认与呈现，提供了一个绝好的展示域。

船山尝言："诗以道性情，道性之情也。性中尽有天德、王道、事功、节义、礼乐、文章，却分派与《易》、《礼》、《书》、《春秋》去，彼不能代《诗》而言性之情，《诗》亦不能代彼也。"② 五经之中，《诗》区别于其他四经，独言"性之情"，这是船山对《诗》，同时也是对一切诗的基本

---

① 船山自题画像云"六经责我开生面，七尺从天乞活埋"，正涵括了船山的遗民情结与学术抱负。
② 王夫之：《明诗评选》卷五，徐渭《严先生祠》评语，《船山全书》第十四册，第1440~1441页。辨六经之体，古来有之。《庄子·天下》曰："《诗》以道志，《书》以道事，《礼》以道行，《乐》以道和，《易》以道阴阳，《春秋》以道名分。"杨慎《升庵诗话》卷四"诗史"条："夫六经各有体，《易》以道阴阳，《诗》以道性情，《春秋》以道名分。……若《诗》者，其体其旨与《易》、《书》、《春秋》判然矣。"船山之六经辨体意识，原继前人，其《诗》体定位尤合于杨慎之论，然其人性论视野，无人涉及，可谓独创。

定位。而船山所言"天德、王道、事功、节义、礼乐、文章"以及"情"，又无不被涵括于"性"之中，从这一角度来看，五经均可以视为"性"在不同层面上的独特呈现，这是船山的人性论视域在文体分类层面的显露。正是在此人性论视域下，船山所念兹在兹的"诗"，尤其是船山所赋予"诗"的"情"之内核，暗含了一种坚实的形上根源，这是船山诗学得以成立、流传，并特立于诸家诗论的根本，也是我们探讨船山诗学时要面对的根源性、本真性问题。

鉴于此，作为开篇第一章，本章即专注于船山诗学的人性论根源。首先从船山关于人性基本结构的论述入手，探析"情"的生成及性质，继而讨论"情"在诗中的具体呈现类型，最后落脚于"情"在诗歌内部的运行方式。以期在对船山诗学理路的探索行进中，做到"入门须正"[1]，并顺此路向，努力探求船山诗学的内在逻辑。

第一节 "性生"、"心几"与"情几"
——人性结构的动态生成

船山哲学承沿的基本是宋儒的路数。[2] 唐君毅以为："汉儒尊天而以人奉承天命，以阴阳五行之气，说明宇宙人生。周濂溪乃始言立人极以配天极，张横渠始言人为乾坤之孝子，而人道与天道，乃得并重。"[3] 宋儒区别于汉儒的一个重要体现即人道与天道并重，由外向转于内向，并逐渐偏于内向。在此前提下，船山的天人之学，同样以天道运行为论证起点，但其落脚点却是在人身上。由天至人，是船山哲学的基本逻辑。如在《读四书大全说》中，船山阐释"天命之谓性"时提出：

---

[1] 严羽撰、张健校笺《沧浪诗话校笺·诗辩》，上海古籍出版社，2012，第65页。
[2] 嵇文甫评价船山："综合他整个的理论体系，而判断他在中国近古思想史上的地位，可以说他是：宗师横渠，修正程朱，反对陆王。"（嵇文甫：《王船山学术论丛》，生活·读书·新知三联书店，1962，第109页）熊十力提出："晚明有王船山作《易内外传》，宗主横渠，而和会于濂溪伊川朱子之间，独不满于邵氏。……然其骨子里自是宋学精神，非明者不辨也。"（熊十力：《十力语要》，岳麓社，2011，第84页）可见"宋学"是船山哲学的根底所在。
[3] 唐君毅：《中国哲学原论·原教篇》，中国社会科学出版社，2006，第321页。

> 天之所用为化者，气也；其化成乎道者，理也。天以其理授气于人，谓之命；人以其气受理于天，谓之性。①

在此段诠释中，船山从气本论出发，气之变化流行而成气中之理。进而以"气""理"为基点，显现出天人之间的对应关系，以及相应的命名。所谓"命"，是从"天"的角度说的，"天"将气中之理授于人，即形成"命"，"命"是由上而下而言；所谓"性"，则是从"人"的角度说的，"人"受命于天，受气中之理的贯注，即形成"性"，"性"是自下而上而言。所以"命"与"性"在本质上是一致的，只是落脚点不同，言"命"则落于"天"，言"性"则落于人。②而在船山哲学中，作为基本视点的人性层，显然在地位上要更为突出。"性"作为从"人"之角度连结天人的关键，也成为船山人性哲学展开的重要起点。

一 "性之生"：性的动态生成及其性质

在船山人性论中，"性"居于起点的位置，也居于核心的位置。船山曾言："性者，天人授受之总名也。"③可见"性"是天人贯通的连结点。在此基础上，船山又进一步强调了"性"之生成的"在人性"或"在我性"，提出"气之化而人生焉，人生而性成焉"④，"天以其阴阳五行之气生人，理即寓焉而凝之为性"⑤。显然，在船山看来，"人"诞生后，使"人"之所以为"人"的关键，即在于"性"的生成，我们甚至可以说，

---

① 王船山：《读四书大全说》卷十《孟子·尽心下篇》，《船山全书》第六册，第1139页。
② "命"与"性"的另一处不同，是"命"的范围比"性"要广。船山曾言："天道之本然是命，在人之天道是性，性者命也，命不仅性也。"（《读四书大全说·卷三》）又说："天之为命也广大。于人命之，于物亦命之。万物之生，无以异于人之生，天之所以并育而不害，天之仁也。人之为性也精微，惟人有性，惟人异于物之性。函性于心，乃以异于物之心，人之所以为万物之灵，人之道也。故君子于此专言性，而广言命焉。"（《四书训义·卷三十八》）可知，于船山所见，天地万物皆为天之气理所生，因此皆是"命"，但只有人所承受的天命称为"性"。所以，"性"被包含于天命中，"性"只能是单就人而言。船山虽也有"天命之人者为人之性，天命之物者为物之性"等一类的说法，但其区分性十分明显，船山所说的性，在其基本含义上特指人之性，不同于朱熹在解释"性、道"时的"俱兼人物说"。
③ 王夫之：《读四书大全说》卷一，《船山全书》第六册，第395页。
④ 王夫之：《读四书大全说》卷十，《船山全书》第六册，第1110页。
⑤ 王夫之：《张子正蒙注》卷三《诚明篇》，《船山全书》第十二册，第121页。

"人"的诞生,是以"性"的生成为根本标志的。正是在这个意义上,船山提出,"性"是"天所命我之本体"①,赋予了"性"以极高的"人"之本体地位。

"性"之所以有如此高的地位,还因其关涉到人性最根本的性质问题。船山以"性善论"与"性诚论",从"实有"②的角度对"性"之性质作了细致入微的辨析。

(一) 性善论

船山之"性善论",实即"继善成性"论。船山在《周易外传》中疏解"继之者,善也;成之者,性也"(《系辞上传》第五章)一句时提出:

> 成之者人也,继之者天人之际也,天则道而已矣。道大而善小,善大而性小。道生善,善生性。道无时不有,无动无静之不然,无可无否之不任受。善则天人相续之际,有其时矣。……道者善之所从出也。惟其有善,是以成之为性焉。善者性之所资也。方其为善,而后道有善矣;方其为性,而后善凝于性矣。③

船山设定了"道""善""性"三个等级分明的概念。这里所说的"道",即天之"道",是太极絪缊之气一阴一阳"相与摩荡"的过程,这里的阴阳之气,皆是善的④,因此,船山实际上是在"天"与"人"之间插入了一个"善"的先在概念。但这个"善"是须就"人"来说的,"道

---

① 王夫之:《读四书大全说》卷三,《船山全书》第六册,第542页。
② 与"有"相对的是"无",船山对"无"颇有成见,一个很重要的原因即"无"的界定无法落实。船山曰"无形,非无形也,人之目力穷于微,遂见为无也。心量穷于大,耳目之力穷于小"(《张子正蒙注》卷一),可见"无"的界定是建立在耳目感官基础上的,"无"被认为是感性所能把握范围以外的存在,这种对"无"的界定充满漏洞,很容易把"不可见者"误认为"无",而"无"显然是无法以感性来加以定义的。所以船山多从"实有"角度展开正面论述。"无"之一说,多用于佛老,用于儒家则多有不合。
③ 王夫之:《周易外传》卷五,《船山全书》第一册,第1006~1007页。
④ 船山曰:"天惟其大是以一阴一阳皆道,而无不善。"(《读四书大全说》卷八,《船山全书》第六册,第959页)又说:"气是善体。"(《读四书大全说》卷十,《船山全书》第六册,第1054页)可知"善"作为一个先在的概念,首先是由气显现而出的,"气"之本身、"气"之运行(即理)都是善的。但船山的"气本善"论与孟子的"性本善"论是一脉相承的,因此船山之"气本善"论,一个潜在的前提就是,"善"的存在与"人"是脱不开关系的。

统天地人物,善、性则专就人而言也"①。天道是不能独言"性"也不能独言"善"的,"善"存在于"天人相续之际",位于"天""人"之间,更具体地说,则是"天道生人"之际。所以,简言之,"道"言天,"善"言天人之际,"性"则专言人。

人所继之"善"又从何而来呢?"善"就产生于天道"阴阳相继"以"生人"的过程当中,强调一个"生"字,所以这里的"善"可以称为"生生之善"。船山所言之"道生善,善生性",均在强调一个相继相生的过程,一环扣一环,前者催生出后者,而后者又反过来突显出前者。

就"道生善"而言,既然"善"产生于天道"阴阳相继"以"生人"的过程当中,就必然先有天道,才有阴阳相继、以"生"人之善的可能,即所谓"道者,善之所从出也";与此同时,人之"生"的现实又让我们得以反过来确信"道"之生"善"的可能,这也就是船山所说的"方其为善,而后道有善矣"。所以"道生善"是一个顺向立论与逆向验证相重合的过程,在这一过程中,先在的"善"得以在秩序中确立。

就"善生性"而言,同样如此,必先有"天道生人"时的"善",才有"性"之生成的可能,因为"惟其有善,是以成之为性焉""善者,性之所资也",虽如前文所说,"性"的形成是受命于天、受气中之理贯注的产物,但就其性质而言,"天人之际"的"善"则是"性"之生成的唯一凭借("资")。与此同时,飘荡于天人之间的"善",也得以在"性"之形成过程中凝聚下来,此即"方其为性,而后善凝于性矣"②,"性"一旦生成,"善"就已经寓于其中了。所以"善生性"同样是一个"以善生性"与"以性凝善"相重叠的双向过程。

通过"善生性"的这一双向过程,我们可以很容易地发现,"性"在其产生之初,就必然是"善"的:一方面,善"成之为性",即"性"是

---

① 王夫之:《周易内传》卷五上,《船山全书》第一册,第526页。
② 需要注意的是,这里的"凝",以及"成之为性"的"成",都已暗示出人之形质的一面。天道之所以不能言性,也不能言善,善之所以要"成"性,要"凝于"性,是因为天道不是实物,"善"最终也需落于实物,这个实物即"人身",即人之"形质"。只有天道所凝成的有形质可见的"人"才能言性,性必然是身体化的。可参见船山所言:"《易》曰'继之者善也',言命也;命者,天人之相继者也。'成之者性也',言质也;既成乎质,而性斯凝也。质中之命谓之性。"(《读四书大全说》卷七,《船山全书》第六册,第862页)

"善"之所成，这是讲"性"之根源；另一方面，"善凝于性"，即"性"之中所凝的是"善"，这是讲"性"之构成。所以不论是从根源上看，还是从构成上看，"性"都必然是"善"的。这是船山所理解的"性"的本真性质。

但如果我们从整体上来看，会发现，这里所讲的"善成性"与"善凝于性"，其实都还是从"天道生人"之"善"的角度来讲的，这是一种自上而下的理想型立论，它假设人的活动是完美的，是完全符合规则的。而实际上，人的能动性一旦介入，会产生极为复杂的结果，至少"人之性"的"善"不再是一个言之凿凿的确论，而具备了"不善"的可能。船山显然不会忽视人的能动性，相反，船山的诸多理论恰恰是立足于人的，他的基本逻辑是：先给出"性善"的必然性存有论前提，然后探究人所造成的"性不善"的众多原因，最后提出相应策略，力求使人达到"性善"。

"性"之所以会有"不善"，第一个原因即"善"的"不继"。船山曰："继之则善矣，不继则不善矣。天无所不继，故善不穷，人有所不继，则恶兴焉。"[1] 在"凝善成性"的过程中，一个重要关键即在于能否"相继"之。这里的"继"可以分两个层面："天之继"与"人之继"。所谓"天之继"，是指阴阳相继、生生不息的成人成物的过程，在这个过程中，此一"天道生人"之"善"是必然的，是不可穷尽的。所谓"人之继"，则指"天道生人"之"善"要真正凝成人身中的善性，尚需要人主动地去"继"善。这里的"继"是何意呢？船山解释为"'继'者，天人相接续之际，命之流行于人者也"[2]，从命授人、人受天这一人本位的角度，诠释了"继"的含义。正因为这里的"人之继"是以人为主的，所以不同于阴阳相继、生生不息的"天之继"，"人之继"的运行与否，或者说其继或不继的事实，决定权在人而不在天。"天道生人"之"善"为纯善，此"善"成为"性"也是纯善之性，但人却有继或不继的能力，因此，人的能动性在此就显得格外重要。按照船山的意愿，"人之继"显然是极为必要的，因为"继"则"善"，"不继"则"不善"。人惟"继善"，才能"成性"。

---

[1] 王夫之：《周易外传》卷五，《船山全书》第一册，第1008页。
[2] 王夫之：《周易内传》卷五上，《船山全书》第一册，第526页。

"性"要保有其"善",使其不至于流于"不善",还应注意它自身的"日生日成"特性。船山此论颇异于前人,他认为,人之"性"是禀天之纯善而成的,但并非一出生后就固定不变了。他曾言,"命之自天,受之为性。终身之永,终食之顷,何非受命之时?皆命也,则皆性也。天命之谓性,岂但初生之独受乎?"①,"天日命于人,而人日受命于天。故曰性者生也,日生而日成之也"②。可见船山所言之性,绝非"初生之独受",而是一个"日生日成"的动态过程。他具体阐释说:"在天降之为雨露,在木受之为萌蘖;在天命之为健顺之气,在人受之为仁义之心。而今之雨露,非昨之雨露;则今日平旦之气,非昨者平旦之气,亦明矣。"③ 显然,在船山看来,受天命健顺之气而成的"性",正与受天降之雨露而成的"萌蘖"相类,雨露随时间推移是变化的,"萌蘖"由此也随之变化,同样,天之气是变化的,因此人之"性"每日也在变化着。此外,船山所说的"性"之"日成",在天命之授以外,还受到后天之"习"的影响,"习与性成者,习成而性与成也"④。"习",即外在环境的习染,"习于外而生于中,故曰'习与性成'"⑤,人"日渐月渍于里巷村落之中"⑥,可能受到正面之"习"的影响,也可能受到负面之"习"的影响,这是在"不继"之外,人之"性"之所以会有不善的另一重要的人为原因。如何能在"习"的影响中达到性之纯善呢,船山认为,唯有"养性",他说:"是以君子自强不息,日乾夕惕,而择之,守之,以养性也。于是有生以后,日生之性益善而无恶焉。"⑦ 依靠这种后天的"养性",人对后天之"习"加以制约,对"性"之"善"加以增益,才能使"善性"在朝夕不断的"养"之过程中不断得到完善。

船山以上所讲几点,均是将重点置于人之能动性上,其目的无外乎在复杂的反面辨析中为"性善"论的成立以及施行寻得更坚固的保障。可以说,在这一过程中,船山所提及的一切"不善",实际都是为了让人警惕

---

① 王夫之:《尚书引义》卷三,《船山全书》第二册,第301页。
② 王夫之:《尚书引义》卷三,《船山全书》第二册,第300页。
③ 王夫之:《读四书大全说》卷十,《船山全书》第六册,第1075~1076页。
④ 王夫之:《尚书引义》卷三,《船山全书》第二册,第299页。
⑤ 王夫之:《读四书大全说》卷八,《船山全书》第六册,第962页。
⑥ 王夫之:《俟解》,《船山全书》第十二册,第494页。
⑦ 王夫之:《尚书引义》卷三,《船山全书》第二册,第300页。

之，克服之，最后通向"善"，通向"善"之"性"的根本确立。在船山那里，"不善"是暂时的，"善"才是永恒的。"性善"论的确立，才最终促成了人之"性"的确立。

与此同时，这一从"不善"走向"善"的能动性过程，又较为完整地呈现船山人性哲学的一个鲜明特征——动态性。以前面所讲的人之能动性为例；如果说船山的"继善成性"论，是在空间维度上强调"善性"的形成，那么，他的"性日生日成"与"养性"论，则是在时间维度上强调"性善"的无限完成性。这种空间上的"相继"，与时间上的"相续"，在现实当中是融合在一起的，由此形成人之"善性"的无限动态性与生成性。船山有言："有在人之几，有在天之几。成之者性，天之几也。初生之造，生后之积，俱有之也。取精用物而性与成焉，人之几也。"[①] "几"之内涵相对复杂，其基本义为"萌动""预兆""隐微""时机"，但随着具体语境的变化，又往往会生出与基本义相关的更细微的新内涵，所以，在本章中，我们对"几"的定义，拟采用一种动态定义法，即结合其所在的文本语境，在不脱离其基本义的前提下，对"几"之内涵作更具体、更精确、更隐微的探明，并在这种层垒定义的基础上，最终以分层的形式对"几"之内涵加以总结阐明。

具体到此处的"在人之几"与"在天之几"，如果我们暂不把"几"局限于狭义的"征兆"等义项上，则不难发现其中所蕴含的动态意味。"成之者性"，是"天道生人"之"善"凝于人而成"性"，是自上而下的运动，是天之"几"的显现；"性与成焉"，则是人以其"取精用物"的能动性，"继善""习养"，是自下而上的运动，是人之"几"的显现。它们都被统一在"性"之"生"这一更大的双向动态过程中。宏观来看，以天为主的"成之"的运动与以人为主的"与成"的运动，其实在船山视野中均涵括空间性与时间性，只不过，相比较而言，船山对人之能动性更为重视，他所论述的人之"继善"与"习养"也更为精微透彻，因为这是可以在实践中扎扎实实去做的事情，也源于此，船山所说的"人之几"，从某种程度上来说，在"性"的现实生成上，实际上发挥了更大的作用。

---

① 王夫之：《尚书引义》卷三，《船山全书》第二册，第302页。

(二) 性诚论

船山辨析"性"之性质，所主张的另一实有性角度是"性诚"论。

船山曰："自天有命，则知诚以为命矣；命以为性，则性皆其诚矣；率性为道，则道本于诚矣。"[1] 前面我们已说明，人惟"继善"，才能"成性"，惟"善"才是"性"的本真性质，但这里又说"性皆其诚"，如何理解这种看似迥异的说法呢？实际上，在船山哲学中，"善"与"诚"于内在之中是一致的。他提出：

> 惟其诚，是以善（诚于天，是以善于人）；惟其善，斯以有其诚（天善之，故人能诚之。）所有者诚也；有所有者善也。[2]

由此可知，"诚"与"善"是互为前提的，如果说"善"是一种存有，那么"诚"则是一种存有的状态，一种真实无妄存有状态，当然，这种状态本身又被船山实有化[3]，但其"真实无妄"的内涵与其"状态"属性并未改变。"善"必然是"诚"的，无"诚"则无所谓"善"，"诚"是"善"之所以为"善"的根本，此即"惟其诚，是以善"；"诚"又是依存于实有之"善"的，无"善"则无"诚"，"善"是"诚"的存在基础，此即"惟其善，斯以有其诚"。

从天人关系的角度来看，会对此"诚""善"关系有更具体的认识：只有天道是"诚"的，它才能生人之"善"，凝"善"于人"性"之中，此即"诚于天，是以善于人"；天道具有这一生人之"善"，但惟人有"诚"[4]，此"善"才能"继"之以"成性"，按照一个理想化的逻辑，人为"成性"，在求"继"此"善"时必然会"诚"，此即"天善之，故人能诚之"。从这个角度来看，不难看到一个突出的事实：不论是天道成就

---

[1] 王夫之：《四书训义》卷四，《船山全书》第七册，第232页。
[2] 王夫之：《读四书大全说》卷十，《船山全书》第六册，第1051页。括号中的文字皆为船山之自注。
[3] 如船山尝言："夫诚者实有者也。"（《尚书引义》卷三，《说命上》，《船山全书》第二册，第306页）
[4] 孟子曰："诚者，天之道也；诚之者，人之道也。"（《孟子·离娄上》，见杨伯峻《孟子译注》，中华书局，2012，第185页）船山赞同此言。这里的"诚之"，意即人须"有诚"，真实无妄。

其生人之"善",还是人继天之善以成就其性之"善",都离不开"诚","诚"的重要性似乎要更为明显。

正是在这个意义上,船山提出"所有者,诚也;有所有者,善也"的区辨。

其一,"诚"是"所有者","善"是"有所有者",单从字面之涵括范围上即可看出,"善"是"有诚",或者说,"有诚"才能谓之"善"。可见,在船山那里,对"善"的界定要通过"诚","诚"显然是比"善"更为基础的东西。

其二,"所有"即全部,即整体,"所有者诚也"即是说,"诚"存在于整个宇宙之间,涵括天地人。"有所有者"之第一个"有"则突出了一个主体,这个主体可能是天,也可能是人①,它将这个"所有者"——"诚",体现在自身之上而为己所有,这个体现的结果,就是"善"。所以,比较而言,"诚"与"善"之间存在一个序列先后的问题,正如陈来所说:"诚是第一序的概念,善是第二序的概念,诚是善的前提,善是诚的结果。"②

以此为基本思路,具体到"性"上,船山明确提出了以"诚"代"善"的想法:

> 孟子斩截说个"善",是推究根原语。善且是继之者,若论性,只唤作性便足也。性里面自有仁、义、礼、智、信之五常,与天之元、亨、利、贞同体,不与恶作对。故说善,且不如说诚。……孟子言善,且以可见者言之。可见者,可以尽性之定体,而未能即以显性之本体。③

---

① 陈来认为:"'所有者'这里当指天道实体的本然之诚而言,'有所有者'指人道'诚之'的努力使诚体现于己身而为己所有。"(陈来:《诠释与重建——王船山的哲学精神》(第二版),北京大学出版社,2013,第163页)结合船山接下来有关"性"之定体与本体的论述,对"有所有者"的理解接近于人之道可能更易被接受,但若从与"诚"平等对话的角度讲,理解"有所有者",也不可忽视其中的天道维度。

② 陈来:《诠释与重建——王船山的哲学精神》(第二版),北京大学出版社,2013,第163页。

③ 王夫之:《读四书大全说》卷十,《船山全书》第六册,第1051页。

在船山看来，"性"之名足以论性，"性"自身是一个自足的实体，其内部包含仁、义、礼、智、信，所连接的是"天之元、亨、利、贞"。"性"并不一定非得与"恶"相对立才能显现其本质，"性"的存在具有其独一性。"善"的提出，更多的是从根源上来对"性"作一个定性，即对其性质作一个本源式的确立。"善"虽然是先在的存有，但人"性"之成在具体与"善"进行关联的时候，却总是脱离不开"善/恶"或"善/不善"相对举的形态，人们在理解"善"的时候，也脱不开这种相对的思路。因此，要言"性善"，就必然要对"继善成性""舍善不足以言性"等作相当精微的阐述，这也是船山花费巨大篇幅探析"性善"论的原因之一。相比之下，"诚"更适合作"性"之"本体"，因为"诚"是"无对之词"[1]，船山曰"诚，无恶也，皆善也"[2]，以"诚"为"性"之体就不存在"性善"与"性不善"的争论，这与"性"之存在的独一性是相吻合的。但实际上，"性诚"论并没有消除对举性或争议性，它只是把对举或争议从"性"的内部移出，转移到了主体的能动性上。

综上，"性诚"论可以说是"性善"论的深化与发展，二者在路向上是一致的，是毫无分歧的。但由于"诚"之次序要高于"善"之次序，"诚"作为无对之词也更为凝练，在作用于"性"之时，不易发生歧义与理解上的纷争，所以"以诚言性"比"以善言性"要来得简约而透彻。这种简约透彻，更多是从效果上说的，从本质上看，"善"与"诚"的价值取向绝无不同，因此，不论是"性善"还是"性诚"，"性"之生成时的正面取向是自然且必然的。

由此我们可以对此节中有关"性"的部分做一个小结。

第一，在船山那里，"性"必然，也应该是"善"的。"善"是船山所理解的"性"的本真性质，是"性"之所以为"性"的一个存有论前提。船山关于"性"的一切讨论，都是在"性善"这一根本前提下进行的。船山从人之角度所作的大量论述，实际上都是为了给人所造成的"不善"找到根源，并将这些"不善"，最终导向于"善"。"性诚"是船山对人之"性"的另一性质定位，其本质与"性善"相同，由于"诚"比

---

[1] 王夫之：《读四书大全说》卷九，《船山全书》第六册，第995页。
[2] 王夫之：《思问录·内篇》，《船山全书》第十二册，第426页。

"善"更基础、更深入、更独一，所以更接近一种"本体"地位，但"性诚"论的论证过程也因此相对简约。"性诚"论与"性善"论，于内在之中是一致的，都是人"性"生成的根本前提。

第二，"性善"论的理论内涵更具启示意义。船山所理解的"性"（即"善性"）之生成，是一个生生不息的动态过程。从生成立场的角度看，"性"之生成涉及"天之几"与"人之几"，前者自上而下，后者自下而上，均在空间性（"善凝于性"与"继善成性"）与时间性（"命日受"与"性日成"）上呈现无限的动态性与生成性。比较而言，船山在"人之几"层次上的论述要相对深入一些，这为他的人性结构的动态建构提供了一个坚实的基础。

第三，在船山人性论中，"性"处于一个起点的位置，也处于核心的位置。一方面，"性"是连接天人的"结点"；另一方面，在人性论中，"性"是所有论题当中绕不开的"关键点"，人性论中的"心""情""才""理"等，均需要在"性"的统照下，才能寻找到各自的位置。可以说，正是由于"性"的建立，人性结构才能得以初步构建。

以此"善之性"及"诚之性"为起点，我们可继续对船山的人性结构做进一步探索。

二 "心者，几也"：心之内涵、功能、定位与性质

（一）心之内涵及其动态功能

人之"性"成，必落于形体。船山曰："'成之者性也'，言质也；既成乎质，而性斯凝也。质中之命谓之性。"[①] 所谓"质"，即人之"形质"、身体，具体而言，性成之"质"即人"心"，即船山所说的"人受性于天，而凝之于心"[②]。所以，与"性"之连接天人的关联性意义相类似，"心"也具备一种沟通性的节点意义，只不过它所连接的是"性"与"身"：一方面，"心"凝"性"于其中，某种程度上是"性"的呈现者，此时的"心"是与"性善"相关的"仁义之心"；另一方面，"心"居于"身"之中，而且是"身"之主宰，它必然脱不开"身"的一些特征，与

---

① 王夫之：《读四书大全说》卷七，《船山全书》第六册，第862页。
② 王夫之：《四书训义》（下），《船山全书》第八册，第704页。

"身"之视觉、听觉、嗅觉等感官功能相关联,"心"具有一种统摄性的"知觉"功能,此时的"心",即掌管"知觉"的"灵明之心"(有时船山直接称其为"知觉之心")。

从这一双面性的视角出发,可对"心"之内涵有进一步的认识。

第一,从"灵明之心"的一面来说,"心"掌握着寓于身体感官中的知觉能力。船山对此有比较详细的论述:

> 一人之身,居要者心也。而心之神明,散寄于五藏,待感于五官。肝、脾、肺、肾,魂魄志思之藏也,一藏失理而心之灵已损矣。无目而心不辨色,无耳而心不知声,无手足而心无能指使,一官失用而心之灵已废矣。①

作为人身体中的"居要者","心"显然具有一种主宰的性质,船山谓其为"心"之"神明",强调其主宰性,具体则体现为一种知觉能力,这种能力是需借助于"五藏"与"五官"的,感官一旦受损,就会影响到"心"在某一方面的知觉能力。例如,人若生来目盲,就根本无法知觉色与象为何物,若生来失聪,就根本无法知觉声音为何物,这种感官知觉的丧失,会直接影响到心的认知功能。反过来说,身体感官也是依托于心的,没有心之"知觉"的参与,感官功能会失去意义。如船山所言,"耳与声合,目与色合,皆心所翕辟之牖也"②,与外在对象相"合"的耳目等感官,是心之活动的窗口,这里的"合"是需要心之"知觉"的介入才能形成的,"合"是"感官"与"知觉"的统一体。若无心之"知觉",耳目的感知就没有意义,就无所谓"合",就是见如不见,闻如不闻。例如,当一个人处于巨大伤痛,或者全神贯注于某一事件时,其所见所闻即如不见不闻。船山也举过类似的例子:"舆薪过前,群言杂至,而非意所属,则见如不见,闻如不闻。其非耳目之受而即合,明矣。"③"非意所属",即无"知觉"的介入,一车柴薪从你眼前走过,一群人在你周围乱哄哄地讲话,但若你根本无"意"(此即相当于"知觉")于此,那纯由感官而得

---

① 王夫之:《尚书引义》卷六,《毕命》,《船山全书》第二册,第412页。
② 王夫之:《张子正蒙注》卷四,《船山全书》第十二册,第146页。
③ 王夫之:《张子正蒙注》卷四,《船山全书》第十二册,第146页。

的这些声与色，对此时的你而言就没有任何意义了，也就相当于不见不闻。

第二，从"性"凝于"心"的角度来说，"性"所给予"心"的影响是源头式的、根基性的。船山尝曰，"性与生俱，而心由性发"①，"心为性之所生"②，可见，从心之根源来看，"心"可被称为"性发"之"心"或"性生"之"心"。而"性"之本质又是"善"的，是"仁义"的，如船山所说，"仁义，善者也，性之德也。心含性而效动，故曰仁义之心也"③，所以"性发"或"性生"之"心"，实质上就是"性德"之心，"性善"之心，"仁义"之心。

如果说"灵明之心"是与"身"相对应的，那么"仁义之心"则是与人性的内在修养相对应的。"灵明之心"主宰"身"，统摄"身"，是通过一种"知觉"功能，"仁义之心"要实现自我强化，则通过"思"，即如船山所言："仁义自是性，天事也；思则是心官，人事也。天与人以仁义之心，只在心里面。唯其有仁义之心，是以心有其思之能，不然，则但解知觉运动而已。此仁义为本而生乎思也……心唯有其思，则仁义于此而得，而所得亦必仁义。"④ 只有在"仁义之心"的层次上，"心"才会有"思之能"，反过来，"思"发生以后，又会使"心"不断"得"到"仁义"，二者互为前提、互相促进。"仁义"与"思"，都处在义理道德层面上，"灵明之心"与"知觉运动"则处于生理、心理层面上，所以作为"仁义之心"功能的"思"，与作为"灵明之心"功能的"知觉"，有着根本性的不同，船山在讨论孟子的"心之官则思"⑤ 的说法时，对二者的差异做了十分精细的辨析：

> 孟子于此，昌言之曰："心之官则思"，今试于当体而反考之。知为思乎，觉为思乎，运动为思乎？知而能知，觉而能觉，运动而能运动，待思而得乎，不待思而得乎？所知、所觉、所运动者，非两相交

---

① 王夫之：《读四书大全说》卷三，《船山全书》第六册，第553页。
② 王夫之：《读四书大全说》卷八，《船山全书》第六册，第893页。
③ 王夫之：《读四书大全说》卷八，《船山全书》第六册，第893页。
④ 王夫之：《读四书大全说》卷十，《船山全书》第六册，第1091页。
⑤ 孟子曰："耳目之官不思，而蔽于物。物交物，则引之而已矣。心之官则思，思则得之，不思则不得也。"（杨伯峻译注《孟子译注·告子上》，中华书局，2012，第295页）

而相引者乎？所知所觉、以运以动之情理，有不蔽于物而能后物以存、先物而有者乎？（所知一物，则止一物。如知鸠为鸠，则蔽于鸠，不能通以知鹰。觉、运动亦如之。）审此，则此之言心，非知觉运动之心可知已。①

船山从两个方面将"思"与知觉运动作了对比：一方面，从"得"的途径而言，有"思"才能"得之"，但"知""觉""运动"都不必等待"思"就可以"得"（"不思而亦得"），从这个角度说，"知""觉""运动"都不是"思"。另一方面，从与外物的关系而言，"知""觉""运动"都是在与外物相交而相引，这种相交相引可以使"心"知觉具体之物，但同时这种知觉也使"心"受限于具体之物，"思"则不需要与外物相交相引，而是独立进行，即船山所说的"物引不动，经纬自全，方谓之思"②，因其不需凭借外物，所以也不会受外物之蔽，从这个角度说，"知""觉""运动"也不是"思"，"思"是高于知觉运动的。由此船山得出结论，"思"不适用于"知觉之心"（"灵明之心"），或者说，在"知觉之心"（"灵明之心"）中理解"思"是不恰当的，是错位的。所以船山认为，孟子这里所说的"心"，绝非"知觉运动之心"（"灵明之心"），而是"仁义之心"，即所谓"唯其有仁义之心，是以心有其思之能，不然，则但解知觉运动而已"③，这就将"思"与"知觉"这两种不同功能的层次性与本原性划分清楚了。

相对应地，"仁义之心"与"灵明之心"也有了本末区分。船山曰：

> 仁义者，心之实也，若天之有阴阳也。知觉运动，心之几也，若阴阳之有变合也。若舍其实而但言其几，则此知觉运动之惓惓者，放之而固为放辟邪侈，即求之而亦但尽乎好恶攻取之用；浸令存之，亦不过如释氏之三唤主人而已。④

---

① 王夫之：《读四书大全说》卷十，《船山全书》第六册，第1090页。
② 王夫之：《读四书大全说》卷十，《船山全书》第六册，第1093页。
③ 王夫之：《读四书大全说》卷十，《船山全书》第六册，第1091页。
④ 王夫之：《读四书大全说》卷八，《船山全书》第六册，第893页。

这里的"仁义"即"性",强调的是心的内在层次、精神层次或者说道德层次;"知觉运动"则在某种意义上就是"知觉之心"本身,强调的是心的外在层次、感官层次或者说身体层次。这里所说的"实"相当于本体,"几"则与"天之几,人之几"的"几"相类似,强调一种动态性,相当于"现象的发动与运动"[①]。由此可以知道,这段话就是讲"心"之内外的区别,并由内外之别导向本末之别。在船山看来,"仁义"是心之本体("实"),"知觉"是心之动象("几"),对"心"的全面理解就应该从这两方面来进行,缺少任何一方都是不完整的,尤其不可忽视"仁义"的本体地位。而在现实当中,人多偏向于"知觉",很少涉及"仁义",亦即"言其几"而"舍其实",这实际上就是把"心之几"当成了心之本体,当成了整体之"心"。船山认为,这显然是歪门邪道,是舍本逐末,与只讲"灵明之心"("知觉之心")的佛家就没什么两样了。所以,在船山那里,"仁义之心"是"本","知觉之心"是"末",这是不可随意变动的。

但从宏观的角度说,"灵明之心"与"仁义之心"的区分,及其功能的区分,实际上又只是为了突出"心"的某一种性质。从本原角度或者整体角度来看,"心"只有一个[②],只是分出了不同的层面,或者说不同的侧重。由此,我们可对"心"之基本层次作如下示意:

[①] 陈来:《诠释与重建——王船山的哲学精神》(第二版),北京大学出版社,2013,第196页。

[②] 船山尝曰:"古者字极简。秦程邈作隶书,尚止三千字。许慎《说文》,亦不逮今字十之二三。字简则取义自广,统此一字,随所用而别;熟绎上下文,涵泳以求其立言之指,则差别毕见矣。如均一'心'字,有以虚灵知觉而言者,'心之官则思'之类是也;有以所存之志而言者,'先正其心'是也;有以所发之意而言者,'从心所欲'是也;有以函仁义为体,为人所独有,异于禽兽而言者,'求放心'及'操则存,舍则亡'者是也;有统性情而言者,四端之心是也;有性为实体,心为虚用,与性分言者,'尽心知性'与张子所云'性不简知其心'是也。"(《夕堂永日绪论外编》,《船山全书》第十五册,第856页)对于"心"的这种"多义性",船山颇有见地,他认为,之所以会有这样的情况,最主要的原因即古字极简,无法对应"心"之中的各类差异而专门命名,因此统之以"心"之一字,"随所用而别",这就要求人们在理解"心"的时候,要紧密结合上下文语境,才能推求其意。由此也可推知,"心"的"多义性"其实就是为了突出"心"之某一特定的性质或功能。并不是"心"有很多种,"心"只是一心,但其性质与功能却是多样的。

心 { 本：仁义之心（形上性：性之所生）——功能：思（道德性）
末：灵明之心（形下性：与生俱有）——功能：知觉（感官性）

作为心之功能的"思"与"知觉"，由于所处的"心"之层次不同，其差异自然极为明显，但另一方面，"思"与"知觉"被统一在"整一之心"之下，①又呈现一种内在的一致性——"动态性"。"心"之功能的动态性，是"心"之动态品性的主要呈现途径。

船山在《读四书大全说》的相近两处提及同一句话——"心含性而效动"，分别是：

> 孟子云"存其心"，又云"求其放心"，则亦"道性善"之旨。其既言性而又言心，或言心而不言性，则以性继善而无为，天之德也；**心含性而效动**，人之德也。②
>
> 仁义，善者也，性之德也。**心含性而效动**，故曰仁义之心也。③

此"效"之一字可作两种含义理解。第一种，"效"是"显示""呈现"之义，此一理解更为常见，如陈来即按此义，释"心含性而效动"为"性是天赋的本体，无所谓动静，是无为的；心则有动有静，是有为的；心包含性于自身之中，性则通过心之动表现出来"④。但实际上，此处的"效"还可以有另外一种理解，即"仿效"之义，《说文解字》即以"象"（段玉裁以为"象当作像"）为"效"之本义。若结合笔者前面关于"性"的论述，则不难理解"心含性而效动"的这另外一层含义。正如前文所提，"天道"层次上的"善"终究是要落于人以成其"性"的，但这一纯善之性究竟成与不成，关键是看人继还是不继，加之性的"日生日

---

① 船山曾言："张子曰：'合性与知觉，有心之名。'性者道心也，知觉者人心也。人心道心合而为心。"（《读四书大全说》卷十，《船山全书》第六册，第1112页）"性"即"道心""仁义之心"，"知觉"即"人心""知觉之心"，两者"合而为心"，所合之心即"整一之心"。而分属于"仁义之心"的"思"、"知觉之心"的"知觉"也就被统一在这一"整一之心"之下了。
② 王夫之：《读四书大全说》卷八，《船山全书》第六册，第893页。
③ 王夫之：《读四书大全说》卷八，《船山全书》第六册，第893页。
④ 陈来：《诠释与重建——王船山的哲学精神》（第二版），北京大学出版社，2013，第195页。

成"特性，这种空间上的"相继"，与时间上的"相续"，使"性"的生成充满了动态性。纯善之性的这种"相继"与"相续"，主要是要靠人来实现的，相比之下，"天"的参与度很低，因此就呈现"无为"的品性（"德"）了；"性"之"成"则最终需要落于人之"形质"，具体来说也就是"心"中，"心"则"含性"而效其"动"，由此同样呈现鲜明的动态品性。可见，对于"心含性而效动"的后一种理解，似乎更能帮助我们理解"心"与"性"于内在之中的一致性与承接关系。但总体而言，不论哪一种理解，"心含性而效动"的提出，毫无疑问突显出了"心"的动态品性。

但这一"整一之心"的动态品性，主要还是借助于"仁义之心"与"灵明之心"，通过"思"与"知觉"的形式呈现出来。相比而言，"知觉"的动态性要更为明显，船山所说的"心之几"，指的主要就是"知觉运动"，这是人在日常生活中时时刻刻体验着的；"思"则要高级得多，它主要是在"仁义之心"的层次上发挥其功用，即所谓"唯其有仁义之心，是以心有其思之能"①，这其实是一种更高层次的"心"之动态形式，是"于形而上用思"②，圣贤、君子在此一层次上的活动要更常见一些。

此外，"思"与"知觉"虽处在不同的层次，但二者间也有紧密的联系，只不过按照船山的说法，一个是正面的联系，一个是负面的联系。从正面来看，"思"仅处于"仁义之心"的道德层次，是"形上之思"，"不假立色立声以致其思"③，即并不需要借助于外物而进行活动，但这个"思"一旦形成，却可以使"万物皆备于我"④，船山曰"待其发用，则思抑行乎所睹所闻而以尽耳目之用。唯本乎思以役耳目，则或有所交，自其所当交"⑤，显然在船山看来，"形上之思"是可以役使耳目感官的。从负面来看，"今人但不能于形而上用思，所以不知思之本位，而必假乎耳目以成思"⑥，由于"今人"根本不知道"思"的本来位置，无法在"仁义""形上"层次上生"思"，所以转而借助于耳目感官以成其"思"，形成所

---

① 王夫之：《读四书大全说》卷十，《船山全书》第六册，第1093页。
② 王夫之：《读四书大全说》卷十，《船山全书》第六册，第1093页。
③ 王夫之：《读四书大全说》卷十，《船山全书》第六册，第1094页。
④ 王夫之：《读四书大全说》卷十，《船山全书》第六册，第1094页。
⑤ 王夫之：《读四书大全说》卷十，《船山全书》第六册，第1094页。
⑥ 王夫之：《读四书大全说》卷十，《船山全书》第六册，第1093页。

谓的"思食思色"。那"思食思色"之"思"还是不是"思"呢?船山说:"若思食色等,则虽未尝见未尝闻,却目中若现其色,耳中若闻其声,此虽不蔽于现前之物,而亦蔽于所欲得之物……此却是耳目效用,心为之役。心替其功能以效于耳目之聪明,则亦耳目之官诱心从彼,而尚得谓之思哉?"[1] 因为"思食思色"之"思",虽"思之不必得",但"不思亦未尝不得",所以从"不思则不得"的角度来考察"思食思色",分辨力并不强。船山转而从"蔽于物"的角度来展开辨析,船山认为,"思食思色",看起来是没有被眼前之物所蒙蔽,但实际上却是被其所"欲得"之物所蒙蔽了,所以"思食思色"本质上就是"耳目效用"而"心为之役",引诱"心"跟随耳目而走,这样的"思"就绝无法称得上"思"了。实际上,一旦离开"仁义"的层次,"思"也就无法进行了,人们将"思"置于耳目感官的知觉基础上,就已经抽空了"思"之本义,"思食思色"只是假借了"思"之名,行的却是感官之实。所以船山明确提出:"唯思仁义者为思,而思食色等非思也。"[2] 由此也可以知晓,思与知觉的联系,只有第一种正面的联系才是有效的,后一种负面的联系,本质上就是感官知觉假借"思"的名义自逐其欲,与"思"之本身并不搭界。

通过以上分析,可稍作小结:从整体上看,"心"是整一的,这个"整一之心",基本可划分为两个层次。"仁义之心",或者说"心"的仁义性、善性、诚性等,是"心"的高级层次,强调的是承"性"而来的道德品质,在这一层次上,"心"之"动"的形态体现为"思",即一种自我的反思与修养,"思"是自生的,不凭借感官,亦不凭借外物,但一旦生成,却可以对感觉有役使之力。"灵明之心"或者说"心"的知觉性、感知性,是"心"的低级层次,强调的是与生俱来的感官特性,在这一层次上,"心"之"动"的形态就是"知觉",即对外物的感知,"知觉"是需与外物相交相引才能产生的,"知觉"层面上也会有"思"的产生,但这时的"思"已被感官所役使,与"仁义"之"思"是截然不同的。

(二) 心之定位及其基本性质

1. 心之定位

当船山提出"心由性发""心为性之所生"的时候,从某种意义上说,

---

[1] 王夫之:《读四书大全说》卷十,《船山全书》第六册,第1092页。
[2] 王夫之:《读四书大全说》卷十,《船山全书》第六册,第1093页。

就已经给"心"作出了基本的定位。实际上,船山并不仅仅是从"性"的角度来审视"心"、定位"心","情"的角度他也并未忽视。船山提出了许多关于"性"、"情"与"心"之关系的论述,如:

> 性与生俱,而心由性发。①
> 性为心之所统,心为性之所生,则心与性直不得分为二,故孟子言心与言性善无别。"尽其心者知其性",唯一故也。②
> 性自是心之主,心但为情之主。③
> 心统性情,而性为情节。④
> 心者,函性、情、才而统言之也。⑤

这五则引文似乎稍显混乱,一方面,"心"似乎是被主宰的,如"心由性发""心为性之所生""性自是心之主",都在表达这一意思;另一方面,"心"又似乎凌驾于"性"与"情"之上,如"性为心之所统""心统性情""心函性情才",都透露出这种倾向。如何理解"性主心""心统性情"这一看似矛盾的关系呢?关键还是要厘清这两者的具体含义。

"性主心"的含义比较明确。"主",即主宰,即统摄,由于"心"本就是"由性而发""性之所生",所以"心"的内在品质实际上就是由"性"来决定的。而且由于人之"性"受于天,"受"之后需要有"质"来成之,此即"凝之于心"⑥,"凝之于心"之后,"性"主要就通过"心"来呈现,这种隐藏性,与前面所说的统摄性,正是"主"之内涵的两个基本要义。所以"性主心"的含义就是指,"性"隐于"心",并统摄着"心"。

"心统性情"的含义则相对复杂,船山对此作过辨析:

> "心统性情","统"字只作"兼"字看。其不言兼而言统者,性

---

① 王夫之:《读四书大全说》卷三,《船山全书》第六册,第553页。
② 王夫之:《读四书大全说》卷八,《船山全书》第六册,第893~894页。
③ 王夫之:《读四书大全说》卷八,《船山全书》第六册,第946页。
④ 王夫之:《诗广传》卷一,《召南十论》一《论鹊巢》,《船山全书》第三册,第308页。
⑤ 王夫之:《尚书引义》卷五《康诰》,《船山全书》第二册,第366页。
⑥ 王夫之:《四书训义》(下),《船山全书》第八册,第704页。

情有先后之序而非并立者也。实则所云"统"者，自其函受而言。若说个"主"字，则是性情显而心藏矣，此又不成义理。性自是心之主，心但为情之主，心不能主性也。①

首先，"统"字显然绝不具备"主"的含义，性已是"心之主"了，心不可能再是"性之主"。其次，"统"是从"函受"的角度说的，船山明确提出"心者，函性、情、才而统言之也"，可视作"心统性情"的另一说法。"函受"一般理解为包容、容纳，"心函性情"即"心"包含着"性"与"情"。再次，"统"又可以用"兼"来解释，"兼"即"同时涉及"或"同时具有"，"心兼性情"即"心"同时涉及"性"与"情"。最后，此处的"统"字虽近于"兼"，但比"兼"又更进一层，即"统"不仅仅是"同时具有""同时涉及"，其中所兼具的性、情等因素，并非并列关系，而是有先后次序的排列。

"函"与"兼"，在意义上是十分相近的，但也有差异。"心函性情"与"心兼性情"在侧重上有所不同：

"心函性情"，强调的是作为存在之"心"的"包容"义，对"心"本身的特性关注不多。单从"心"之存在的角度来看，这里的"心"其实类似于一个综合性场域，具有极强的涵括性，性、情等都寓于心之中，正如张立文所说："心是一个综合性的概念，它包含着各方面的内涵。性是心之质，情为心之显，才是心之能。"② "包容"义、"涵括"义，是对"心"的一种相对直观的理解，在这种义项中，所看重的是存有性、寓寄性的问题，等级层次的区分在此没有意义。举一个不是特别恰当，但可以部分说明问题的例子：一对农村夫妻居住于一所屋舍中，屋舍是男人盖的，屋舍盖好之后，才会有女子来嫁，二人结婚后都住在屋舍中。这里的男人相当于"性"，屋舍相当于"心"，女子相当于"情"。（这样就可以理解，有"性"才能有"心"，"情"非"性"直接所成，"性"需通过"心"才能有"情"，"情"是需听命于"性"的）暂不论"性""心""情"之间的等级关系怎样，"性"与"情"都是寓于"心"之中的。这

---

① 王夫之：《读四书大全说》卷八，《船山全书》第六册，第 945~946 页。
② 张立文：《正学与开心——王船山哲学思想》，人民出版社，2001，第 162 页。

种容纳性，即"心函性情"。

　　"心兼性情"，强调的则是心之"兼及"义，这就将重点放在了"心"内部的特性上，具体来说，即"仁义之心"的层次。以"性自是心之主，心但为情之主"这句话为核心，"性""心""情"之间形成了"性主心，心主情"这样一个上下相续的关系链条。由这一"性自是心之主，心但为情之主"的论述，再结合船山多次从体用角度提出的"性为体，心为用"①的观点，可以得出一个基本推论：船山视野中的"性""心""情"之间的关系，与朱熹所说的"性为心之体，情为心之用"②内在里是一致的③，简而言之，便是"性体心用"与"心体情用"④。在这两组相异而又相关的体用关系中，"心"成为一个极为重要的中间环节，"心"以其"兼"的身份，同时关涉着"性"与"情"，并凭此体用关系，辨别出了"性""心""情"三者的等级关系。

　　所以，"心统性情"需要从这两个方面来理解：从"心"的存在角度看，"心"作为一个综合性场域，是"包含"着"性"与"情"的，这里的"包含"侧重一种存有性、寓寄性，不作等级区分。从"心"之内部特性的角度看，"心"既是"性之用"，某种程度上也是"情之体"，"心"作为一个上下排列而成的链条上的中间一环，既涉及"性"，也涉及"情"，有一种"兼"的性质，同时暗示出明显的等级意味。在此"性—

---

① 如："性在心，而性为体、心为用也"（《读四书大全说》，《船山全书》第六册，第946页）；"说性便是体，才说心已是用"（《读四书大全说》卷八，《船山全书》第六册，第894页）；"心性固非有二，而性为体，心为用，心涵性，性丽心"（《读四书大全说》卷三，《船山全书》第六册，第555页）。
② 黎靖德编，王星贤点校《朱子语类》（第一册）卷五《性理二》，中华书局，1986，第90~91页。
③ 船山尝言："唯学者向明德上做工夫，而后此心之体立，而此心之用现。若夫未知为学者，除却身便是意，更不复能有其心矣。"（《读四书大全说》卷八，《船山全书》第六册，第893页）此处"明德"便是"仁义"，便是"性"，便是"心之体"，"身""意"则近于"情""欲"，是"心之用"，这俨然是朱熹"性为心之体，情为心之用"的复现。
④ 船山常提及"心体"，如他在解释孔子评论颜回时所说的"回也，其心三月不违仁，其余，则日月至焉而已矣"（《论语·雍也》）时，提出："'三月不违仁'，夫子亦且在颜子用功上说。'其心'二字，是指他宅心如此。如以心体之成效言，则与'日月至焉'者，不相对照矣。"（《读四书大全说》卷五，《船山全书》第六册，第673页）"心体"即"宅心"，"成效"即"功用"，船山认为，这里的"其心"二字就已经透露出，颜回"宅心"如此，因此其"心体"已立，"心体"立则其"用"（即"成效"、即"情""意""身"等）自然合乎体、"不违仁"，这与时间长短是没有关系的。船山这里所说的"心体""成效"，实际上就是"心体情用"。

心—情"的结构层次中,"心"在其中的位置也就一目了然了。

2. 心之性质

通过"心"的这种定位,尤其从内部特性角度所作出的"心"之定位,可以分析出"心"的基本性质。

船山对此有比较集中的论述,如:

> 盖性,诚也;心,几也。几者诚之几,而迨其为几,诚固藏焉,斯"心统性"之说也。然在诚则无不善,在几则善恶歧出,故周子曰"几善恶"。是以心也者,不可加以有善无恶之名。张子曰"合性与知觉",则知恶、觉恶亦统此矣。①

"性"是"诚",也是"善",也是"仁义",也是"义理",这些概念都指明了"性"是一种正面的道德存在。而"心"又"为性之所生",即在理想状况下,"心与性直不得分为二"②,由此而形成"仁义之心"。但在现实当中,"心"并非如此单一,也并非固定不动,船山即认为,"心"是"几",是"诚之几"。以"几"释"心",这就突显了"心"的两种性质。

"心"的第一种性质,是动态性。正如本节第一部分所提到的,"几"的内涵相对复杂,其基本义为"萌动""预兆""隐微""时机",但随着具体语境的变化,又往往会突出其中一种更细微或者更深入的内涵,这里的"诚之几"就和前面所说的"人之几""天之几"类似,也是首先突出了其中的动态内涵。"心"的动态性,在论及"心"之功能时我们已经分析过了,结论就是:这一"整一之心"的动态品性,主要是借助于"仁义之心"与"灵明之心",通过"思"与"知觉"的形式呈现出来的。"知觉"的动态性要更为明显,船山所说的"心之几",指的主要就是"知觉运动",这是人在日常生活中时时刻刻体验着的;"思"则要高级得多,它主要是在"仁义之心"的层次上发挥其功用,即所谓"唯其有仁义之心,是以心有其思之能"③,这其实是一种更高层次的"心"之动态形式,是

---

① 王夫之:《读四书大全说》卷十,《船山全书》第六册,第1106页。
② 王夫之:《读四书大全说》卷八,《船山全书》第六册,第893~894页。
③ 王夫之:《读四书大全说》卷十,《船山全书》第六册,第1093页。

"于形而上用思",圣贤、君子在此一层次上的活动要更常见一些。但需要指出的是,作为"心"之功能的"思"与"知觉",本质上都还是呈现"心"之"动态性"的手段或者说途径,而不是结果。"心"之"动态性"的结果指向"情",在接下来的"情几"部分中,我们会对此做专门论述。

"心"的第二种性质,是"善恶歧出"。在理想状态下,由性所发的"心"是不应该存在"恶"的,但在现实情况中却并非如此。"心"的"动态性"主要表现为"思"与"知觉"。"心"作为"诚"之动"几",即"诚"的一种动象,主要是以"思"为主的,这时候的"心"是"善"的。"而迨其为几"①,即一旦"心"不再受"诚"之统摄而自行运动,那就主要表现为"知觉"了,而"知觉"主要依靠于耳目感官,这就造成了情欲等"不善"的产生。所以,心"在诚则无不善,在几则善恶歧出",意即"心"若在"诚"的统摄下而动,就主要依靠"思","心"就只有"善"而没有"不善";"心"若脱离了"诚"的统摄而自行运动,就主要依靠"知觉"("当心动为知觉,性仍然隐藏在心内"②,即"迨其为几,诚固藏焉"),"心"就可能有"善"也可能有"恶",此即"善恶歧出"。

所以前文中有关"心"之层次与功能的示意图可以再加个"心"之"性质":

心 { 本:仁义之心(形上性:性之所生)——功能:思(道德性)——性质:纯善
末:灵明之心(形下性:与生俱有)——功能:知觉(感官性)——性质:善恶

结合此示意图,可以对本节中有关"心"的部分做一个最后的总结:

(1)人之"心"首先是一个"整一之心",它包含着两个基本层次,一个是"仁义之心",一个是"灵明之心"(也叫"知觉之心")。"仁义

---

① 船山尝言:"知觉运动,心之几也。"(《读四书大全说》卷八,《船山全书》第六册,第893页)所以,虽然整体来看,"心之几"涵括"思"与"知觉"两种,但一般而言,他更侧重"知觉运动"。
② 陈来:《诠释与重建——王船山的哲学精神》(第二版),北京大学出版社,2013,第175页。

之心"由"性"所生，也可叫"性德之心"、"性善之心"或"义理之心"等，它强调的是心的内在层次、精神层次或者说道德层次，"仁义之心"的功能主要是"思"，而且只有在"仁义之心"的层次上，"心"才会有"思之能"，反过来，"思"发生以后，又会使"心"不断"得"到"仁义"。"灵明之心"是人与生俱有的，或者说是身所自生的，作为人身体中的"居要者"，"心"生来即具有一种主宰的性质，船山称其为"神明"或"灵明"，"灵明之心"处于人的生理、心理层面上，它的功能主要是感官基础上的"知觉"。因此，作为"整一之心"的"心"，其基本内涵即"仁义之心"与"灵明之心"的合体，"心"的功能也就相应地分为"思"与"知觉"。

（2）对"心"的定位，依据角度的不同，有两种呈现，一是从"整一之心"的"存在"意义上看，"心"是涵括"性"与"情"的综合性场域，所谓"宅心"即偏重此义，在这一层面上，"心""性""情"等暂不作等级区分；二是从"心"之内部特性的角度看，"心"既是"性之用"，某种程度上也是"情之体"，"心"作为一个上下排列而成的链条上的中间一环，既涉及"性"，也涉及"情"，有一种"兼"的性质，同时暗示出明显的等级意味。从这个意义上看，三者之间形成了"性—心—情"这一基本的人性结构层次。

（3）"心"作为"几"，其性质有两个：一是动态性，"思"与"知觉"是"心"之动态性的两种呈现方式，"心"之动态性的结果则直指向"情"。二是"善恶歧出"，由于"心"既涵括"仁义之心"，也涵括"灵明之心"，所以在性质上无法保证"纯善"。"心"若在"诚"（仁义）的统摄下而动，就主要依靠"思"，"心"就只有"善"而没有"不善"；"心"若脱离了"诚"（仁义）的统摄而自行运动，则主要依靠"知觉"，"心"就可能有"善"，也可能有"恶"。

三 "情者阴阳之几"：情的动态生成、性质、类别及其存在必然性

（一）"情"之生成及其性质

1. "情"之生成

在"性—心—情"的结构层次中，"情"处于最末端。对一个完整的

人而言，无"性"即无所谓"心"，同样地，无"心"也无所谓"情"。从道德层次看，"性"虽然对"情"的性质有很大的影响，但这种影响是间接的，是必须要经过"心"的①，就其发生而言，"心"才是"情"的直接源头，或者说源头之一。"情"的另一源头是"物"。确切地说，"情"只能产生于"心""物"交触之际。

船山曰：

> 吾心之动几，与物相取，物欲之足相引者，与吾之动几交，而情以生。然则情者，不纯在外，不纯在内，或往或来，一来一往，吾之动几与天地之动几相合而成者也。②

人之"性"是天道所生，人之"心"为"性之所生"，两者的形成都有赖于一种自上而下的授受方式。相较之下，"情"的生成方式则与"性""心"的形成方式完全不同，"情"并非"性"直接所授，也并非"心"之独生。在这段话中，船山给出了"情"之具体生成的几个要点：第一，"心"与"物"之"交"是"情"之产生的根源，即所谓"吾之动几与天地之动几相合而成者也"，这是船山论"情"的基本立足点。第二，"心"与"物"之"交"，有两个向度，一是"吾心之动几，与物相取"，这是从"心"到"物"，即船山所谓"往"；二是"物欲之足相引者，与吾之动几交"，这是从"物"到"心"，即船山所谓"来"。"来"与"往"并没有高下之分，强调的只是"心""物"之间的双向性。第三，在这种"或往或来""一来一往"的交互过程中，"情"才得以滋生，所以，"情"并不纯依于内在的"心"，有"心"无"物"，"情"不可生；"情"也不能仅依于外在的"物"，有"物"无"心"，更无所谓"情"。此即"不纯在内，不纯在外"。"情"只能产生于"心"与"物"一来一往的关系之中或者说动态过程之中。

---

① 如船山所说："性自行于情之中，而非性之生情，亦非性之感物而动则化而为情也。"（《读四书大全说》卷十，《船山全书》第六册，第1066页）"性自行于情之中"，必然要通过"心"才能实现："性"贯注于"心"，"心""物"交感而生情，唯有以"仁义之心"也就是"性之心"交"物"才有可能使"性自行于情之中"。
② 王夫之：《读四书大全说》卷十，《船山全书》第六册，第1067页。

第一章　从"情者阴阳之几"到"诗之情，几也"

在"心""物"交互的过程中，"几"贯穿了各个层次。首先，"物"是天地之"动几"，这一点比较易懂，世间万物都是天地阴阳二气运动萌兴而成的，从这个角度说，万物都是天地之"动几"。人与物之区别在于，人可"继善成性"，人之"性"是人之所以为人的关键，是人之所以区别于鸟兽的分水岭。

其次，"心"呈现为"心之动几"，也可以说是"吾之动几"，动态性是"心"的存在特征，所以从某种程度上说，"心""物"交互即"心之动几"与外物的相取相引。"心之动几"主要有"思"和"知觉"两种，但"思"之运行，并不依靠外物，唯有"知觉"需要与外物互动才可运行，所以船山此处所说的"心之动几"，更偏向于"知觉运动"，他曾明言"知觉运动，心之几也"①，就道出了"心之几"的特指性。

最后，心物交互的这种动态关系本身，也是"几"——此即"阴阳之几"。这其实也正是对"情"的明确定义。船山说：

　　情者阴阳之几也，物者天地之产也。阴阳之几动于心，天地之产应于外。故外有其物，内可有其情矣；内有其情，外必有其物矣。②
　　情元是变合之几，性只是一阴一阳之实。③

先来看看何谓"性只是一阴一阳之实"？船山认为，天以阴阳二气化生万物，人之性是受天命而生，具体而言，则是由天之气所化而成的。从这个角度来理解，"性"自然是阴阳二气所着落、凝实之物，所以船山称其为"一阴一阳之实"。但从内与外的角度讲，这里的"阴""阳"还有另外一层含义，即"阴"指心、指人，"阳"则指向物。在天命授受的过程中，"性"之内涵要大于人之"性"，它涵括"人"与"物"，也就是船山所说的"天命之人者为人之性，天命之物者为物性"④，但是人之"性"与物之"性"又明显是不同的，人可继善以成"善性"，物则没有"继"

---

① 王夫之：《读四书大全说》卷八，《船山全书》第六册，第893页。
② 王夫之：《诗广传》卷一，《邶风十论》七《论匏有苦叶》，《船山全书》第三册，第323页。
③ 王夫之：《读四书大全说》卷十，《船山全书》第六册，第1066页。
④ 王夫之：《读四书大全说》卷二，《船山全书》第六册，第455页。

的能力，所以形不成"善性"，唯有"物性"，正是在这个层面上，船山提出："人之为性也精微，惟人有性，惟人异于物之性，函性于心，乃以异于物之心，人之所以为万物之灵，人之道也。"① 因此，"性"在船山那里有泛指，也有特指，泛指之时包含"人之性"与"物之性"，特指之时则只包含"人之性"，只不过船山所说之"性"，以其特指含义居多。但在"性只是一阴一阳之实"这句话中，"性"完全可以从其泛指的层次去理解："性"之"阴"当指以隐微形态凝于人心中的人之"性"，"性"之"阳"则指向显豁易见的外物之物性，这两者不论是阴还是阳，是隐还是显，都是一种实体存在，只不过一为阴之实，一为阳之实。这就与"情者阴阳之几"的内涵在理解层次上统一起来了。

"阴"为人"心"，"阳"为外"物"，"情"就在这"心"与"物"的"几"中产生，此即"情者阴阳之几"。心之"动几"，特别是知觉，比容易理解也比较容易受到关注，相比之下，"物"在"情"的产生过程中则更易被忽视，所以船山特别强调了"情"在产生之时"物"的必要性。"阴阳之几动于心"，心物交触的时候，"情"萌动而生，但其身之所处，依然是在人之"心"中，所以心物交触的体现，最终还是要落于人"心"上。但另一方面，"情"虽寓于"心"，其产生却离不开与外物的互动。在心物交触时，外有其物，才会有相关之"情"生于"心"内；"心"内"情"之生，必然是有外"物"呼应于其外。总之，"情"不可能依"心"而独生。

但更进一步，"情"之生所依凭的"阴阳之几"或者说"心物之几"，又是如何运作的呢？这里的"几"如何体现？换言之，心与物之间的"交触""互动"或者说"相值相取"，是如何进行的？要解答这些问题，船山对"情"的另一条论断，就显得十分重要了，这就是"情元是变合之几"。如果说"情者阴阳之几"，还只是指出了"情是心物交互的产物"这一事实，那么"情元是变合之几"则将这个"交互"的过程交代清楚了。"变合之几"，实即"阴阳变合之几"。"变合"，即有"变"有"合"，"合"即相顺、相应、相合，"变"即相逆、相异、相差，这是在讲心物之间的关系。心与物在交互的过程中，有可能相合，也有可能相异，当它们

---

① 王夫之：《四书训义》卷三十六，《船山全书》第八册，第932页。

之间相合的时候，就比较自然，产生的"情"就相对"正"；当它们之间相异的时候，就可能有冲突，产生"不正"之情。在"情"之生成的这个瞬间，"变"与"合"，或者说"正"与"不正"的分别，就已经突显了"情"之"善恶歧出"的基本性质。换言之，"情"是"善"还是"不善"，取决于它生成之时的"变合之几"。而至于"变合"之"几"的内涵，需要在具体分析"情"之性质的时候再作辨析。

2. "情"之性质

"情"的性质是与其生成过程纠葛在一起的，但为了便于说明，我们仍在此对其作专门论述。这当然还是需要回到"情"之生成具体过程当中去，只不过论述重点会相应地转移到其性质的定位上。

要讨论"情"的性质，第一个绕不开的关键，是"情"与"性"的关系，前文对此曾涉及一些，但所论不多，主要指出的是"情"与"性"的间接关系。实际上，对于这两者间相对复杂的关系，船山有着颇为形象的阐释：

> 情固由性生，乃已生则一合而一离。如竹根生笋，笋之与竹终各为一物事，特其相通相成而已。又如父子，父实生子，而子之已长，则禁抑他举动教一一肖吾不得。情之于性，亦若是也。则喜、怒、哀、乐之与性，一合一离者是也。①
>
> 发而始有、未发则无者谓之情，乃心之动几与物相往来者，虽统于心而与性无与。即其统于心者，亦承性之流而相通相成，然终如笋之于竹，父之于子，判然为两个物事矣。②

船山在此指出了"情""性"关系的两个显著特点：第一，情"承性之流而相通相成"。虽然"情"是"统于心而与性无与"，即直接与"心"相关联，而与"性"的关系似乎不大，但"情"既然是被"心"所统，而"心"在很大程度上又是为"性"所生，所以从这个角度来说，"情"与"性"之间是有其渊源的，是"相通相成"的。第二，"情"与"性"

---

① 王夫之：《读四书大全说》卷八，《船山全书》第六册，第964页。
② 王夫之：《读四书大全说》卷八，《船山全书》第六册，第964页。

有合也有离。船山在此以"父与子""竹与笋"来比喻"性"与"情"的关系。子之于父、笋之于竹，是有合有离的，从合的一面说，子是父之所生，笋是竹之所生，"情"虽并非"性"直接所生，但其内在的"相通相成"也确实极似一种亲脉关系；从离的一面说，子要成人，笋要长成，都不可能仅仅依赖于这种亲脉关系，它们会以自己的规律成长，最终成长为一个独立的个体，至此，子之于父，笋之于竹，都是"判然为两个物事"。"情"之于"性"也是如此，"情"虽间接地与"性"相关，但"情"之成，自有其自身的特性与规律，"性"是无法强行介入的。所以"情"成以后，与"性"之间，"合"还是"离"，无法由"性"说了算，只能由"情"说了算，若"情"能与"性"合，那"情"便是"善"的，若"情"与"性"离，则"情"就是"不善"的。对于"情"与"性"的这种关系，船山尝言"乃应乎善，则固无适（音"的"）应也……无适应，则不必于善"①，由于"情"是"承性之流"的，是与性"相通相成"的，所以"情"是"应乎善"的，但又因为"情"与"性"之间"无适应"（"适应"即"固定"之意），所以"情"就不必然为善，而是可以为"善"，也可以为"不善"。船山有段话对此解释得十分清楚："大抵不善之所自来，于情始有而性则无。孟子言'情可以为善'者，言情之中者可善，其过、不及者亦未尝不可善，以性固行于情之中也。情以性为干，则亦无不善；离性而自为情，则可以为不善矣。"② "以性为干"之"情"，自然就是"善"的，一旦"情"离开"性"而自为，就有了"不善"的可能。这就是"情"与"性"的基本关系，以及这种关系对"情"之性质的影响。

决定"情"之性质的第二个关键，是其生成时的"心物交互"过程。在这里，"情"与"性"的关系不再是重点，"心"与"物"的关系才成为重点。换言之，"情"开始脱离"性-心-情"的体系，而进入了其具体的生成情境——"心-物"关系之中。船山尝言，此时"情"的产生，是"但缘物动而不缘性动"③（其实就是没有"思"的参与，而纯是"知觉运动"），就其生成的方向而言，是做出了不当的选择。实际上，"情"作为

---

① 王夫之：《读四书大全说》卷十，《船山全书》第六册，第1054页。
② 王夫之：《读四书大全说》卷八，《船山全书》第六册，第965页。
③ 王夫之：《读四书大全说》卷八，《船山全书》第六册，第960页。

"发而始有，未发则无"①的一种现象，它要想呈现其自身，就不能仅仅停留在纯理论化、纯理想化的层次，它必须通过与物的互动才能萌动而出。如果说，"性"之于"情"，只是一个理想化的引导前提，那么"物"之于"情"，则是一个实实在在的助燃者。在"整一之心"中，"性"以及"思"，都于潜在之中影响着还未"发"的"情"，但"情"之生成，所依赖的还是物感基础上的"知觉运动"。船山说，"物欲之足相引者，与吾之动几交，而情以生"②，"情之始有者，则甘食悦色；到后来蕃变流转，则有喜怒哀乐爱恶欲之种种者"③，显然，"甘食悦色"等最基本的感官物欲才是"情"之显现的最初发端，"情"在此后的发展也是沿此路向而行进④。实际上，在"心""物"互动之时，根本无法确定这一过程中产生的"情"是不是真的"但缘物动而不缘性动"，但是有一点可以肯定，即这时的"情"，显然正处于一种"自生"的状态，它与"性"的关系，不论是"合"还是"离"，都完全处于一种不可知的隐微状态中。在"心""物"运动中尚未萌发而出的"情"，唯一可以明确依赖的还是可与外物交感的感官知觉运动。

在"心之动几与物相往来"的过程中，"情"产生了。这个"心物往来"也可称为"阴阳变合"，意即，心物交互或者说心物往来，作为一种双向的交流运动，是存在正变之别的。相应、相顺的就是"正"，也就是"合"；相逆、相差的就是"不正"，也就是"变"。这两种不同特征的交互运动的合体，即"阴阳变合"。情善还是不善，最终取决于这一"阴阳之几"是"变"还是"合"。船山曰：

> 天地无不善之物，而物有不善之几。（非相值之位则不善。）物亦非必有不善之几，吾之动几有不善于物之几。吾之动几亦非有不善之几，物之来几与吾之往几不相应以其正，而不善之几以成。⑤

---

① 王夫之：《读四书大全说》卷八，《船山全书》第六册，第964页。"发而始有、未发则无者谓之情"。
② 王夫之：《读四书大全说》卷十，《船山全书》第六册，第1067页。
③ 王夫之：《读四书大全说》卷十，《船山全书》第六册，第1066页。
④ 王夫之：《读四书大全说》卷八，《船山全书》第六册，第960页。
⑤ 王夫之：《读四书大全说》卷八，《船山全书》第六册，第963页。

船山的逻辑是非常清楚的，物本身并不是"不善"，甚至"吾之动几"本身也并非就是"不善"，只有"物之来几"与"吾之往几"也就是"物"与"心"在进行交互运动的时候"不相应以其正"，才产生了"不善之几"。对于船山的这一观点，可作一番细读。

首先，从"物"的角度来看，"物"本身并非"不善"，船山说，"夫物亦何不善之有哉？（如人不淫，美色不能令之淫）"①，又说，"不责之当人，而以咎天地自然之产，是犹舍盗罪而以罪主人之多藏矣"②，显然在船山看来，将"不善"归之于"自然之产"，就像一个人起了淫欲而将其怪罪到美女的头上，就像小偷犯了偷窃之罪而将其归罪于物主的藏物丰富，是十分荒谬的。

其次，从"心"的角度来看，"吾之往几""吾之动几"等，指的都是人的"心之动几"。何为"心之动几"？船山曰"心之官为思，而其变动之几，则以为耳目口体任知觉之用"③，又说"知觉运动，心之几也"④，显然，"心之动几"主要指的就是"知觉运动"。而从前文可知，作为"几"的"知觉运动"恰恰是"善恶歧出"⑤的，船山于此处所说的"吾之动几亦非有不善之几"，并不是要否定"知觉运动"的"不善"之可能，而是要指出一个事实——与"思"的独成性不同，"知觉运动"是需依赖于"外物"、借助于"外物"，在与"物"交往的过程中才能得以展开。所以，"不善"并非是由"心之动几"单方面就能实现的，没有"物"，就谈不上"知觉"、谈不上"心之动几"，更谈不上"不善"。正是在这个层面上，可以理解：船山此处所说的"物有不善之几"与"物亦非必有不善之几"，以及"吾之动几有不善于物之几"与"吾之动几亦非有不善之几"，看似矛盾对立，实际上是确立了一种"肯定-否定-再肯定-再否定"的推进式论证模式，其用意不在"物"，也不在"心"，纯粹只是为了突出"心"与"物"的关系。

最后，从"心""物"关系的角度看，船山水到渠成地得出了他的结

---

① 王夫之：《读四书大全说》卷八，《船山全书》第六册，第962页。
② 王夫之：《读四书大全说》卷十，《船山全书》第六册，第1066页。
③ 王夫之：《读四书大全说》卷十，《船山全书》第六册，第1106页。
④ 王夫之：《读四书大全说》卷八，《船山全书》第六册，第893页。
⑤ 王夫之：《读四书大全说》卷十，《船山全书》第六册，第1106页。

论——"物之来几与吾之往几不相应以其正,而不善之几以成"。也就是说,"物"与"心"在进行交互运动的时候不能做到"相应以其正",才产生了"不善之几"。何为"正",何为"不正"呢?上面引文中船山自注的那句话,十分关键,他说,"非相值之位则不善"!意即能做到"相值之位"的,就是"正",就可以有"善";"非相值之位"的,就是"不正",就产生"不善"。"相值"就是指"相互作用"的"恰当性","位"则可以理解为一种"定位",但要对"相值之位"有更多的了解,需参看船山给出的另两则材料:

> 不善之所从来,必有所自起,则在气禀与物相授受之交也。气禀能往,往非不善也;物能来,来非不善也。而一往一来之间,**有其地焉,有其时焉**。化之相与往来者,不能恒当其时与地,于是而有不当之物。物不当,而往来者发不及收,则不善生矣。①
>
> 夫阴阳之位有定,变合之几无定,岂非天哉?惟其天而猝不与人之当位者相值,是以得位而**中乎道**者鲜。②

需把这两段引文合起来看。在第一段引文中,"气禀"显然侧重的是"人"的一面,具体来说是"心"之"知觉运动"的一面。在船山看来,在"心"与"物"的一来一往之间,存在一个"其地"与"其时"的问题,若"心"与"物"之间的交互运动能做到"当其时"与"当其地",即"心"与"物"在"恰当的时间"与"恰当的地点"中进行互动,那么"心""物"就处在了"相值之位",二者就是"相应以正"。所以,"位"包含了"时间"的要求,也包含了"空间"的要求,只有在时间与空间上同时做到恰如其分,才能称其为"相值之位"。第二段引文则透露出"相值之位"的另一层要求,即"中乎道"。这里的"道"可以理解为规律、规则,"中乎道"即符合规则,不偏不倚,无过无不及,在"度"上达到一种恰宜的状态。船山尝言:"中节而后善,则不中节者固不善矣。"③ 这里所说的"中节",实际上就是"中乎道"。所以,整体来看,

---

① 王夫之:《读四书大全说》卷八,《船山全书》第六册,第962页。
② 王夫之:《读四书大全说》卷八,《船山全书》第六册,第962页。
③ 王夫之:《读四书大全说》卷十,《船山全书》第六册,第1065页。

船山所说的"相值之位",就是指"心""物"在交互过程中,要处于一个恰当的时机与地点,同时要注意其运动过程的"度",一旦做到这三点,"相值之位""相应以正"也就实现了。

而实际上,这里所说的"时间性"、"空间性"以及"度"的把握,再加上一个最为基本的"动"态特性,也正是"情者阴阳之几""情元是变合之几"里面的"几"的具体内涵。概言之,这个"变合"之"几",就是"心"与"物"在进行"变""合"交互运动时微妙而又独一的瞬间情形,包括时间、地点和运行条件等。在这个"变合之几"的过程中,"心"与"物"若能在这几点上都做到"当""值""正",那么这之中生成的"情",就是"善"的,若"不当""不值""不正",则显然就是"不善"的。所以,在船山那里,既然"情"产生于"心""物"交互之间,那么显而易见,"心""物"之间的这种复杂而多变的"关系"或者说"间性",才是决定"情"之性质的关键。

3. "情"之生成及其性质的小结

综上所言,"情"的产生实际上存在两个向度,一个是纵向的,一个是横向的。纵向上看,"情"是"承性之流而相通相成"①,是"性"的某种呈现;横向上看,"情"是人"心"与外"物"互动的结果。

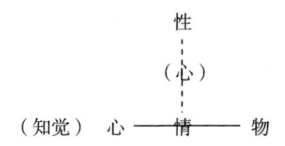

性
(心)
(知觉)　心 ──── 情 ──── 物

这两个向度所发挥的作用并不相同。"纵向"上的"性"之作用,对于"情"而言,是相当隐微的②,它无法完全或制约"情"的走向,但它于内在之中对"情"之走向提出了"善"的要求,只不过,这个"善"能不能实现,主动权在"情"的手里,而不在"性"的手里。"横向"上的"心""物"交互的作用,则要显豁得多,"情"之生成,唯一要依赖

---

① 王夫之:《读四书大全说》卷八,《船山全书》第六册,第 964 页。
② "性"于人而言,或显或隐,但不可能消失,在心物互动以生"情"的过程中,"性"以隐微状态一直存在。如船山所言:"夫人生而有性,感而在,不感而亦在者也。其感于物而同异得失之不齐,心为之动,而喜怒哀乐之几通焉,则谓之情。"(《孟子·告子上》,《四书训义》卷三五十,《船山全书》第八册,第 698 页)

的就是心物互动，心物互动靠的主要是感官知觉，虽然"心""物"互动中，"心""物"两端缺一不可，但实际情况是，"物"的维度被极度突显出来了，在这个"心""物"互动的过程中，人最易涌向的一端，是"妄与物相取"①，是"逐物以著其能"②，是"奔于物欲之诱"③。所以，面对外物，人之知觉的展开，首当其冲的就是"物欲"，因此船山说"情之始有者，则甘食悦色"④。"情"之"不善"，在很大程度上就是由于人的过度逐"物"而引起的。由此可以看到，"情"若在生成时，能于内在之中，有意识地向纵向上的"性"靠拢，即做到"合于性"，"情"就是"善"的；"情"若在生成时，在横向上的知觉运动中，被"物"之一端所引，则必然就生出"不善"。正是在这个意义上，船山提出："发之正者，果发其所存也，性之情也。发之不正，则非有存而发也，物之触也。"⑤船山在这里区分了"性之情"与"物之情"，但这并不是说，这两者是在纵向、横向这两种截然不同的向度上生成的，实际上，"情"的生成是一个整一浑成、浑然一体的过程，绝非两个路径，也并非两个阶段，而是说，在这同一个过程中，纵向是隐，横向是显。"情"在生成时，若罔顾纵向上的隐"性"之存在，而在横向上的"心物"运动中一味逐"物"，那就是"物之情"；"情"在生成时，若在横向维度进行"心物运动"时，也能时时注意纵向维度上的隐在之"性"，并努力与之相合，那就是"性之情"，这时的"情"，看起来就像是从"性"之中生出来的，所以叫"发其所存"，而"物之情"则显然与"性"无关，所以叫"非有存而发"。

实际上，对"情"而言，在纵向维度上"与性相合"而成的"善"，以及在横向维度上由于"阴阳之几""心物之触"符合"相值之位""相应以正"而形成的"善"，并非毫无瓜葛，而是密切相关的。船山对此作过一个十分精当的比喻，将纵横两个不同维度上的"善"统一了起来：

> 唯其为然，则非吾之固有，而谓之"铄"。金不自铄，火亦不自

---

① 王夫之：《读四书大全说》卷八，《船山全书》第六册，第966页。
② 王夫之：《读四书大全说》卷十，《船山全书》第六册，第1106页。
③ 王夫之：《四书训义》卷三十五，《船山全书》第八册，第698页。
④ 王夫之：《读四书大全说》卷十，《船山全书》第六册，第1066页。
⑤ 王夫之：《读四书大全说》卷八，《船山全书》第六册，第961页。

铄，金火相搆而铄生焉。铄之善，则善矣，助性以成及物之几，而可以为善者其功矣。铄之不善，则不善矣，率才以趋溺物之为，而可以为不善者其罪矣。①

船山将"心""物"交互的过程喻之为"铄"，即"熔化"。相应地，"金"则喻指"物"，"火"则喻指"心"，"熔化"而成的液态金属则可以喻指"情"。在船山看来，"金"自身是无法实现"铄"的，"火"若没有金属材料的参与显然也无法实现"铄"，"铄"只能在既有"金"又有"火"的条件下才能实现。"铄之善，则善矣"，按照最顺延的逻辑，应该是在说，"金"与"火"在"铄"的过程中若能达到"成善"的条件——"相值之位"，即在时间、地点、程度等条件上都做到恰当，那由"铄"而成的液态金属（"情"）就自然是"善"的了。但船山在这里却这样解释"铄之善"——"助性以成及物之几"，显然在船山看来，这里的"相值之位"，是"助性"与"及物"达成了某种默契，换句话说，就是以"性之情"来实现"及物之几"，以"性之情"来保证"物之情"的"善"。相反地，若在"铄"之时"率才以趋溺物之为"，即不再有"性"的约束，只是顺着"才"（情欲之能力）的要求而一味地沉溺于物之中，这时的"情"就肯定是不善的了。这一阐释实际上就将"性-心-情"与"心-物"这两个纵横维度打通了。

而且从这个角度中，我们还可以看到，"情"要实现"善"，虽受到了两个维度的约束——横向维度上的"相值之位"与纵向维度上的"与性相合"，但实际上，横向维度上时间、地点、程度条件等心物之"几"所要达到的"相值之位""相应以正"，就其本质而言，仍然是实现"与性相合"。如在传统观点看来，男女之爱应当在夜晚之"时"和闺房之"地"发生，违反了这种时和地的规定，便导致了不善的发生。② 而这种区别于鸟兽的道德性规定，其实正是人"继善成性"的体现，所以"相值之位""相应以正"的背后，仍是对"性"的承续，是与"性"的相合。这也是船山不以"相值"来要求"铄"而以"助性以成及物之几"来要求"铄"

---

① 王夫之：《读四书大全说》卷十，《船山全书》第六册，第1067页。
② 参见陈来《诠释与重建——王船山的哲学精神》（第二版），北京大学出版社，2013，第217页。

的原因所在。

(二)"情"之类别

正如"情"之性质与"性"密切相关一样,"情"的类别也基本是在与"性"的对比之中呈现而出的。

船山尝言:"阴阳之撰,唯仁义礼智之德而为性;变合之几,成喜怒哀乐之发而为情。"① 他指出,"性"的主要内容是"仁、义、礼、智","情"的主要内容是"喜、怒、哀、乐",但这还是一个比较笼统的说法。实际上,船山所言之"性"在"仁、义、礼、智"之外还包含"恻隐、羞恶、辞让、是非"之"四端"。船山这种对"性""情"之内容的概括方式,与宋儒的见解并不一致,这主要表现在对"四端"的归类上。"四端"之说源于孟子,孟子曰:"恻隐之心,仁之端也;羞恶之心,义之端也;辞让之心,礼之端也;是非之心,智之端也。人之有是四端也,犹其有四体也。"② 朱熹解释说:"恻隐、羞恶、辞让、是非,情也。仁、义、礼、智,性也。"③ 可见,朱熹是将"四端"归入了"情",仅留"仁、义、礼、智"为"性"之内容。船山的理解则与朱熹不同,他提出:

> 孟子竟说此四者(即恻隐、羞恶、辞让、是非——引者注)是仁义礼智,既为仁义礼智矣,则即此而善矣。即此而善,则不得曰"可以为善"。恻隐即仁,岂恻隐之可以为仁乎?(有扩充,无造作。)若云恻隐可以为仁,则是恻隐内而仁外矣。若夫情,则特可以为善者尔。可以为善者,非即善也……故以知恻隐、羞恶、恭敬、是非之心,性也,而非情也。④

按照船山的理解,孟子此处表达的意思,就是"恻隐、羞恶、辞让、是非"即"仁、义、礼、智",既然是"仁、义、礼、智",那就是"即此而善",而不是"可以为善"。孟子尝言:"乃若其情,则可以为善

---

① 王夫之:《读四书大全说》卷十,《船山全书》第六册,第1069页。
② 杨伯峻译注《孟子译注·公孙丑上》,中华书局,2012,第83页。
③ 朱熹:《四书章句集注》,中华书局,2011,第221页。
④ 王夫之:《读四书大全说》卷十,《船山全书》第六册,第1065页。

矣。"① 船山解释说:"言'可以为善',则可以为不善者自存。"② 所以在船山眼中,"可以"与"即"截然不同,"即"强调的是一种存在或性质的等同性,而"可以"则暗含了正反两方面。正是从这个角度出发,船山举例认为,作为四端之一的"恻隐""即"仁,而非"可以"为仁,"恻隐之心"作为"仁"之一种,可以扩充和扩展"仁",但绝不可能造假,一旦假了,也就无所谓"恻隐",更无所谓"仁"了。认为"恻隐""可以"为仁,就将"恻隐"与"仁"分成了两个不同性质的东西,"可以"为仁,当然也就"可以"为不仁,而这显然是说不通的。因此,"恻隐"与"仁"的关系,完全不同于"情"与"善"的关系,"恻隐"是必然"仁"的,而"情"可"善"可"不善"。所以恻隐"即"仁,而情"可以"为善。依此逻辑,船山最后明确提出,"故以知恻隐、羞恶、恭敬、是非之心,性也,而非情也"。应该说,"善"之纯粹与否,是船山用来区分"性"与"情"的关键,正所谓"性一于善,而情可以为善,可以为不善也"③。

船山对"情"之类别的划分,一个最基本的前提,即基于它的这种"善恶不定"的性质。船山提出:

> 贞亦情也,淫亦情也。情受于性,性其藏也,乃迨其为情,而情亦自为藏矣。藏者必性生而情乃生欲,故情上受性,下授欲。受有所依,授有所放。④

船山认为"情"有"善"有"不善",也可以称为"贞"与"淫"。船山所说的"欲"实际上是"情"之一种,与"淫"的内涵相当。事实上,"欲"在"情"之生成中并非列在最后,反而是位列最前的,只不过它离"性"也最远。船山尝言:"情之始有者,则甘食悦色;到后来蕃变流转,则有喜怒哀乐爱恶欲之种种者。"⑤ "甘食悦色"即是"物欲",在

---

① 杨伯峻译注《孟子译注·告子上》,中华书局,2012,第 283 页。
② 王夫之:《读四书大全说》卷十,《船山全书》第六册,第 1064 页。
③ 王夫之:《读四书大全说》卷十,《船山全书》第六册,第 1069 页。
④ 王夫之:《诗广传》卷一,《邶风十论》一〇《论静女》,《船山全书》第三册,第 327 页。
⑤ 王夫之:《读四书大全说》卷十,《船山全书》第六册,第 1066 页。

心物交互的过程中,"物欲"是最为原初也最为基本的"情"之种类,"情"的其他类别都是在此基础上"蕃变流转"而形成。船山对于"情"的分类是非常清楚的,他多次提出,"情"就是"喜怒哀乐爱恶欲之种种","夫情,则喜、怒、哀、乐、爱、恶、欲是已"①,显然,"七情"即"情"的基本类型。在这"七情"中,船山对其中的三种——"喜""怒""爱",作了较为具体的分析。

对于"喜"与"怒",船山曰:

> 怒与喜同为情,而从出自异。凡喜之发,虽己喜之,而必因物有可喜,以外而歆动乎中者也。若怒之发,则因乎己先有所然、有所不然,物触于己之所不然而怒生焉。②
>
> 情中原有攻取二途:喜,取于彼也;怒,以我攻也。故无滥取者,易于属厌;无妄攻者,发不及收。③

所谓"以外而歆动乎中""取于彼",就是"来";所谓"先有所然有所不然""以我攻",就是"往"。在船山看来,心物交互之中,"喜之情"更偏于"来"之过程,"怒之情"则偏于"往"之过程。具体来说,船山认为,"喜"虽是人之"喜",但一般是由外物引起的,"物"的触动占主动地位;"怒"则是心中先有这个"不然"的苗头,物"触"之,然后"怒"生,心中先有的"不然"占主动地位。这可以看作船山对"心物交互"运动的一种具体的个案阐释,平心而论,这种以"来"与"往"区分"喜"与"怒"的做法,在阐释力上有些薄弱,臆想、猜测的成分不少。但船山于此处得出的一个警示颇具价值,即他所说的"无滥取者,易于属厌;无妄攻者,发不及收",按照船山的意思,一味地有取于物,则"喜之情"必当泛滥无度,一味地发"不然"于外,则"怒之情"也会失去节制。基于此,船山提出"可发而亦可收"④,即收发自如、收发有度,这实际上就是要求人在心物交互以生情的过程中,做到"克己""节制"。

---

① 王夫之:《读四书大全说》卷十,《船山全书》第六册,第1065页。
② 王夫之:《读四书大全说》卷五,《船山全书》第六册,第667~668页。
③ 王夫之:《读四书大全说》卷五,《船山全书》第六册,第669页。
④ 王夫之:《读四书大全说》卷五,《船山全书》第六册,第669页。

归结到底，这仍然是以"性"约"情"的路子。

  船山对于"爱"的分析，主要借助于两个例证。第一个是对韩愈在《原道》篇中提出的"博爱之谓仁"的批判。船山说："胸中无真血性，只依他人见处，一线之差，便成万里。如退之说'博爱之谓仁'，亦是如此。由他胸中未尝有仁，只揽取近似处，凑手做文字。其实他人品心术，却在颜延之、庾信、杜甫、韦应物之下，细取其诗文读之，败露尽见也。"① 船山这里的论述，显得较为偏颇，纯以攻击替代分析，似乎毫无道理可言，实际上，船山之所以对韩愈的"博爱之谓仁"有如此激烈的批判态度，是因为这一观点与他本人对"爱"与"仁"之关系的理解有着质的区别。按韩愈之意，"爱"只要广而多，便自然成"仁"，"仁"纯是"爱"的聚积与延展。船山不赞同这种宏观性的数量式归纳，他赞同的是朱熹②、饶鲁③的内在式分析，如他说："'爱未是仁，爱之理方是仁'，双峰之说此，韪矣。"④ 船山继承了饶鲁等人的观点，认为"仁"是"爱之理"的呈现，并由此对"爱"的层次展开了进一步论述：

  夫爱，情也；爱之理，乃性也。告子唯以情为性，直将爱弟之爱与甘食悦色同一心看。今人若以粗浮之心就外面一层浮动底情上比拟，则爱弟之心与甘食悦色之心又何别哉！⑤

  "爱"属于"情"的层次，而"爱之理"（仁）属于"性"的层次。从这个角度再去看"博爱之谓仁"的论断，就自然明晓其谬误所在了。在船山看来，"爱"作为"情"之一种，同样是既与"性"有所关联，也与"物"牵扯不清。近于"物"，那就是"爱物之情"，船山认为这与"甘食悦色"等"欲"无甚区别。实际上，在现实生活当中，人们对亲人兄弟的"爱"也就停留在这一层次，比如人们爱自己的亲人，所做的无非是在物

---

① 王夫之：《读四书大全说》卷九，《船山全书》第六册，第 1014 页。
② 朱熹曰："仁者，爱之理，心之德也。"（朱熹：《四书章句集注》，《论语集注·学而第一》，中华书局，1983，第 48 页）
③ 饶鲁（1193—1264），饶州余干（今江西万年）人，南宋著名理学家，字伯舆，一字仲元，号双峰。
④ 王夫之：《读四书大全说》卷十，《船山全书》第六册，第 1059 页。
⑤ 王夫之：《读四书大全说》卷十，《船山全书》第六册，第 1059~1060 页。

质上与精神上使其满足,此外无他。

为了与常人之"爱"形成对比,船山提出了他的第二个例证:

> 就凡人言之,吾弟则爱者,亦非仁也。必至于象日以杀舜为事,而舜且亲爱不改其恒,忧喜与同而无伪,方谓之仁。则固与食肉者之甘,好色者之悦,但以情之合离为取舍者不侔。盖人之爱弟也,亦止可云爱;舜之爱象也,乃尽其同气相感之理也。告子一流自无存养省察之功,不能于吾心见大本,则亦恶知吾弟则爱之外,更有爱弟之理哉![1]

舜之爱弟与凡人之爱弟是不同的。船山云"人之爱弟也,亦止可云爱",就是说凡人之爱弟,脱不开甘食悦色的物欲之维,这里的"爱"仅仅停留在"情"的层次。"舜之爱象也,乃尽其同气相感之理",就是说,舜对象的"爱",却可以抛开这些物欲的干扰,能够设身处地地与其弟的内在精神进行交流,做到"忧喜与同而不伪",即真诚不欺,"亲爱不改其恒",即持之以恒。所以,舜之爱弟,才是真正做到了"爱之理",达到了"性"的层次、"仁"的层次。告子是体会不到舜的这种爱的,因为他自身缺乏"存养省察之功",也就是正情养性的功夫,所以他不会知道在"情"之层次的"爱弟"之外,还会有"性"之层次的"爱弟"。船山对"爱"的这一层次区分,实质上还是"情"与"性"相合相离的具体演绎。

(三)"情"之存在必然性

"情"是"阴阳之几",所以在不同的时空状况及条件下,"情"有"善"有"不善"。在"性-心-情"的链条中,"性"是纯"善";"心"则有"善"有"不善":从"仁义之心"的层次上来看是"善"的,从"知觉之心"的层次上看则是"不善"的;"情"可以为"善"也可以为"不善"。而实际上,"心"之"知觉",从某种意义上说,就是心物交互运动,就是生"情"之过程,所以归根结底,还是归到"情"的身上。因此,从"不善"的角度看,"情"可以说是罪魁祸首。船山曰"为不善者

---

[1] 王夫之:《读四书大全说》卷十,《船山全书》第六册,第1060页。

情之罪"①，这就把"情"的"不善"之罪给坐实了。

那作为"不善"之根源的"情"，还有什么存在的必要性呢？正像船山所设问的那样，"情既可以为不善，何不去情以塞其不善之原"②？就是说，既然是因"情"才有"不善"，那为何不直接把这个"不善之原"给堵塞住呢？船山的回答是，一旦"去情"，"异端之说由此生矣"。我们知道，佛家和道家都主张"无情"，如庄子提出"至人无情"，何晏提倡"有性无情"，天台宗湛然主张"无情有性"③，而船山极斥佛老，视之为异端邪说，"无情""去情"之说在船山看来显然极为荒谬。船山尝言："性是彻始彻终与生俱有者，不成到情上便没有性。"④"性"作为一种隐微存在，需通过"情"来呈现自身，所以从这个角度来说，"无情"其实即相当于"无性"，"有性无情"的说法本来就是无法成立的。这就有效抨击了佛老的"去情""无情"说，实际上，船山的"不去情"之说，首先就是专对佛老而发的。

更进一步，"情"之所以不可"去"的更深一层原因是："人苟无情，则不能为恶，亦且不能为善。"⑤ 人若没有了"情"，当然就不能为"恶"，但"善"也就无从体现了。何以这样说呢？这是因为，"性"虽然是"善"的，但处于隐微状态，它需"凝于心"，"心""物"之触而生"情"，所以"性"最终需借助"情"来呈现，即所谓"尽性"。如船山尝言："盖恻隐、羞恶、恭敬、是非之心，其体微而其力亦微，故必乘之于喜怒哀乐以导其所发。"⑥ 因此，"性"是"微"的，是"隐"的，"情"则是"显"的，"性"要呈现它的"善"，只能通过"情"，即所谓"乘之于喜怒哀乐以导其所发"。一旦"去情""无情"，这个"善"就无从谈起了。从这个角度说，"情"显然是人性结构中不可缺少的一环。

至于"情"之可以为"善"可以为"不善"的双面性，船山认为，关键是要看从哪个角度来看待，他提出：

---

① 王夫之：《读四书大全说》卷十，《船山全书》第六册，第1070页。
② 王夫之：《读四书大全说》卷十，《船山全书》第六册，第1069页。
③ 此处关于庄子、何晏、天台宗的"无情"说之总结，参见蒙培元《理学范畴系统》，人民出版社，1989，第251页。
④ 王夫之：《读四书大全说》卷十，《船山全书》第六册，第1065页。
⑤ 王夫之：《读四书大全说》卷十，《船山全书》第六册，第1070页。
⑥ 王夫之：《读四书大全说》卷十，《船山全书》第六册，第1067页。

孟子言"情则可以为善，乃所谓善也"，专就尽性者言之。愚所云为不善者情之罪，专就不善者言之也。孟子道其常，愚尽其变也。若论情之本体，则如杞柳，如湍水，居于为功为罪之间，而无固善固恶，以待人之修为而决导之，而其本则在于尽性。①

孟子专从"可以为善"的角度来看待"情"，所以"情"可以"尽性"；船山提出的"为不善者情之罪"，则是专从情"可以为不善"的角度提出来的。"情"之"本"即处于这种"为功"（善）与"为罪"（不善）之间，但在船山看来，若从人之本性发展的修身角度来看，"善"是"情"之"常"，"不善"则是"情"之"变"。所以船山的最终观点，是以"尽性"为"情"之"本"。

所谓"尽性"实即"为善"，从这个角度可以明确地说，人之"情"实际上就应该是为呈现"性"之"善"而存在的，虽然这一论断可能与现实状态有所出入，但就人性修养的走向而言，对"情"的这一理想化定位，有其积极意义：它不单为船山接下来所要论述的"存养省察"的"正情论"思想，提供了强大的理论支撑，而且于潜在之中为"情"之具体的展示场域或者说实现场域——"诗"，设定了一个不可撼动的正面价值指向。

第二节 "诗道性情"："情"的再辨及其价值旨归

"情"作为人性结构链条中的最后一环，"性"之呈现、"心"之基本效用，都需要通过它来得以完成。在这个过程中，不论是"性体情用"还是"心体情用"，"情"都是以"用"的身份存在的，这是"情"在确定其人性结构中的地位时，一个基本的定位之点。但另一方面，"情"在人性结构中虽然是最后一环，虽然只能以"用"的身份而存在，但就其实现过程而言，"情"也和"性""心"相类似，需要一个更为具体的实现载体，对于"情"而言，这个载体就是"诗"。正如船山所言，"圣人达

---

① 王夫之：《读四书大全说》卷十，《船山全书》第六册，第1070页。

情以生文，君子修文以函情。琴瑟之友，钟鼓之乐，情之至也"①，这一说法明确指出了"诗"从"情"出的事实，换言之，"情"与"诗"实际上形成了一个"情体诗用"的新的体用模式。

通过"诗"，船山对于"情"的阐释更加深入而精微：不仅"情"之中的不同类型有了更为精确的辨析，而且在此基础上，"情"之"尽性""为善"的价值指向也更为显豁。更为重要的是，在具体参与"诗"之构思、成形、接受的过程中，"情"作为一个一以贯之的根本性要素，越来越呈现其"本体性""统摄性"的一面，而这恰是从"性-心-情"人性结构层面去认识人之"情"时所忽视的一个方面。所以，"诗"的存在，为我们了解"情"之本真面貌及"情"之理想状态，都提供了绝佳的观察视域。甚至可以说，只有通过"诗"，船山关于"情"的阐述才得以最终完成。而反过来说，也正是由于船山将人性结构的阐释视域延伸到了"诗"之中，从人性结构的角度确立了"情"在"诗"中的统摄地位，其视野中的"诗"才因此具备了一种根深蒂固的形上气质，并以此与别家诗论区分开来。

在本节当中，我们主要论述"诗情"的类型辨析及其最终的价值指向，至于"诗情"的统摄性，会在下节单独论述。

一　"白"与"匿"："诗情"的有无之辨

在"人性"结构论当中，船山曾对"情"之存在必然性作了解释，简单概括就是"情"为"性"之"用"，无"情"，"性"即无从呈现，"性"之性质——"善"也就无从谈起。虽然在分析船山"情"论时，我们最后才涉及对"情"之存在必然性的探讨，但这主要是基于论述策略的考虑——不清楚"情"之生成过程及其性质，不清楚"情"与"性"的类别区分，"情"的存在必然性很难说清楚。而实际上，按照正常逻辑，若要论"情"，对其存在价值的分析显然是第一位的。所以，船山在以《诗》为主要探讨对象的《诗广传》当中，开篇第一段文字便是对"情"

---

① 王夫之：《诗广传》卷一，《召南十论》一《论鹊巢》，《船山全书》第三册，第307页。船山此处所说之"文"，与"诗"可等同视之。结合后面所说的"琴瑟""钟鼓"，可知此"文"实即"诗"之义。用"文"而不用"诗"，很可能是需要与《诗》（古人之"诗"，往往是《诗》之特称）区别开来。

之存在状态的辨析,进而透过"情"与"诗"的关系视角,分析"诗情"之存在的必要性。

在《诗广传·周南·论关雎一》中,船山提出:

> 文者,白也,圣人之以自白而白天下也。匿天下之情,则将劝天下以匿情矣。①

所谓"白",即显现,所谓"匿",即"隐匿"。船山的一个基本观点就是"情"需"白",而不可"匿"。"文者,白也,圣人之以自白而白天下也。匿天下之情,则将劝天下以匿情矣",就是说,诗文本身就是用来"白情",即呈现"情"的,圣人之"情"善而正,圣人借诗文而使其"情"昭显,则天下皆可见这一为善为正之"情",言外之意,即以此"情"为楷模,鼓励人们"白"其"情"。相反地,若废诗禁文,极力隐匿和压制民言民情,则无疑是迫使人们将"情"深藏于"心"中。船山对此种做法是排斥的。接下来他就主要围绕着"匿情"之辨,论证了"崇白贬匿"的观点。

首先,船山对"隐微曲致之情"作了正名。船山曰:

> 忠有实,情有止,文有函,然而非其匿之谓也。"悠哉悠哉,辗转反侧",不匿其哀也。"琴瑟友之","钟鼓乐之",不匿其乐也。非其情之不止,而文之不函也。匿其哀,哀隐而结;匿其乐,乐幽而耽。耽乐结哀,势不能久,而必于旁流。旁流之哀,懰慄惨澹以终乎怨;怨之不恤,以旁流于乐,迁心移性而不自知。②

"忠有实,情有止,文有函",按其意,人之"忠"不仅有精忠报国的激烈,亦有安于本职的平实;人之"情"不仅有流行之恒态,亦有静止之间歇;情之"文"不仅有直露显豁的一面,亦有隐微不露的一面。正是在

---

① 王夫之:《诗广传》卷一,《周南九论》一《论关雎一》,《船山全书》第三册,第299页。
② 王夫之:《诗广传》卷一,《周南九论》一《论关雎一》,《船山全书》第三册,第299页。

这个层面上，船山说"非其匿之谓也"，意即"忠之实""情之止""文之函"，只能说是"白"的一种特殊形式，绝不能以"匿"视之。船山举例说，像"优哉游哉，辗转反侧"，并没有直接去写内心之"哀"，但这难道不正是"哀"吗？"琴瑟友之""钟鼓乐之"，也并没有去直接写内心之"乐"，但这不正是"乐"的体现吗？这实际上是通过高超的侧面烘托手法，使"情"更为淋漓尽致地呈现了出来。这时的"情"貌似静谧不动，实际上却汹涌澎湃，这时的"文"貌似隐微不彰，内在里却蕴含着巨大的表现力量。正是缘于此，船山提出"匿情""非其情之不止，而文之不函也"。

那什么才是"情"之"匿"呢？船山认为，真正的"匿情"，是让"情"永不见天日，这实际上就是"情"的终结，就是"无情""去情"。船山说得很明白，"匿其哀，哀隐而结；匿其乐，乐幽而耽"，"哀情"之"匿"，貌似是"隐"，实际上已然走向终结，"乐情"之"匿"，貌似是"幽"，实际上其显现之日已然被无限延迟。但对人而言，这种"耽乐结哀"的状态并不能持续太久，人一旦发现无法找到一种"白情"的正当途径，就会"必于旁流"，走向歪门邪道，最后"迁心移性而不自知"。所以在船山看来，"匿情"之于人是有害无益的。

其次，船山以周衰之诗与屈原之诗为例，具体分析了"匿情"之根源与流弊：

> 周衰道弛，人无白情，而其诗曰"岂不尔思，畏子不奔"，上下相匿以不白之情，而人莫自白也。"夫人自有兮美子，荪何以兮愁苦"，愁苦者，伤之谓也。淫者，伤之报也。伤而报，舍其自有之美子，而谓他人父、谓他人昆；伤而不报，取其自有之美子，而视为愁苦之渊薮，而佛老进矣。[①]

在船山看来，"匿情"存在的根源不在于人之内心，而在于外部的政治环境。这一观点不难理解：当天下有道之时，人们抒情达意是自由的，

---

① 王夫之：《诗广传》卷一，《周南九论》一《论关雎一》，《船山全书》第三册，第299~300页。

不必受到什么特殊的限制，所以实现"情"之"白"，自然而然。而当天下无道之时，由于政治环境的恶化，统治方往往会加剧思想控制，人们失去言论自由，无奈之下只能"匿"其"情"，一旦需要呈现，也只能以极为晦涩的方式暗示出来。船山为说明此点，举了"岂不尔思，畏子不奔"的例子，这句诗出自《诗经·王风·大车》，学者们对此诗主题的理解莫衷一是[①]，船山这里所倚用的显然是朱熹的解释。朱熹《诗集传》曰："周衰，大夫犹有能以刑政治其私邑者，故淫奔者畏而歌之如此。"[②] 按照一般的理解，"岂不尔思，畏子不奔"中的"子"是指私奔的对象，而按照《诗集传》的解释，"子"则指以"刑政"治邑的大夫，整首诗就是在讲将要私奔的人迫于大夫之威而只能作罢。船山顺此路向，得出结论：衰世之治，上压下，继而欺下，下畏上，继而瞒上，结果就是"上下相匿以不白之情"。可见，正是在高压形势的逼迫下，才产生了"匿情"。

"匿情"一旦产生，其弊甚广，船山又专门举了"夫人自有兮美子，荪何以兮愁苦"的例子来说明这个问题。这两句诗出自《楚辞·九歌》，今人一般理解成对掌管生育与儿童的少司命安慰之语，如金开诚解释为："群巫以女性代表的身份告诉少司命说，人们在她护佑之下养育儿童情况良好，她也就不必为此操心担忧了。"[③] 船山对这两句诗的解释则与今人不同，其《楚辞通释》曰："言人皆有美子，如芳草之生于庭，而翳我独无。荪（指神，船山自注）何使我而愁苦乎？此述祈子者之情。"[④] 这一解释，主要还是将其视为祭祀之词，但船山在《楚辞通释·九歌》小序中也曾专门提及："熟绎篇中之旨，但以颂其所祠之神，而婉娩缠绵，尽巫与主人之敬慕，举无叛弃本旨，阑及己冤。但其情贞者其言恻，其志菀者其音

[①] 有学者曾对这些不同的主题阐释做过粗略统计。撮其大要，有以下7种：1."息君夫人绝命之词"说（《鲁诗》）；2."刺周大夫"说（《毛诗序》）；3."淫奔者相命之词"说（《诗集传》）。4."妇人怨望之词"说（《诗总闻》）；5."从军周人讯其室家之诗"说（伪《诗传》、姚际恒《诗经通论》等）；6."夫妇被迫离异"说（高亨《诗经今注》）；7."女子对男子（或者男子对女子）表示坚贞爱情"说（今人之诗经译本多从此说）。参见姚小鸥《论〈王风·大车〉》，《东北师范大学学报》（哲学社会科学版）1989年第2期。
[②] 朱熹：《诗集传》，王华宝校点，凤凰出版社，2007，第54页。
[③] 金开诚：《〈九歌·少司命〉的解释与欣赏》，出自《文史知识》编辑部编《名家讲古诗》，中华书局，2013，第97页。
[④] 王夫之：《楚辞通释》，《船山全书》第十四册，第260页。

悲,则不期白其怀来,而依慕君父、怨悱合离之意致,自溢出而莫圉。"①就是说,屈原的《九歌》,每一篇的主旨都严格控制在祭祀之词的范围内,但其"言"其"音"却又无法限制其中隐含的感情指向,"依慕君父""怨悱合离"等"意致"往往自溢而出。《少司命》一诗,也是如此,它虽然只是祭神求子之诗,但在字里行间,屈原与诗中祭神求子的主人公实现了重合,因此,"夫人自有兮美子,苏何以兮愁苦"完全可以看作屈原的"愁思沸郁"②之词。正是在这一释义的基础上,才能理解船山在引诗之后所说的那段话。

船山曰:"愁苦者,伤之谓也。淫者,伤之报也。伤而报,舍其自有之美子,而谓他人父、谓他人昆;伤而不报,取其自有之美子,而视为愁苦之渊薮,而佛老进矣。"在船山看来,屈原的这两句诗,实际上就是一种"愁苦"之"匿",考虑到屈原当时的处境,产生这种"匿情"是可以理解的,但问题在于,这一"匿情"有着极为严重的流弊,它很容易流向超出节制的"伤"与"淫",并由此形成两类后果。第一类,船山称为"伤之报",具体表现为抛弃自身的人格与追求,直接走向堕落,溜须拍马,无所不为;另一类则是"伤而不报",具体表现为万念俱灰,走向虚无,最终走向佛老之学。

最后船山作出总结:

> 性无不通,情无不顺,文无不章。白情以其文,而质之鬼神,告之宾客,诏之乡人,无吝无惭,而节文固已具矣。③

在船山看来,"白情以其文",才是"诗"中之"情"的正常状态,只有做到了这一点,诗文之沟通鬼神、宴乐宾客、诏告乡人、抒己达意的各种功能才能恰到好处地发挥出来。可以说,"文者白也""白情以其文"这一论点的确立,为船山在其诗学之中展开"节情"论、"正情"论或者说"性情"论,提供了极为重要的理论前提。

---

① 王夫之:《楚辞通释》,《船山全书》第十四册,第 243 页。
② 船山所引王逸之语。见《楚辞通释》,《船山全书》第十四册,第 243 页。
③ 王夫之:《诗广传》卷一,《周南九论》一《论关雎一》,《船山全书》第三册,第 299 页。

二 "贞/淫""诚/袭""裕/遽""道/私":"诗情"的善恶之辨

在人性结构中,"情"可以为"善",也可以为"不善","情"又生"诗",则"诗"中之"情"亦有"善"与"不善"的区别。只不过,在船山诗论中,"情"之区分不再以"善"与"不善"之名,而是被船山置换成了"贞"与"淫"、"诚"与"袭"、"裕"与"遽"、"雅"与"俗"等不同层面的对立性概念。通过这些更为具体的"诗情"辨析,船山逐步建立起了他的"诗道性情"论。

(一)"贞情"与"淫情"

船山对诗情的分类,以"贞"与"淫"最为常见。他尝言:

> 情之贞淫,同行而异发久矣。殆犹水也:漾沔相近以出而殊流,殊流而同归,其终可合也;湘漓桓洮相近以出而殊流,殊流而异归,其终不可合也。……贞亦情也,淫亦情也。情受于性,性其藏也,乃迨其为情,而情亦自为藏矣。藏者必性生而情乃生欲,故情上受性,下授欲。受有所依,授有所放,上下背行而各亲其生,东西流之势也。[①]

船山认为,"贞"与"淫"同属于"情",但二者是"殊流而异归",是"上下背行而各亲其生"。正如前文所言,"情"之中有"性之情"与"物之情"的区别,船山于此处,显然是将"贞"归于"性之情",将"淫"归于"物之情"。"贞"则向上,"淫"则趋下,此即"上下背行";"贞"近于"性","淫"趋于"物欲",此即"各亲其生"。在这种区分中,"贞"与"淫"的内涵也就清楚了:"贞"其实就是承"性"而来的为"善"为"正"之"情","淫"则是人在心物知觉运动中,由于"妄与物相取"[②] 或"奔于物欲之诱"[③],所产生的"物欲"之"情"。

[①] 王夫之:《诗广传》卷一,《邶风十论》一〇《论静女》,《船山全书》第三册,第327页。
[②] 王夫之:《读四书大全说》卷八,《船山全书》第六册,第966页。
[③] 王夫之:《孟子·告子上》,《四书训义》卷三十三,《船山全书》第八册,第698页。

除了"近性"与"趋欲"的区分，船山对于"贞情"与"淫情"还有更进一步的辨析。关于"贞情"，他曾言："贞于情者，怨而不伤，慕而不暱，诽而不以其矜气，思而不以其私恩也。"① 这实际上是对"贞情"之"度"作了解释，指出"贞情"之所以为"贞"，"节制性"是非常重要的一个方面。船山在区分"淫"与"不淫"的时候，从"节制性"角度对"不淫"作出的解释，实际上正符合"贞"之内涵：

> 淫者，非谓其志于燕媟之私也，情极于一往，泛荡而不能自戢也。自戢云者，非欲其崖僻戕削以矜其清孤也，流意以自养，有所私而不自溺，托事之所可有，以开其苑结而平之也。能然，则情挚而不滞，气舒而非有所忘，萧然行于忧哀之涂而自得。自得而不失，奚淫之有哉！诵《采绿》之诗，其得之矣。幽而不闷，旁行而不迷，方哀而不丧其和，词轻而意至，心有系而不毁其容，可与怨也，可与思也，无所伤，故无所淫也。②

船山认为，"淫情"并非专门指向男女之情③，爱情诗同样可以呈现一种"贞情"，关键是要做到抒情的"节制性"即"有所私"是可以的，但需做到"不自溺""自得而不失"。在船山看来，《小雅》中的《采绿》一诗就很好地体现了"情"之"贞"。《采绿》全诗为："终朝采绿，不盈一匊。予发曲局，薄言归沐。/终朝采蓝，不盈一襜。五日为期，六日不詹。/之子于狩，言韔其弓。之子于钓，言纶之绳。/其钓维何，维鲂及

---

① 王夫之：《诗广传》卷一，《邶风十论》四《论燕燕二》，《船山全书》第三册，第321页。
② 王夫之：《诗广传》卷三，《小雅六十一论》五七《论采绿》，《船山全书》第三册，第433～434页。
③ 船山对诗歌中表现的男女之情并不是一概排斥，一个主要原因便是：这种男女之情在《诗经》以及古诗当中大量存在，诗人常常借这种感情寄托某种高远的寓意。对此，他曾作具体论述："艳诗有述欢好者，有述怨情者，《三百篇》亦所不废。顾皆流览而达其定情，非沈迷不反，以身为妖冶之媒也。……至如太白《乌栖曲》诸篇，则又寓意高远，尤为雅奏。……迨元、白起，而后将身化作妖冶女子，备述衾裯中丑态；杜牧之恶其蛊人心，败风俗，欲施以典刑，非已甚也。"（《夕堂永日绪论内编》第四十六则）可见，船山肯定的是具有深远寓意、"达其定情"的爱情诗，而非元、白那种纯以低俗描写为主的滥情诗。

鲣。维鲂及鲣，薄言观者。"①《采绿》是一首怀人之诗，朱熹注曰"妇人思其君子"②，在前两节，思念之情并未直陈而出，反而只说她农活干得心不在焉，采用的是艺术化的衬托手法；在后两节，则又运用想象和比喻的手法，将思情形象化也趣味化了。所以整体来看，《采绿》一诗在呈现思情之时，含蓄委婉，徐徐以出，在抒情有度的同时，也具备了一种深厚的张力。船山以"幽而不闷，旁行而不迷"来评价此诗，实际上就是在称赞此诗所蕴含的一种"哀而不伤，乐而不淫"的含蓄美、节制美。此处船山所说的"无所淫"，正是在强调以节制为美的情感要求，"无淫"，即"贞"，所以这一"节制性"实际上也正是"贞情"的重要内涵。

与此相对应，"淫情"在"欲之情"的含义之外，还具有"无节制"的特点，船山在评价《王风·采葛》时提出：

《采葛》之情，淫情也；以之思而淫于思，（《朱传》云。）以之惧而淫于惧（《毛传》云。）天不能为之正其时，人不能为之副其望，耳荧而不聪，目瞥而不明，心眩而不戢，自非淫于情者，未有如是之巫巫也。此无所不庸其巫巫，终不能得彼之巫巫，彼不与此偕巫巫焉，而此之情益迫矣。③

《采葛》全诗为："彼采葛兮，一日不见，如三月兮！彼采萧兮，一日不见，如三秋兮！彼采艾兮，一日不见，如三岁兮！"同样是抒发思念爱人之情，与《采绿》相比，《采葛》却显得颇为直白而急切，《毛诗序》《诗集传》都以"淫"字来评价此诗，这里的"淫"显然指缺乏节制性。船山继承毛氏与朱熹的观点，也认为《采葛》一诗表现得过于"巫巫"，"巫巫"即"急切"，表现在语言中就是"其词遽""其音促"，在船山看来，这显然正是"淫于情"的后果。诗情之"淫"，正指向一种无节制性。

由此可知，船山所说的诗之"贞情"，不仅要承"性"承"善"，而且在呈现之时要讲求节制性。诗之"淫情"则与此相反，它不仅趋向于

---

① 周振甫：《诗经译注》（修订本），中华书局，2010，第354页。
② 朱熹撰，王华宝校点《诗集传》，凤凰出版社，2007，第198页。
③ 王夫之：《诗广传》卷一，《王风七论》六《论采葛一》，《船山全书》第三册，第344页。

"物欲",而且在显现之时,常常流于泛滥,缺乏基本的节制性。

(二)"自得之情"与"袭情"

借助于"善"与"不善"的视角,船山还将"情"分为"自得之情"与"袭情"。

船山曰:"情上受性,下授欲。受有所依,授有所放,上下背行而各亲其生,东西流之势也。"①"情"既受于"性",那么作为"性之情",就有可能继承"性"之一切性质,而"性"既是"善"的,也是"诚"的。我们在第一节论述"诚""善"关系时曾提到,在船山那里,"诚"与"善"互为前提,如果说"善"是一种存有,那么"诚"则是一种真实无妄的存有之状态。二者在性质上并无差别,但在活动层次上有所不同,"善"作为一种存有之性质,主要驻存于人"性"之内部,"诚"作为一种行为状态,则需借助于主体的能动活动体现出来。所以,从某种程度上可以说,"诚"是"善"的一种更为具象的外在显现。

由此就可以理解,如果说"贞情"与"淫情"是一目了然的"善"与"不善"之分,那么"自得之情"与"袭情"则与此有些微差别,它们虽然也可以被分别视为"善"与"不善",但若严格来说,则显然更接近于"诚"与"不诚"的区分。

在诗论当中,船山对于"诚"是非常重视的,曾多次提及:

> 女有不择礼,士有不择仕。呜呼!非精诚内专而拣美无疑者,孰能与于斯乎?②

> 君子之所必察也,察之以诚,知其不惭而非无惭,不疑而非无疑,而后可以为君子,故君子鲜矣。③

所谓"精诚内专",所谓"察之以诚",都是在强调"诚"之特性。

---

① 王夫之:《诗广传》卷一,《邶风十论》一〇《论静女》,《船山全书》第三册,第327页。

② 王夫之:《诗广传》卷一,《召南十论》六《论摽有梅》,《船山全书》第三册,第312页。

③ 王夫之:《诗广传》卷四,《大雅四十八论》一《论文王一》,《船山全书》第三册,第437页。

惟"诚",士人才能真正做出仕与不仕的内心选择;惟"诚",君子才能自省自查,窥视到内心之实相。所以在船山看来,"诚"之与否对人而言是十分重要的,对"诗"而言亦是如此。"诗情"之中的"诚",船山有一个专有的名称,即"自得":

情挚而不滞、气舒而非有所忘,萧然行于忧哀之涂而自得。①
不因自得,则花鸟禽鱼,累情尤甚。②
孙仲衍之畅适,周履道之萧清,徐昌谷之密赡,高子业之戍削,李宾之之流丽,徐文长之豪迈,各擅胜场,沈酣自得。③

所谓"自得",即"己情之所自发"④,即诗人内心中所自然生发的、具有独一性的真情实感。在船山看来,"诗情"呈现出来的风格可能有很多种,但都必须是"自得之情",若不是从"自得"而来,那"情感"就是累赘的、多余的,不再有存在的必要。船山尝言,"诗不可为伪"⑤,实质上就是在强调"诗"之"情"需得而出、真实无妄。

"自得之情"的反面是"袭情"。船山认为,好的诗歌所表现的都是"自得之情",绝不是"袭人之情":

性非学得,故道不相谋;道不相谋,情亦不相袭矣。"巧笑""佩玉","桧楫松舟",《竹竿》之女不袭《柏舟》,称其情而奚损哉?果有情者,未有袭焉者也。地不袭矣,时不袭矣,所接之人、所持之己不袭矣。⑥

船山说得很清楚,人之"性"并非学而得之,所以人之"情"也并非

---

① 王夫之:《诗广传》卷三,《小雅六十一论》五七《论采绿》,《船山全书》第三册,第433页。
② 王夫之:《古诗评选》卷二,陆机《赠潘尼》评语,《船山全书》第十四册,第588页。
③ 王夫之:《夕堂永日绪论内编》第二十九则,《船山全书》第十五册,第831页。
④ 王夫之:《夕堂永日绪论内编》第二则,《船山全书》第十五册,第819页。
⑤ 王夫之:《明诗评选》卷一,石珤《拟君子有所思行》评语,《船山全书》第十四册,第1169页。
⑥ 王夫之:《诗广传》卷一,《卫风五论》四《论竹竿》,《船山全书》第三册,第338页。

沿袭他人而来。为说明此点，船山对比了《竹竿》与《柏舟》两首诗。《竹竿》即《卫风·竹竿》，《柏舟》在《诗经》中有两首，此处当指《鄘风·柏舟》，船山之所以将两诗拿来作对比，是因为两首诗均为女子泛舟之作，有比较的价值，正如萧驰所说，"藉舟船上女子之口唱出的歌谣情感之不同来说明问题"[1]。关于《卫风·竹竿》之主旨，《毛诗序》说是"《竹竿》，卫女思归也。适异国而不见答，思而能以礼者也"[2]，朱熹《诗集传》说是"言思以竹竿钓于淇水，而远不可至也"[3]，可见《竹竿》一诗的"思归"主题很明显。关于《鄘风·柏舟》之主旨，《毛诗序》曰："《柏舟》，共姜自誓也。卫世子共伯蚤死，其妻守义，父母欲夺而嫁之，誓而弗许，故作是诗以绝之。"[4] 暂不论此诗作者是谁，诗中女子誓而不嫁的含义是非常明确的。所以，两诗虽然在兴情的景物描写上有相似之处，但一则是"卫女思归"，一则是"烈女不嫁"，主旨是迥异的，正是在这个层面上，船山提出"《竹竿》之女不袭《柏舟》"。"不袭"，即出于"自得"，这样的诗才是好诗。船山最后得出结论："果有情者，未有袭焉者也。地不袭矣，时不袭矣，所接之人、所持之己不袭矣。"真正的诗人之"情"绝不可能袭自他人，因为在写诗之时，时机可能"不袭"，地点可能"不袭"，所触之人可能"不袭"，自身的精神状态也可能"不袭"，在这一列的"不袭"之可能性中，"诗"之"情"绝不存在雷同于他人、沿袭于他人的可能。

由此可作个小结：船山所说的"自得之情"，就是诗人的"本真""独一"之情，也可以说就是"诚情"；"袭情"则是沿袭、重复他人之情，与个人之心全无关系，其性质是"伪"，可以说就是一种"伪情"。船山以"自得之情"和"袭情"来分析诗歌，具有重要的理论意义，这种划分方法不仅将"诗情"之"真"与"诗情"之"贞"并置，拓宽了"性情"的外延，而且其中的"袭情"论还为船山的反门庭说提供了重要的理论基础。

---

[1] 萧驰：《抒情传统与中国思想：王夫之诗学发微》，上海古籍出版社，2003，第162页。
[2] 参见严明编著《〈诗经〉精读》，上海古籍出版社，2012，第56页。
[3] 参见严明编著《〈诗经〉精读》，上海古籍出版社，2012，第56页。
[4] 参见严明编著《〈诗经〉精读》，上海古籍出版社，2012，第42页。

（三）"裕情"与"遽情"

船山从"善"与"不善"的角度对"情"作出的分类，还有"裕情"与"遽情"之分。船山曰：

> 广之云者，非中枵而旁大之谓也，不舍此而通彼之谓也，方遽而能以暇之谓也，故曰广也。广则可以裕于死生之际矣。《葛屦》褊心于野，裳衣颠倒于廷，意役于事，目荧足踬，有万当前而不恤，政烦民菀，情沈性浮，其视此也，犹西崦之遽景视方升之旭日也，駤戾之情，移乎风化，殆乎无中夏之气，而世变随之矣。[1]

所谓"广"，就是"不舍此而通彼"，船山还曾说过，"裕于忧乐，而旁通无蔽也"[2]，所以"广情"与"裕情"是同义的，是指一种广大深远之情，具体而言，就是从一己之忧乐，推广至天下之忧乐。但这还只是"裕情"的第一层含义，主要是从"情"之广度上而言的。除此之外，"裕情"还有一种状态上的要求，这就是船山所说的"暇"，"暇"就是空闲，就是要缓下来，松下来，做到从容有度，即如船山所言，"若缓若忘，而乃信其有情"[3]，"裕者，忧乐之度也"[4]。从这个层面上说，"裕情"还有一个同义词，就是"余情"。船山尝言"于道而求有余，不如其有余情也"[5]，又说，"张之弛之，并行不悖，思其有余，以待事起"[6]，可见"余情"就是张弛有度，诗有"余情"就近于"性"，也就近于"道"。由此合而言之，船山所说的"裕情"，就是于广度上强调广大深远，于状态上强调从容有度。广大而从容，就是"裕情"的基本内涵。

"遽情"则是"裕情"的对立面。但与"裕情"相比，"遽情"的

---

[1] 王夫之：《诗广传》卷一，《周南九论》四《论卷耳》，《船山全书》第三册，第302页。
[2] 王夫之：《诗广传》卷二，《豳风六论》四《论东山三》，《船山全书》第三册，第384页。
[3] 王夫之：《诗广传》卷一，《王风七论》七《论采葛二》，《船山全书》第三册，第344页。
[4] 王夫之：《诗广传》卷一，《卫风五论》四《论竹竿》，《船山全书》第三册，第338页。
[5] 王夫之：《诗广传》卷一，《周南九论》三《论葛覃》，《船山全书》第三册，第301页。
[6] 王夫之：《诗广传》卷二，《唐风十论》一《论蟋蟀一》，《船山全书》第三册，第363页。

内涵层次要单一一些,它更偏重于一种状态上的描述,所以"遽情"从反面所对应的不是"裕情"之"广情"义,而是其"余情"义。船山曾言:

> 奚事一束其心力,画于所事之中,敝敝以昕夕哉?画焉则无余情矣,无余者,懘滞之情也。①

当人们"意役于事""事一束其心力,画于所事之中",即将自己的心力局限在眼前繁杂的事务中时,就不可能再有张弛有度的"余情"之可能,而做不到张弛有度,就必然会导致"目荧足踬""情沈性浮",即感官错杂,心绪混乱,船山称其为"懘滞之情","懘滞"即"懘懘","烦乱"之意。实际上,对于这种情感状态,船山还有一些更为贴切的命名,如"卞躁""駤戾""悁急"等:

> 东周之季,大历之末,刻露卞躁之言兴,而周唐之衰亟矣。②
> 駤戾之情,移乎风化,殆乎无中夏之气而世变随之矣。③
> 以悁急而尽天下之才,则天下之才疑以沮;以悁急而尽天下之情,则天下之情躁以薄。④

"卞躁""駤戾""悁急"的含义其实极为接近,在这三例中,船山或以"卞躁"形容"情",或以"駤戾"形容"情",或以"悁急"形容"情",命名虽有不同,但实际上都有迅疾、躁动之义,意在突显"情"之流止无度、动静无方。船山之所谓"遽",也是从这一层面着眼的。

> 诸儿之禽行,遽焉耳;嬴政之并吞,遽焉耳;陈仲子之哇其母食,遽焉耳;墨翟之重趼止攻,遽焉耳;释氏之投崖断臂,遽焉耳。

---

① 王夫之:《诗广传》卷一,《周南九论》三《论葛覃》,《船山全书》第三册,第301页。
② 王夫之:《诗广传》卷一,《王风七论》七《论采葛二》,《船山全书》第三册,第344页。
③ 王夫之:《诗广传》卷一,《周南九论》四《论卷耳》,《船山全书》第三册,第302页。
④ 王夫之:《诗广传》卷三,《小雅六十一论》三《论皇皇者华》,《船山全书》第三册,第388页。

天下有遽食遽色而野人禽，天下有遽仁遽义而君子禽，遽道愈工，人道愈废。①

所谓"遽"，就是"匆忙""迅速"。这段话的意思就是：儿童模仿飞禽，依凭的是快速奔跑；嬴政吞并六国，依凭的是快速席卷之势；陈仲子表现自己的清高，依凭的是吐掉母亲给他做的饭时动作迅速，毫不犹豫；墨子要阻止楚国攻打宋国，去楚国游说楚王放弃这个念头，依凭的是鞋破脚烂，日夜疾行；佛教故事中，萨锤那为饲虎而投崖、禅宗二祖慧可为向达摩祖师学法而断臂，依凭的是毫不迟疑的决心与行动。但这种"遽"的行为并不能推广，若进行食色等正常的生活活动时急急忙忙，那乡野村夫们就都成禽兽了，若求"仁"取"义"时仓促而行，那君子们与禽兽又有何两样？所以船山得出结论，这一切看似合理的"遽"之行为，其实都违反了人之发展的正常规律，在他看来，人们在"遽"上重视得越多，运用得越娴熟，人性正常的修养之道就越荒废，就越容易形成"先之而忿其傲，捽之而忌其凌，损之而怼其吝"②的"小人之遽情"。船山这一见解极其深刻，具备一种很强的前瞻性和预言性，实际上，现代社会就是建立在这样一种"遽"的思维上，科技的发展让人们做任何事情都方便快捷，但同时也使人们失去了耐心，浮躁悁急的气息弥漫于整个社会之中，这不正是船山所说的"遽道愈工，人道愈废"吗？

综上所论，船山所说的"裕情"，就是于广度上强调广大深远，于状态上强调从容有度。广大而从容，就是"裕情"的基本内涵。"遽情"则是"裕情"之"从容"义的对立面，它流止无度、动静无方。迅疾而又躁动，可以说是"遽情"的基本内涵。

（四）"道情"与"私情"

"道情"与"私情"，是船山从"善"与"不善"的角度对"情"作出的另一种区分。

---

① 王夫之：《诗广传》卷二，《齐风七论》三《论东方未明一》，《船山全书》第三册，第354~355页。
② 王夫之：《诗广传》卷三，《小雅六十一论》三八《论谷风二》，《船山全书》第三册，第418页。其意为：已经排在了别人前面，还愤恨人家傲气；欺侮别人，又忌惮人家凌厉；抢夺别人之物，还怨恨人家小气。

船山所说的"道情",建立在"同情"的基础上。如其所言:

> 君子之心,有与天地同情者,有与禽鱼草木同情者,有与女子小人同情者,有与道同情者。……与天地同情者,化行于不自已,用其不自已而裁之以忧,故曰"天地不与圣人同忧",圣人不与天地同不忧也。/与禽鱼草木同情者:天下之莫不贱者,生也,贵其生尤不贱其死,是以贞其死而重用万物之死也。/与女子小人同情者,均是人矣,情同而取,取斯好,好不即得斯忧;情异而攻,攻斯恶,所恶乍释斯乐;同异接于耳目,忧乐之应,如目击耳受之无须臾留也。/用其须臾之不留者以为勇,而裁之以智;用耳目之旋相应者以不拒天下,而裁之以不欣。智以勇,君子之情以节;不拒而抑无欣焉,天下之情以止。君子匪无情,而与道同情者,此之谓也。①

船山将"君子之心"分为了四种:"与天地同情者""与禽鱼草木同情者""与女子小人同情者""与道同情者"。所谓"与天地同情",就是说,天地虽无情可言,但圣人(即指君子)却可以将天地流行而"化行于"内心之中,给予恰当的节制,就产生忧乐之情。"与禽鱼草木同情",是指君子在关注"禽鱼草木"等自然生命之时,体会到万物生死之情,但万物皆贵生贱死,君子则贵生贵死,"贞其死,重用万物之死"是君子之不同于"禽鱼草木"的地方。

"与女子小人同情",则将关注点放到普通人的身上,在这一过程中,君子观察到:人之耳目感官是"情"之生成的第一步,"同异"之感是其主要呈现,随后,人就从与己"同""异"的角度去看待他人,并由此而不假思索地产生"好恶"之情与"忧乐"之感。君子在这个"与人同情"的过程中,发现其中的缺陷:比如,人由"同异""好恶"到"忧乐"的瞬时转化,很容易生成"勇",但这种"勇"是蛮横无度的,所以君子会以"智",也就是理性,来对其加以控制。再比如,人之耳目官感作为"旋相应"的第一步,是很必要的,但很容易受到外物的诱惑,由此而"不拒天下",欲望泛滥,所以君子会"裁之以不欣",通过一些不愉快的

---

① 王夫之:《诗广传》卷一,《召南十论》三《论草虫》,《船山全书》第三册,第310页。

手段对其进行节制。有了君子的抑制之力,人就能实现智勇双全;没有这些抑制之力,物欲就会泛滥,天下之情也就停滞不动了。

可见,船山所说的君子之情,一个最重要特点,就是既能对"天地""禽鱼草木""女子小人"等都以"同情"之心视之,深入体会其精髓,同时又能发现它们的缺陷,并进行弥补或调节,此即所谓"心悬天下,忧满人间"[1]。君子的这种可以全面展开的"设身处地"(即"同情")的能力,以及宏观上的"弥补调节"(即"节")的能力,实际上就是"道情"。这样看来,"道情"似乎并无具体所指,但又似乎无处不在,正是在这个层面上,船山说:"君子匪无情,而与道同情者,此之谓也。"

"私情"则是"道情"的反面,如果说"道情"是心系天下的"君子之情",那么"私情"就是汲汲于个人得失的"小人之情"。在《小雅·北山》的评语中,船山对"私情"阐述得最为明白:

> 为《北山》之诗者,其音复以哀,其节促以乱,其词诬,其情私矣。……"溥天之下,莫非王土",则彼犹是践王之土也。"率土之滨,莫非王臣",则彼犹是为王之臣也。"大夫不均,我从事独贤",以尔为贤而尔不受,假以溥天率土之臣庶,更取一人而贤之,而又孰受也?……故曰:"不有居者,谁守社稷?不有行者,谁扞牧圉?"……故夫为《北山》之诗者:知己之劳,而不恤人之情;知人之安而妒之,而不顾事之可;诬上行私而不可止,西周之亡不可挽矣。[2]

《北山》之诗是一首周代低级官员抱怨役使不均的诗,孟子以"劳于王事而不得养父母也"[3] 释之,此后各家注释多沿用此义,在对此诗的态度上,主要还是持一种正面的肯定。船山对此是不满的,尝言"唐宋之末流,以诗鸣者,不知其为变雅之淫词而祖述之,曰以起衰也。以哀音乱节

---

[1] 王夫之:《古诗评选》卷五,江淹《寄丘三公》评语,《船山全书》第十四册,第780页。
[2] 王夫之:《诗广传》卷三,《小雅六十一论》四二《论北山》,《船山全书》第三册,第422页。
[3] 杨伯峻:《孟子译注·万章上》,中华书局,2012,第234页。

而起衰，吾未之前闻"①。船山之所以会对《北山》一诗持如此强烈的排斥态度，主要原因就是认为此诗表现的"情"是一种"私情"。船山认为，作为周代之官员，所站立的是周王的土地，所承担的是周臣的身份，既然如此，就需要尽己之职，担己之责，做好自己的分内工作，而不能只是抱怨，假使天下的官吏都有这种心理，那谁来工作呢？船山进而指出，人之职责是不同的，正如《左传》中所说："不有居者，谁守社稷？不有行者，谁扞牧圉？"②所以在船山看来，人之"情"不能如此狭隘，人不能只看到自己的利益得失，而不体恤别人的处境甚至不顾大局，否则离亡国不远。在这里，船山所指出的这种"知己之劳，而不恤人之情"的自私性，以及"知人之安而妒之，而不顾事之可"的狭隘性，正是"私情"的主要内涵。

船山对以杜甫为代表的一些底层诗人的批判，也是从"私情"的角度展开的，在《邶风·北门》中，他借题发挥说：

甫之诞于言志也，将以为游乞之津也，则其诗曰"窃比稷与契"；迫其欲之迫而哀以鸣也，则其诗曰"残杯与冷炙，到处潜悲辛"。是唐虞之廷有悲辛杯炙之稷契，曾不如嘑蹴之下有甘死不辱之乞人也。③

船山对于杜甫的一些感怀言志诗和干谒诗，十分反感。在他看来，杜甫的"窃比稷与契"等诗句，实际上是为了夸饰自己的才能，进而求得更好的官职；"残杯与冷炙，到处潜悲辛"则又以自诉其苦的方式，哀求他人的提携。在船山眼中，这两种诗本质上并无区别，都是为满足其个人欲求的"游乞"之诗。船山讽刺说，如果尧和舜的朝廷中，存在靠别人残羹冷炙而度日的稷和契，那这样的稷和契，还不如那些宁死不受无礼施舍之辱的乞丐！

船山这里对杜甫的评价是比较偏激的，实际上，"窃比稷与契"所出自的《自京赴奉先咏怀五百字》并非逞才之作，而是哀世伤时之作，"窃比稷与契"的初心也只是为了突显当下的无用。"残杯与冷炙，到处潜悲

---

① 王夫之：《诗广传》卷三，《小雅六十一论》四二《论北山》，《船山全书》第三册，第422页。
② 李宗侗注译，叶庆炳校订《春秋左传今注今译》（上），新世界出版社，2012，第332页。
③ 王夫之：《诗广传》卷一，《邶风十论》九《论北门》，《船山全书》第三册，第326页。

辛"所出自的《奉赠韦左丞丈二十二韵》虽是干谒诗,但情真意切,考虑到杜甫坎坷的身世经历,也完全可以理解。船山之所以会对杜甫的干谒诗有如此强烈的排斥反应,很可能是由于其自身处境所致。船山生逢明清易代之际,此时的士人面临不同的选择,或隐为遗老,或仕为贰臣,船山作为正统而忠心的儒士,对清军之入主中原痛心疾首,是强硬的抗清派,在这种情况下,他对那些置儒家传统于不顾、汲汲于个人利益的降清派是深恶痛绝的。以此种心态看待杜甫的干谒诗,船山显然会有所偏颇。而实际上,如果我们透过这层心绪,就不难发现,船山所最终批判的还是人的"私情""私欲",只不过在船山的理解中,杜甫这样的底层诗人因长期困顿,可能更禁不住"私情"的诱惑,明末降清之士人,大抵如此。所以船山极力贬斥士人的这种"游乞"之"私情",他尝言,"关情亦大不易,钟、谭亦未尝不以关情自赏,乃以措大攒眉、市井附耳之情为情,则插入酸俗中为甚"[①],这里他所批驳的"措大攒眉""插入酸俗",正是专指读书人的穷困潦倒。而至于如何处理读书人的这种"私情",船山是给出了答案的,这个答案就是他自身所做的表率。在船山激烈的言辞背后,所隐含的是一个正统士人对于家国操守的坚持。去"私情",求"道情","达则兼济天下,穷亦兼济天下",是船山于字里行间为士人们所开出的处世之方。

三 "诗以道性情,道性之情也"——诗中之"情"的价值旨归

船山尝言:

> 诗以道性情,道性之情也。性中尽有天德、王道、事功、节义、礼乐、文章,却分派与《易》、《礼》、《书》、《春秋》去,彼不能代《诗》而言性之情,《诗》亦不能代彼也。[②]

[①] 王夫之:《明诗评选》卷六,王世懋《横塘春泛》评语,《船山全书》第十四册,第1510~1511页。
[②] 王夫之:《明诗评选》卷五,徐渭《严先生祠》评语,《船山全书》第十四册,第1440~1441页。

这段话至少透露出两层含义：第一层，《诗》区别于其他四经，独言"情"，这是船山对《诗》，同时也是对一切"诗"的基本定位，可以说，"诗"就是专门的道"情"之载体，这就指明了"诗"之独特性。第二层，"诗"须"白情"，"诗"以"道情"，但这一所"白"所"道"之"情"均应为"性"之"情"，这就指明了"诗"中之"情"的独特性。

"诗以道性情"，可以说是船山"诗情论"的最核心部分，它旗帜鲜明地亮出了其"诗情"论的价值指向。船山不止一次地重申这一观点：

  心统性情，而性为情节。自非圣人，不求尽于性且或忧其荡，而况其尽情乎？①

  忧乐之固无蔽、而可为性用，故曰：情者性之情也。②

  尽其性，行乎情而贞，以性正情也。③

在船山的人性结构论中，"情"有"性之情"与"物之情"的区分，"性之情"是承"性"而来，是"善"的，"物之情"则流于"物"之一端，是"不善"的。船山将"诗情"规定为"性之情"，显然是想将其控制在"善"的范围内，但诗歌在其漫长的发展过程中，并不能保证其"诗情"均为"性"之"情"，所以现存的诗歌，并不完全符合船山的要求，为了甄别诗情的类别，船山作了相当详细甚至烦琐的辨析工作。这就是前面第二部分所论述的内容。在辨析过程中，诗情在其类别逐渐清晰的同时，其"性之情"的具体内涵也逐渐丰富起来，这就是"贞情"、"诚情"、"裕情"与"道情"的多层面呈现。

"性之情"实际上就是"贞情"、"诚情"、"裕情"及"道情"的总称。所以"诗"中之"性情"，首先要符合"贞"的要求，就是说，"诗情"不仅要承"性"承"善"，而且在呈现之时要讲求节制性。其次要符合"诚"的要求，就是说，"诗情"必须是"己情之所自发"④，自得而

---

① 王夫之：《诗广传》卷一，《召南十论》一《论鹊巢》，《船山全书》第三册，第 307 页。
② 王夫之：《诗广传》卷二，《豳风六论》四《论东山三》，《船山全书》第三册，第 384 页。
③ 王夫之：《诗广传》卷三，《小雅六十一论》五一《论宾之初筵》，《船山全书》第三册，第 429 页。
④ 王夫之：《夕堂永日绪论内编》第二则，《船山全书》第十五册，第 819 页。

出，真实无妄。再次要符合"裕"的要求，就是对于"诗"中之"情"，于广度上强调广大深远，于状态上强调从容有度。最后，"诗情"还应有"同情"与"调节"的能力，最终呈现为心系天下的"君子之情"或者说"道情"。实际上，"贞情"、"诚情"、"裕情"与"道情"这四种"性之情"之间，并非泾渭分明，而是相互交叉、有所重叠的，通过对这四种正面"诗情"的分析提炼，我们可得出"性之情"的三个基本要素：第一，从根源上说，须"自得"而出，承"性"而来；第二，从容量上说，须广大深远；第三，从程度上说，须从容节制。这三点，可以说是"性之情"的确切内涵。

"性之情"实际上是船山对于"诗情"的一种理想化确立，其眼界之高、思虑之远、规定之严，一般诗人很难企及，但通过"性之情"的角度，船山也实现了"去伪存真"的目的，通过大量的诗歌选评实践，他对诗歌作了相当程度的提纯，这样一来，船山"以情为体，以诗为用"的理论，就有了一个圆融自洽的活动场域。更为重要的是，"性之情"的提出及其含义的明确，使"情本体"在价值指向性上有了一个明确的方向，这无疑是最关键的一步。可以说，有了"性之情"的确立，船山的全部诗学理论才有了进一步展开的可能。

第三节 "诗之情，几也"："情以生诗"的内在机制

作为人性之"情"的实现场域，"诗"不仅对"情"之类型有着更为精细的区分，而且"诗"的成型过程亦充分体现了"情"之于"诗"的本体地位。船山尝言"达情以生文"[1]，这一"诗从情出"的观点有着深厚的传统。

《诗经》中有言"心之忧矣，我歌且谣"（《魏风·园有桃》），"君子作歌，维以告哀"（《小雅·四月》），"啸歌伤怀，念彼硕人"（《小雅·白华》）。屈原也说："惜诵以致愍兮，发愤以抒情。所非忠而言之兮，指苍天以为正"（《九章·惜诵》），"心郁郁之忧思兮，独永叹乎增伤……

---

[1] 王夫之：《诗广传》卷一，《召南十论》一《论鹊巢》，《船山全书》第三册，第307页。

结微情以陈词兮，矫以遗夫美人"(《九章·抽思》)，"申旦以舒中情兮，志沉菀而莫达"(《九章·思美人》)。《毛诗序》则从理论层面将其概括得更为清楚："诗者，志之所之也。在心为志，发言为诗，情动于中而形于言。"①"情志"本在人心，一旦借助于语言外显而出，就成了"诗"，在这里，"诗从情出"的思路相当突出。"情本体"的观念贯穿在漫长的诗歌传统之中，只不过在这个过程中，"诗情"的类别有所区别，或偏于雅制而失之真，或过于本真而失之正。处于古典诗歌发展后期的明代诗学就是以这两类"诗情论"为基础发展起来的。船山的"诗道性情"论，则对两类"诗情"作了有效的整合。

至于"情生诗"或"诗从情出"的观点，船山也并非是在重复前人，他从人性结构的角度，为"情生诗"或"诗从情出"的观点提供了深厚的哲学基础。细言之，如果说传统的"主情"论主要还停留在感性经验的视野中，那么船山则将"诗情"纳入了抽象的人性论的哲学视域当中，在"诗"之"情"的背后，有"善""诚"等本初性质的约束，也有"性""心"等更为根基性的环节的支撑，它们都为"诗情"之"本体"地位的确立提供了深厚的人性论基础。这个基础可能并未鲜明直接地呈现在船山的诗论当中，但当分析船山具体的诗论观点时，却往往能发现人性结构所起到的根基性作用。比如船山对"诗"中之"情"的辨析，再比如船山诗论中的情景论、声情论等，其背后都有人性哲学的支撑。

至关重要的是，在这个诗学背后的哲学视域中，船山从"几"的角度，透露出了"诗"中之"情"所具备的动力特性，进而呈现"情生诗"或者说"达情以生文"的内在机制。可以说，船山的诗歌"情几论"是对传统诗歌"主情论"的突破性总结。船山的整个诗学体系基本上就是围绕"情几"论建立起来的。

一 "几"之内涵

船山特别擅长运用"几"来说解释哲学问题，在前文中，与"几"有关的命题就包括"天之几""人之几""吾之动几""天地之动几""心之

---

① 毛公传，郑玄笺，孔颖达等正义，黄侃经文句读《毛诗正义》，上海古籍出版社，1990，第 15 页。

几""诚之几""情者阴阳之几"等。笔者在前文中所采取的阐释策略是，在明晰"几"之常用内涵的同时，结合其出现的语境，再作出具体的词义阐释。这种阐释有效，但也零散，致使"几"的内涵不能完整清晰地呈现出来。在本部分中，笔者将从"几"之根源说起，力图释清"几"的完整含义或者说本真特征。

船山所言之"几"，源出于《周易》。

《易经》当中，"几"字出现了四次。其中，《小畜·上九》、《归妹·六五》和《中孚·六四》均为"月几望"。"月望"，是指农历十五、十六的月圆之象，"月几望"就是指月亮快要盈满而尚未盈满。这里的"几"，就是"将要"，暗含了一种"临界之点"的含义。《屯·六三》则与前三者不同，其曰："即鹿无虞，惟入于林中。君子几，不如舍，往吝。"① 就是说，打猎逐鹿，鹿入林中，于是止步不追，船山注曰："知几而能止者，故可勉以君子之道。"②"知几而止"，可知此处的"几"可以理解为"对危险的预见性"。

《易传·系辞》中的"几"，含义更为明确了，其中代表性的两处是：

> 夫易，圣人之所以极深而研几也。③（《系辞上》）
> 知几其神乎。君子上交不谄，下交不渎，其知几乎？几者，动之微，吉之先见者也。君子见几而作，不俟终日。④（《系辞下》）

在第一则引文中，船山曾对"极深而研几"作出注释："'深'者，精之藏；'几'者，变之微也。"⑤《系辞》曰"一阖一辟谓之变"⑥，"阖辟"是以门作比的一种比喻性说法⑦，"阖"即"闭合"，"辟"即"开启"，"阖辟"即"动"的两种具体形态。所以船山所说的"变之微"实

---

① 王弼注，孔颖达疏《周易正义》，北京大学出版社，1999，第36页。
② 王夫之：《周易内传》卷一下，《船山全书》第一册，第96页。
③ 王弼注，孔颖达疏《周易正义》，北京大学出版社，1999，第285页。
④ 王弼注，孔颖达疏《周易正义》，北京大学出版社，1999，第308~309页。
⑤ 王夫之：《周易内传》卷五下，《系辞上传》第十章，《船山全书》第一册，第555页。
⑥ 王弼注，孔颖达疏《周易正义》，北京大学出版社，1999，第288页。
⑦ 船山注曰："阴受阳施，敛以为实，阖之象也。阳行乎阴，荡阴而启之，辟之象也。取象于户之阖辟者，使人易喻。"（《周易内传》卷五下，《系辞上传》第十一章，《船山全书》第一册，第560页）

际上仍然是"动之微",只不过把这个"动"的过程具体化了。第二则引文"几者,动之微,吉之先见者也",则直截了当地指出了"几"之中的三个核心要素:"动""微""先见"。"动"即"动态性","微"即"隐微性","先见"即"预见性",然后再加上《易经》当中"月几望"之"几"的"临界性"。这四点合起来,就是"几"的基本特性。

船山所言之"几",也深受张载之学的影响,但整体来看,其内涵基本未超出《易》中之"几"的四类特性,实际上,在《张子正蒙注》及四书学相关论著中,船山对"几"的阐述,主要是围绕着"动"与"微"的层面展开的。

(一)"几"之"动"

首先来看"动"之义项。船山在这一层面的论述非常多,如:

> 动审乎几而不逾乎闲。①
> 一物去而一物生,一事已而一事兴,一念息而一念起,以生生无穷,而尽天下之理,皆太虚之和气必动之几也。②
> 一屈一伸,交相为感,人以之生,天地以之生人物而不息,此阴阳之动几也。③

船山常用"动"来形容"几",组成"动之几"或"动几"一词。"动"是"几"的一种基本形态,在船山看来,天地间的"气"就是以"动几"的状态存在着,"气"之成人、成物、成事,靠的就是"气"的不断运动。对"人"而言,就是"一屈一伸,交相为感,人以之生";对"物"而言,就是"一物去而一物生";对"事"而言,就是"一事已而一事兴"。这种生生不息的"动态性",正是"几"的最本真特性。至于"一念息而一念起",指的则是人的内在思维问题。实际上,由于人的复杂性,"几"的动态特性在人身上体现得最为充分,"动几"不仅仅体现在其形体的生成过程中,也存在于心性的生成过程中。例如,船山在阐述人性之生成时所提及的"天之几"与"人之几",所谓"天之几",就是指

---

① 王夫之:《张子正蒙注》卷六,《有德篇》,《船山全书》第十二册,第252页。
② 王夫之:《张子正蒙注》卷九,《可状篇》,《船山全书》第十二册,第364页。
③ 王夫之:《张子正蒙注》卷三,《动物篇》,《船山全书》第十二册,第108页。

"天道"之"善"凝于人而成"性"时的一种自上而下的运动;所谓"人之几"则是指人以其"取精用物"的能动性去自觉地"继善""习养"的一种自下而上的运动。在这里,"天之几"与"人之几"中的"几"之内涵,基本就是指一种动态性。"心之几"同样如此,在船山的心论当中,"心之几"的特指内涵就是"灵明之心"与外物相交相引而形成的"知觉运动"。"诚之几"同样出现在船山的心论当中,指的是"心"若在"诚"或者说"性"的统摄下而动,主要依靠的就是"思"而不是"知觉",这时的"心"就只有"善"而没有"不善",所以"诚之几"实际上是"心之几"的一种理想形态。暂不论其价值指向如何,这里的"几"之"动态"特性是十分明显的。

至于"情"之"动几"性,船山在阐释张载"天之化也运诸气,人之化也顺夫时"一句时曾指出:

> 非气则物自生自死,不资于天,何云天化;非时则己之气与物气相忤,而施亦穷。乃所以为时者,喜怒、生杀、泰否、损益,皆阴阳之气一阖一辟之几也。[1]

显然在船山看来,人之喜与怒,生与死,通与塞,得与失,都是"几",但后面三类指的都是一种外在的生存状态,唯有"喜怒",指向的是人的内在情感。"喜怒"作为"一阖一辟之几",显然也是动态生成的。需要注意的是,船山在"几"之前,用了一个"时"字,这就突出了一种"时间"上的规定性,也就进而说明了"几"作为一种动态性,是"无定"的,是有条件限制的。"性"非"几",所以它是"定"的,"善"与"诚"是它唯一的特性;"心"与"情"皆为"几",所以它们是"无定"的。船山曰:

> 盖心者,翕辟之几,无定者也;性者,合一之诚,皆备者也。[2]
> 人苟有志,死生以之,性亦自定,情不能不因时尔。[3]

---

[1] 王夫之:《张子正蒙注》卷二,《神化篇》,《船山全书》第十二册,第81页。
[2] 王夫之:《张子正蒙注》卷三,《诚明篇》,《船山全书》第十二册,第134页。
[3] 王夫之:《薑斋六十自定稿·自叙》,《船山全书》第十五册,第331页。

船山说得十分明白，"性"是"合一之诚"，是"自定"的；而"心"则是"翕辟之几，无定者也"，"情"同样是"不能不因时尔"。这种"无定"性，或者说不可确定性，是"几"之"动态"意涵的核心所在。正是因为"无定"、不确定，所以"几"所发生的时间、地点、条件，都是非常重要的因素，"时"只是这些因素中的一个。船山在阐述"情"之生成过程时，对此作了很细微的说明。

船山尝言"情者阴阳之几也"①，又说"情元是变合之几"②，在这个阴阳变合、心物相交的过程中，"几"是"无定"的，所以是需要限定条件的，正如船山所言：

夫阴阳之位有定，变合之几无定，岂非天哉？惟其天而猝不与人之当位者相值，是以得位而**中乎道者鲜**。③

不善之所从来，必有所自起，则在气禀与物相授受之交也。气禀能往，往非不善也；物能来，来非不善也。而一往一来之间，**有其地焉，有其时焉**。化之相与往来者，不能恒当其时与地，于是而有不当之物。物不当，而往来者发不及收，则不善生矣。④

果有情者，未有袭焉者也。**地不袭矣，时不袭矣，所接之人、所持之己不袭矣**。……果有情者，亦称其所触而已矣。⑤

"几"作为一种运动是具有不确定性的，所以船山提出，在天人相交、心物交感的"几"之中，应该"当位"且"中乎道"，"当位"即恰当地点的确立，"中乎道"即在程度上要不偏不倚，无过无不及。第二与第三条引文，则强调了时间与地点在"动几"当中的重要性。在第二则引文中，船山提出，在"心"与"物"的一来一往之间，存在一个"其地"与"其时"的问题，若"心""物"之间这个"几"，能做到在"恰当的时间"与"恰当的地点"中进行运动，那么"心""物"就处在了"相值

---

① 王夫之：《诗广传》卷一，《邶风十论》七《论匏有苦叶》，《船山全书》第三册，第323页。
② 王夫之：《读四书大全说》卷十，《船山全书》第六册，第1066页。
③ 王夫之：《读四书大全说》卷八，《船山全书》第六册，第962页。
④ 王夫之：《读四书大全说》卷八，《船山全书》第六册，第962页。
⑤ 王夫之：《诗广传》，《卫风五论》四《论竹竿》，《船山全书》第三册，第338页。

之位","善"之"情"也就产生了。第三条引文则突出了"情"作为"变合之几"的独一性,船山认为,真正的诗人之"情"绝不可能袭自他人,因为在"几"之运动中,时机可能"不袭",地点可能"不袭",所触之人与物可能"不袭",自身的精神状态也可能"不袭",在这一列的"不袭"之可能性中,"情"绝不存在雷同于他人、沿袭于他人的可能,所以这段话实际上要表达的仍然是"动几"的限定性。

结合以上所作的分析,可知"几"之"动态"过程具有不确定性,因此,"气"要达到成人、成物、成事的目的,就必然要对这个动态过程作出限制,其中以"情"之生成时的"阴阳之几"或者说"心物之几"所蕴含的限制性最为明显,它包括时间限制、地点限制、程度限制以及"物"与"己"的状态等条件限制。从这个角度来看,我们可以说,"几"作为一种"动态"存在,要想发挥其效用,就必然要在"无定"当中寻求"有定",在"不确定性"当中寻求恰当而且独一的"确定性",这就是"动几"之义项的基本内涵。

(二)"几"之"微"

再来看"微"之义项。在《张子正蒙注》当中,船山有多处论述是从"微"的角度来阐释"几"的,他尝言:

> 性无不善,有纤芥之恶,则性即为蔽,故德之已盛,犹加察于几微。[1]
>
> 学者近取而验吾心应感之端,决之于几微,善恶得失判为两途,当无所疑矣。[2]
>
> 易简,乾、坤之至德,万物同原之理。知此,则吾所自生微动之几,为万化所自始,皆知矣。[3]
>
> 知微知彰,虚明而知几也。[4]

"几微",实即"动几之微"的简称,"气"之成人、成物、成事,均

---

[1] 王夫之:《张子正蒙注》卷三,《诚明篇》,《船山全书》第十二册,第135页。
[2] 王夫之:《张子正蒙注》卷三,《诚明篇》,《船山全书》第十二册,第141页。
[3] 王夫之:《张子正蒙注》卷五,《至当篇》,《船山全书》第十二册,第202页。
[4] 王夫之:《张子正蒙注》卷二,《神化篇》,《船山全书》第十二册,第91页。

需要通过这一"动几之微"才能得以完成,所以船山说"微动之几,为万化所自始"。若专就人而言,船山认为,"性"之"善"虽是必然的,但具体到每一个人,却避免不了后天"纤芥之恶"的侵蚀,所以人要保证"纯善"之"性",就需"察于几微"。具体到心,则需要在"应感之端"的知觉"动几"之中,做到"决之于几微"。这样看来,"几微"主要就是指明了"动几"的"隐微"特性,由此微观角度,人可以加强心性修养。但在《张子正蒙》当中,张载又提出一个相反的观点:

> 人能尽性知天,不为蕞然起见,则几矣。①

"蕞",《广韵》释之为"小貌",所以这句话就是说,人之"尽性知天",绝不能仅仅停留在感官知觉的"微观"体验中,惟有如此才能达到"几"。这个观点看上去似乎与"动几之微"的说法有所抵牾,但实际上,它指明了人之"动几"的一个深层特点——见微而知著,由隐而至显。所以"几微"的真正含义,并非是让"几"仅仅停留在"隐微"的层次中,它还应该包含着由微而著、由隐至显的必然趋势。换言之,惟有"向显之隐""含著之微",才能称为"几微"。所以船山说,"知微知彰,虚明而知几也","微"与"彰"、"虚"与"明"都是被包含在"几"之中的。

船山曾多次提及"几微"之"由微而著"的含义。从"微"的一面来看,船山说:

> 盖几者,形未著,物欲未杂,思虑未分,乃天德之良所发见,唯神能见之,不倚于闻见也。②

在注释张载"几者,象见而未形也"③时,船山也提出:

---

① 王夫之:《张子正蒙注》卷九,《可状篇》,《船山全书》第十二册,第363页。船山于此条下注曰:"知其性之无不有而感以其动,感则明,不感则幽,未尝无也,此不为耳目蕞然之见闻所域者也。"
② 王夫之:《张子正蒙注》卷二,《神化篇》,《船山全书》第十二册,第89页。
③ 王夫之:《张子正蒙注》卷二,《神化篇》,《船山全书》第十二册,第93页。

事无其形，心有其象。①

可见，"几"作为一种隐微的运动，是无法显现其"形"的，但另一方面，这一"未形""无形""形未著"的后面却又是"象见""心有其象"②，这实际上指出了一个事实：在"几"（尤其"心几"与"情几"）的运动过程中，"几"看起来十分隐微甚至于无形，但在主体的内心之中，这个"几"是有其"象"的，只不过这个"象"可感而不可见。"象"的存在，是"几"能够实现"由微而著""由隐至显"的重要环节。

从"著"的一面来看，"几"虽然只是"隐微"状态，是"形未著"，但其中所具之"象"已然使其具备了通向"显"与"著"的可能，所以船山说：

几者，动之微；微者必著。③
察乎人心，微者必显。④
研几，则审乎是非之微，知动静之因微成著而见天地之心。⑤

"著"或者"显"，是"几"所必然达到的结果，"微"的过程或长或短，但"著"的结果是必然的。若只有"微"而无"著"，"几"就不成其为"几"。以这种理解为前提，再回过头来看船山关于"心几"的论述，很容易就能发现"心几"之"由微而著"的过程。在关于"心"的最初的定位中，船山说："心，几也。"⑥"心"作为"几"，最重要的就是其动

---

① 王夫之：《张子正蒙注》卷二，《神化篇》，《船山全书》第十二册，第93页。
② 李壮鹰先生曾对"形"与"象"作过非常精湛的辨析："在古人那里，所谓'形'，是事物作为纯粹客体的实体、形体，它不依赖于人的感受而自在；而所谓'象'，则是事物反映在人的视觉感受中的影像、意象。"他还进一步阐释了古人的"有象无形"之说："在古人的心目中，天地未生之前的宇宙只是一片混沌未分的云气，云气只可见而没有固定的形体，故可只云'象'而不可云'形'"，"古人说'鬼神'，亦认为是一种未成形的精气，故也用'有象无形'来论述"。（参见李壮鹰《逸园续录》，齐鲁书社，2012，第144~146页）
③ 王夫之：《张子正蒙注》卷二，《神化篇》，《船山全书》第十二册，第89页。
④ 王夫之：《张子正蒙注》卷二，《神化篇》，《船山全书》第十二册，第84页。
⑤ 王夫之：《张子正蒙注》卷四，《中正篇》，《船山全书》第十二册，第158页。
⑥ 王夫之：《读四书大全说》卷十，《船山全书》第六册，第1106页。

态性,这一动态性极为隐微,主要体现为"思"与"知觉",但"心几"最终从"微"的状态发展到"著"的状态,而这个"著"就是"情"的生成。船山曰:"情者阴阳之几也……阴阳之几动于心。"① 又说:"吾心之动几,与物相取,物欲之足相引者,与吾之动几交,而情以生。"② 作为"阴阳之几"的"情",一方面生于"心几",另一方面也体现着"心几","情"虽然本身也是一种隐微的"动几",但通过它却可以得见"心"的状态,从某种程度上可以说,"情"是"心"的一个窗口。例如,某人因得不到好处而怒气冲冲,从中可以窥见其浓厚的知觉功利之心;相反,某人若能心平气和地面对外在的褒奖与谩骂,则也不难见出其仁义之心。

"情"作为"动几之微",也是一样的,也必然要像"心几"一样经历一个由微而著、由隐至显的过程。对于"情"而言,它的"著"或者"显",就是"诗"。而具体到"诗情",其"著"或者"显"则是"诗"之用以"呈情""显情"的具体途径。在这个层面上可以说,"诗情"的"几微"特性,正是"诗"得以成形、得以存在的最本源的动力所在。

综合以上所言,可知"几"之"微"并非单纯的"隐微"之义,这个"隐微"状态,无形而有象,包含着由微而著、由隐至显的必然趋势,所以惟有"向显之隐""含著之微",才能称为"几微"。人之"心几""情几",实际上都是一种由微而著、由隐至显的发展状态,而从这个角度来看,"微"显然已经成为一种动力机制。

(三) 引申说明

"几"的"临界"之义与"预兆"之义,实际上都可以看作从"动"与"微"的义项中引申出来的。由于是"动之微",所以"几"在这一动态过程中,必然要由"微"发展到"著",但一进入"著"的状态,"几"也就不存在了,所以"几"指的主要就是"微中寓著",但它必然会发展到"著"的阶段,这个"微"与"著"的交接点正是"临界"的含义。与此同时,在这一"由微而著"的过程中,许多隐微性的、细节性的东西都可以给人提供一种规律性的暗示,这就是"预兆"的含义。所以整体而言,"几"的"动"之义与"微"之义才是其最本真的含义所在。

---

① 王夫之:《诗广传》卷一,《邶风十论》七《论匏有苦叶》,《船山全书》第三册,第 323 页。
② 王夫之:《读四书大全说》卷十,《船山全书》第六册,第 1067 页。

而对于"几"之"动""微"两义而言,"情者阴阳之几"与"诗之情,几也"恰恰是其最具代表性的呈现。"几"之"动态"意涵,强调的是"无定"中的"有定","不确定"中的"确定"。生于"心物之几"的"情"在这方面最具典型性:一方面,"情"生于"心""物"之间的相值相取;另一方面,这一相值相取的过程,因其时间、地点、程度、条件等的变化而使所生之"情"千变万化,不具有雷同性。"几"之"隐微"内涵,则包含着由微而著、由隐至显的必然趋势,所以惟有"向显之隐""含著之微",才能称为"几微"。"诗"中之"情"在此一方面最具典型性:"情"要实现"由微而著""由隐至显",需要通过"诗"来达成,或者可以说,"诗"本身就已是"情几"的外在呈现,"诗情"的"几微"特性成为"诗"之成形的本源动力。

所以,"情者阴阳之几",侧重的是"情"作为"几"的运动义;"诗之情,几也",侧重的则是"情"作为"几"的隐微义。前者突出了"情"之生成的"独一性",后者突出了"情"所具备的"动力性"。

二 "诗之情,几也"的具体呈现

"诗之情,几也",是船山对于"诗情"的一次直接界定,它直截了当地道出了"诗情"在"诗"当中的统摄地位及其动力功能。

从"几"的角度来界定"诗情",是船山对传统"主情论"的一次极富深度的拓展。船山是主张"情生诗"之论的,他所说的"圣人达情以生文,君子修文以函情。琴瑟之友,钟鼓之乐,情之至也"①,明显继承了《诗经》《楚辞》《毛诗序》的主情传统。但船山并未仅仅停留在这一"主情"的层次,他进一步提出了"情几"论,对传统"主情论"做了拓深。"主情论"有一个明显的缺陷,即偏于静态描述,而且描述得过于笼统,"诗主情","情"之"主"的地位是如何体现出来的?"情生诗",这一"生"的过程又是如何呈现出来的?这些问题,传统的主情观点无法给出答案,船山的"情几论"则从"几"的角度,做出了回答,它阐释了"情生诗"的内在发生机制,也就使"情生诗"从静态描述的层次转化到了动态呈现的层次。总而言之,"情几论"的提出,是建立在"主情论"

---

① 王夫之:《诗广传》卷一,《召南十论》一《论鹊巢》,《船山全书》第三册,第307页。

的基础上的,只不过它将论述重点由"情"之"本体",转移到了"情"统摄下的"诗"的具体生成上。

(一)"正面"立论

"情"作为"几微",必然要"由微而著""由隐至显","诗"便是这一过程的最终结果。所以"情几"在"诗"当中是一种"动力"性的存在。具体来看,"情几"由"微"至"显"以成"诗"的正面实现途径主要有两个:一是通过视觉,一是通过听觉。对于这两点,船山其实已经说得非常清楚了。

1. 从"象"到"景"

船山在注解张载"几者,象见而未形也"① 一句时提出"事无其形,心有其象"②,就已经指明了"心象"对于"几"的"突显"作用。虽然这里的"象"并非"目视"而只是"心见",但这种想象的即视感,却为"几"由"隐微"发展至"彰显"提供了一个预显式的过渡环节。从这个角度可以说,"象"就是"几"的呈现途径。

船山此处所言之"象",十分接近于诗论中的"心中之象"或"意中之象"。李壮鹰先生曾指出:"文学作品,尤其是诗歌创作中,作为抒情之中介,往往要对事物进行描写,那么诗人所描写的,是事物的那种与人无关的纯粹的实在方式呢,还是它在抒情主体心目中的生动意象呢?正确的回答应该是后者。因为艺术的最重要的特征即在于它的直接可感性,它所表达的必须是作者的感受,所诉诸的也必须是读者的感受。因此,诗人所谓的'体物',所取于事物者,并非以'形'为用,而是以'象'为用的。正因为如此,在中国古代诗学中,人们也就往往以'象'来说诗中所描写的事物。"③ "象"虽侧重主观,居于心内,但显然也离不开视觉的维度,它是"事物反映在人的视觉感受中的影像、意象"④。"象"之所以能成为"几"由隐至显的中间环节,既离不开其"感受性",也离不开其"视觉性","感受性"连接的是"隐微"的一端,"视觉性"连接的是"彰显"的一端。从所发挥的作用来看,"象"的内在"感受性"固然重

---

① 王夫之:《张子正蒙注》卷二,《神化篇》,《船山全书》第十二册,第93页。
② 王夫之:《张子正蒙注》卷二,《神化篇》,《船山全书》第十二册,第93页。
③ 李壮鹰:《逸园续录》,齐鲁书社,2012,第146~147页。
④ 李壮鹰:《逸园续录》,齐鲁书社,2012,第144页。

要,但相比之下,"视觉性"则是"几"之由"微"入"显"的更为关键的一步。所以,艺术论或者说诗论中的"意象论",其开拓意义也正在"象"的视觉维度上。

船山诗论中,存在着类似的"意象论",如他评谢灵运《登上戍石鼓山诗》时曾言:"言情则于往来动止、缥缈有无之中,得灵蠁而执之有象"①,评杜甫《咏怀古迹》时也说"妙于取象"②,此处之"象",皆有"心象"或"意象"之义。但宏观来看,船山诗学中以"视觉感"来突显"情几"的理论,并不以"意象论"为主,而是以"情景论"为主。"景"替代"象",成为彰显"情几"的重要途径之一。

但船山诗学中的"景"在层次上比"象"要丰富,它至少有两重所指:一指单纯的"自然物色",一指与"心象""意象"相类似的被"情"所渗透之"景"。前者存在于人的感官之外,后者则生于"心物交感"之中。蒋寅对此作过十分精细的阐明:"'撑开说景者,必无景也',前一个'景'是自然景物,即传统诗学所言的'物色';后一个'景'却是意中之象,即今所谓'意象'","既说情、景有在心在物之分,那么景自然是在物的,但随即又说'景生情,情生景',这后一个景已是唐人所谓'诗家之景',即意象了。如果不明白王夫之的'景'具有这种双重性,就无法正确理解他的情景理论。"③ 简言之,"景生情"之"景",其实是"物","情生景"之"景"则更接近"象",唯有明白了"景"之双重含义的区分,对船山的"情景论"才有理解的可能。

从"自然物色"的角度看,此时之"景"完全可以被称为"物"(可称其为"景物")。"景生情",实即"物生情",但"情"之生显然也离不开主体,所以进一步,它指的就是"心物交感"以"生情"。这实际上是"情者阴阳之几"的诗学描述。以"情者阴阳之几"为基础,船山提出了一系列"景生情"的诗学理论,如"兴会""现量""即景会心""心目相取""触目生心""会景而生心,体物而得神"等,其中以"现量"理

---

① 王夫之:《古诗评选》卷五,谢灵运《登上戍石鼓山诗》评语,《船山全书》第十四册,第736页。
② 王夫之:《唐诗评选》卷四,杜甫《咏怀古迹五首选二》其一评语,《船山全书》第十四册,第1095页。
③ 蒋寅:《王夫之对情景关系的意象化诠释》,《社会科学战线》2011年第1期。

论最具深度。

从"心象"或者"意象"的角度看，此时之"景"已然是"心中之景"或"诗中之景"（可称其为"景象"）。在"心物交感"的过程中，"情"得以生成，而"物"也由此被"情"所渗透，由外在之"景物"而变为内在之"景象"，此即"情生景"。在这种情况下，"景象"成为表现"情"、突显"情"的重要途径，它所依赖的哲学基础是"诗之情，几也"，以及"几者，象见而未形"。一方面，"景象"本身就渗入了情，可以说是"情"的另一副面孔，即所谓"情不虚情，情皆可景；景非滞景，景总含情"[①]；另一方面，"景"的成象性、画面感，使作为"几"的"情"可以更为顺畅地呈现出来、突显出来，"情景论"中的"远近之间"[②]（远与近）、"广远微至"[③]（大与小）、"象外圜中"[④]（外与内），无不是以"景"达"情"，并达到极好的表"情"效果。

所以船山的"情景论"有两个贡献：第一，在进入"景象"层次之前，船山又以独特的诗学语言，重新阐释了"情"之生成的过程，这可以看作他的"人性论"之"情论"的延伸，也可以看作他为提出"景象"论或"景语"论所作的基础性理论准备。第二，超越了唐宋情景论中单纯重视诗中之情景组合关系的表层论述，突显了"景"作为"意象"的独立性与功能性，并透露出"以景达情"背后所隐藏的、以"几论"与"象论"为核心的哲学基础。

2. 由"响"至"声"

"诗"中之"情几"由"隐微"发展至"彰显"的另一途径则是听觉。实际上，在《诗广传》当中，船山是将"响"与"几"并提的，他尝言：

> 《菀柳》而下，几险而响孤，《瞻卬》而降，几危而响促。……更有早于《菀柳》《瞻卬》者，密而察之，渐迤之势，几愈微，响愈幽，

[①] 王夫之：《古诗评选》卷五，谢灵运《登上戍石鼓山诗》评语，《船山全书》第十四册，第736页。

[②] 王夫之：《夕堂永日绪论内编》第十一则，《船山全书》第十五册，第823页。

[③] 王夫之：《古诗评选》卷五，谢灵运《登池上楼》评语，《船山全书》第十四册，第732页。

[④] 王夫之：《诗译》第十一则，《船山全书》第十五册，第812页。

非夒旷之识，谁从而审之哉？①

这里所谓"几"即"诗"中之"情几"，所谓"响"可理解为"诗"之音乐旋律。《小雅·桑扈之什·菀柳》与《大雅·荡之什·瞻卬》，都是怨刺周王之诗。关于《菀柳》主旨，朱熹认为是"王者暴虐，诸侯不朝，而作此诗"②，基本是不错的。但诗中更具体的内涵指向，应是对周王"兔死狗烹"之行为的控诉。《菀柳》共三章："有菀者柳，不尚息焉。上帝甚蹈，无自暱焉。俾予靖之，后予极焉。//有菀者柳，不尚愒焉。上帝甚蹈，无自瘵焉。俾予靖之，后予迈焉。//有鸟高飞，亦傅于天。彼人之心，于何其臻。曷予靖之，居以凶矜。"全诗以"柳"作比，指出周王虽如同茂盛的柳树，可以乘凉，可是他忘恩负义，暴虐无常，不可亲近，当初还重用你，一旦用完就会疏远你，放逐你，使你处于险恶之境。所以《菀柳》一诗主要还是立足于个人遭遇，以抒发悲愤抑郁的"怨情"为主。但这"怨情"的背后，也隐藏着一种"悚惧"之情，正如船山所说，"《菀柳》无可息，而'居以凶矜'，危国家，亡社稷，毁宗祐，堕世守，不容已于惴惴"③，"惴惴"，即"忧惧"之意——"惧"于"君"，但也"忧"于"国"。因为是"忧惧"式的"怨情"，所以偏于"险"，"险"即不平和，情感浓烈，有些类似于屈原放逐时的心态。在这种情形下，"诗"之旋律会呈现一种"孤愤"之调。这就是船山所说的"几险而响孤"的含义。当然，船山当时也无法知晓《诗》之乐调，多半是揣度语，但就其合理性而言，却是说得通的。

《瞻卬》的主旨是"刺幽王"，朱熹曰："此刺幽王嬖褒姒任奄人以致乱之诗。"④《瞻卬》一诗较长，共七章：第一章写天灾人祸，国将不国；第二章写统治者的倒行逆施；第三章指出祸乱的根源在于女人的搬弄是非；第四章描绘了"女祸"之害，讽刺了妇人不务正业、扰乱政事的行为；第五章直陈周幽王近佞远贤的昏庸；第六章抒发浓烈的忧时忧国之

---

① 王夫之：《诗广传》卷四，《大雅四十八论》四七《论瞻卬一》，《船山全书》第三册，第479~480页。
② 朱熹：《诗集传》，王华宝校点，凤凰出版社，2007，第195页。
③ 王夫之：《诗广传》卷三，《小雅六十一论》五五《论菀柳》，《船山全书》第三册，第432页。
④ 朱熹：《诗集传》，王华宝校点，凤凰出版社，2007，第256页。

心；第七章依然不忘劝诫君王，提出匡救的方法。如果说《菀柳》一诗主要还是立足于个人立场，抒发一己之"怨情"，那么《瞻卬》一诗则明显以"刺"为主，虽也是从自身体验出发，但没有局限在个人立场上，家国之忧溢于言表。其"情"偏于"危"，"危"即急迫，可引申为担心、忧心忡忡。在这种情况下，"诗"之旋律呈现明显的"急促"之调，这就是所谓"几危而响促"的含义。

然而不论是"几险"，还是"几危"，作为"诗情"，它们首先是以"几微"的状态存在的。在《诗经》时期，对这种"几微"之"情"的表达，"文字之表意"显然不如"旋律之呈现"来得鲜明而透彻，尤其对于那种隐晦难解的"诗情"，音乐的呈现作用显然要更为明显，在言不尽意的困境中，旋律更能以其幽微的表现力将情感的微妙之处呈现出来，这也就是船山所说的"几愈微响愈幽"，但在这种情形下，欣赏者的音乐素养显然也要极为高超，所以船山说"非夔旷之识，谁从而审之哉"，这一方面指明了音乐修养的重要性，另一方面也确凿无疑地证实了船山此段所说的"响"，正指音乐之旋律。

船山极为看重"诗"与"乐"的关系，在《张子正蒙注·乐器篇》中，他开篇即说："此篇释《诗》、《书》之义。而先之以《乐》，《乐》与《诗》相为体用者也。"[①] 在注释张载"《诗》亦有《雅》，亦正言而直歌之，无隐讽谲谏之巧也"一句时也提出："正《雅》直言功德，变《雅》正言得失，异于《风》之隐谲，故谓之《雅》，与乐器之雅同义。即此以明《诗》、《乐》之理一。"[②]《诗》《乐》一理或者《诗》《乐》合一的论述，在船山著作中比较常见，实际上，由于六经中《乐》的失传，自明代起，就多有人提出以《诗》代《乐》的说法，如李东阳就认为"《诗》在六经中别是一教，盖六艺中之《乐》也"[③]，船山的《诗》《乐》一理论，显然继承了李东阳等明人的观点，他指明了这样一个事实：《诗》因其可歌可唱的旋律性，内在之中与《乐》确有一致性。

诗与乐的合一性，在唐代以前尤为明显。后出于汉代的《乐记》尝言：

---

① 王夫之：《张子正蒙注》卷八，《乐器篇》，《船山全书》第十二册，第315页。
② 王夫之：《张子正蒙注》卷八，《乐器篇》，《船山全书》第十二册，第316页。
③ 李东阳著，李庆立校释《怀麓堂诗话校释》第一则，人民文学出版社，2009，第1页。

> 凡音之起，由人心生也。人心之动，物使之然也。感于物而动，故形于声。声相应，故生变；变成方，谓之音；比音而乐之，及干戚羽旄，谓之乐。乐者，音之所由生也；其本在人心之感于物也。①

《毛诗序》也提出：

> 情动于中，而形于言。言之不足，故嗟叹之，嗟叹之不足，故咏歌之。②

不难看出，"乐"之生成与"诗"之生成有着极强的相似性。这种相似性不仅仅体现在"乐情"与"诗情"因"物感"而由"无"至"有"的"生成"过程中，更体现在"情"借音乐旋律由"隐微"状态而发展至"彰显"状态的"突出"过程中——细言之，"乐情"的呈现，靠的是"声""音""乐"；"诗情"的呈现，靠的是"言""嗟叹""咏歌"，在"情"的呈现途径上，"诗"与"乐"实际上是相当一致的。

《毛诗序》中所说的"诗"，指的是《诗经》。先秦之时，以最本真的音声来抒情是再自然不过的事情③，不仅仅是先秦，两汉乃至魏晋之诗，都侧重以诗之音乐性、旋律性来抒显其情，但在这一发展过程中，诗之音乐性的呈现方式并非一成不变，实际上自南朝之时起，伴随诗歌发展过程中外在旋律的逐渐消失，"音乐性"特征在诗歌中就已开始趋向于隐而不显、深而不露，"音乐性"开始从诗歌外部向诗歌内部渗透。船山对此有深入体会，他曾说："韵以之谐，度以之雅，微以之发，远以之致，有宣昭而无掩霭，有淡宕而无犷戾。明于乐者，可以论《诗》。"④ 这显然是从诗的内部来分析诗歌的音乐性，但又明显不同于传统的声律理论，而是暗含着多个层次的节奏观念。实际上，船山的这一段话完全可以看作对

---

① 王梦鸥译注《礼记今注今译·乐记》，台北：台湾商务印书馆，2006年（初修九刷），第607~608页。
② 毛公传，郑玄笺，孔颖达等正义，黄侃经文句读《毛诗正义》，上海古籍出版社，1990，第15页。
③ "景"的作用主要停留在"起兴"或"起情"的阶段，尚未正式参与到"显情"的过程中去。
④ 王夫之：《夕堂永日绪论内编》序言，《船山全书》第十五册，第817页。

"诗"之"内向音乐性"的一次重建。

正是在这一"内向音乐性"的层次上,船山展开了他的以"声"达"情"的"声情"论。何谓"声情"?船山尝言:"《乐记》云:'凡音之起,从人心生也。'固当以穆耳协心为音律之准。"①"凡音之起,从人心生也",是指音乐的发端本就在人心,人心是音乐的根源,而人心最内在的表现则是情感;"穆耳"即给人以听觉上的享受,"协心"即听觉与情感运行的协调统一,这二者的结合可以说就是"声情"说的完整含义。船山的"声情"说,实质上已然涉及诗歌节奏问题,萧驰就将"声情"概括为"使外在的'声'昭彻内在的'情',外在的节奏模写内在的节奏"②。所谓"外在的节奏",即诗歌语言所形成的语体节奏与豁然可感的意义节奏;所谓"内在的节奏",即"诗情"本身所具有的节奏。一首诗中的语体节奏与意义节奏若能将情感节奏完美呈现出来,就可以说这首诗是"穆耳协心"的,是具有"声情美"的。

总体而言,船山的"声情"论就是对诗歌之内在音乐性的规定,就是要求以先秦汉魏古诗中的节奏形式来进行诗歌创作。这实际上是恢复了诗歌"以乐达情"的传统,在这背后,依然还是"情几"在起着关键性的推动作用。

(二)"反面"修正

船山以"情几"为核心的诗学,主要就从"情景论"及"声情论"两个方面建立起来。但在这一过程中,船山作为"诗主情"的一派,会不可避免地与其他诗学派别产生冲突,其中最主要的两个问题是"诗理"问题与"诗史"问题,这都是宋代诗学影响甚巨的两个关键问题。以"情"为立足点,船山不仅对这两个问题作了相当精到的反驳,而且吸收了它们的合理性,将其融入了"情几"诗学当中,这使他的诗学体系在根基稳固的同时,也呈现一种极强的统摄特征。

1. 以"事"为"物"与"景"

对于"诗史"之说,船山持强烈的批判态度,他不止一次地提出:

---

① 王夫之:《夕堂永日绪论内编》第二十则,《船山全书》第十五册,第 827 页。
② 萧驰:《抒情传统与中国思想——王夫之诗学发微》,上海古籍出版社,2003,第 192 页。

夫诗之不可以史为，若口与目不相为代也，久矣。①

咏古诗下语善秀，乃可歌可弦，不而犯史垒。足知以"诗史"称杜陵，定罚而非赏。②

杜子美仿之，作《石壕吏》，亦将酷肖，而每于刻画处犹以逼写见真，终觉于史有余，于诗不足。论者乃以"诗史"誉杜。见驼则恨马背之不肿，是则名为可怜闵者。③

船山对于"史"与"诗"的文体区分意识很鲜明。在船山的眼中，"史"的功能就是记录事实，"事"是"史"的唯一存在依据，从这个层面来看，以"记事"为主的杜诗，确实与"史"有很大的相似性，所以人们称杜诗为"诗史"很恰当，只不过这种命名并非"誉称"，而是"贬称"，因为在船山那里，"诗"的唯一存在意义就是"道情"。

在船山看来，"诗"以道"情"，"史"以记"事"，这就像人之"口"与"目"具有不同的功能一样，不可以随便越界。以"记事"为主的诗歌，很难实现"达情"的功能，船山举了杜诗的例子："若杜陵长篇，有历数月日事者，合为一章。《大雅》有此体。后唯《焦仲卿》、《木兰》二诗为然。要以从旁追叙，非言情之章也。"④杜甫这种"从旁追叙"的叙事诗，是拙于"道情"的，戴鸿森在其笺语中已解释得很清楚："诗人意之起迄发抒与事之始终曲折，难得密合无间，一气贯穿。情、事之间有一定距离，欲牵就补苴，'强合令成'，势必顾了形式上的'成章'，而削弱达意、抒情的功能。"⑤就是说，由于叙事诗中"情"的起迄与"事"的始终之间，在配合上不好把握，因此很容易造成"强合令成"、顾此失彼的片面化缺陷。细言之，即如果过于注重诸多事件的发展，就势必会影响到情感的表达，而一旦将诗歌的抒情特质提到首位，纷繁复杂的事件线索也就无从呈现。所以在船山看来，"诗"绝不能以"史"的方式来完成，既

---

① 王夫之：《诗译》第十二则，《船山全书》第十五册，第 812 页。
② 王夫之：《古诗评选》卷一，曹丕《煌煌京洛行》评语，《船山全书》第十四册，第 509 页。
③ 王夫之：《古诗评选》卷四，《古诗四首》其一《上山采蘼芜》评语，《船山全书》第十四册，第 651 页。
④ 王夫之：《夕堂永日绪论内编》第八则，《船山全书》第十五册，第 822 页。
⑤ 王夫之著，戴鸿森笺注《薑斋诗话笺注》，上海古籍出版社，2012，第 59 页。

然是要写"诗",而不是写"史",就应该按照"诗"的内在要求来进行。

"诗"并非不能记"事",只不过"诗"中之"事"不同于"史"中之"事"。如果说"史"中之"事"注重的是事件本身的发展脉络,那么"诗"中之"事"则更关注它与"诗情"的关系,比如它在什么情形下可以引发"诗情",又在何种情形下可以呈现"诗情"。不难看出,船山所理解的"诗"中之"事",与"物"与"景"有着很多类同性。

从"生情""起情"的角度来看,"事"更接近于"物"(景物)之层次。船山认为,人"触物"可以生"情","触事"同样可以生"情"。他尝言:

> 诗则即事生情,即语绘状。①
> 因事起情,事为情用,非曰脱卸,法尔宜然。②
> 即事为情,不为事使。③

这里的"即事生情""因事起情",与"即景会心"④、"即景含情"⑤并无实质区别。作为"起情"的外在刺激因素,"事"与"物"可以说是同质的,只不过在诗论当中,"物"偏于自然,而"事"偏于人为,一为自然物色,一为社会人事。从宏观来看,这两者的结合可能更符合"物"的完整内涵。实际上,钟嵘在《诗品序》当中已然表达过类似的意思,刘勰的《物色》与《时序》也分别强调了"物"的自然性与社会性。所以船山所说的"即事生情",有其厚重的诗学传统。

从"达情""道情"的角度看,"事"则更接近于"景"(景象)之层次。作为一种视觉呈现,"诗"中之"景"所涵盖的范围是很广的,船山云:

---

① 王夫之:《古诗评选》卷四,《古诗四首》其一《上山采蘼芜》评语,《船山全书》第十四册,第651页。
② 王夫之:《古诗评选》卷四,阮籍《咏怀二十首》其九评语,《船山全书》第十四册,第680页。
③ 王夫之:《古诗评选》卷三,徐防《赋得蝶依草》评语,《船山全书》第十四册,第635页。
④ 王夫之:《夕堂永日绪论内编》第五则,《船山全书》第十五册,第820页。这里的"景",即自然物色,其后的"即景含情"之"景"亦同。
⑤ 王夫之:《古诗评选》卷五,谢惠连《西陵遇风献康乐五章》其二评语,《船山全书》第十四册,第746页。

于景得景易，于事得景难，于情得景尤难。"游马后来，辕车解轮"，事之景也。"今日同堂，出门异乡"，情之景也。子建而长如此，即许之天才流丽可矣。①

船山认为，"诗"中之"景"有"物之景"、"事之景"与"情之景"的区分。"事之景"作为其中的一种，被正式赋予了合法地位。所谓"事之景"，实际上就是将事件描述为一种视觉场景，一种具体的"事象"，通过这种视觉感，使藏于其后的"诗情"浮现出来。这与"物象""意象"对于"情"的视觉突显作用是一致的。

通过对"事"的这种"物化"与"象化"，船山将"事"正式纳入了他的"情几"诗学当中。"事"的"物化"参与的是"情几"的生成过程，"事"的"象化"参与的则是"情几"的突显过程。"事"的引入，极大地丰富了船山"情几"诗学的理论内涵。

2. 化"理"入"情"

船山论诗"主情"，对"诗主理"的观点自然十分排斥，但与对"诗史说"的态度类似，在批判的同时，船山也吸收了"理"的合理性，将其纳入了"情几"诗学当中。不过作为一个相对宽泛的概念，"诗理"是有分别的，船山对于不同的"诗理"，态度上亦有所分别。

第一种"理"是指"议论"。从内涵上看，"议论"似乎更偏重于一味"标新立异"的"经生思路"②。船山多次提出对"诗"中"议论"的批评，如："诗固不以奇理为高。唐宋人于理求奇，有议论而无歌咏，则胡不废诗而著论辨也？雅士感人，初不恃此，犹禅家之贱评唱"③；"唐、宋人于'宁遣同宿莽'之下，必捺忍不住，将下半截道理衍说，则有议论而无风雅"④；"议论入诗，自成背戾"⑤，等等。此外船山所说的"宋人以

---

① 王夫之：《古诗评选》卷一，曹植《当来日大难》评语，《船山全书》第十四册，第511页。
② 王夫之：《明诗评选》卷八，高启《凉州词》评语，《船山全书》第十四册，第1577页。
③ 王夫之：《古诗评选》卷五，江淹《清思诗》其二评语，《船山全书》第十四册，第787页。
④ 王夫之：《明诗评选》卷四，胡翰《拟古》其四评语，《船山全书》第十四册，第1281页。
⑤ 王夫之：《古诗评选》卷四，张载《招隐》评语，《船山全书》第十四册，第702页。

意为律诗绝句，而诗遂亡"①，这里的"意"也指"议论"。"议论"入"诗"多由宋代开启，明诗中也不少见，从根源上看，"诗"的这种"议论性"与宋人的策论风气、明人的八股习气分不开。"诗"之"议论"的弊端，就在于它所追求的是一种"奇理"，船山常以"入微翻新"②来形容，这样的"议论"，做的往往是翻案文章，与一些政论文无甚分别，这就抹杀了"诗"与"文"的界限，所以船山说"议论立而无诗"③。

第二种"理"是指"物理"。这里所谓的"物理"，实际上就是指天地万物之"理"。但船山重视"物理"，绝非止步于"物理"，他所关注的是由"物理"所连接的情意内涵，正如他对"桃之夭夭"的分析④，表面上是纯客观的植物属性分析，但内在之中仍然紧扣本诗新婚喜庆的氛围呈现，"物理"的辨析，只是使得诗中情致更为生动而已。对于"诗情"与"物理"的关系，船山还有一个更为清晰的论断，即"内极才情，外周物理"，它不仅体现出船山对于"物理"的肯定态度，突显出船山对"诗情"与"物理"之"交融性"的重视，而且"先'才情'后'物理'"这一前后次序的安排，也极为明显地突出了"诗情"对"物理"的统摄作用。

第三种"理"是指"性理"。所谓"性理"，主要是指宋明理学家关于心性、天命、道德修养等方面的学理性思考，主要涵括"天命之理"、"心性之和"、"名教之乐"以及"风雅之趣"等。"性理"入诗，船山常常称其为"诗中理语"。从人性论根源的角度看，这一"诗"中"理语"是由"心"之"思"而来，船山尝言"唯其有仁义之心，是以心有其思之能，不然，则但解知觉运动而已"⑤，"仁义之心"即"道心"，即人之"性"，所以归根结底，"理"是承"性"而来的。但另一方面，"理"直

---

① 王夫之：《明诗评选》卷八，高启《凉州词》评语，《船山全书》第十四册，第1576页。
② 王夫之：《明诗评选》卷八，高启《凉州词》评语，《船山全书》第十四册，第1577页。
③ 王夫之：《古诗评选》卷四，张载《招隐》评语，《船山全书》第十四册，第702页。
④ 船山在《诗译》中提出："苏子瞻谓'桑之未落，其叶沃若'，体物之工，非'沃若'不足以言桑，非桑不足以当'沃若'，固也。然得物态，未得物理。'桃之夭夭，其叶蓁蓁'，'灼灼其华'，'有蕡其实'，乃穷物理。夭夭者，桃之稚者也。桃至拱把以上，则液流蠹结，花不荣，叶不盛，实不蕃。小树弱枝，婀娜妍茂为有加耳。"（《诗译》第八则，《船山全书》第十五册，第810~811页）
⑤ 王夫之：《读四书大全说》卷十，《船山全书》第六册，第1093页。

接进入"诗"中却并不合适,"诗道性情",最终的落脚点在"情"上而非"性"上,因此"性理"要想进入"诗"中,依然离不开"情几"的统摄。正是在这个层面上,船山认为在诗歌当中,"有无理之情,无无情之理也"①。船山之所以对西晋的玄言诗、两宋理学家的理学诗多有不满,其中很重要的原因就是它们表现的往往都是"无情之理",而他对陈白沙之诗的推崇实际上也基于此点,船山认为"唯陈白沙为能以风韵写天真"②,而陈白沙提出:"作诗须将道理就自己性情上发出来,不可作议论说去,离了诗之本体,便是宋头巾也。"③ 在对诗中"性理之语"认识上,船山与白沙一脉相承。

第四种"理"是指"神理"。从表面上看,这一"神理"之"理"似乎与"议论""物理""性理"等不甚搭界,但若从"理"之最基本的"规律"、"规范"或"规则"之义上看,它们还是相通的。船山所言之"神理",在"理"之前贯之以"神",已然暗示出此"理"既关联"规范"又超越"规范"的特殊属性。实际上,"神理"的提出主要是与"诗情"相关联,它强调的是一种诗情的"自然"之态:在诗情"生成"之时,神理的提出,主要是为突出心物交触时的"一触即合""磕着即凑";在诗情"流动"时,神理的提出,则主要是为突出诗情流转运行的"自然而然"。它们都是以纯粹"自然"的规则方式,突显了诗歌当中"理"之于"情"的一种特殊的化归形态。

由以上可以看出,船山对不同"诗理"的态度是有差别的:对于"标新立异"的"诗"中之"议论",船山主要持批判态度,对于以"物理""性理"入诗的现象,船山有更多的同情之心:在"物理"方面,他提出了"内极才情,外周物理"的说法,力求将"物理"融于"诗情"之中;在"性理"方面,船山提出了"自得"之说,认为"性理"应是在"自得之情"的基础上自然生发而来的,此外,船山所专门提出的"神理"则用以突显"诗情"之"生成"及"流转运行"时的"自然恰得"特性。

---

① 王夫之:《诗广传》卷一,《邶风十论》七《论匏有苦叶》,《船山全书》第三册,第324页。
② 王夫之:《夕堂永日绪论内编》第四十四则,《船山全书》第十五册,第839页。
③ 陈献章:《次王半山韵跋》,见黄宗羲《明儒学案》(修订本)卷五《白沙学案上》,沈芝盈点校,中华书局,2008,第90页。

总之，不论诗歌是要呈现"物之理"、"神之理"还是"性之理"，船山都极力主张"化理入情"，对于诗中之"理"而言，"诗情"所具备的"统摄"作用，是其得以合理存在的一个最为基本的理论前提。

（三）小结

"诗情"作为"诗"之"几"，其内在的动力性与统摄性基本就从正反两个层面体现出来。

正面立论的"情景论"与"声情论"，在"诗情"由"隐微"发展至"彰显"的过程中，发挥了不可替代的作用。虽然这两类诗论在船山之前早已有过相关论述，如"情景论"自北宋范晞文始即连绵不绝，"声情论"则在整个有明一代都是诗学探讨的重点，但船山一方面对两类理论都作了富有深度的拓展，另一方面，将"情景论"与"声情论"相提并论的做法也极具开创意义。这不仅直接突显出了"情生诗"的具体实现途径，而且从诗学史的意义上来看，还高度概括了中国诗歌抒情传统在历时发展过程中的前后相续的两个基本时段。

反面修正的"诗事论"与"诗理论"，则依靠"诗情"的统摄性，将本与"诗道性情"相龃龉的"事"与"理"整合到了"情几论"当中。这实际上是船山对前人诗论（主要是宋代诗论）中排斥"主情论"的"诗史论"与"诗理论"的反击与应对策略。经过这种修正，"事"与"理"最终以"合法"身份进驻于以"情几"为核心的诗歌当中。"事"与"理"的加入，显然极大地丰富了船山"情几"诗学的理论内涵。

从这一正一反两个层面，也不难看到船山诗学所显现出来的继承与拓展并存的"集大成"的气质。

第二章
"现量"："情者阴阳之几"的诗学表达
——"诗情"生成论的深度辨析

船山曰："诗之情，几也。"① "情"作为"几微"，必然要"由微而著""由隐至显"，"诗"便是这一过程的最终结果。所以"情几"在"诗"当中是一种"动力"性的存在，它由"微"至"显"以成"诗"的正面实现途径主要有两个：一是通过视觉，一是通过听觉。但在进入具体的显现途径之前，我们不能不注意到，船山对"情者阴阳之几"的"情"之生成论也重新做了一番诗学阐释，由于"情"生于"阴阳""心物"之间，所以船山对"诗情"之生成的探讨，主要集中于与"心物"相关联的"情景"论②中，其代表性的观点有"兴会""现量""即景会心""心目相取""触目生心""会景而生心，体物而得神"等，其中以"现量"理论最具深度。

从用词出处来看，船山的"现量"论源于佛家唯识宗，似乎与传统诗学关系不大，但实际上，船山将"现量"用于诗学，不论是具体的释义，还是具体的运用，都显现出对"兴"论、"物感"论的鲜明继承性。与此同时，船山诗学中的"现量"论，还具有深厚的心性论的哲学基础，这种

---

① 王夫之：《诗广传》卷四，《大雅四十八论》四七《论瞻卬一》，《船山全书》第三册，第479页。
② 船山的"情景论"包含两个层次：第一个层次偏重于"诗情"的"生成"，第二个层次则偏重于"诗情"的"视觉性显现"。两个层次虽被统一在"情景论"中，但实际上它们分属于两个不同的领域，前者是"情者阴阳之几"的"情"之生成论，后者是"诗之情，几也"的"情"之显现论。

儒释并济的综合视域使得诗学当中"心""物"关系的辨析达到了新的高度,"诗情"之生成与"心""物"的关系也得以重新思考。

第一节 "兴"与"物感"

一 "兴"论

论及"诗情"之"生成",绕不开"兴"的概念。但"兴"义又极为复杂,朱自清《诗言志辨》以"缠夹"[1]形容之。之所以如此,是因为"兴"自提出之日起,其意涵即随时代而变,成为一个复杂的诠释学问题,正如萧华荣所说:"随着不同时代的文化思想、文学思潮的变迁和文学经验的积累,不断地改变、充实、丰富着其(指'兴'——引者注)内涵,也不断地混淆与缠夹,没有一个一成不变的定义,也没有什么标准答案。"[2] 作为一个层垒造成的概念,"兴"之内涵确实是与其流变过程混杂在一起的,但也并非无章可循。

从现存文献来看,早期援"兴"入"诗"的先秦典籍主要有两部,一是《论语》,一是《周礼》。《论语》中孔子曰"诗可以兴,可以观,可以群,可以怨"[3],又说"兴于诗,成于礼,立于乐"[4]。这里的"诗"当然指《诗》,"兴"主要指《诗》之"兴"。"兴"与"起"同义,《论语》中孔子尝言"起予者商也,始可与言诗已矣"[5],此处的"起"实即"兴"之意,即"起发""启迪",使人之思想、修养得以提高与升华,此即孔子所说的"兴于诗""诗可以兴"。所以可以确定,《论语》中的"兴",都是面向读《诗》之人而言的。

《周礼·春官》[6]也提出了"诗"中之"兴",共两处,第一处是"以乐语教国子:兴、道、讽、诵、言、语"[7],此处之"兴"即"起发"之

---

[1] 朱自清:《诗言志辨》,岳麓书社,2011,第44页。
[2] 萧华荣:《中国诗学思想史》,华东师范大学出版社,1996,第17~18页。
[3] 杨伯峻:《论语译注·阳货》,中华书局,2009,第183页。
[4] 杨伯峻:《论语译注·泰伯》,中华书局,2009,第80页。
[5] 杨伯峻:《论语译注·八佾》,中华书局,2009,第25页。
[6] 关于《周礼》的成书年代,学界争议较多,大致有西周说、春秋说、战国说、秦汉之际说、汉初说、王莽伪作说等六种说法。如今多数学者倾向于《周礼》成书于战国时期。
[7] 郑玄注,贾公彦疏《周礼注疏·春官宗伯下》,上海古籍出版社,2010,第833页。

意，与孔子所说之"兴"并无区别。第二处是作为"六诗"之一种出现的："（大师）教六诗：曰风，曰赋，曰比，曰兴，曰雅，曰颂。"① 因《春官》中还有瞽矇"掌九德、六诗之歌"② 的说法，可以推测"六诗"似乎更偏向于六种诗体，"兴"是其中之一体。"六诗"之中，"风""雅""颂"作为诗体是可见可知的，而"赋""比""兴"之体却难以索解，《周礼》一书也并未给出解释。所以汉代《毛诗序》将"六诗"置换成了"六义"，"风""雅""颂"依然被视为诗体，"赋""比""兴"却一变而成为表现方式，至于为何作此置换，孔颖达曾作过解释："赋比兴是诗之所用，风雅颂是诗之成形，用彼三事，成此三事，是故同称为'义'，非别有篇卷也。"③ 这一解释具有一定说服力，后世学者多从此说，此暂不论。

需要注意的是，《毛传》对于"兴"的理解与孔子有所区别，朱自清曾统计："《毛诗》注明'兴也'的共一百十六篇。……发兴于首章次句下的共一百零二篇，于首章首句下的共三篇，于首章三句下的共八篇，于首章四句下的共二篇。"④ 从这种列"兴"于首章的位置安排来看，《毛传》对"兴"的理解，已然涵括了创作层面的"起兴""发兴"之义。与此同时，《毛传》也吸收了从"诗可以兴"而来的"兴"之"譬喻"义、"引申"义，如《毛传》之《关雎传》云："兴也。……后妃说乐君子之德……慎固幽深，**若**雎鸠之有别焉。"⑤ 《旄丘传》云："兴也。……诸侯以国相连属，忧患相及，**如**葛之蔓延相连及也。"⑥ 这里的"兴"之"譬喻"义比较复杂，它所指向的并不是读《诗》之人，而是作《诗》之人，指的是经学家所假想出来的、作者在作诗之初已在心中所设定好的"譬喻"之义，换言之，这是作为读者的经学家对作者之创作意图的一种假定。按照毛公等经学家的理解，《诗》之作，首先是由"物"发"兴"，

---

① 郑玄注，贾公彦疏《周礼注疏·春官宗伯下》，上海古籍出版社，2010，第880页。
② 郑玄注，贾公彦疏《周礼注疏·春官宗伯下》，上海古籍出版社，2010，第892页。
③ 毛公传，郑玄笺，孔颖达等正义，黄侃经文句读《毛诗正义》，上海古籍出版社，1990，第18页。
④ 朱自清：《诗言志辨》，岳麓书社，2011，第44~45页。
⑤ 毛公传，郑玄笺，孔颖达等正义，黄侃经文句读《毛诗正义》，上海古籍出版社，1990，第22页。
⑥ 毛公传，郑玄笺，孔颖达等正义，黄侃经文句读《毛诗正义》，上海古籍出版社，1990，第92页。

但这些所取之"物"是有其深意的。正是在这个意义上,唐代孔颖达释《毛传》"六义"之"兴"为"取譬引类,起发己心"①,朱自清也提出"《毛传》'兴也'的'兴'有两个意义,一是发端,一是譬喻;这两个意义合在一块儿才是'兴'"②,这是不无道理的。

应该说,《毛传》之"兴"是致使"兴"义"缠夹"的第一个关键点:一方面,它从位置安排上对"起兴"之义的暗示,开启了"兴"的创作之维,这是它创新的一面;但另一方面,它又将读者层次的"譬喻""引申"义吸收到了创作的维度上,这又是它守旧的一面。可以说,"兴"之"起兴""发端"之义,自其诞生起,就是与道德性、政教性的"引申"义粘连在一起的。

郑玄在《毛诗笺》中并不认同《毛传》仅置"兴"于首章的做法,而是认为章章可"兴",所以在郑玄那里,"兴"不具备"发端"之义。郑玄赞同的是《毛传》之"兴"的"譬喻"义③,而且有过之而无不及,如《小雅·节南山》首章:"节彼南山,维石岩岩。"《毛传》只云:"兴也。节,高峻貌。岩岩,积石貌。"郑玄《毛诗笺》补充"兴"义则云:"兴者,喻三公之位,人所尊严。"④ 实际上,郑玄在《毛诗笺》中对"兴"的解释,与《周礼注疏》对"比兴"之"兴"的阐释是一致的,在《周礼注疏》中郑玄提出:"比,见今之失,不敢斥言,取比类以言之。兴,见今之美,嫌于媚谀,取善事以喻劝之。"⑤ 这里的"兴"与"比"已无实质性区别,它们均落脚于政教譬喻之上,差异仅在于:"比"是"显"的,而"兴"是隐的;"比"是"刺"的,而"兴"是"美"的。

至魏晋六朝,经学语境逐渐淡化,学者们在吸收《毛传》之"兴"义

---

① 毛公传,郑玄笺,孔颖达等正义,黄侃经文句读《毛诗正义》,上海古籍出版社,1990,第17页。"取譬引类"本源于孔安国注释"诗可以兴"时提出的"引譬连类","起发己心"则来自《毛传》首章中"兴也"的用法,虽然毛公等人已着意将"兴"之"取譬"义转入创作维度,但"譬喻"义在使用层次上的这种转换,无疑也模糊了接受与创作的界限。

② 朱自清:《诗言志辨》,岳麓书社,2011,第48页。

③ 如《毛传》之《关雎传》:"兴也。……后妃说乐君子之德……慎固幽深,若雎鸠之有别焉。"《麀丘传》:"兴也。……诸侯以国相连属,忧患相及,如葛之蔓延相连及也。"等等。

④ 毛公传,郑玄笺,孔颖达等正义,黄侃经文句读《毛诗正义》,上海古籍出版社,1990,第392页。

⑤ 郑玄注,贾公彦疏《周礼注疏·春官宗伯下》,上海古籍出版社,2010,第880页。

的基础上，开始对"兴"义作经义之外的审美性阐释，由此而出现了两类审美释义。

第一类主要着眼于"兴"之"起兴"义与"发端"义。挚虞大概是最早从"起兴"角度对"兴"作出明确释义的，其残存的《文章流别论》曰：

> 《周礼》太师掌教六诗，曰风，曰赋，曰比，曰兴，曰雅，曰颂。言一国之事，系一人之本，谓之风。言天下之事，形四方之风，谓之雅。颂者，美盛德之形容。赋者，敷陈之称也。比者，喻类之言也。兴者，有感之辞也。①

挚虞所说之"兴"，从其自陈的渊源来看，是来自"六诗"。他释"兴"为"有感之辞"，显然着眼于创作层面，这与《毛传》之所谓"兴也"是一脉相承的。但若具体来看，挚虞所言之"兴"与《毛传》所说之"兴"，在大方向相同的同时，也存在明显的不同之处：第一，《毛传》之"兴"的"起兴""发端"之义与其政教性的"譬喻"义是不可分割的，挚虞之"兴"则毫无政教意味，只暗示出单纯的"起兴"意味。第二，《毛传》之"兴"的"起兴"义中，"物"与"情事"，或者说"兴句"与"下句"之间，主要是通过政教性的"譬喻"来得以连接，挚虞则以"感"来连结。所谓"有感之辞"，指的是作者由"物"而起"情"进而形诸言语，这同样是一种"起兴"之义，但与《毛传》所理解的建立在政教"譬喻"之预设基础上的"起兴"大为不同，它不仅脱离了政教的约束，而且真正地向自然万物敞开，强调了一种"起兴"的不确定性。挚虞之所以对"兴"有如此认识，与其文化环境与诗学环境分不开。面对"朝不保夕""生不逢时"的乱世，外物的荣枯变迁极易引起诗人的感伤情绪，在诗文中，他们常常提及"兴而作诗"的体验，如杨修《孔雀赋序》："魏王园中有孔雀，久在池沼，与众鸟同列。其初至也，甚见奇伟，而今行者莫视。临淄侯感世人之待士，亦咸如此，故兴志而作赋。"② 曹植《赠

---

① 严可均辑《全上古三代秦汉三国六朝文·全晋文》第四册，河北教育出版社，1997，第801页。
② 严可均辑《全上古三代秦汉三国六朝文·全后汉文》第二册，河北教育出版社，1997，第504页。

徐干》:"慷慨有悲心,兴文自成篇。"① 陆云《寒蝉赋序》:"且攀木寒鸣,贫士所叹。余昔侨处,且有感焉,兴赋云尔。"②"兴而赋诗"俨然已成为魏晋诗人们的一种创作自觉,正是在这样的语境下,挚虞得出了"兴者,有感之辞"的结论。

第二类则主要着眼于被郑玄特意突出的《毛传》之"兴"中的"譬喻"义与"引申"义。钟嵘在其《诗品序》中最早提出:

> 故诗有三义焉:一曰兴,二曰比,三曰赋。文已尽而义有余,兴也;因物喻志,比也;直书其事,寓言写物,赋也。③

"文已尽而义有余"的释义,显然并无"起兴""发端"之意,而只是强调了一种创作层面的"引申"特性,从这一点上说,钟嵘实是延续了《毛传》之"兴"所蕴含的创作层面的"譬喻"义与"引申"义。但钟嵘的"引申"义消除了其中的政教意味,突出了其中的审美意味。钟嵘所阐释的这一"兴"义,强调的是一种悠长的余意、余味,从诗歌实践来看,钟嵘这一理论的提出也是有着深厚的历史基础的,如他评《古诗十九首》为"意悲而远"④,评阮籍《咏怀》为"厥旨渊放,归趣难求"⑤,这种幽微深远、寄托情志的作品无疑成为钟嵘对"兴"的阐释基础,它从理论层面上开启了一种新的"兴寄"或者说"兴味"传统。

至此,"兴"最终展现出了它的五种较为清晰的样态:第一种,是"诗可以兴""兴于诗"之"兴",这个"兴"相对单纯,指的就是通过道德"譬喻""引申"的途径"起发"人、"启迪"人、"教化"人,专注于人的思想修养,这主要是从读者层面来说的。第二种,是《毛传》"六义"之"兴","兴也"之"兴",这个"兴"有两个核心要素——"起兴"(即"发端")与"譬喻"(即"引申"),"起兴"或"发端"义属《毛

---

① 孙明君选注《三曹诗选》,中华书局,2005,第101页。
② 严可均辑《全上古三代秦汉三国六朝文·全晋文》第四册,河北教育出版社,1997,第1026页。
③ 钟嵘著,曹旭集注《诗品集注》(增订本),上海古籍出版社,2011,第47页。
④ 钟嵘著,曹旭集注《诗品集注》(增订本),上海古籍出版社,2011,第91页。
⑤ 钟嵘著,曹旭集注《诗品集注》(增订本),上海古籍出版社,2011,第151页。

传》自创①,"譬喻"或"引申"义则源自"诗可以兴",总体而言,这个"兴"主要是从作者层面来说的,可简称为"譬喻起兴",注重的是"起兴"之时的道德或政教方面的启发性。第三种,来源于《郑笺》对《毛传》之"兴"的片面阐释,此"兴"沿袭《毛传》,仍属于创作层面,但忽略其"发端"义,仅突出其政教性的"譬喻"义,与"比"更为接近,只不过"比"为"显刺","兴"为"隐美",即"比刺兴美",可简称为"兴美"。甚至在后世的发展中与"比"已合为一个词,称为"比兴",侧重一种教化譬喻的意味。第四种,是"兴者,有感之辞"之"兴","情以物兴"之"兴",强调"起情",强调"有感而发",可简称为"感兴",这也是从作者层面来说的,但去除了其中的政教与道德束缚,推重的是纯审美意义上的"自然起兴"。第五种,是"文已尽而义有余,兴也"之"兴",它与《郑笺》之"兴"有相似之处,即忽略了"兴"之"起兴""发端"义,只是强调创作之时的"譬喻"与"引申",但它去除了《郑笺》"比兴"之"兴"中浓郁的政教意味,而极力突显一种审美性的"言外之意"与幽深之旨,此"兴"可简称为"兴寄"或"兴味"。

在这五种"兴"义当中,第一种"诗可以兴"之"兴"主要是接受层面的,后面四种则都属于创作层面,但具体而言,又有所不同:《毛传》"譬喻起兴"之"兴",既包含"诗"之"起兴""缘起"的一面,也包含"表达"的一面;挚虞"感兴"之"兴"则显然将重点放在了"创作缘起"或者说"创作冲动"的层面上;《郑笺》"比兴"之"兴"与钟嵘"兴寄"之"兴"则更强调"表达"层面。

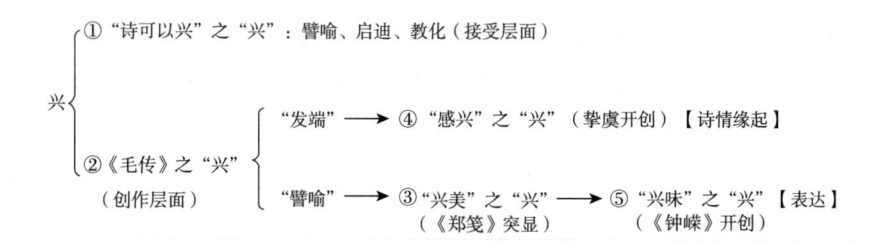

兴 ｛
① "诗可以兴"之"兴":譬喻、启迪、教化(接受层面)
② 《毛传》之"兴"（创作层面）｛
　"发端" → ④ "感兴"之"兴"（挚虞开创）【诗情缘起】
　"譬喻" → ③ "兴美"之"兴" → ⑤ "兴味"之"兴"【表达】
　　　　　　（《郑笺》突显）　　（《钟嵘》开创）

---

① 惠周惕《诗说》上提到"毛氏独以首章发端者为兴",转引自朱自清《诗言志辨》,岳麓书社,2011,第48页脚注。

在后世诗学中,"兴"义基本未再逾出这五类范围,但多夹杂缠绕,不囿一义,如《文心雕龙·比兴》一篇,其释"兴"为"起情"①,显然是"自然感兴"之义,但随后又说"兴之托喻,婉而成章,称名也小,取类也大。关雎有别,故后妃方德;尸鸠贞一,故夫人象义。义取其贞,无从于夷禽;德贵其别,不嫌于鸷鸟:明而未融,故发注而后见也"②,这显然又是《毛传》《郑笺》中政教"譬喻""兴美"的内涵。再如白居易在《策林》中曾提出:"大凡人之感于事,则必动于情,然后兴于磋叹,发于吟咏,而形于歌诗矣。"③ 这里所说的"兴"十分接近于挚虞的"有感之辞"。然而在《与元九书》中,白居易又提出:"自拾遗来,凡所适所感,关于美刺兴比者,又自武德迄元和,因事立题,题为《新乐府》者,共一百五十首,谓之讽谕诗。"④ 这里所言之"兴",显然又是在创作时强调一种政教层面上的"兴美"之义。刘勰与白居易文论中的"兴"义"缠夹"现象,多半是由于其思想游走于政教与审美之间所致。总之,"兴"义"缠夹"的现象十分普遍,其中有交叉,有混合,也有分支,有发展,但总体而言,不出这五种类型。此不再赘述。

由这五种"兴"义,也不难看出魏晋六朝时段在"兴"义阐释史上的重要地位。钟嵘所开启的"兴寄"之"兴"与挚虞所开启的"感兴"之"兴",作为一种审美转向,均对后世审美诗学产生了极为重要的影响,开创了不同的诗学传统。然而异中又有同,这两类"兴"都与"情"有十分密切的联系:"兴寄"之"兴"重在一种诗情效果的呈现,"感兴"之"兴"则重在诗情的生成。

单纯从"感兴"的维度上看,"兴"的内涵其实非常简单,它就是指"感物而兴""触物而兴","兴"的是什么呢?就是"情",刘勰在《文心雕龙·比兴》中就直接将"兴"解释为"起情"⑤。但是从"物之起"到"情之显",还存在一个重要的中介环节——"感"。所谓"感兴",实即"由兴而感",若无"兴",即无"物之起","情"也就无从谈起;若无

---

① 刘勰著,范文澜注《文心雕龙注·比兴》,人民文学出版社,1958,第601页。
② 刘勰著,范文澜注《文心雕龙注·比兴》,人民文学出版社,1958,第601页。
③ 白居易:《策林》六十九《采诗以补察时政》,见白居易著,顾学颉校点《白居易集》卷六十五,中华书局,1979,第1370页。
④ 陈伯海主编《历代唐诗论评选》,河北大学出版社,2003,第104页。
⑤ 刘勰著,范文澜注《文心雕龙注·比兴》,人民文学出版社,1958,第601页。

"感",即人之"心"不作回应,"情"也同样无法激发。所以从"情"的显现来看,"兴"与"感"是缺一不可的。魏晋"感兴"之说的形成,不仅仅与"兴"论的发展密切关联,它与"物感"说的成熟也是不可分割的。因此,要理解"感兴"的内涵,"物感说"是一个不可回避的重要问题,换言之,"感兴"的深层内涵,只能结合"物感说"而得以呈现。

二 "物感"与"心物"

从现有文献来看,最早从艺术生成的角度将"物"与"感"联系起来的著作,是经学典籍《礼记·乐记》,其文曰:

> 凡音之起,由人心生也。人心之动,物使之然也。感于物而动,故形于声。声相应,故生变;变成方,谓之音;比音而乐之,及干戚羽旄,谓之乐。乐者,音之所由生也;其本在人心之感于物也。①
>
> 凡音者,生人心者也。情动于中,故形于声,声成文,谓之音。②

《乐记》呈现了"乐"之生成的基本轨迹:物-心-声-音-乐。在这一过程中,"物感"说被明确地提了出来,并被看作"心动"或"情动"的动因所在。在《乐记》当中,"人心之动"与"情动"是同义的,"心动"就是"情动",但《乐记》所言之"情"并非无拘无束,它被限制在了儒家规范之内。《乐本》篇提出:"夫物之感人无穷,而人之好恶无节,则是物至而人化物也。人化物也者,灭天理而穷人欲者也。于是有悖逆诈伪之心,有淫佚作乱之事。"③ 显然在《乐记》看来,由"物感"所生的"人情"是"好恶无节"的,原因大概在于这种"情"大都侧重于"欲",所以《乐记》提出以"乐"的形式来让人受到伦理教化。与此同时,《乐记》所言之"物"还体现出对"社会人事"内涵的侧重,尝曰:"治世之音安以乐,其政和;乱世之音怨以怒,其政乖;亡国之音哀以思,其民

---

① 王梦鸥译注《礼记今注今译·乐记》,台北:台湾商务印书馆,2006 年(初修九刷),第 607~608 页。
② 王梦鸥译注《礼记今注今译·乐记》,台北:台湾商务印书馆,2006,第 609 页。
③ 王梦鸥译注《礼记今注今译·乐记》,台北:台湾商务印书馆,2006,第 612 页。

困；声音之道，与政通矣。"① 这虽然是"以声观政"的功能论，但不难反推出触发"安乐""怨怒""哀思"等"声"中之"情"的"物"应该就是"治世""乱世""亡国"等社会现象，这是《乐记》中"物"的主要内涵。对"物"之政教属性、社会属性的偏重，是先秦两汉儒家"物感"理论的突出特征，之所以会如此，一个主要原因即在于，此一时期"自然风物并没有独立，它们在理论家们的心中没有多少地位。而在人们的心中占据崇高地位的是感事、感时与讽喻教化，这构成先秦两汉美学的主流"②。

至魏晋六朝，经学式微，"物感说"得以自由发展，不再局限于"乐"而进入诗学领域，并逐渐走向成熟。这一时期，从诗学理论层次最早论及"物感"的是陆机，他在《文赋》中提出："遵四时以叹逝，瞻万物而思纷。悲落叶于劲秋，喜柔条于芳春。"③ 这两句话透露出两个特征：第一，陆机所言之"物"已主要指向自然物色；第二，"叹逝""思纷""悲"等沉郁之调要更为明显，结合陆机本人的作品，如"悲缘情以自诱，忧触物而生端"④、"悲情触物感，沉思郁缠绵"⑤、"仰悲朗月运，坐观璇盖回"⑥等，不难看出，陆机所言"物感"之"情"指的主要是"悲情"。在其后的六朝文论家那里，陆机"物感"说的这两个特征，得到了继承和发展，如钟嵘之《诗品序》云："气之动物，物之感人，故摇荡性情，形诸舞咏。……若乃春风春鸟，秋月秋蝉，夏云暑雨，冬月祁寒，斯四候之感诸诗者也。嘉会寄诗以亲，离群托诗以怨。至于楚臣去境，汉妾辞宫。或骨横朔野，或魂逐飞蓬。或负戈外戍，杀气雄边。塞客衣单，孀闺泪尽。或士有解佩出朝，一去忘返。女有扬蛾入宠，再盼倾国。凡斯种种，感荡心灵，非陈诗何以展其义？非长歌何以骋其情？"⑦ 从"物"的角度来看，钟嵘所言之"物"既包含"自然物色"的部分，也包含"社会人事"的部分，比《乐记》与《文赋》都来得全面；从"情"的角度来看，钟嵘所

---

① 王梦鸥译注《礼记今注今译·乐记》，台北：台湾商务印书馆，2006，第609页。
② 李健：《魏晋南北朝的感物美学》，中国社会科学出版社，2007，第20页。
③ 陆机著，张少康集释《文赋集释》，人民文学出版社，2002，第20页。
④ 陆机著，金涛声点校《陆机集》，《思归赋》，中华书局，1982，第19页。
⑤ 陆机著，金涛声点校《陆机集》，《又赴洛道中二首》其一，中华书局，1982，第41页。
⑥ 陆机著，金涛声点校《陆机集》，《折扬柳》，中华书局，1982，第76页。
⑦ 钟嵘著，曹旭集注《诗品集注》（增订本），上海古籍出版社，2011，第1、56页。

说的"物感"之"情",仍然以"悲情"为主。这可以说是时代使然,由于处在动荡不安、朝不保夕的险恶环境中,"悲情"已成为魏晋六朝诗人表现最多的一种情感,文论中的"悲情"观点多由此创作实践中而来。

与《文赋》《诗品》相比,《文心雕龙》在"物感"理论上的贡献要更为突出,这不仅体现在它对"物"与"情"之全面性的认识上,更体现在对"物感"之过程的深入探析上。《文心雕龙》中的"物感说"并不限于一篇,而是散布于《物色》《时序》《诠赋》《明诗》等诸多篇幅当中。从"物"的认识层面来看,《物色》所偏向的"江山之助"①及《时序》所偏重的"时运交移"②,与《诗品序》对"物"的分类是一致的;从"情"的认识层面来看,《文心雕龙》所言之"情",显然要更为全面,所谓"人禀七情,应物斯感"③,已不再将"物感"之"情"限制于"悲情"的范围内。

相较之下,《文心雕龙》对"物感"之展开过程的探讨要精微得多。刘勰之"物感"说主要是以"自然物色"为起点展开的,《物色》开篇即以长篇文字说明以"四时物色"为核心的"物感"现象:

> 春秋代序,阴阳惨舒,物色之动,心亦摇焉。盖阳气萌而玄驹步,阴律凝而丹鸟羞,微虫犹或入感,四时之动物深矣。若夫珪璋挺其惠心,英华秀其清气,物色相召,人谁获安?是以献岁发春,悦豫之情畅;滔滔孟夏,郁陶之心凝;天高气清,阴沉之志远;霰雪无垠,矜肃之虑深。岁有其物,物有其容;情以物迁,辞以情发。一叶且或迎意,虫声有足引心。况清风与明月同夜,白日与春林共朝哉!④

此段话主要讲四时物色变迁对于人心的影响,强调自然景物与人心之间的对应关系。其思路显然与《文赋》中的"遵四时以叹逝,瞻万物而思纷。悲落叶于劲秋,喜柔条于芳春"的论述一脉相承,可以说是对《文赋》那几句话的引申和发挥。实际上,汉末、魏晋作者的作品,已经常表

---

① 刘勰著,范文澜注《文心雕龙注·物色》,人民文学出版社,1958,第695页。
② 刘勰著,范文澜注《文心雕龙注·诗序》,人民文学出版社,1958,第671页。
③ 刘勰著,范文澜注《文心雕龙注·明诗》,人民文学出版社,1958,第65页。
④ 刘勰著,范文澜注《文心雕龙注·物色》,人民文学出版社,1958,第693页。

现出对自然景物与四季变迁的敏感，到了南朝齐梁时期，像陆机、刘勰这样强调自然景物的感召引起强烈创作冲动的论点，已是屡见不鲜了。这可以说是一种时代的审美倾向。在这一时期，"天人感应""天人合一"已脱去了神秘化、谶纬化的色彩，"自然"本身的审美意义得到空前重视。正是在"自然物色"独立呈现的基础上，刘勰展开了他的"物感"理论。

《明诗》有云："人禀七情，应物斯感，感物吟志，莫非自然。"① 童庆炳先生曾对这一"感"字作了很好的解释："刘勰在多数情况下，是在强调主体的微妙的心理活动的意义上来用'感'。诗人能'感'，是因为先有'情'，'情'是先天的……'人禀七情'才能'应物斯感'，'情'是'感'的前提条件，没有情是不能'感'的。那么'感'的真实涵义是什么呢？就是'感应'、'感发'、'感动'、'感兴'、'感悟'，而后有感想、感情、回忆、联想、想象、幻想等。'感物'也就是'应物'，是接触事物，'应物斯感'，意思是接触到事物而引起主体思想感情上的相应的活动，产生感想、感情、回忆、想象、联想和幻想等。"② 具体而言，"感"更近于一种心理活动，强调的是一种"心之动"，《尔雅·释诂》曰："感，动也。"③《说文解字》说得更具体："感，动人心也，从心咸声。"④按照刘勰之意，"人禀七情，应物斯感"，人之"七情"本已有之，"感"的作用主要就是选择对应之情，而且这个过程与"兴"结合在一起。"兴"主要站在"物"的角度，强调的是"物"的引发、启发作用，"感"则站在"人"的角度，强调的是"人心"的体察、体验、选择作用。通过这一过程，具体的"诗情"得以清晰，并进而通过"吟""写"等艺术途径呈现出来。所以"感"处于艺术活动的中间环节，从"应物斯感，感物吟志"就可以看出，"感"的上一阶段是"应物"，实质上就是"物兴"，"感"的下一阶段是"吟志"，实质上就是"显情"。换言之，通过"兴—感"的过程，"情"得以最终确立，这主要是"缘起"层面；通过"感—吟"的过程，"情"得以最终呈现，这主要是"表达"层面。此处我们重点关注"兴—感"的过程。

---

① 刘勰著，范文澜注《文心雕龙注·明诗》，人民文学出版社，1958，第65页。
② 童庆炳：《童庆炳谈文心雕龙》，河南大学出版社，2008，第94~95页。
③ 郭璞注，邢昺疏《尔雅注疏·释诂第一》，上海古籍出版社，2010，第72页。
④ 段玉裁：《说文解字注》，中华书局，2013，第517页。

刘勰所谓"随物以宛转""情以物兴",实际上指的都是"物兴—心感"的过程,"感"虽未言及,但已涵括其中。然而刘勰的"物感"论,并未仅仅停留在"由物至人"的诗情生起的向度之上,还包含一个"由人及物"的艺术观照的逆向维度。他在"随物以宛转"之后提出"与心而徘徊",在"情以物兴"之后提出"物以情观",所以,刘勰的"物感"论已经发展为"心物"论或"情物"论,"物"与"人"之间不再是一个兴起式的单向度过程,而是一个有"来"有"往"的双向过程。

$$物[兴] \underset{情观}{\overset{心感}{\rightleftarrows}} 情显$$

王元化曾对刘勰的"心物"论做过阐释:"'与心徘徊'显然是与'随物宛转'相对提出的。'物'可以解释作客体,指自然对象而言。'心'可解释作主体,指作家的思想活动而言。'随物宛转'是以物为主,以心服从于物。换言之,亦即以作为客体的自然对象为主,而以作为主体的作家思想活动服从于客体。相反的,'与心徘徊'却是以心为主,用心去驾驭物。换言之,亦即以作为主体的作家的思想活动为主,而主体去锻炼,去改造,去征服作为客体的自然对象。"[①] 这里的阐释已明确指出了"心""物"之间的双向运动——"心服从于物"与"心驾驭物",但由于采用了西方的主客思维,所以其中又透露出鲜明的"主客对立"的痕迹,所谓"服从""驾驭"皆从"对立"上着眼,虽然在其后的阐释中,释者最终将这一"对立"关系归结到了"统一"之上,但与刘勰"心物"论的本意之间总似有所隔膜。童庆炳先生则从心理学角度进行阐释,提出:"'随物以宛转',强调诗人对客观世界的追随与顺从,也就是强调作为本原存在的物理境是创作的起点与基础。……然而,刘勰深知,外物若不转变为心中之物,创作仍然是不可能的。于是紧接着'随物以宛转',又提出'与心而徘徊',用心理学的术语说,就是要从物理境转入心理场。……所谓'与心而徘徊',就是诗人以心去拥抱外物,使物服从于心,

---

[①] 王元化:《文心雕龙创作论》,上海古籍出版社,1979,第73~74页。

使心物交融，获得对诗人来说是至关重要的心理场效应。"① 这种心理学角度的阐释显得更为圆融，而且透露出一个极为重要的信息，即"自然物色"要进入文学作品当中，需要一个情感渗透或者说审美评价的过程。在关于"情以物兴，物以情观"的阐释中，童庆炳先生也有类似的说法："'情以物兴'是'物感'说，'物以情观'是'情观'说，从'物以情兴'到'物以情观'，是情感的兴起到情感评价的过程，是审美的完整过程。"② 这个过程实际上与郑燮所说的从"眼中之竹"至"胸中之竹"，以及朱光潜所说的从"物甲"到"物乙"③ 的过程均是一致的。所以刘勰的"心物"论呈现的是如下结构：

$$物_1 \xrightarrow{[兴]} \underset{物_2}{\overset{心感}{\underset{情观}{\rightleftarrows}}} 情显$$

"情以物兴"所形成的"感兴"阶段，以及"物以情观"所形成的"审美"阶段，共同组成了这个完整的"心物"运动。刘勰之"心物"论的核心要义，全在于此。

在后世诗学的发展历程中，对创作之前的"心物"关系的论述，基本已无人能出刘勰其右，即使出现"心物"维度，其研究重点也已逐渐移向诗歌内部的美感特征（如"诗境""神韵"）以及具体的语言修辞层面（如"情景论"）。从"情景"角度重述"心物"与"诗情"关系的诗论当然也有，如明代谢榛等七子派即有论及④，但并未超出刘勰"心物"论

---

① 童庆炳：《从"物理境"转入"心理场"——"随物宛转，与心徘徊"的心理学解》，《中国古代心理诗学与美学》，中华书局，2013，第4~6页。
② 童庆炳：《〈文心雕龙〉"物以情观"说》，《北京师范大学学报》（社会科学版）2011年第5期。
③ "物甲物乙说"：在20世纪50年代的美学大讨论中，朱光潜提出了"物甲物乙说"，其基本观点是："物甲是自然物，物乙是自然物的客观条件加上人的主观条件的影响而产生的，所以已不纯是自然物，而是夹杂着人的主观成分的物。换句话说，已经是社会的物了。美感的对象不是自然物而是作为物的形象的社会的物。"（朱光潜：《美学怎样才能既是唯物主义的又是辩证的》，《朱光潜美学文集》第三册，上海文艺出版社，1983，第34~35页）
④ 如谢榛曰："作诗本乎情景，孤不自成，两不相背。……景乃诗之媒，情乃诗之胚，合而为诗。"（谢榛著，李庆立、孙慎之笺注《诗家直说笺注》卷三，齐鲁社社，1987，第330页）

的范围，深度上也多有不及。刘勰之后，能在此领域内有所推进的，以船山最为突出。

三 "心目相取"：船山的"心物"观

承续"感兴"论、"心物"论的思路，船山提出了一系列有关诗歌创作"缘起"或者说"诗情生起"的诗学观点，如"兴会""即景会心""心目相取""触目生心""会景而生心，体物而得神"等，这些观点的内涵与"感兴"论并无实质区别，但与"感兴"论、"心物"论不同的是，船山所提出的这些诗学观点，均建立在一个共同的哲学基础——"情者阴阳之几"之上。

第一章中曾对此作过阐释，概言之，"情者阴阳之几"主要突出了"情是心物交互的产物"这一论断："阴"为人"心"，"阳"为外"物"，"几"为"隐微之动"，但在这里，"几"存在两种运动方向，一为"物之来几"，一为"吾之往几"①，"情"就在这"心"与"物"的一来一往的运动中产生。在诗学当中，船山所说的"兴会""即景会心""心目相取""触目生心""互藏其宅""会景而生心"等，无一不是在强调"心""物"之间的这种往来运动，其中以"心目相取"的说法表述得最为直观。

不过船山诗学中的这些"心物"理论，如"心目相取"等，与刘勰所说的"随物宛转，与心徘徊"，以及"情以物兴，物以情观"的"心物论"尚有区别，这主要表现在三个方面。

第一，刘勰与船山虽然都强调"心""物"之间的往来关系，但实际上所论述的内容处于不同的层面上。正如前文所论述，刘勰的"心物论"不仅包含着"自然之物"经"心之感"而"起情"的过程（即"随物宛转""情以物兴"），也包含着创作者"起情"之后以情感评价的眼光重新审物，从而使"自然之物"转变为"审美之物"的过程（即"与心徘徊""物以情观"）。这实际上包含了两个阶段：起情阶段与审美阶段。起情阶段专注于"诗情"的"生起"，审美阶段则专注于"心象"或"意象"的生成。与刘勰之"心物论"不同，船山"心目相取"式的"心物论"则不涉及"象"的生成，而是集中在"诗情"之"生起"上。

---

① 王夫之：《读四书大全说》卷八，《船山全书》第六册，第963页。

第二，单从"诗情生起"的阶段来看，刘勰的"感兴论"其实是"由物至人"的单向度的"起情"过程，而船山的"心目相取"则呈现明显的双向运动特征，以人的视点来看，"目"主"物之来几"，"心"主"吾之往几"，在这一来一往之中，"诗情"得以生成。如图所示：

$$物 \xrightleftharpoons[往\ 几]{来\ 几} 心$$

之所以有如此差别，是因为刘勰与船山在对"情"之来源的认识上，存在着根本性的差异。刘勰主张"人禀七情，应物斯感"，按其意，"诗人能'感'，是因为先有'情'，'情'是先天的。'人禀七情'才能'应物斯感'，'情'是'感'的前提条件，没有情是不能'感'的"①，也就是说，"情"是先于"感"而存在的。船山则主张"吾心之动几，与物相取，物欲之足相引者，与吾之动几交，而情以生。然则情者，不纯在外，不纯在内，或往或来，一来一往，吾之动几与天地之动几相合而成者也"②，显然船山并不认为"情"是先天存在的，而是生于"吾之动几"与"天地之动几"的"一来一往"之间，也就是说，"情"产生于"心物交感"，有"感"才有"情"。在刘勰那里，"情"虽是先天存在，但种类繁多，一旦有了外物的触发，其"情"之类型也就具体化、确定化了，所以刘勰之物感论的逻辑是：七情—物之兴—心之感—具情之起。而在船山那里，"情"生于"心""物"之间的"往来之几"，所以其心物论的走向必然是双向的。

第三，刘勰之"心物论"因为兼涉"起情阶段"与"审美阶段"，所以"物"在这里有"自然之物"与"审美之物"的分别。船山之"心目相取"由于仅涉及"情之生"的阶段，所以其中的"物"仅指"自然之物"。"审美之物"既可以是心中的，也可以是诗中的，所以又有"心象"与"意象"的区别，船山并非不注重"心象"或"意象"，但它们并未出现在"感兴""兴会""即景会心""心目相取"等"生情"阶段，而是集中在"情"生起之后"以景达情"的论述中，这一环节会在后面一章进行探讨，此不赘述。

---

① 童庆炳：《童庆炳谈文心雕龙》，河南大学出版社，2008，第 94~95 页。
② 王夫之：《读四书大全说》卷十，《船山全书》第六册，第 1067 页。

第二节 "现量"说

在复杂深厚的"情"论的基础上,船山对"诗情生成"的分析同样寻求阐释的缜密性与深入性,但"兴会""即景会心""心目相取"等描述性范畴显然无法满足这一要求。实际上,在中国诗学史上,阐释方法上的这种捉襟见肘的现象,并不少见,这是由传统文化在生理学、心理学方面的欠缺所造成。正如蒋寅所说:"中国自古崇奉《孝经》'身体发肤,受之父母,不敢毁伤,孝之始也'之说,夙无解剖学,因而生理学和心理学都不发达,关于身体和心理的概念既少,且含混不清。这导致了传统文学理论概念系统的薄弱和贫乏,缺乏一些必要的心理学概念。比如在佛教传入'境'之前,表示心理表象的概念就一直没有。"[①] 佛教因其内视特征,对人的认知心理的探讨极为深入,这恰好为缺乏心理基础的中国古典诗学提供了强大的理论支撑——"现量"的引入与"境"的引入相类似,都是为了深入说明创作心理的问题。船山凭着对相宗研究的深厚学养,将"现量"由一个纯粹的佛学概念转变成了诗学概念,但不可忽视的是,这个诗学中的"现量",与儒家心性论也是密切关联的,或者说,从佛学"现量"到诗学"现量",中间经历了心性论的参与及改造。因此要厘清船山诗学中的"现量"概念,既绕不开其佛释根源,也离不开其心性视域。

一 "八识"与"三量"

(一)"八识"

"八识"是通向"现量"的必经之路,也是理解"现量"范畴时绕不开的节点。所以在进入"现量"之前,需先对"八识"作简要的阐释。

康熙二十年(1681)至二十二年(1683),船山受先开上人之请,编撰了《相宗络索》一书,用以阐释相宗(或称法相宗、唯识宗、瑜伽宗等)创始人玄奘大师的《八识规矩颂》。《相宗络索》开篇即讲人之"八识":眼识、耳识、鼻识、舌识、身识、意识、末那识、阿赖耶识。依照《八识规矩颂》的划分方法,船山同样将此"八识"分为四类:第一类是

---

① 蒋寅:《清代诗学史》(第一卷),中国社会科学出版社,2012,第424页。

前五识，第二类是第六识，第三类是第七识，第四类是第八识。

"唯识宗"之"识"，"指一切精神现象，如'唯识无境'"①。具体而言，"前五识"实际是讲"眼耳鼻舌身"的反应，所以又可称"色声香味触"，船山认为"色声香味触皆现在实境"②，"境者，识中所现之境界也。境本外境之名，此所言境，乃识中觉了能知之内境"③，因此，"前五识"是人对当下现实的感官体认，这种感官体认虽离不开外物，但同样是内在感受式的，因此同样属于"内境"。但"前五识"还只是初步的"识"，是各自为政的"识"，尚需进行统一，这就需要第六识"意识"的参与。范文澜就认为，前五识还只是"杂乱无章的感觉，必待心的综合作用加以综合，才能成为知识，这叫做意识"④，具言之，"意识"就是"以意根为所依，以法（指一切物质和精神现象）为境的认识，指想象、推理、判断等心理作用和思维活动。《俱舍论光记》卷三：'五识各缘自境，名各别境识；意识遍缘一切，名为一切境识'"⑤。"意识"是"前五识"的共同依据，但单讲"意识"也是讲不通的，太虚曾举例说："如第六识能分别青、黄、赤、白等，但若盲人，眼根已坏，不发眼识，就不能见青、黄、赤、白，那么意识就不能分别青等色了，所以第二类要明前五识，要前五识与第六意识，俱时生起现行，才能了别五尘境。"⑥ 可见"意识"与"前五识"是相互依存的关系。

"第七识"为"末那识"，按照韩廷杰的解释，第六识"意识"与第七识"末那识"在梵语中是同一个词，都是"Manas-vijñāna"，为作出区分，玄奘在翻译时，对"第六识"进行"意译"，译为"意识"，对"第七识"则进行音译，译为"末那识"。"意识"与"末那识"同名而异义，地位也不同，"第六识是依意根之识，此为依主释，第七识是'意'即'识'，此为持业释"⑦，所谓"依主释"，就是指依托于一个本体来阐释，

---

① 任继愈主编《宗教词典》（修订本），上海辞书出版社，2009，第527页。
② 王夫之：《相宗络索》，《船山全书》第十三册，第527页。
③ 王夫之：《相宗络索》，《船山全书》第十三册，第534页。
④ 范文澜：《唐代佛教》，人民文学出版社，1979，第35页。
⑤ 任继愈主编《宗教词典》（修订本），上海辞书出版社，2009，第1015页。
⑥ 太虚：《八识规矩颂讲录》，见太虚《法相唯识学》（上册），商务印书馆，2002，第159页。
⑦ 玄奘译，韩廷杰校释《成唯识论校释》，中华书局，1998，第11页。

如第六识"意识"为"依意之识",显然就是以"意"为依托的,"持业释"则是指其本身即本体,例如"末那识"本身就是"意",就是"思量",就是本体。从这里也可以看出,如果说"前五识"是以"第六识"为依据,那么"第六识"显然又以"第七识"为依据。第七识"末那识"之所以在地位上高于第六识"意识",原因就在于:第一,"末那识"具有"恒审思量"的特点,即不停顿地起思虑作用;"意识"则常有中断,起灭无常。第二,"第七识是就心向内面恒审思量方面建立的,第六识是就心向外面思维了别方面建立的"①,也就是说,第七识"末那识"具有内向反思的特点。也正缘此,"末那识"极为突出一个"我"字,并有走向极端之我、自私之我的倾向,被称为"执我",而第六识"意识"是外向性的,它所着力的主要是对"前五识"之感官反应的统摄作用,以及基于感觉经验基础上的判断、推理作用。"第七识"为"第六识"确立了"自我"的立场。②

第八识为"阿赖耶识",又名"藏识",意为含藏诸法种子,所谓"种子",就是指"阿赖耶识中含藏着的产生色法、心法等现行的功能"③,由此,唯识宗认为,宇宙万有都是"阿赖耶识"变现的,这实际上比第七识"末那识"又深一层,"末那识和阿赖耶识,前者是自我意识的中心,后者是宇宙万法的本源"④。当然"阿赖耶识"的具体内涵还要复杂得多,但无论其构成如何繁复,其本源之位是确凿无疑的。

总体而言,在"八识"当中,除"阿赖耶识"之万物本源说与船山主气的宇宙本源论相抵牾外,"八识"中的"前七识"可与船山"心论"作一番对比。

第一,"八识"中的"前五识",即船山所说的"耳声目色"等感官感觉。这一对应是一目了然的。

---

① 吴信如:《唯识秘法——船山佛学思想探微》,中国藏学出版社,2008,第175页。
② "第七末那识,是第六意识之根,亦为意识之所依。由于第七识恒审的执我,在意识之后隐为意识的主宰,使第六识也变得自私自利,常起染念。到了第七识悟得无我之理,迷执减轻的时候,第六识也就常起净念,常起利他之心。所以第六识的或染或净,是受第七识的影响。因之第六识的转染转净,是以第七识为所依。"(于凌波:《唯识三论今诠》,台北:东大图书公司,1994,第138页)
③ 玄奘译,韩廷杰校释《成唯识论校释》,中华书局,1998,第13页。
④ 于凌波:《唯识三论今诠》,台北:东大图书公司,1994,第133页。

第二,"八识"中的第六"意识",有两层内涵,它既有类似船山"心论"中"知觉之心"的感官主宰性、统摄性,同时又有着"思"的一些特征,可以借助于感觉经验,进行推理和判断。从其统摄性的一面来看,"意识"与"前五识"的结合,接近于船山"心论"中的"知觉"。

第三,"八识"中的第七"末那识"与船山"心论"中的"思"也可以作一比较。"末那识"作为"思量"有两个明显特征,一是"恒审思量",即思考的不间断性,二是"内向思量",即思考的内向性,不受"前五识"之感官体验的影响。"末那识"的"内向反思"特征,与船山"心论"之"思""不假立色立声以致其思"①的特征颇有一致之处。但二者的差异也是明显的:"末那识"的"恒审思量"念念不忘一个"自我","为了眷恋自我,保护自我,不惜自私自利,损人利己"②,而"心论"之"思"则主要是一种道德反思,是"纯善"的,从这一点来看,与"末那识"又可谓天差地别。

实际上,在"八识"之中,"第六识"之推理、判断义,以及"第七识"的内向反思义,都与船山"心论"之"思"有相近之处。从这个角度可以说,"思"的范围涵盖了"第六识"与"第七识",虽然只是分别涉及了这二者中的一部分,但这只能说是思虑方式上的大致相近,因本质认识上的不同,其间的性质差别不可忽视。

(二)"三量"

"量"是"识"对应的相域,"是尺度、标准的意思,指知识来源、认识形式及判定知识真伪的标准"③。船山《相宗络索》云:"'量'者,'识'所显著之相。因区画前境,为其所知之封域也。"④ 它与"八识"的关系是:"前五以所照之境为量,第六以计度所及为量,第七以所执为量。"⑤ 前五识、第六识、第七识分别产生"现量""比量""非量"。

先看"比量"。船山曰:

---

① 王夫之:《读四书大全说》卷十,《船山全书》第六册,第1093页。
② 于凌波:《唯识三论今诠》,台北:东大图书公司,1994,第137页。
③ 任继愈主编《宗教词典》(修订本),上海辞书出版社,2009,第578页。
④ 王夫之:《相宗络索》,《船山全书》第十三册,第536页。
⑤ 王夫之:《相宗络索》,《船山全书》第十三册,第536页。

> "比量"，比者，以种种事，比度种种理。以相似比同，如以牛比兔，同是兽类；或以不相似比异，如以牛有角，比兔无角，遂得确信。此量与理无缪，而本等实相原不待比。此纯以意计分别而生。故唯六识有此。①

显然，"比量"主要与第六"意识"中的推理、判断义相关，"以相似比同"与"以不相似比异"，都是在作一种推理思考。简言之，这种推理是立足于已有的感官经验的基础上，通过类比的方式，对一些未知事物做出判断，因此是由已知推论未知的思维和论证形式。这是"第六识"所独有的。

再看"非量"。船山曰：

> "非量"，情有理无之妄想，执为我所，坚自印持，遂觉有此一量，若可凭可证。第七纯是此量。盖八识相分，乃无始熏习结成根身器界幻影种子，染污真如，七识执以为量，此千差万错，画地成牢之本也。第六一分散位独头意识，忽起一念，便造成一龟毛兔角之前尘。一分梦中独头意识，一分乱意识，狂思所成，如今又妄想金银美色等，遂成意中现一可攘可窃之规模，及为甚喜甚忧惊怖病患所逼恼，见诸尘境，俱成颠倒。或缘前五根尘留着过去影子，希冀再遇，能令彼物事倏尔现前，皆是第六一分非量。②

概而言之，"非量"就是试图通过主观妄想来认识事物，相当于现在所说的幻想、主观臆测，是一种错误的认知方法。船山于此处指出，第七"末那识"立足于"自我"的执念当中，因此在认知事物时属于"非量"；第六"意识"中的"独头意识"③，不依于"前五识"而妄自起思，如幻想金银美色，或幻想期遇已逝之事，也都属于"非量"。所以"非量"并非第七"末那识"独有，第六"意识"中也有"一分非量"。

---

① 王夫之：《相宗络索》，《船山全书》第十三册，第537页。
② 王夫之：《相宗络索》，《船山全书》第十三册，第537~538页。
③ 独头意识：相宗所谓"八识"中，第六"意识"有"明了""定中""独散""梦中"等四种意识，其中"定中意识""独散意识""梦中意识"，因不与前五识相关联，而是独起，故称"独头意识"。

最后看"现量"。船山曰：

> 现量，"现"者，有"现在"义，有"现成"义，有"显现真实"义。"现在"，不缘过去作影；"现成"，一触即觉，不假思量计较；"显现真实"，乃彼之体性本自如此，显现无疑，不参虚妄。前五于尘境与根合时，即时如实觉知是现在本等色法，不待忖度，更无疑妄，纯是此量。第六唯于定中独头意识细细研究，极略极迥色法，乃真实理，一分是现量。又同时意识与前五和合觉了实法，亦是一分现量。①

关于船山所说的"现"之三义，后文会详细论及。从释氏本义来看，可知"'现量'即'感觉'，是感觉器官对于'自相'（事物的个别属性）的直接反映，尚未加入概念的思维分别活动"②。所以"现量"的一个最核心规定就是要与"前五识"相关联，与感官相关联。但船山于此处又提出，除了"前五识"，"意识"当中的"定中独头意识"与"同时意识"也存在"现量"。因此船山在这一段当中实际上提出了三种"现量"，即"五根现量"、"定中独头意识现量"与"同时意识现量"。"五根现量"即感官直觉。关于"定中独头意识现量"，船山曾言"'定中独头意识'谓入定时缘至教量，及心地自发光明，见法中言语道断，细微之机及广大无边境界二者为实法中极略极迥之色法，与定中所现灵异实境显现在前。此意识不缘前五与五根五尘而孤起，故谓之独头"③。所谓"至教量"，即随顺圣贤所说之言教，依此而量知其义，船山于此处强调，在"入定"到达"至教量"之时，就会"心地自发光明"，即在直觉中领悟到教理，"细微"与"广大"之境得以显现在前，这种直觉与感官无涉，纯是一种思维的瞬间完成，类似于"顿悟"，此即"定中独头意识现量"。关于"同时意识现量"，船山有言，"'明了意识'即'同时意识'，五识一起，此即奔赴与之和合，于彼根尘色法生取，分别爱取，既依前五现量实境，故得明了。……其如实明了者属性境、现量"④。"同时意识"是与"前五识"

---

① 王夫之：《相宗络索》，《船山全书》第十三册，第 536~537 页。
② 任继愈主编《宗教词典》（修订本），上海辞书出版社，2009，第 578 页。
③ 王夫之：《相宗络索》，《船山全书》第十三册，第 560 页。
④ 王夫之：《相宗络索》，《船山全书》第十三册，第 560 页。

俱起的，在这一过程中，当它与"前五识"完全同步时，即"明了"，属"现量"。所以，船山所说的"现量"，就包含这三种类型："前五识"的感官直觉、"定中意识"的顿悟，以及"同时意识"的"和合五识"。

需要注意的是，"意识"的加入，似乎与"现量"之"不思"的要求之间有矛盾之处，所以尚需对"定中独头意识现量"与"同时意识现量"作一番辨析。"同时意识现量"中的"意识"，突出的并非是"意识"的推理、判断之义，而是"统摄'前五识'"之义，即相当于船山心论中的"灵明之心"，是对"前五识"的主宰，因此"同时意识"与"前五识"的"和合""同步"，更接近于"知觉"，这里并不存在逻辑推理式的"思量"。至于"定中独头意识现量"，王恩洋认为这是船山对"现量"的一个误读，他在校释中指出，"'第六唯于定中独头意识细细研究，极略极迥色法，乃真实理，一分是现量'，误。细细研究，即比而非现"[①]，意思就是说，船山此处认定"定中独头意识"为"现量"是不对的，"细细研究"已然暴露出它近于逻辑推理而远于感官直觉，所以船山此处的理解有偏差。但王恩洋的这一反驳也并不准确，实际上，船山这里所说的"定中独头意识"，强调的是一种瞬间的、灵感式的理性领悟，这与逻辑式的推理、判断并不相同，所以不能说是"比量"；它也不同于"独散独头意识"与"梦中独头意识"中的"妄自起思"，而是确有其实理，所以也不能说它是"非量"；与此同时，它因脱离感官，所以也不能说是"现量"。因此，若严格区分的话，"定中独头意识"实在"三量"之外，它是一种独特的"理性直觉"。船山却执意将其归入"现量"，这一做法透露出一个很重要的信息，即船山似乎着意要在只讲"感觉"的"现量"中增添"思"的效果，但又并不想经过逻辑、推理、类比、判断等"思"的过程，而是形成一种类似于感官直觉的理性直觉[②]，这实际上可以说是一种"不思之思"。船山在"定中独头意识现量"中所隐含的这种内在症候，对我们理解其诗学当中的"现量"说很有启示作用。

---

① 参见王夫之《相宗络索》，《船山全书》第十三册，第537页注释。
② 船山此处的"定中独头意识现量"与法称大师所说的四类现量（五根现量、意根现量、自证现量、瑜伽现量）似乎有所关联，尤其与瑜伽现量关系密切。意根现量与自证现量均建立在感觉的基础上，且与概念推理无涉；瑜伽现量则是内心思定，与真理相冥合的状态，这与船山的"定中独头意识现量"颇为相似。

"七识"、"三量"与船山"心论"之关联示意图：

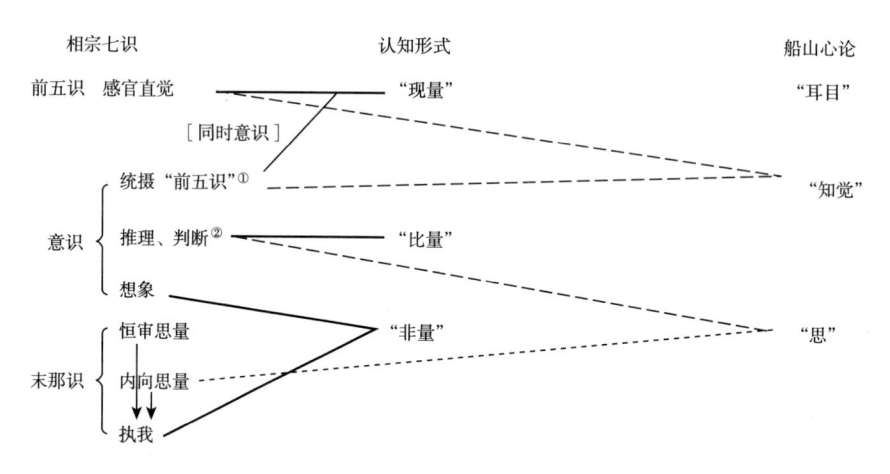

```
      相宗七识              认知形式              船山心论
前五识  感官直觉 ————————— "现量"                  "耳目"
       [同时意识]
       统摄"前五识"① ————————————————————————— "知觉"
意识    推理、判断② ————— "比量"
       想象
       恒审思量 ————————— "非量"                  "思"
末那识  内向思量
       执我
```

二　"现量"：从唯识论、心性论到诗论

（一）心性论视域下的"现量"批判

在有关"心性论"的论述中，船山曾多次提及对相宗"无思"之"现量"的批评。如他提出：

> 则岂耳目以不思为所司之职？是犹君以无为为职也，耳目当为君矣！此释氏以前五识为性境现量之说，反以贱第六、七识而贵前五识也。③
>
> 则岂耳目以不思为所司之职？…不思而亦得，故释氏谓之现量。心之官不思则不得，故释氏谓之非量。耳目不思而亦得，则其得色得声也，逸而不劳，此小人之所以乐从。心之官不思则不得，逸无所得，劳而后得焉，此小人之所以惮从。释氏乐奖现量，而取耳为圆通（耳较目为尤逸），正小人怀土怀惠、唯逸乃谚之情，与征声逐色者，末虽异而本固同，以成乎无忌惮之小人也。④

如前文所论，在"八识"当中，"思"主要存在于第六"意识"与第

---

① 此处"第六识"之"统摄性"，接近今人所说的"本能意识"，指人的头脑对于客观物质世界的自然反应。在船山心论论中，则对应着"灵明之心"或者说"知觉之心"。
② 此处的"推理、判断"，更接近今人所说的"思维"，主要指分析、综合、判断、推理等认识活动的过程。
③ 王夫之：《读四书大全说》卷十，《船山全书》第六册，第1088页。
④ 王夫之：《读四书大全说》卷十，《船山全书》第六册，第1088页。

七"末那识"之中，佛家贱"第六识""第七识"而贵"前五识"，就是排斥"思"而推崇"感觉"。之所以如此，是因为释氏喜"逸而不劳"，而"耳目不思而亦得"，所以释氏"乐奖现量"。"现量"之本质即"不思而亦得"，其表现就是"征声逐色"，这看起来与小人贪图惠利、好逸恶劳的做法似乎不同，但在"不思而得"的本源上却是相同的。

此外，人若"不思而亦得"，则必然在认识事物之时不稳固，不深入。正如船山所说，"以现量之光，的然著明，而已著则亡；心思之用，暗然未能即章，而思则日章；先难而后获，先得而后丧，大小贵贱之分，繇此以别"①，这主要是从稳固程度上讲的，意思是说，以"现量"途径认识事物，所得均为眼前之物，易明也易亡，易得也易失，以"思"之途径认识事物，虽过程艰难缓慢，但所获益彰，所得难失。船山又云，"思而得，则小者大，不思而蔽，则大者小。……孟子之所谓'小体'，释氏之'性境现量'也。孟子之所谓'大体'，释氏之'带质比量'也。贵现贱比，灭质立性，从其小体为小人，释氏当之矣"②，这主要是从认知层次上讲的，孟子以"耳目之官不思"为"小体"，以"心之官能思"为"大体"，船山认为，"小体"相当于释氏之"现量"，"大体"相当于释氏之"比量"。"不思而蔽，则大者小"，就是说耳目感官对事物的认识，所涉可能较广，但所能理解的可能极少，因为只能停留在一个肤浅的感觉层次上；"思而得，则小者大"，则是说"心之官"对事物的认识，所涉及的范围可能有限，但由于以"思"的方式认识事物，所以在理解的层次上透彻而深远。

综合而言，船山认为依于耳目感官的"现量"，是"不思而亦得"，是不自觉的感性直觉，这一感性直觉易得也易失，是不稳固的，其认识层次也极为肤浅。依于"心之官"的"思"，则是"不思则不得"，是自觉的理性意识，这一理性认识，过程虽艰难，所得却稳固，而且认识层次也是极为透彻的。船山的这一分析，已然将"现量"与"比量"的对立，圆熟地转换成了"现量"与"思"的对立，讨论的领域也从佛家相宗领域转移到了儒家心性论的领域。这一转换别具深意，这不仅显示出船山不囿一域的通达思维，也透露出释氏现量说与心性论之间，确实存在着某种关联

---

① 王夫之：《读四书大全说》卷十，《船山全书》第六册，第1089页。
② 王夫之：《尚书引义》卷四，《船山全书》第二册，第356页。

性。只不过这种关联性有一个重要的前提，即立足点是在心性论上。从心性论的角度来审视"现量"，船山对它的评价主要是负面的。在船山看来，"现量"作为"不思而亦得"的认识方式，过于依赖感官，缺乏一种精神上的超越性，它会逐渐沉溺于感官追求之中，最后被物欲所控制，这实际上已经透露出，"现量"与船山"心论"中的"知觉"，以及"情"之生成论中的"心物"维度，是息息相通的。

（二）从心性到诗学的"现量"评价转变及其成因

然而在诗论当中，船山对"现量"的态度却发生了一个逆转，不仅他从心性论角度对"现量"所作的种种批判在其诗论中荡然无存，而且还高调地将"现量"视为其诗论的核心范畴之一，如他明确提出："禅家有'三量'，唯'现量'发光，为依佛性；'比量'稍有不审，便入'非量'；况直从'非量'中施朱而赤，施粉而白，勺水洗之，无盐之色败露无馀，明眼人岂为所欺邪？"[①] 在这里，船山一改其"重比轻现"的态度，反而对释氏"贵现贱比"的说法持赞同意见。

船山之所以在"现量"之态度上有如此转变，一个最为根本的原因，是批评领域的转换。

在心性论的视域中，船山主要是以理学家的身份来观照"现量"，所以其所立之论是基于认知视角发出的，"认知"求深求透，故在"思"上用功，而"不思而亦得"的"现量"则完全不同，其所得也易，其所失也快，其所识也浅，因此船山对它持强烈的鄙夷态度。但在诗学视野中，人与物的关系不再是知识性的认知关系，而是感官基础上的感应关系，情感的生起成为其中最重要的环节，在这样的环境中，强调感官直觉的"现量"反而与审美思维、艺术思维有了相通之处，成为阐释"诗情"之生成过程的重要利器。船山既是深研精思的哲人，同时又是极富艺术感受力的诗论家，他对"现量"的两种态度，显然与这两重身份分不开。

除批评领域转换的原因外，船山在"现量"之态度上转变的第二个原因，是他对"现量"之内涵的理解，存在一个深化发展的过程。按照王之春《船山先生年谱》的考证，船山于康熙四年（1665年）四十七岁时重订《读四书大全说》，同年始撰《四书训义》，次年完成；康熙二十年

---

① 王夫之：《夕堂永日绪论内编》第四十八则，《船山全书》第十五册，第842页。

(1681年)六十三岁时应先开上人之情撰《相宗络索》;康熙二十九年(1690年)七十二岁时,撰成《夕堂永日绪论》,编定各种诗文评选。①

由此撰述线索可知,以阐述"心性论"为主的《读四书大全说》与《四书训义》,是涉及"现量"的论著中成书较早的。船山在这两部书中所说之"现量",指的就是释氏之"现量",并未在内涵上作过多的拓展。瑜伽行派大师陈那释"现量"为"此中现量除分别者,谓若有智于色等境,远离一切种类名言……由不共缘现现别转,故名现量"②;陈那门人商羯罗主也说,"离名种等所有分别,现现别转,故名现量"③。对此萧驰已解释得相当清楚:"此处所谓'除分别'、'离名种等所有分别'、'离一切种类名言',乃以现量为脱离单独概念(名),种类概念(种)和属性概念(等)的知识,此即陈那所谓显现一切法(事物)之'自相'(个别相),即刹那灭的、一次性的纯粹感觉经验。"④所以释氏所言之"现量",一言以蔽之,即"重感觉而轻逻辑",这是"现量"最核心的要义所在。船山在《读四书大全说》及《四书训义》中对于"现量"的理解,所遵循的正是此一思路,如他提出:"不思而亦得,故释氏谓之现量……耳目不思而亦得,则其得色得声也"⑤,"以现量之光,的然著明,而已著则亡;心思之用,暗然未能即章,而思则日章"⑥,所谓"不思"即不作推理,不用逻辑,所谓"得色得声""的然著明"即依赖感觉。正是在此一理解的基础上,船山将释家之"现量"与"比量"的关系,转换成了孟子所说的"耳目之官不思"(小体)与"心之官能思"(大体)的关系,突出了现量"不思"的特点。

六十三岁时,船山作《相宗络索》,对相宗观点作了细致的阐发,对"现量"的阐释也精思发微,在精细程度与深度上都超出了他在《读四书大全说》《四书训义》中的关于"现量"的认识。这集中体现在他对"现"之三义的阐发上:

---

① 参见王之春《王夫之年谱》,中华书局,1989,第65~126页。
② 陈那(大龙域菩萨):《因明正门理论本》,《大正新修大藏经》,台北:新文丰出版公司,1983,第32册,论集部,第3页。转引自萧驰《圣道与诗心》,台北:联经出版公司,2012,第50页。
③ 商羯罗主:《因明入正理论》,《大正新修大藏经》,第12页。转引自萧驰《圣道与诗心》,台北:联经出版公司,2012,第51页。
④ 萧驰:《圣道与诗心》,台北:联经出版公司,2012,第51页。
⑤ 王夫之:《读四书大全说》卷十,《船山全书》第六册,第1088页。
⑥ 王夫之:《读四书大全说》卷十,《船山全书》第六册,第1089页。

现量，"现"者有"现在"义，有"现成"义，有"显现真实"义。"现在"，不缘过去作影；"现成"，一触即觉，不假思量计较；"显现真实"，乃彼之体性本自如此，显现无疑，不参虚妄。前五于尘境与根合时，即时如实觉知是现在本等色法，不待忖度，更无疑妄，纯是此量。第六唯于定中独头意识细细研究，极略极迥色法，乃真实理，一分是现量。又同时意识与前五和合觉了实法，亦是一分现量。①

按照船山的理解，"现量"之"现"有三层内涵，缺一不可。首先是"现在"义，即所谓"不缘过去作影"，就是不依赖过去的印象，而是立足于当下之境，立足于此时此刻；其次是"现成"义，即所谓"一触即觉，不假思量计较"，强调一种感官的直觉、直观，其中不存在任何"思量"，无须逻辑推理；最后是"显现真实"义，即所谓"彼之体性本自如此，显现无疑，不参虚妄"，强调对本性、本质的真实把握。

当前学界一般认为，船山的"现"之三义，是从不同层面阐释了"感觉"的特性，这种观点无可厚非，但所论较浅，有进一步补充的必要。在上段引文中，若深入去看，会发现"现"之三义与船山其后所说的三类"现量"有莫大的关联。"现"之"现在"义对应的是"五根现量"，"五根现量"所立足的"前五识"——"色声香味触"，都是"眼耳鼻舌身"对当下环境的反映，因此必然是现在的，所以船山说"色声香味触皆现在实境"②。"现"之"现成"义对应的则是"同时意识现量"，所谓"同时"，即指第六"意识"的"统摄"功能与感官的"感觉"活动是同时一体地发生的，即船山所说的"同时意识与前五和合"，二者的合体，就是"知觉"，突出了"灵明之心"的主导性，按照释氏之说，"前五识"是各自生起，不相关联的，所以船山于此处特别提出"同时意识"，用"意识"之"统摄性"瞬间将各类本然感觉统一起来，形成一个自主的、整体的知觉③，这主要是就内部关系而言的。从外部关系来看，作为自主之感觉的知觉，产生于"心""物"交触的一瞬间，与"思"无涉，此即"现成"。"现"之"显现真实"

---

① 王夫之：《相宗络索》，《船山全书》第十三册，第 536~537 页。
② 王夫之：《相宗络索》，《船山全书》第十三册，第 527 页。
③ 感觉活动离不开意识的统摄性参与，因此，这里所说的感觉实际上就是知觉，在"现量"之中，感觉与知觉是可以互通的，其重点都在感官的直觉性上。

义,对应的是"定中独头意识现量",船山曰,"'显现真实',乃彼之体性本自如此,显现无疑,不参虚妄",这可理解为是在强调一种超越逻辑思维的"本质直观",即在不借助推理、判断等逻辑思维的情况下,对事物的本质作直接的把握,这与"定中独头意识现量"所强调的超越逻辑的"理性直觉"是相通的:第一,二者都是不经历"思"的过程而直接达到"思"的效果,这是一种"不思而思"的认识方式。第二,二者都是一个内外相通的过程,"定中独头意识现量"虽是一种内向式的顿悟,但又与外在的圣人之言教相合;"显现真实"提出"体性本自如此,不参虚妄","体性"既指"物性"又指"己性",它不仅强调"物"的真实,也强调"己"的真实,尤其强调二者关系的真实,这是"现"之"显现真实"义的核心要义。

正是在这种细致而深入的全新思考的基础上,船山于晚年所作的《夕堂永日绪论》及诸种诗选,在涉及"现量"时,多能持一种赞赏的态度。这固然与"现量"本身在审美活动中的适应性有关,但一个更重要的原因是,经过船山的深度阐释,"现量"本义中的一些缺陷(如"不思")已得到了补正。

(三) 船山诗论中的"现量"说

"现量"三义是船山对释氏"现量"的深度拓展和缜密发挥,如果说释氏之"现量"只是"重感觉而轻逻辑",那么船山所说的"现量"则不仅突出了"感觉"的"当前性""现实性",而且突出了"感觉"发生的瞬时特征,更重要的是,"显现真实"的义项连接了船山心性论中"不思而思"的思维特性,对"感觉"的"无思"性给予了合理的理论阐释。"现量"三义,作为一个整体,细致阐明了释氏之"现量"的具体内涵,同时也为它进入诗学领域打下了基础。在船山晚年所作的诗论著作中,"现量"的内涵,基本紧扣《相宗络索》中的"现量"三义,在此基础上,它为诗学领域中与"感觉"密切相关的"兴论""物感论",尤其是其背后的"起情"论,提供了巨大的阐释空间。

"现量"一词在船山诗论中共出现七次,《夕堂永日绪论内编》两次,《古诗评选》一次,《唐诗评选》一次,《明诗评选》两次[1],《薑斋诗集》

---

[1] 萧驰检索的是《唐诗评选》两次,《明诗评选》一次,有误。参见萧驰《圣道与诗心》,台北:联经出版公司,2012,第47页。

(《题卢雁绝句序》)一次,这七处"现量"都可划分到《相宗络索》的"现量"三义中去。

首先看"现在"义。《明诗评选》卷四有云:

> 吊古诗必如此乃有我位,乃有当时现量情景。不尔,预拟一诗,入庙粘上,饶伊识论英卓,只是措大灯窗下钻故纸物事,正恐英鬼笑人,学一段话来跟前卖弄也。李太白"子房未虎啸"一诗,人钦其豪,我笑其酸。此等处,唐人元无分在。李于鳞言唐无五言古诗,近之矣。又取太白"子房"之作,曾不知当世之有子安,将其言亦亿中乎?①

此段引文为船山对皇甫汸《谒伍子胥庙》一诗所作的评语,通过评论此诗,船山从一正一反两个角度,对"现量"之"现在"义作了诗学阐释。

从正面角度看,船山直接以"现量"一词对该诗作了肯定。其诗如下:"列雉影沧波,望望深云树。回照延清襟,芳阡引幽步。曲隅抗兰寝,灵旗出残雾。畴昔抱余悲,怅矣前溪路。解剑邈英风,荐潦申遐慕。芳草忽复春,东门霭如故。烟明刹殿霞,风满平池露。向月临江洲,含情不能渡。"此诗全写眼前物色,己之忧愤、对子胥之同情,皆寓于景中。诗中之"景"皆借诗人之眼,次第呈现,此即"乃有我位";又只写当下所见之景,此即"当时现量情景"。"当时"二字,已然透露出这里的"现量"更侧重"现在"之义。

从反面来看,船山尝曰"'现在',不缘过去作影",在本段评语中,船山专门提出了"预拟"的概念,这恰是与"过去作影"相对应的诗学名词。所谓"预拟",就是将自己预设的观念主旨,强行粘连于眼前之物上(即"粘上")。这种预设的观念往往是不得志的读书人"钻故纸物事"而来,承载的多是过去的知识经验,因此完全可以说是"缘过去作影"。船山又举李白《经下邳圯桥怀张子房》②一诗为例,指出"李太白'子房未虎啸'一

---

① 王夫之:《明诗评选》卷四,皇甫汸《谒伍子胥庙》评语,《船山全书》第十四册,第1321页。
② 全诗为:"子房未虎啸,破产不为家。沧海得壮士,椎秦博浪沙。报韩虽不成,天地皆振动。潜匿游下邳,岂曰非智勇?我来圯桥上,怀古钦英风。唯见碧流水,曾无黄石公。叹息此人去,萧条徐泗空。"

诗，人钦其豪，我笑其酸"，实际上就是说，此诗只是李白无法实现的"豪情"的投射，似赞张良之豪杰，而实伤己之不遇，在这种心态下，诗只能是诗人经验性的影像投射，是一种"预拟"式的写作，而不可能是建立在当下实景基础上的"现量"之作。正是基于这样的"现在"角度，船山强调诗歌创作应摆脱经验的预设，诗中之情应缘于当下物色，他在《明诗评选》卷一中评价石珤的《长相思》，也是着眼于此，其诗为："长相思，长且深。暮云湘水愁阴阴。海棠庭院燕双语，恼乱无人知妾心。妾登池上楼，泪滴池中水。水声活活向东流，妾泪将心千万里。"其评曰："只写现量，不可及。"①作为一首闺怨诗，该诗全为现景起情，不作追忆之语②，亦不作拟想之态，纯由所见（"海棠""双燕"）、所闻（"燕双语""水声"），生起所感（"愁""恼"）。这可以说是对"现量"之"现在"义的完美的诗化诠释。

在船山诗论中，这类强调"现在"之义，但不以"现量"为名的评论也并不少见，如"巧心得现前之景"③、"诗之为道，必当立主御宾，顺写现景"④，均是在特地突出一种"现在"义涵。而其中最明显的当属"铁门限"说，船山曰：

> 身之所历，目之所见，是铁门限。即极写大景，如"阴晴众壑殊"、"乾坤日夜浮"，亦必不逾此限。非按舆地图便可云"平野入青徐"也，抑登楼所得见者耳。隔垣听演杂剧，可闻其歌，不见其舞；更远则但闻鼓声，而可云所演何出乎？⑤

显而易见，这里的"铁门限"，指的就是以所历所见的当下体验为限。

---

① 王夫之：《明诗评选》卷一，石珤《长相思》评语，《船山全书》第十四册，第1170页。
② 船山尝曰："情感须臾，取之在己，不因追忆。若援昔而悲今，则如妇人泣矣，此其免夫！"（《古诗评选》卷五，谢灵运《庐陵王墓下作》评语，《船山全书》第十四册，第741页）此评语已然指出了情感生起的"当下性"，实即"现量"之"现在"义。"妇人泣"则指明妇女闺怨诗多有"援昔悲今"的"追忆"之语，石珤此作为船山所欣赏，即在于避免了此通病，只着眼当下，不作追忆。
③ 王夫之：《唐诗评选》卷三，王维《从岐王过杨氏别业应教》评语，《船山全书》第十四册，第1002页。
④ 王夫之：《唐诗评选》卷三，丁仙芝《渡扬子江》评语，《船山全书》第十四册，第1012页。
⑤ 王夫之著，戴鸿森笺注《薑斋诗话笺注》，上海古籍出版社，2012，第55页。

在船山看来，诗歌创作必基于当下所见，即使是写阔大之景，依然不出当下感官体验的限制。"阴晴众壑殊"出自王维的《终南山》，其诗为："太乙近天都，连山接海隅。白云回望合，青霭入看无。分野中峰变，阴晴众壑殊。欲投人处宿，隔水问樵夫。"船山评此诗曰："'欲投人处宿，隔水问樵夫。'则山之辽廓荒远可知，与上六句初无异致，且得宾主分明，非独头意识悬相描摹也。"① 所谓"宾主分明"，就是指辽廓荒远之景（"宾"）如"阴晴众壑殊"之类，全由诗人（"主"）之眼观之，由诗人之心体之，而不是像释氏所说的"独头意识"那样凭空虚造、强行揣度。"乾坤日夜浮"出自杜甫的《登岳阳楼》，其诗为："昔闻洞庭水，今上岳阳楼。吴楚东南坼，乾坤日夜浮。亲朋无一字，老病有孤舟。戎马关山北，凭轩涕泗流。"船山尝言："'吴楚东南坼，乾坤日夜浮。'乍读之若雄豪，然而适与'亲朋无一字，老病有孤舟'相为融浃。"② 之所以能"相为融浃"，除对比效果外，也是由于"乾坤日夜浮"等阔大之景是借"老病孤舟"之"我"的"眼"显现而出的。"平野入青徐"出自杜甫的《登兖州城楼》，其诗为："东郡趋庭日，南楼纵目初。浮云连海岳，平野入青徐。孤嶂秦碑在，荒城鲁殿馀。从来多古意，临眺独踌躇。"此诗写景也颇为辽廓，"浮云连海岳"，是东视之景，"平野入青徐"则为南望之状，它们皆为"登楼""临眺"所见，而非凭借地图想象得来。所以船山得出结论，观戏尚需依赖于当下的感官体验，何况是诗歌创作呢？

其次看"现成"义。船山曰："'现成'，一触即觉，不假思量计较。"这实际上指出了"感觉"活动发生时的两个基本特点——"瞬时性"与"无思性"。这两个特点是"现成"义的一体之两面：一方面，"思"作为一种逻辑思维，必然要有一个推理的过程，不可能是瞬时完成的；另一方面，人之感觉活动的发生，往往是在刹那之间。所以，"感觉"必然是"瞬时"的，"思"必然是需要过程的，由此可知，作为"瞬时"发生的感觉活动，与"思"没有任何直接的关联性。这与船山在其"心性"论中提到的"情"只产生于"知觉运动"的过程中而与"仁义之心"的"思"之功能无关的论述，有明显的对应性。

---

① 王夫之：《夕堂永日绪论内编》第十六则，《船山全书》第十五册，第825页。
② 王夫之：《诗译》第十六则，《船山全书》第十五册，第814页。

第二章 "现量":"情者阴阳之几"的诗学表达 ◀ 141

　　船山有不少关于"现成"之"瞬时"义的评论,如他评江总的《侍宴临芳殿》为:"急用情语唤起,方入景事,得一时因兴现成之妙。"① 评谢灵运之《游南亭》为:"天壤之景物,作者之心目如是,灵心巧手,磕着即凑,岂复烦其踌躇哉?"② 所谓"因兴现成""磕着即凑",均是刹那、瞬时之义,突显了感觉活动发生时的短暂性特质;所谓"踌躇",即"思量计较",即逻辑推理。船山在此一方面的批评要更为常见,如他评南朝诗人王籍的《入若邪溪》曰:

　　　　"蝉噪林逾静,鸟鸣山更幽",论者以为独绝,非也。自与"海色晴看雨,江声夜听潮"同一反跌法,顺口转成,亦复何关至极!"逾"、"更"二字,斧凿露尽,未免拙工之巧。拟之于禅,非比二量语所摄,非现量也。③

　　论诗者多认为"蝉噪林逾静,鸟鸣山更幽"一句为"独绝",船山则不以为然,他提出,这两句诗与唐代诗人祖咏《江南旅情》中的"海色晴看雨,江声夜听潮"一样,同样用了"反跌法"。何为"反跌法"呢?这需要结合祖咏的诗来看一看。祖咏之诗善用字炼字④,"海色晴看雨,江声夜听潮"一句也多具心思,这两句诗是说,看到东海朝霞缤纷,就知道要下雨了,听到大江波涛澎湃,就知道夜潮将要来临。可见此联诗并非即景直写,而是暗含着一种推理性的逻辑思考活动。船山在《唐诗评选》中仅

---

① 王夫之:《古诗评选》卷六,江总《侍宴临芳殿》评语,《船山全书》第十四册,第872页。
② 王夫之:《古诗评选》卷五,谢灵运《游南亭》评语,《船山全书》第十四册,第733页。
③ 王夫之:《古诗评选》卷六,王籍《入若邪溪》评语,《船山全书》第十四册,第840页。
④ 殷璠评祖咏诗为"翦刻省静,用思尤苦"(见殷璠《河岳英灵集》,转引自辛文房撰,孙映逵校注《唐才子传校注》,中国社会科学出版社,1991,第110页)。霍松林先生曾对祖咏的《终南望余雪》("终南阴岭秀,积雪浮云端。林表明霁色,城中增暮寒")一诗作过细致的解读,略选一段即可知祖咏之炼字功夫:"'林表明霁色'中的'霁色',指的就是雨雪初晴时的阳光给'林表'涂上的色彩。……祖咏不仅用了'霁',而且选择的是夕阳西下之时的'霁'。怎见得?他说'林表明霁色',而不说山脚、山腰或林下'明霁色',这是很费推敲的。'林表'承'终南阴岭'而来,自然在终南高处。只有终南高处的林表才明霁色,表明西山已衔半边日,落日的余光平射过来,染红了林表,不用说也照亮了浮在云端的积雪。"(参见萧涤非等著《唐诗鉴赏辞典》,上海辞书出版社,1983,第135~136页)

录祖咏一首《过郑曲》，其评中有言："祖诗往往露刻画痕，如'海色晴看雨'，竟以名世，要不足取。"① 船山此处所说的"刻画痕"，就是指"反跌法"，就是指诗中暗含的推理性、逻辑性的思维活动。具体到王籍这首诗中，船山认为"逾"与"更"的运用，即暴露出诗人之创作并非由感官直觉而成，而是与祖咏一样，依靠的是一种"思量计较"。这种作诗方法更近于"比量"而非"现量"，因此为船山所不取。

在船山诗论著作中，与此类似的批评还有不少，如：

"僧敲月下门"，只是妄想揣摩，如说他人梦，纵令形容酷似，何尝毫发关心？知然者，以其沉吟"推""敲"二字，就他作想也。若即景会心，则或推或敲，必居其一，因景因情，自然灵妙，何劳拟议哉？②

家辋川诗中有画，画中有诗，此二者同一风味，故得水乳调和，俱是造未造、化未化之前，因现量而出之。一觅巴鼻，鹞子即过新罗国去矣。③

船山于此处特别提出，诗歌创作依赖于感官直觉，既然是直觉，就是心物之间"磕着即凑"，在刹那之间完成一切活动，情起景活，自然灵妙，在这个过程中，完全不需要"妄想揣摩""推敲""拟议""觅巴鼻"等逻辑推理的思维。船山对贾岛诗与王维诗的高下评判，所依据的正是"现量"之"现成"义：贾岛之诗多"揣摩"之作，这种创作方法，脱离了自身情感的生起情境，将重点放在了逻辑锤炼上，然推理再精深，与己情无关，也只能是无根之理，所以船山说他"如说他人梦，纵令形容酷似，何尝毫发关心"；王维之诗则以"现量"成之，所谓"造未造、化未化之前"就是指创作之缘起阶段，在此阶段中，诗人面对当下之景，以感官直觉的方式起情成画或者成诗。

"一触即觉"完成的诗歌，因是"即景会心"而成，所以在过程中不存在逻辑推理，在效果上也不存在影射。这种"自然灵妙"的呈现，因其

---

① 王夫之：《唐诗评选》卷三，祖咏《过郑曲》评语，《船山全书》第十四册，第1010页。
② 王夫之：《夕堂永日绪论内编》第五则，《船山全书》第十五册，第820~821页。
③ 王夫之：《薑斋诗集·雁字诗·题芦雁绝句序》，《船山全书》第十五册，第652页。

第二章 "现量"："情者阴阳之几"的诗学表达 ◀ 143

无所含，反而会无所不含，给人以无限启迪。正是从这个角度上，船山将此种诗称为"无为之诗"，赞其为"只咏得现量分明，则以之怡神，以之寄怨，无所不可，方是摄兴观群怨于一炉锤，为风雅之合调"①。这实际上已将批评视角从创作领域转移到了接受领域②，他还进一步提出："无端无委，如全匹成熟锦，首末一色。唯此，故令读者可以其所感之端委为端委，而兴观群怨生焉。"③"'无端无委'即强调一种不确定性，这与英伽登所说的'未定点'，伊瑟尔所说的'召唤结构'，艾科所说的'开放文本'十分相似，而'读者可以其所感之端委为端委'则强调了一种自由填空和对话的过程④。但并非所有的作品都具有"无端无委"的特性，按船山之意，只有这种"即景会心""一触即觉，不假思量计较"的"现成"之诗才会有如此效果，而像贾岛的"揣摩"之诗，以及"一致绞直，遂使风雅之坛有讼言之色"⑤的颜延之之诗，则不具备如此效果。之所以会如此，就是因为由感官直觉所成的"现成"之诗，不因"思"成，亦不受"思理"之限制，因此"自然灵妙"，所含也广，所寓也远；而由推理而成的诗，则时时受逻辑的限制，失去了自由发挥的可能。后人（尤其宋人）在解诗之时，惯于从逻辑推理甚至于牵强影射的角度，来诠释"即景会心"的"现成"之作，这显然与"现成"之义背道而驰，因此被船山嘲讽为"俗目"⑥"井画而根掘"⑦。

最后看"显现真实"义。在"现量"三义中，此义向来为学者所忽视，正如萧驰所说："船山'现量'范畴中的'现在义'与'现成义'乃

---

① 王夫之：《唐诗评选》卷三，杜甫《野望》评语，《船山全书》第十四册，第1019页。
② 整体来看，船山所说的"现量"之"现成"义，似乎涵盖了"缘起"、"表达"与"接受"三个层面，正如欧阳祯评价谢灵运时所说："谢灵运诗歌完全存有于那个触发该诗灵感的此地和此时（here-and-now）之瞬间之中，并且被读者在读诗时再次体验。"（转引自萧驰《圣道与诗心》，台北：联经出版公司，2012，第63页）在本书中，我们主要关注的是"缘起"阶段的"现成"义，这一阶段直接关涉着"诗情"的生成，是其后的"表达"与"接受"得以存在的立根之基。
③ 王夫之：《古诗评选》卷五，袁彖《游仙》评语，《船山全书》第十四册，第775页。
④ 杨宁宁、童庆炳：《合古成纯，别开生面：王夫之文论思想揭橥》，《北京师范大学学报》（社会科学版）2014年第6期。
⑤ 王夫之：《古诗评选》卷五，颜延之《夏夜呈从兄散骑车长沙》评语，《船山全书》第十四册，第750页。
⑥ 王夫之：《唐诗评选》卷三，杜甫《野望》评语，《船山全书》第十四册，第1019页。
⑦ 王夫之：《诗译》第二则，《船山全书》第十五册，第808页。

为其整个诗学体系所支持，亦与中国诗歌和诗学中一传统一脉相承。然而，船山界定'现量'的第三重义涵——'显现真实义'，却有难使现代学者认同、以致不得不回避之处。……检讨起来，吾人之所以回避或误解船山'现量'界定中这一层义涵，乃欲纳船山诗学于一预设之主体论诗学和创作心理学框架。"[1] 应该说，学界从心理角度来理解"现量"，是有根据的，释氏之"现量"本就类似一种心理概念，但我们不能不注意到，船山在对"现量"进行阐释时，其中也渗透了他的"心性论"思想，"显现真实"义就恰恰是从"心性论"角度对"现量"所作的内涵补充，因此，仅从主体心理的角度来理解"现量"之"显现真实"义，是难以阐释清楚的，必须要结合船山的"心性论"思想，尤其是"情"之生成论的思想，才能对"显现真实"义有清晰准确的认识[2]。

一般而言，将"体性"理解为"物性"、"物理"、"物的真实"或"物的本质"似更易被理解，船山对此"物理"也有所论及，他曾言："苏子瞻谓'桑之未落，其叶沃若'，体物之工，非'沃若'不足以言桑，非桑不足以当'沃若'，固也。然得物态，未得物理。'桃之夭夭，其叶蓁蓁'，'灼灼其华'，'有蕡其实'，乃穷物理。夭夭者，桃之稚者也。桃至拱把以上，则液流蠹结，花不荣，叶不盛，实不蕃。小树弱枝，婀娜妍茂，为有加耳。"[3] 船山对于"物之理"颇为重视，其辨析也极富深度，但问题在于，孤立的"物之性"或"物之本质"的呈现，在强调"感官直觉"的诗歌创作活动中，所起的作用是有限的，正如童庆炳先生所说，中国的直觉论"在透视事物的本质的时候，更具有超越事物表面形态的诗意追求，不求对事物本质的真实的把握，'长河落日圆'、'隔水问樵夫'等

---

[1] 萧驰：《圣道与诗心》，台北：联经出版公司，2012，第64~65页。
[2] 此"心性论"视角的引入，与萧驰之论颇有不谋而合之处。萧驰在看到传统阐释路向上的弊端之后，转而从"系统论"角度对"显现真实"义做出重释，其论甚详，但若继续深究，则不难发现此"系统论"的更深层次其实就是"心性论"，正如笔者在第一章中所言，船山的天人之论，最后的落脚点仍是在"人"身上，而在船山哲学中，作为基本视点的人性层，显然在地位上要更为突出。需要说明的是，笔者此一论点（以"心性论"阐释"现量"）的得出，全是沿船山"心性论"思路独立发展而来，此前并未见及萧驰先生以"系统论"阐释"现量说"的相关论点，其中之偶合、相通，实如刘勰所说，"非雷同也，势自不可异也"（刘勰著，范文澜注《文心雕龙注·序志》，人民文学出版社，1958，第727页）。
[3] 王夫之：《诗译》第八则，《船山全书》第十五册，第810~811页。

深受王夫之赞赏的句子,都很难说'深入'到事物的事实本质,但其诗情画意却溢于言表"①。换言之,能否呈现事物的本质,并不是诗歌创作所必须要解决的问题,反倒是"诗情画意"的生成更为重要。

由此,主体问题就被突显出来。船山尝曰:"觉悟**己性**真实,与教**契合**,即现量。"②"己性真实"就是"诚",但这个"诚"不仅仅是一种自我要求,它尚需"与教契合"。"教"即外在的圣人之言教,此处之"契合"虽然不是在讲心物关系,但却指明了一种恰当的内外关系。船山又说:"天情物理,可哀而可乐,用之无穷,流而不滞;穷且滞者不知尔。"③这句话则从"物理"的角度,指出了主体的不可或缺性。自然物色与"情"息息相关,它们既可引起哀情,也可关联乐情,这种天人之间的关联性,若做得恰当,就会流荡不滞,无穷无尽,若做得不恰当,就只能"穷且滞"。由这两则引文可以推知,"显现真实"义并不单独存在于"物"之中,也并非单独存在于"己"之中,而是存在于"天人"之间的"契合"关系中。因此,"天人",或者说"心物"间的"自然契合",就是"现量"之"显现真实"义的具体内涵。

在这种"自然契合"的前提下,诗人在诗歌创作尤其是创作前的缘起阶段中,应努力做到"诚"④——既"诚"于己心之起,亦"诚"于外物之触,自然兴情,不作牵强造作之态。这是船山对"现量"这一审美直觉活动的内在要求。在诗论当中,他多次提及这种"心物契合"的"真实"特性:

---

① 童庆炳:《中华古代文论的现代阐释》,中国人民大学出版社,2010,第110页。
② 王夫之:《相宗络索》,《船山全书》第十三册,第538页。这句话实际就是在讲"现量"中的"定中独头意识"。前文笔者曾提及,"定中独头意识"与"现量"之"显现真实"义颇有相通之处。船山所说的"'显现真实',乃彼之体性如此,显现无疑,不参虚妄",可以理解为是在强调一种超越逻辑思维的"本质直观",这与"定中独头意识现量"所强调的超越逻辑的"理性直觉"是相通的,二者都是不经历"思"的过程而直接达到"思"的效果,即"不思而思"。但二者更重要的相似之处还在于:它们都是一个内外相通的过程,"定中独头意识现量"虽是一种内向式的顿悟,但与外在的圣人之言教是相合的;"显现真实"提出"体性如此,不参虚妄","体性"即指"物性"又指"己性",它不仅强调"物"的真实,也强调"己"的真实。
③ 王夫之:《诗译》第十六则,《船山全书》第十五册,第814页。
④ 心物关系的"诚",主要表现为"自然契合",但能否达到这一要求,主要在人而不在物,所以"诚"也可以理解为是对人心的要求,但前提是,须有"物"的客观存在,而不能只是人的独思冥想。

寓目吟成，不知悲凉之何以生。诗歌之妙，原在取景遣韵，不在刻意也。①

"池塘生春草"，"胡蝶飞南园"，"明月照积雪"，皆心中目中相与融浃。②

心理所诣，景自与逢，即目成吟，无非然者，正此以见深人之致。③

写景至处，但令与心目不相睽离，则无穷之情正从此而生。④

所谓"寓目吟成""心中目中相与融浃""心理所诣，景自与逢""心目不相睽离"，均在说明一种"天人""心物"间的"自然契合"的关系。至于那种将"己之意"强行凌驾于外物之上的"刻意"之诗，船山则极为排斥，如他尝云：

"良苗亦怀新"，乃生入语，杜陵得此遂以无私之德横被花鸟，不竞之心武断流水，不知两间景物关至极者如其涯量亦何限，而以己所偏得非分相推。良苗有知，宁不笑人之曲谀哉？⑤

陶潜"良苗亦怀新"一句本为千古名句，船山此评却颇为苛责。究其原因，即在于此句违反了心物之间"自然契合"的要求。按船山的理解，"良苗亦怀新"主要强调禾苗中萌动的生命力，禾苗之抽新生长，本是自然现象，但这一拟人式的"怀"字却是人心投射于禾苗上的强加之意。杜甫诗中"花柳自无私"（《后游》）、"水流心不竞"（《江亭》）等诗句，与"良苗亦怀新"相类，同样是将人所假想的"无私之德""不竞之心"强加在了花鸟之上。这些诗句，都是无视自然物色的独立性与多义性，而

---

① 王夫之：《古诗评选》卷一，《敕勒歌》评语，《船山全书》第十四册，第559页。
② 王夫之：《夕堂永日绪论内编》第四则，《船山全书》第十五册，第820页。
③ 王夫之：《古诗评选》卷五，江淹《无锡县历山集》评语，《船山全书》第十四册，第780页。
④ 王夫之：《古诗评选》卷五，宋孝武帝《济曲阿后湖》评语，《船山全书》第十四册，第749页。
⑤ 王夫之：《古诗评选》卷四，陶潜《癸卯岁始春怀古田舍》其二评语，《船山全书》第十四册，第719页。

第二章 "现量":"情者阴阳之几"的诗学表达 ◀ 147

仅以"己所偏得非分相推",这种刻意牵强的观物态度,显然是与强调"心物"之间"自然契合""不掺虚妄"的"真实性"要求,背道而驰的。叶朗于此处的阐释颇有参考价值,他提出:"王夫之认为,在这些诗句中,诗人用一己'偏得'之意,去缩减、分割、破坏了客观景物的完整的存在。这样的诗,不是从直接审美感性中产生的,不符合'如所存而显之'的要求,因此不具有真实性。"① 先撇开完整性不谈,叶朗所指出的"不从直接审美感兴中产生即不具有真实性"的判断是有道理的。这种审美感兴或者说审美直觉的"真实性",关注的不仅仅是景物,也不仅仅是人心,而是心与物之间的关系。这一对应关系能否达到自然而然、不作妄想,是判定此"现量"是"真"还是"伪"的唯一标准。

船山在专门提及"现量"之时,其"显现真实"的义涵也都是从心物关系的角度呈现出来的。如他提出:

> "僧敲月下门",只是妄想揣摩,如说他人梦,纵令形容酷似,何尝毫发关心?知然者,以其沉吟"推""敲"二字,就他作想也。若即景会心,则或推或敲,必居其一,<u>因景因情,自然灵妙,何劳拟议</u>哉?"长河落日圆",初无定景;"隔水问樵夫",初非想得;则禅家所谓现量也。②

此段引文,前半部分主要讲"现量"之"现成"义,前文已论,从略。后半部分则在延续"现成"义的基础上,将重点转移到了"显现真实"义上。"'长河落日圆',初无定景",是从"物"的角度来说的,"长河""落日"作为自然物色本就存在,但当它们尚未进入诗人眼中之时,因缺乏主体的感应联系,就不具备入心的可能,因此只能是"无定"的。"'隔水问樵夫',初非想得",则是从"心"的角度来说的,未遇"樵夫"之前,诗人心中并未料想有此人物,在未"隔水"之前,也并未想到会有"隔水相问"之事发生,而一旦目中偶触,则心中即有所"感",此"感"是建立在偶触的基础上的,因此是"初非想得"。简言之,"初非定景"

---

① 叶朗:《中国美学史大纲》,上海人民出版社,1985,第473~474页。
② 王夫之:《夕堂永日绪论内编》第五则,《船山全书》第十五册,第820~821页。

"初非想得",突显的都是"心""物"之间"自然契合"的真诚关系。

"显现真实"义所指向的这种"心""物"间的"自然契合"关系,具有深厚的心性学基础。它对应的正是船山心性论中的"情"之生成论,具体而言,即"阴阳之几"或"心物之几"的"相值相取""相应以正"。船山尝曰:

> 情者阴阳之几也,物者天地之产也。阴阳之几动于心,天地之产应于外。故外有其物,内可有其情矣;内有其情,外必有其物矣。①
>
> 盖吾心之动几,与物相取,物欲之足相引者,与吾之动几交,而情以生。然则情者,不纯在外,不纯在内,或往或来,一来一往,吾之动几与天地之动几相合而成者也。②
>
> 天地之际,新故之迹,荣落之观,流止之几,欣厌之色,形于吾身以外者化也,生于吾身以内者心也;相值而相取,一俯一仰之际,几与为通,而浡然兴焉。③

"情"产生于心物交触之际,"情"要为"真",就必然要与外物自然契合,即所谓"外有其物,内可有其情矣;内有其情,外必有其物矣"。这一内外交触的情形,不分先后,亦超越内外限制,形成一个流动不息的双向的"几"的过程。此处之"几"主要突显其"动态"义,但正如第一章所言,"几"作为一种"动态"存在,有其内在的规定性:在"无定"当中寻求"有定",在"不确定性"当中寻求恰当而且独一的"确定性"。这才是"动几"的基本内涵。所以船山说:"天地无不善之物,而物有不善之几。(非相值之位则不善。)物亦非必有不善之几,吾之动几有不善于物之几。吾之动几亦非有不善之几,物之来几与吾之往几不相应以其正,而不善之几以成。"④ 这就是说,"心"与"物"在进行交互运动的时候须做到"相应以正",才能产生"善之几"。"相应以正",就是指"心

---

① 王夫之:《诗广传》卷一,《邶风十论》七《论匏有苦叶》,《船山全书》第三册,第323页。
② 王夫之:《读四书大全说》卷十,《船山全书》第六册,第1067页。
③ 王夫之:《诗广传》卷二,《豳风六论》三《论东山二》,《船山全书》第三册,第383~384页。
④ 王夫之:《读四书大全说》卷八,《船山全书》第六册,第963页。

物"相互作用的恰当性,具体包括"时间"的恰当性、"地点"的恰当性,等等。而这一系列的"恰当性",归结为一点,其实就是心与物的"自然契合":物因地而不同,心由时而相异,因此心物交触皆因时因地而定,惟其自然契合,方为"真"为"善"。

与此同时,"心物"间"自然契合"的"真诚"属性,亦弥补了"诗情"生成中"思"的缺席。正如前文所言,如果说"定中独头意识"侧重的是一种理性直觉,那么"现量"之"显现真实"则更侧重一种"本质直观",只不过这里的"本质"有两层内涵,它既包括事物的"理"的本质,也包括心物关系的"诚"的本质,而以后者为主。"理性直觉"与"本质直观",都是"不思而思"的认知方式:前者类似"顿悟",省略"思"之过程而直接得到"思"之结果;后者则仅依靠感官直觉,直接达到一种本质认识,同样略过了"思"之过程。这种"不思而思"的方式,是船山所赞赏的,他曾说过:

> 愚按孟子曰"耳目之官不思而蔽于物",从大而小不能夺者为大人。圣人则大而化之矣,欲将这不思而蔽于物之官,践其本顺乎天则者以受天下之言,而不恃心以防其夺,则不思之官,齐思官之用。唯其思者[心]亦臻于不思,[不思而中]。故不思之用齐乎思也。①

对于孟子所提出的"耳目之官不思而蔽于物",船山提出自己的理解,他认为,人在认识事物时若能依靠"大体"(即"心")而不依靠"小体"(即"耳目感官")就可以称为"大人",但这还不够。圣人之所以为圣人,就在于他并未仅仅停留在"从大不从小"的层次上,而是在"心之思"之外,提出了"不思之官齐思官之用"的观点。其意为:在认识过程中,"耳目感官"若能"践其本、顺乎天则",即"从心而不逐物",而不仅仅是被"心之思"所强压,则"感官之不思"未必不能产生与"心之思"同样的效果,此即"不思而中""不思之用齐乎思"。这种"不思而中",实际上已达到极高的认识境界,羊列荣对此有比较清晰的说明:"按张载所说:'所为圣者,不勉不思而至焉者也。''勉,盖未能安也;

---

① 王夫之:《读四书大全说》卷四,《船山全书》第六册,第600页。

思，盖未能有也。'(《正蒙·中正篇》)，据此，船山认为作为道德理性的自觉之'思'并不是终点。有所'思'，就仍在目的性的欲念里。其用'齐乎思'的'不思'乃是对'思'的否定，是对'不思'的否定之否定。'圣人'的境界，就是对'不思'的否定之否定之后的'不思而得'。"① 作为一种感官直觉活动，强调心物直接契合的"现量"正符合此一规律，换言之，"现量"的"显现真实"义显然是与船山"不思之用齐乎思"的观点相连通的。

这样，"现量"中所蕴含的"心物"间"自然契合"的"真诚"属性，就弥补了"诗情"生成中"思"的缺席。在第一章当中，笔者曾对"情"的生成有细致说明：

```
                     性
                    (思)
                     ⋮
        (知觉) 心 ——情—— 物 (外物)
                     |
           (阴)     几    (阳)
                    现量
```

"情"主要产生于"心物"交触之际，但"情"的"诚""善"等性质却主要是由"性"之维度上的"心之思"所实现的。只是这一纵向的"性"之维度，介入性极弱，对"情"之生成产生的影响因而十分有限，基本处于一个缺席的状态，它的存在，更像是一种理想和愿景。但"思"的缺席显然又易使"情"流于放荡不拘。在这一两难境地下，"现量"之"显现真实"义所强调的"心物"间的"自然契合"关系，则有效控制了"诗情"的性质，使其以一种"真""诚"的形态显现而出。这虽然是一种"感官之不思"，却达到了"思"所能达到的效果。这是对船山"不思之用齐乎思"之思想的完美实践。

由以上有关"显现真实"义的论述中也不难看出，实际上，船山诗学之"现量"的本质就是指"心物之交触"。正如上面图式所列，它恰好对

---

① 羊列荣：《王船山"现量"说研究中的若干问题》，出自韩结根等著《古代文论研究的回顾与前瞻》，复旦大学出版社，2002。

应着"情者阴阳之几"的"诗情"之生成过程。从这个角度来看,我们完全可以说,"现量"就是"情者阴阳之几"的一种诗学描述:其"现在"义突出了"心物之几"发生的"当下性","现成"义突出了"心物之几"发生时的直觉性、刹那性,"显现真实"义则突出了"心物之几"过程中"心"与"物"的"自然契合"关系,由此三个层次,"诗情"的生成得到细致而富有深度的呈现。

所以"现量"所要解决的核心问题是"诗情"的生成问题,而非表达问题,这一基本的研究定位是不能不明确的。缘此,研究者在理解船山诗学中的"现量"时,不仅要看到其字面之义,也要注意其原初的释家之义,更要注意其背后隐藏的心性之义。脱离了"情者阴阳之几"的心性论视域,船山诗学中的"现量"是不可解的。

第三章
"以景达情":"诗情"的视觉性呈现

"情景",作为一个对属概念,确切的出现时期是在宋代,但一出现即局限于律诗中的联句、对仗等修辞性评价中,如范晞文《对床夜语》卷二云:"老杜诗'天高云去尽,江迥月来迟,衰谢多扶病,招邀屡有期',上联景,下联情。"① 元代方回在《吴尚贤诗评》中也说:"又有一句景对一句情者,妙不可言。"② 至明,"情景"的诗法意味有增无减,并逐渐趋于固定,形成一种僵化的套路,船山对此深恶痛绝,尝言:"近体中二联,一情一景,一法也。……陋人标陋格,乃谓'吴楚东南坼'四句,上景下情,为律诗宪典,不顾杜陵九原大笑。愚不可瘳,亦孰与疗之?"③

正是源于对这种修辞层面的"情景论"的不满,船山对"情""景"关系作了重新阐释。船山的"情景论"实际上包含了两个层次:第一个层次偏重于"诗情"的"生成",它因与船山"心性论"中"情者阴阳之几"的"情"之生成论有诸多对应之处,而具备了一种普遍意义,此即上一章所论述的"现量"理论。第二个层次则偏重于"诗情"的"视觉性显现",与"意象论"比较接近,"景"作为"象"的意义被突显出

---

① 丁福保辑《历代诗话续编》,中华书局,1983,第417页。
② 方回:《桐江集》,江苏古籍出版社,1988,第318页。
③ 王夫之:《夕堂永日绪论内编》第十七则,《船山全书》第十五册,第825~826页。

第三章 "以景达情"："诗情"的视觉性呈现 ◀ 153

来——"情景论"中的"远近之间"①（远与近）、"广大深微"②（大与小）、"象外圜中"③（外与内），无不是以"景象"达"诗情"，并达到了极好的表"情"效果。

第一节 "景"之特出：从"景物"到"景象"

船山重"景"，在其"情景论"中，诸多卓然之见即多为关于"景"的论断。有学者曾指出，船山的"理论贡献主要是在对'景语'的分析上"④，此为知言之论。但船山对于"景"字的使用却十分混乱，实际上，船山对于"景语"的分析，往往就是伴随着混乱的"景"之意涵而呈现出来的，所以要分析船山的"景论"，首先就要对这一"景"字作一番辨析，然后在此基础上，才有可能进一步展开对"景"之呈现功能的分析。

一 "物""景"之辨

船山诗论中的"景"字，往往"随所用而别"⑤，但这种"分别"也并不复杂，主要体现为两类。如船山所云：

> 关情者景，自与情相为珀芥也。情景虽有在心在物之分，而景生情，情生景，哀乐之触，荣悴之迎，互藏其宅。天情物理，可哀而可乐，用之无穷，流而不滞，穷且滞者不知尔。"吴楚东南坼，乾坤日夜浮。"乍读之若雄豪，然而适与"亲朋无一字，老病有孤舟"相为融浃。⑥

---

① 王夫之：《夕堂永日绪论内编》第十一则，《船山全书》第十五册，第823页。
② 王夫之：《古诗评选》卷五，谢灵运《登池上楼》评语，《船山全书》第十四册，第732页。
③ 王夫之：《诗译》第十一则，《船山全书》第十五册，第812页。
④ 蒋寅：《清代诗学史》（第一卷），中国社会科学出版社，2012，第454页。
⑤ 王夫之：《夕堂永日绪论外编》第二十九则，《船山全书》第十五册，第856页。
⑥ 王夫之：《诗译》第十六则，《船山全书》第十五册，第814页。

这段话中的前两句已经直接呈现了"景"的两种基本内涵。"景生情",是说外物与人心相触而生"情",所以这里的"景",偏于"物",指的就是自然"景物"。这里强调的主要还是"心物"关系,船山以"珀芥"加以形容,"珀"即琥珀,"芥"即芥草,"相为珀芥"就是说琥珀摩擦生电可吸引芥草,比喻互相感应,船山认为,心与物的关系就像琥珀与芥草那样,是可以互相感应的,"相为"二字尤其突出了心物之间来回往复的双向作用过程,前文对此已多有论述。

"情生景",是说"心物"交触、"诗情"生起以后,人以此"情"眼观之,所见之自然物色已被情感所渗透,转变为一种全新的心中视景,所以这里的"景",偏于一种"视觉的体验"[①],偏于"象",指的就是心中之"景象"。"景物"与"景象",就是船山诗论中"景"的两种基本内涵。

在船山诗论中,"物""景"混用的情况比较常见,如他还曾提出:"情景一合,自得妙语。撑开说景者,必无景也。"[②] "撑开说景"之"景",即指自然景物,"必无景"之"景"则指诗中景象,这句话是要说明:单纯地将自然景物进行铺排罗列,并不能成为诗中之"景象",因为缺少了"情感"的投射与渗透。这实际上指明了"景物"与"景象"的最大不同,即在于其中是否有"情"的介入,或者更具体地说,它们与"情"的关系迥异。比较而言,自然物色更偏于客观性,它在人之外独立存在,只是可能在极为恰巧的情况下与人心"相遇""相触",由此生起"诗情",所以"景物"是"情"之生成的先决条件之一,它存在于"情"之前。"景象"则是情感投射的具象化,它先天就是一种主观化的存在,只不过经常以一种貌似天然的面目呈现在外,它显然是存在于"情"之后的。因此,"景物"决定"情"的产生,无"物"则无"情";"情"则决定"景象"的产生,无"情"则无"象"。

在此基础上,就可以理解,船山于此段中所说的"哀乐之触,荣悴之迎"以及"天情物理,可哀而可乐",实际上与他随后所举的例证——"'吴楚东南坼,乾坤日夜浮'乍读之若雄豪,然而适与'亲朋无一字,老

---

① 黄秀洁:《王夫之诗论中的情与景》,《明清诗文研究丛刊》第二辑。
② 王夫之:《明诗评选》卷五,沈明臣《渡峡江》评语,《船山全书》第十四册,第1434页。

病有孤舟'相为融浃"，并不处在同一个层面上。前者为"心物相触以生情"的层次，后者则为"以景显情"（此处主要是以阔大之景显凄凉之情，即"以乐景写哀"）的层次。对此二者做一番深入辨析，有助于加深我们对"物""景"之差异性的理解。

按照船山的说法，"物"有"荣悴"之分，而"景"有"哀乐"之别。前者对应的是船山的"荣凋悲愉"说，后者则主要体现为船山的"哀景乐景"说①。

"荣凋悲愉"说，出自船山的《诗广传》：

> 往戍，悲也；来归，愉也。往而咏杨柳之依依，来而叹雨雪之霏霏。善用其情者，不敛天物之荣凋以益己之悲愉而已矣。夫天物其何定哉！当吾之悲，有迎吾以悲者焉；当吾之愉，有迎吾以愉者焉；浅人以其褊衷而捷于相取也。当吾之悲，有未尝不可愉者焉；当吾之愉，有未尝不可悲者焉；目营于一方者之所不见也。故吾以知不穷于情者之言矣：其悲也，不失物之可愉者焉，虽然，不失悲也；其愉也，不失物之可悲者焉，虽然，不失愉也。②

此段论述主要围绕着"天物之荣凋"探讨不同"诗情"的具体生成，与"现量"说中的"显现真实"义有千丝万缕的联系。

船山于此特别提出"善用其情者，不敛天物之荣凋以益己之悲愉"的观点，意在说明：人在心物交感之时，其悲情、愉情的产生，并不与"天物荣凋"有什么规定性、固定性的联系，并不是说"物之凋"就促成了悲情的产生，"物之荣"就促成了愉情的产生，这种固定式的相关性，即船山所批评的"益"，益即有益，有好处，有促进、彰显的作用。而实际上，这种想当然的相关性，或者说，这种心理积淀式的相关性，并无益于"情"的自然生成，它抹杀了心物交感、相值相取时的那种不确定性、偶然性，打破了自然的状态，因此，船山极力主张破除这种"心物"相关的

---

① 此处我们暂不涉及"哀景乐景"的深层所指，而是主要关注船山之"天物荣凋"说与"乐景哀景"说的层次区分。"哀景乐景"的深层内涵，在本章第二节中会有具体分析。
② 王夫之：《诗广传》卷三，《小雅六十一论》八《论采薇二》，《船山全书》第三册，第392页。

必然性预设。

接下来他就展开了更为具体的论证:"当吾之悲,有未尝不可愉者焉,当吾之愉,有未尝不可悲者焉:目营于一方者之所不见也。"意即:心物交感所生成的情,是有其不确定性的:在心物相值相取,悲情产生之时,并不能排除它也有产生愉情的可能;当心物交感,愉情产生之时,也不能排除它有生成悲情的可能。心物相值相取,是一个偶然性的瞬间碰触,无法预测、无法预设,只是偶然、只是变动不居。而一味强调心物对应性的人,是"目营于一方",即受到局限,是片面的。

"故吾以知不穷于情者之言矣:其悲也,不失物之可愉者焉,虽然,不失悲也;其愉也,不失物之可悲者焉,虽然,不失愉也。"则是说:情是不可穷尽的,它的产生有多种可能性,因时不同,因地不同,因人不同。即使是面对同一自然物色,同样如此:某一个体之人,面对某一物色,心物碰触,产生悲情,但这并不阻碍其他人可能在面对同样的物色时,乃至于他自身在不同时机碰到相同物色时,在心物相取之间产生愉情。正如某人面对"杨柳依依"而悲情迸发,有人面对"依依杨柳"则心情愉悦,或者同一个人,在这一个时间面对"杨柳依依"而悲情迸发,在另一个时间面对"杨柳依依"则心情愉悦。但即使这样,就这一具体的个体而言,此时此刻的"悲"却是确然存在的,这就是所谓"不失悲也"。同样地,某一个体之人,面对某一物色,心物碰触,产生愉情,也并不阻碍其他人可能在面对同样的物色时,或者他自身在不同时机碰到相同物色时,在心物交感之间产生悲情。正如某人面对"雨雪霏霏"而心情愉悦,有人面对"霏霏雨雪"则悲情满怀,或者同一个人,在这一个时间面对"雨雪霏霏"而心情愉悦,在另一个时间面对"霏霏雨雪"则悲情迸发。但即使这样,就这一具体的个体而言,这一时刻的"愉"也是确然存在的,这就是所谓"不失愉也"。所以,物之凋荣,与人心之碰触并无绝对的对应性,而是有着无限的可能性,由此,心物交感所生成的"情",也是不可确定的。

在此基础上,船山又提出了"哀景乐景"说:

"昔我往矣,杨柳依依。今我来思,雨雪霏霏。"以乐景写哀,以哀景写乐，一倍增其哀乐。①

"哀景乐景"的提出，已然跃出了"生情"的层次，而进入了"显情"的层次。于自然物色的角度看，物并不具备哀乐的性质，所谓"哀景乐景"，纯是情生之后，情感观照下的"情之景"。但是"哀景乐景"的定位，却并非固定的。按照一般理解，也就是人情之正常理路（正如刘勰在《物色》篇中所讲），心物交感，往往存在一种人所共认的对应关系，如"阴惨阳舒"之类，按如此逻辑定位的哀景乐景，顺应了人的一般性体验，所以这类哀景乐景，实际是一种预设了的"正相关"。

但就个体而言，"阴惨阳舒"类的心物交感却不具备必然性，反而偶然性更是一种必然性，因此，人在面对自然物色之时，其心物交感，常因时因地而变，极为不确定，一旦心物交感的碰触之点完成，情以生，物色随即转为情之景象，此时若生的是哀情，则景必为哀景，若生的是乐情，则景必为乐景，这里的乐景哀景，是纯粹对于这时的个体之人而言的。但这里却又无法避开那种共认的，甚至类似于历史生成式的、心理积淀式的"阴惨阳舒"类型的"正相关"模式，所以一旦个体之人的乐景哀景，与共认式"正相关"的乐景哀景相悖，则极易引起某种悖谬的、被侵犯的感受，由此陌生感再深入体会，自然会旋绕得更久、更深，由此引起人的深度接受与互动。因此，船山所说的"以乐景写哀，以哀景写乐，一倍增其哀乐"，就其效果而言，更偏重于读者，而非作者。

从以上比较中不难看出，"荣凋悲愉"说强调的是"物之荣凋"对"情感生成"的影响，而"哀景乐景"说强调的则是"诗中景象"对"诗情显现"的影响，后者是建立在前者的基础上的，二者显然不在同一个论说层面上。"物景之别"的层次性，由此可见一斑。

二 "宾主说"："情之景"的确立

（一）"景中宾主"：船山"宾主说"的适用范围

船山论诗力主"宾主说"。尝曰：

---

① 王夫之：《诗译》第四则，《船山全书》第十五册，第809页。

> 诗文俱有主宾。无主之宾，谓之乌合。俗论以比为宾，以赋为主，以反为宾，以正为主，皆塾师赚童子死法耳。立一主以待宾，宾无非主之宾者，乃俱有情而相浃洽。若夫"秋风吹渭水，落叶满长安"，于贾岛何与？"湘潭云尽暮烟出，巴蜀雪消春水来"，于许浑奚涉？皆乌合也。"影静千官里，心苏七校前"，得主矣，尚有痕迹。"花迎剑佩星初落"，则宾主历然镕合一片。①

"宾主"，即主人与宾客。"宾主"连用自古既有，但成为一种专用的理论术语，则始自禅宗。有学者考证，"宾主说"是唐代的禅宗之临济宗经常使用的师弟（老师与弟子）问答方法，宋代时"宾主"被广泛用来谈论事与理、仁与心、文与道、名与实等问题，自元代起，"宾主说"也进入文艺领域，"画有宾主""文须有主客"的观点相继提出②。至明代，"宾主"说逐渐走向狭隘，主要被局限在诗法层面，正如船山指出的，"俗论以比为宾，以赋为主……皆塾师赚童子死法耳"，船山此处显然不仅仅是对时人"重铺叙轻比兴"这一具体的写作倾向不满，而且是对这种专注于"死法"的诗法论本身不满。

船山所提出的"宾主"说，则脱开了诗法论的限制，所谓"立一主以待宾，宾无非主之宾者"就突出了一种灵活性。大致来看，船山的"宾主说"与他所推崇的"以意为主"说颇有相似之处③，但比较而言，二说各有侧重，"以意为主"说更侧重诗中之"情意"在诗歌当中的统摄作用，它不仅统摄"景"，也统摄字句等一切修辞方式；"宾主说"则主要集中在对"情景"关系的论述上，侧重的纯是"情意"对于"景象"的贯注与统摄作用。在以上引文中，船山所举的例证均意在说明"景象"与"情感"的不可分割性。船山在诗论中亦多次提出"宾主"与"情景"的关系，如：

---

① 王夫之：《夕堂永日绪论内编》第六则，《船山全书》第十五册，第821页。
② 此处参考崔海峰《王夫之诗学思想论稿》，中国社会科学出版社，2012，第76~78页。
③ 如船山尝言："无论诗歌与长行文字，俱以意为主。意犹帅也。无帅之兵，谓之乌合。李、杜所以称大家者，无意之诗十不得一二也。烟云泉石，花鸟苔林，金铺锦帐，寓意则灵。"（《夕堂永日绪论内编》第二则，《船山全书》第十五册，第819页）此处之"以意为主"，阐释了"情意"对"景"的贯注与统摄作用。

> 宾主历然，情景合一。①
>
> 诗之为道，必当立主御宾，顺写现景。②
>
> 景语须宾主分明，方得不乱。③

船山在《古诗评选》中评价张协《杂诗》其七时也曾提出："诗中透脱语自景阳开先，前无倚，后无待。不资思致，不入刻画。居然为天地间说出，而景中宾主，意中触合，无不尽者。"④ 所谓"景中宾主"，即此一"景象"之中有主有宾：情为主，景为宾；情为御景之情，景为显情之景。可以说，"景中宾主"是船山"宾主说"的第一个突出特征，这一"情景"维度的设定，为"宾主说"的展开划出了一个特定的范围。

（二）"立主御宾"："情"对"景"的统摄作用

船山"宾主说"的第二个特征，是"立主御宾"，意在强调诗歌"景象"中"情感"的不可或缺性及其统摄作用。简言之，即认为"景"皆为"人之景"或"情之景"，无"人"无"情"，则"景象"不存。船山"立主御宾"的情景观，又分为"情中景"与"景中情"两种类型。

1. "情中景"

船山在其诗论中，多次表达过"立主御宾"的情景观。如他尝言：

> "欲投人处宿，隔水问樵夫。"则山之辽廓荒远可知，与上六句初无异致，且得宾主分明，非独头意识悬相描摹也。"亲朋无一字，老病有孤舟。"自然是登岳阳楼诗。尝试设身作杜陵，凭轩远望观，则心目中二语居然出现，此亦情中景也。孟浩然以"舟楫"、"垂钓"钩锁合题，却自全无干涉。⑤

---

① 王夫之：《古诗评选》卷四，帛道猷《陵峰采药触兴为诗》评语，《船山全书》第十四册，第726页。
② 王夫之：《唐诗评选》卷三，丁仙芝《渡扬子江》评语，《船山全书》第十四册，第1012页。
③ 王夫之：《唐诗评选》卷三，僧处默《圣果寺》评语，《船山全书》第十四册，第1038页。
④ 王夫之：《古诗评选》卷四，张协《杂诗八首》其七评语，《船山全书》第十四册，第706页。
⑤ 王夫之：《夕堂永日绪论内编》第十六则，《船山全书》第十五册，第825页。

此段主要论述"情中景"。"欲投人处宿,隔水问樵夫"出自王维《终南山》的尾联,全诗为"太乙近天都,连山到海隅。白云回望合,青霭入看无。分野中峰变,阴晴众壑殊。欲投人处宿,隔水问樵夫"。该诗生动描绘了终南山的壮美景色,但对于尾联,历来存在争议,有些人认为它与前三联不统一,从而持否定态度①。船山对此类观点作了反驳,他认为:"'欲投人处宿,隔水问樵夫。'则山之辽廓荒远可知,与上六句初无异致,且得宾主分明,非独头意识悬相描摹也。"所谓"宾主分明",就是说,《终南山》之前六句所描绘的辽廓荒远之景是"宾",而末两句之凸显出的诗人主体则是"主",前面的景都是从"我"的眼中看到的,全诗前后由此主宾融合,联为一体。从这个角度来看,"欲投人处宿,隔水问樵夫"完全可以称作"人之景"或"情中景"。"亲朋无一字,老病有孤舟"则出自杜甫的《登岳阳楼》,全诗为"昔闻洞庭水,今上岳阳楼。吴楚东南坼,乾坤日夜浮。亲朋无一字,老病有孤舟。戎马关山北,凭轩涕泗流。"船山在多处诗论中论及此诗,并表现出与当时俗见的显著不同:俗论多以"吴楚东南坼,乾坤日夜浮"一联为"景联",以"亲朋无一字,老病有孤舟"一联为"情联",即所谓"上联景,下联情",船山不赞此论,抨击其为"陋人标陋格,乃谓'吴楚东南坼'四句,上景下情,为律诗宪典,不顾杜陵九原大笑"②,他转而提出:"'亲朋无一字,老病有孤舟。'自然是登岳阳楼诗。尝试设身作杜陵,凭轩远望观,则心目中二语居然出现,此亦情中景也。"显然在船山看来,"亲朋无一字,老病有孤舟",并非单纯的"情语",而是杜甫在登楼远望时,化情为景,所以船山说,"此亦情中景也"。

由此,船山提出了"情中景"的两层内涵:

其一,"以情御景"。强调诗中之"景"是"情眼"观照下的"景

---

① 如与船山同时期的吴见思在其《杜诗论文》中就认为:"唐人惟摩诘律诗可以颉颃老杜,然《终南山》一首:'太乙近天都,连山到海隅。白云回望合,青霭入看无'四句诚与老杜无间,接云'分野中峰变,阴晴众壑殊'已觉六句俱景,至落句曰:'欲投人处宿,隔水问樵夫。'未免粘带而响,亦稍落,承载上六句不起。老杜必推开一步有雄浑句以振之矣。"(吴见思,字齐贤,江苏武进人。生于明熹宗天启二年(1622),其《杜诗论文》于康熙十一年(1672)春付梓。参见仇兆鳌《杜诗详注》(第 5 册),中华书局,1979年,第 2349 页。

② 王夫之:《夕堂永日绪论内编》第十七则,《船山全书》第十五册,第 826 页。

象",尤其突出了诗中相当于作者之显影的"抒情主人公"① 形象,以王维的《终南山》为典型例证。

船山于此点所论甚多,如他评谢朓的《之宣城郡出新林浦向板桥》曰:

> "天际识归舟,云中辨江树",隐然一含情凝眺之人,呼之欲出,从此写景,乃为活景。故人胸中无丘壑,眼底无性情,虽读尽天下书,不能道一句。②

一"识"一"辨"已然透露出"景象"之后的主体维度,由此"含情凝眺"之人观之,则诗中之景全为"情之景"。船山提出,惟含情之景,方为活景。而辨别这种"含情之景"(即"立主之宾")的最便捷的方法,即是看诗中有无"人"的存在。船山辨别诗中"宾主",多由此着眼,除此例外,他在《明诗评选》中也有类似评论,如他评王穉登《送项仲融游金陵》为:"一'看'字带出宾主,自然。"③ 评孙蕡《阊门书所见》曰:"着'方山遥望'四字,宾主犁然。妙在第二句上安顿。"④ 这些评论,皆意在通过点明主体存在的"动态"视角,来突出诗人的主体观照维

---

① 蒋寅认为:"王夫之不仅再三论述情对景的统摄作用,还在具体评论中揭示一种特殊的情景关系,以见诗中的景总不外是一种主体的观照。这种特殊的情景关系不是由作者与景物而是由作者的抒情主人公与景物构成的。"(蒋寅:《清代诗学史》(第一卷),中国社会科学出版社,2012,第457页)其实这里的抒情主人公主分两种情况:第一种情况是作者之显影。也就是说"抒情主人公"即相当于诗中之"我",是等同于作者的。作者或显于诗中,或隐于诗后,隐于诗后即为"景中情",显于诗中则为"情中景",诗中之"人"的突出,只是更易说明一种"宾主"融合的状态,它是作者之情的特别显现,这一情景关系,实质上依然是作者与"景"的关系,而不能仅仅说成是抒情主人公与"景"的关系。第二种情况则与作者无关,纯是诗中刻画的一个独立的主人公形象,如杜甫《和贾舍人早朝》中的"诗成珠玉在挥毫",纯是描绘贾至挥墨写诗的酣畅场景。第二种情况比较少见,船山所论多为第一种情况。另,此处之"景"应为"景象"之意,而非"景物"之意。
② 王夫之:《古诗评选》卷五,谢朓《之宣城郡出新林浦向板桥》评语,《船山全书》第十四册,第769页。
③ 王夫之:《明诗评选》卷八,王穉登《送项仲融游金陵》评语,《船山全书》第十四册,第1608页。全诗为:"石头城下看春潮,天堑长江万里遥。渔人网得沉江锁,犹似当年铁未销。"
④ 王夫之:《明诗评选》卷八,孙蕡《阊门书所见》评语,《船山全书》第十四册,第1584页。全诗为:"隐隐旌旗飐落晖,方山遥望锦城围。平芜一带香尘合,知是诸王射猎归。"

度,用以说明诗中之景的"依主"性。

船山在诗论中还多次明确提出:诗中之景当为"人之景"。这一结论的得出,其实也主要得益于诗中主体性动词的发现。

以《古诗评选》为例。刘令娴《美人》一诗为:"花庭丽景斜,兰庸轻风度。落日更新妆,开帘对芳树。"船山评之曰:"景中有人,人中有景。"① 此诗为闺怨之作,前两句为眼前之景,后两句为作者之状,景由人观,人亦入景中,与王维《终南山》"欲投人宿处,隔水问樵夫"一联有异曲同工之妙。

任昉《济浙江》一诗为:"昧旦乘轻风,江湖忽来往。或与归波送,乍逐翻流上。近岸无暇目,远峰更兴想。绿树悬宿根,丹崖颓久壤。"船山评之曰:"全写人中之景,遂含灵气。"② 此诗之景均落脚于颈联上,所谓"近岸无暇目,远峰更兴想",一"目"一"想",类同于谢朓"天际识归舟,云中辨江树"中的一"识"一"辨",已然标明了"含情"之"我"的存在。

鲍至《山池》一诗为:"望园光景暮,林观歇雾埃。荷疏不碍楫,石浅好紫苔。风光逐榜转,山望向桥开。树交楼影没,岸暗水光来。"船山评之曰:"起二句聊为领袖,显出景中有人,更不鹘突。"③ 船山于此已经说得很明白,此诗关键在第一联,一"望"一"观",已显露出诗中之"人",以下所言之景即皆由此而出。

总而言之,船山所说的"情中景",第一层内涵就是指这种"人中之景""景中有人",意在强调诗中所显露出来的主体视角。

"情中景"之第二层内涵则是"以情为景"。强调将"情感"作直接性的视觉呈现或形象化呈现,以杜甫《登岳阳楼》中的颈联"亲朋无一字,老病有孤舟"为典型例证。杜甫此联侧重"悲情"的抒发,但情之所至,凄哀之情自然化景而出,形成一种强烈的画面感。但一般而言,这一类"情中景"的难度要更大。

明人刘基曾有《静夜思》一诗:

---

① 王夫之:《古诗评选》卷三,刘令娴《美人》评语,《船山全书》第十四册,第636页。
② 王夫之:《古诗评选》卷五,任昉《济浙江》评语,《船山全书》第十四册,第791页。
③ 王夫之:《古诗评选》卷六,鲍至《山池》评语,《船山全书》第十四册,第841页。

静夜思，一思肠百转。啼螀当户听不闻，明月在庭看不见。方将入海剚猛蛟，复欲度岭邀飞猱。胸中倏忽乱忧喜，得丧纷纷竟何是。静夜思，思无穷。天鸡一声海日红，满头白发吹秋风。

船山评此诗曰："状景状事易，自状其情难。知状情者，乃可许之绍古。文成起千年后，夺得《三百篇》、汉人精髓矣。"① "自状其情"，就是将情感作形象化的呈现，此即"以情为景"，船山认为，能做到这一点是很难的，但刘基此诗，尤其前半部分，显然较好地实现了"以情为景"："静夜思，一思肠百转"，只是直白语，但随后的几句却颇具形象感，"啼螀当户听不闻，明月在庭看不见"呈现一个无心于夜色、沉浸于思情的主体形象；"方将入海剚猛蛟，复欲度岭邀飞猱。胸中倏忽乱忧喜，得丧纷纷竟何是"则对心理活动作了细腻的形象化描述。这种"情感形象化"的成功，使刘基此诗成为"以情为景"的典范，所以船山给予很高的评价。

"情语"之所以如此难写，就是因为它极易忽视形象性而流向索然无味的直白脱出。船山尝云："景语难，情语尤难也。'世人皆欲杀，吾意独怜才'非情语；'不才明主弃，多病故人疏'尤非情语。"② 船山所举两例，"世人皆欲杀，吾意独怜才"出自杜甫《不见》，写他在对待李白的态度上，与世人的"皆欲杀"相反，持一种"哀怜"之情；"不才明主弃，多病故人疏"出自孟浩然的《岁暮归南山》，以一种反语的方式突出了对自己现状的不满，充满牢骚之意。暂不论其情感所指为何，单从表现方式上来看，这两例都是比较直白干枯的，充满了争辩、说教意味，缺乏一种情境式、形象性的感染力，因此船山认为这两句诗皆非"情语"，原因就在于，船山心目中的"情语"绝非平平道出，而是需要"萦纡曲尽"③、"自状其情"的。

从这一角度出发，船山认为曹植的一些诗也达到了"情语"或者说

---

① 王夫之：《明诗评选》卷一，刘基《静夜思》评语，《船山全书》第十四册，第1154页。
② 王夫之：《明诗评选》卷五，曹学佺《寄钱受之》评语，《船山全书》第十四册，第1451页。
③ 王夫之：《明诗评选》卷五，曹学佺《寄钱受之》评语，《船山全书》第十四册，第1451页。

"情中景"的标准。他尝言：

> 于景得景易，于事得景难，于情得景尤难。"游马后来，辕车解轮"，事之景也。"今日同堂，出门异乡"，情之景也。子建而长如此，即许之天才流丽可矣。①

此段为曹植《当来日大难》一诗的评语。该诗主要写宴会宾客的场景，抒发人生苦短、"别易会难"的感慨。其中"今日同堂，出门异乡"一句，看似平平叙出，实际上却是对"别易会难"这一感伤情绪的具象化，是典型的"以写景之心理言情"②，因此船山称其为"情之景"。

船山所言之"情中景"，基本就体现为以上两种类型。比较而言，"以情御景"主要侧重主体性，突出的是诗中的主体显影、主观视角；"以情为景"则更侧重情感本身，突出的是情感的形象化呈现。二者虽侧重不同，但殊途而同归，不论是"以情御景"还是"以情为景"，对"情"之"主位"的强调都非常明显。

2. "景中情"

在船山"以主御宾"或者说"以情御景"的情景观中，除了"情中景"，还有"景中情"。二者之间有明显的差异，但于内在之中是相通的：在"情中景"的情形中，"情"是显在的，是一目了然或者有迹可循的，"情"对"景"的统摄功能也多作用于明处；在"景中情"的情形中，则只见"景"而不见"情"，但这并非意味着诗中无"情"，按照船山"以主御宾"的法则，"景象"必依于"情"才有存在的价值，所以在此种情形下，"情"依然存在，其统摄作用也并未减弱，只不过转变成了更为内隐的存在方式和作用方式。由此，船山在有关"景语"的相关论述中，最为关注的仍是"景语"背后的"寓情"性。

实际上在诗歌实践当中，"景中情"比"情中景"要更为常见，"景语"也比"情语"要更加突出，船山尝言：

---

① 王夫之：《古诗评选》卷一，曹植《当来日大难》评语，《船山全书》第十四册，第511页。全诗为："日苦短，乐有余。乃置玉樽办东厨。广情故，心相於。阖门置酒，和乐欣欣。游马后来，辕车解轮。今日同堂，出门异乡。别易会难，各尽杯觞。"

② 王夫之：《夕堂永日绪论内编》第二十四则，《船山全书》第十五册，第829页。

不能作景语，又何能作情语邪？古人绝唱句多景语，如"高台多悲风"，"蝴蝶飞南园"，"池塘生春草"，"亭皋木叶下"，"芙蓉露下落"，皆是也，而情寓其中矣。①

船山于此提出，"古今绝唱句多景语"，但前提条件是须"情寓其中"。可见绝唱虽多以"景句"为主，但"景中之情"的存在与否，才是决定此句是否"绝唱句"的关键所在。

如船山所举例句："高台多悲风"出自曹植《杂诗》其一："高台多悲风，朝日照北林。之子在万里，江湖迥且深。方舟安可极，离思故难任。孤雁飞南游，过庭长哀吟。翘思慕远人，愿欲托遗音。形影忽不见，翩翩伤我心。"此诗为怀念远别亲友之作，全诗景象安排均围绕一"思"字，"高台多悲风"作为起首第一句，其思情尤为明显，正如吴小如所分析的："登高所以望远，所以思远人也；而时值秋令，台愈高则风自然愈凄厉，登台之人乃因风急而愈感心情之沉重悲哀。说风悲正写人之忧伤无尽。"②

"蝴蝶飞南园"出自张协《杂诗》其八："述职投边城，羁束戎旅间。下车如昨日，望舒四五圆。借问此何时，蝴蝶飞南园。流波恋旧浦，行云思故山。闽越衣文蛇，胡马愿度燕。风土安所习，由来有固然。"此诗为戍边怀乡之诗，前四句感慨时光之飞逝，中间四句抒发怀乡之思情，最后四句对此一"思情"作了原因考察，但依然是"思情"的延续与深化。罗宗强先生尝评此诗曰："《杂诗》之八写戍边而思念故乡，用'借问此何时，蝴蝶飞南园'，便把对于故乡的种种回忆与思念，全都朦胧地概括在这既可能是眼前也可能是故乡的或一个境界里。蝴蝶飞南园，可能是春日的一天，宁静、美，仿佛让人闻到花香，感受到春天阳光的明媚，而更重要的，是它带着某种暗示，暗示故园美好生活的回忆。"③ "蝴蝶飞南园"一句，向来费解，但从全诗思致来看，它确实蕴含着一种思乡之情。

"池塘生春草"出自谢灵运《登池上楼》："潜虬媚幽姿，飞鸿响远

---

① 王夫之：《夕堂永日绪论内编》第二十四则，《船山全书》第十五册，第829页。
② 见吴小如所撰曹植《杂诗七首》（其一）赏析评语，引自吴小如等著《汉魏六朝诗鉴赏辞典》，上海辞书出版社，1992，第282页。
③ 罗宗强：《魏晋南北朝文学思想史》，中华书局，1996，第121页。

音。薄霄愧云浮，栖川怍渊沉。进德智所拙，退耕力不任。徇禄反穷海，卧疴对空林。//衾枕昧节候，褰开暂窥临。倾耳聆波澜，举目眺岖嵚。初景革绪风，新阳改故阴。池塘生春草，园柳变鸣禽。//祁祁伤豳歌，萋萋感楚吟。索居易永久，离群难处心。持操岂独古，无闷征在今。"此诗作于谢灵运被贬永嘉一年后大病初愈的初春时节，抒发了种种复杂的情绪。全诗分三层，第一层主要写官场失意的牢骚与进退不得的苦闷；第二层主要写登楼所见的满目春色，情绪逐渐转向开朗；最后一层又由春景转向自己的感慨，情绪转为感伤，逐渐坚定归隐之心。"池塘生春草"这一景象正处于诗中的第二层次，与诗人当时由忧愁转向愉悦的情绪相对应。此句看似平常，但"它很好地表现了初春之特征及诗人当时的心情。池塘周围（尤其是向阳处）的草，因为得池水滋润，又有坡地挡住寒风，故复苏得早，生长得快，其青青之色也特别的鲜嫩，有欣欣向荣的生气。但它委实太平常，一般人都注意不到。谢灵运久病初起，这平时不太引人注意的景色突然触动了他，使之感受到春天万物勃发的生机，于是很自然地得到这一清新之句。"因此，"池塘生春草"这一景象，实际上"表现了诗人敏锐的感觉，以及忧郁的心情在春的节律中发生的振荡"[1]。

"亭皋木叶下"出自南朝诗人柳恽的《捣衣》："行役滞风波，游人淹不归。亭皋木叶下，陇首秋云飞。寒园夕鸟集，思牖草虫悲。嗟矣当春服，安见御冬衣？"此诗为闺怨思人之诗。一二句感叹行人的淹留不归；三四句写深秋景色，上句是思妇捣衣时眼中所见之景，下句是思妇心中所想之景；五六句又收归眼前之景，呈现一片萧瑟景象，同时"寒园"之"寒"、"虫悲"之悲也透露出思妇凄寒悲伤的心绪；七八句又发感慨，抒发对遥遥距离的无奈与对行人的关切。其中，"亭皋木叶下"虽纯为景句，却与后一句"陇首秋云飞"相关联，思妇由此眼前秋景，联想到边地秋色，两景之间得以变换流转的关键，就在于背后所寄寓的浓郁的关怀之心与思念之情。

"芙蓉露下落"出自萧悫的《秋思》："清波收潦日，华林鸣籁初。芙蓉露下落，杨柳月中疏。燕帏缃绮被，赵带流黄裾。相思阻音息，结梦感

---

[1] 见孙明所撰谢灵运《登池上楼》赏析评语，引自吴小如等著《汉魏六朝诗鉴赏辞典》，上海辞书出版社，1992，第639页。

离居。"此诗为怀家思妻之作。一二句写秋水、秋风,表明秋天的来临;三四句则专写秋景,荷花在寒露的浸渍下零落,柳树也开始落叶,枝条在寒月之下显得格外稀疏;五六句点明所思之人为妻子;末两句抒发关山难越、音讯阻绝的哀伤,思念之情直抒而出。"芙蓉露下落,杨柳月中疏"为千古名句,其描景也清,其思情也深,"景中之情"发挥到极致。

以上船山所举五例纯写景之句,无一不是在背后深藏着浓郁的感情。所以"景语"之妙,景象本身的画面感自然重要,但根基仍在"寓情于中"。从这个角度,船山提出了一系列"景中含情""以景见情"的评语,如:

> 取景含情,但极微秀。真富贵、真才情,初不卖弄毓奕也。①
> 八句景语,自然含情。②
> 景语中具可传情。③
> 从空实写,情在景中。④

相反地,若无"情",景象呈现的再精彩,依然只能落于下层。唐人王昌龄所说的"物境",与船山此处所言之"景语"在内涵上颇为相通。王昌龄尝云:

> 诗有"明月下山头,天河横戍楼。白云千万里,沧江朝夕流。浦沙望如雪,松风听似秋。不觉烟霞曙,花鸟乱芳洲。"并是物色,无安身处,不知何事如此也。⑤

---

① 王夫之:《古诗评选》卷一,隋炀帝《江都夏白纻歌》评语,《船山全书》第十四册,第565页。诗为:"黄梅雨细麦秋轻,枫树萧萧江水平。飞楼绮观轩若惊,花簟罗帏当夜清。菱潭落日双凫舫,绿水红妆两摇漾。还似扶桑碧海上,谁肯空歌《采莲》唱?"
② 王夫之:《唐诗评选》卷三,王维《山居即事》评语,《船山全书》第十四册,第1005页。诗为:"寂寞掩柴扉,苍茫对落晖。鹤巢松树遍,人访荜门稀。绿竹含新粉,红莲落故衣。渡头烟火起,处处采菱归。"
③ 王夫之:《明诗评选》卷六,乔宇《秋风亭下泛舟》评语,《船山全书》第十四册,第1491页。诗为:"荒庭寥落野烟空,汉武雄才想像中。箫鼓应声开画鹢,帆樯飞影动晴虹。山分秦晋群峰断,水入河汾两派通。少壮几时还老大,不须回首叹秋风。"
④ 王夫之:《明诗评选》卷八,詹同《入峡》评语,《船山全书》第十四册,第1581页。诗为:"黄牛庙下水如弦,白狗峡中数尺天。百丈牵春上巴蜀,岩花无数照江船。"
⑤ 遍照金刚撰,卢盛江校考《文镜秘府论汇校汇考》,中华书局,2006,第1361页。

王昌龄很重视"物境"诗,《论文意》中多有论述,但都强调诗人之"意兴"(与"情"相近)与"物色"交融:"凡诗,物色兼意下为好,若有物色,无意兴,虽巧亦无处用之。"① 引文中所举之诗,句句写景,但看不出作者之情思何在,见物不见人,无诗人之"安身处",此即所谓"虽巧亦无处用之",这样的"离情写景"之诗显然不能称为"物境"诗。

船山从"宾主"的角度对诗中"景语"的要求,与此十分相似,他提出:

若夫"秋风吹渭水,落叶满长安",于贾岛何与?"湘潭云尽暮烟出,巴蜀雪消春水来",于许浑奚涉?皆乌合也。②

"秋风吹渭水""湘潭云尽暮烟出",颇为谢榛、王世贞所称赏。谢榛评"秋风"句曰:"韩退之称贾岛'鸟宿池边树,僧敲月下门'为佳句,未若'秋风吹渭水,落叶满长安'气象雄浑,大类盛唐。"③ 王世贞评"湘潭"句曰:"'湘潭云尽暮烟出,巴蜀雪消春水来',大是妙境。然读之便知非长庆以前语。"④ 谢、王之评,显然都只是着眼于一个特出诗句中的特出景象,就句论句,就景论景。船山此处之评则着眼于全体,将重点放在了诗中的情景关系上。"秋风吹渭水,落叶满长安"出自贾岛《忆江上吴处士》:"闽国扬帆去,蟾蜍亏复圆。秋风吹渭水,落叶满长安。此地聚会夕,当时雷雨寒。兰桡殊未返,消息海云端。"此诗为怀思友人之作,船山认为,"秋风吹渭水,落叶满长安"一句,溢出诗外,与思情无关,实际上整体来看,贾岛此诗中的景象多能紧扣思情,浑然一体。船山则认为"落叶满长安"为"妆排语"⑤、"欺人语"⑥,所谓"妆排""欺人"都是意在强调其中的"悬拟""虚构"之意,从这一角度出发,船山显然认为,"秋风一联"并非眼前所见,而是拟想而出,牵强添入,与全诗情意

---

① 遍照金刚撰,卢盛江校考《文镜秘府论汇校汇考》,中华书局,2006,第1339页。
② 王夫之:《夕堂永日绪论内编》第六则,《船山全书》第十五册,第821页。
③ 谢榛著,李庆立、孙慎之笺注《诗家直说笺注》卷二,齐鲁书社,1987,第188页。
④ 王世贞著,罗仲鼎校注《艺苑卮言校注》卷四,齐鲁书社,1992,第207页。
⑤ 王夫之:《唐诗评选》卷二,李白《送张舍人之江东》评语,《船山全书》第十四册,第952页。
⑥ 王夫之:《唐诗评选》卷三,贾岛《送友人游塞》评语,《船山全书》第十四册,第1034页。

没有关联。船山此评说服力有限，但"景中须寓情"的观点是很鲜明的。相较而言，船山对许浑"湘潭"一联的批评显然更为充分。"湘潭云尽暮烟出，巴蜀雪消春水来"出自许浑《凌歊台》："宋祖凌歊乐未回，三千歌舞宿层台。湘潭云尽暮山出，巴蜀雪消春水来。行殿有基荒荠合，寝园无主野棠开。百年便作万年计，岩畔古碑空绿苔。"凌歊台为南朝宋武帝刘裕在安徽当涂所建，此诗主要表达凭吊这一古迹时所触发的兴废之叹，并对刘裕寄以讽刺。诗的第二、第三联都是写景，其中荒荠、野棠一联中的景象同整首诗是相浃洽的，而湘潭、巴蜀一联之景却与凌歊台本身，以及所要表达的兴废之叹毫无关联，因此船山称其为"无主之乌合"。

由此反面例证不难看出，船山对"景语"的要求，离不开"寓情"的维度。"寓情于景"是船山"立主御宾"说的重要体现。但有一点需要注意，船山认为情须"寓"于景中，因此，"情"的隐微性是船山特别强调的，他尝言："用景写意，景显意微，作者之极致也。"① 评张治《秋郭小寺》时也说："龙湖高妙处，只在藏情于景。"② 船山重视"景语"，一个最重要的原因就是因为"景显情隐"或者说"景显意微"，"情"虽有统摄性，但它的隐微性决定了"景语"在诗中的担当与重任。这同时也是理解"宾主分明"与"宾主镕合"这一矛盾说法的关键所在。

（三）"宾主分明"与"宾主镕合"：矛盾中的统一

船山的"宾主说"，在呈现形态上有一个明显的矛盾之处：一方面，船山多次强调"主"与"宾"的区分，强调"宾主分明""主宾不乱"；另一方面又不断提出"不立宾主""不分宾主"。这种看似矛盾的论述，实际上是在不同层面上展开的，需进行具体分析。

船山云：

> 景语须宾主分明，方得不乱。③

---

① 王夫之：《唐诗评选》卷三，王维《使至塞上》评语，《船山全书》第十四册，第1003页。
② 王夫之：《明诗评选》卷五，张治《秋郭小寺》评语，《船山全书》第十四册，第1411页。
③ 王夫之：《唐诗评选》卷三，僧处默《圣果寺》评语，《船山全书》第十四册，第1038页。

> 触目得之，主宾不乱。①

船山此处所谓"宾主分明""主宾不乱"，其实都是在强调"以情为主，以景为宾"的"立主御宾"之意。诗中情景，必然要遵循这一"立主御宾""以情御景"的法则，只有理顺了这一情景关系，诗歌才能成立，否则就会杂乱无章。"情"的统摄性地位与"景"的从属性地位，显然不可动摇也不可随意更换。此论前文已详，不再赘述。

船山在"宾主分明"之外提出的"不分宾主"说，似乎用意更深，他说：

> 宾主历然，情景合一。②
> "影静千官里，心苏七校前"，得主矣，尚有痕迹。"花迎剑佩星初落"，则宾主历然镕合一片。③
> 亘古只销五十六字，两镜互参，不立宾主，遂使字字成血。④
> 四十字耳，篇首十五字，又只作引子起，乃字里含灵，不分宾主，真钧天之奏，非人间思路也。⑤

如果说"宾主分明""主宾不乱"等是情景论得以成立的根基，那么船山此处所说的"宾主镕合""不分宾主"等，则是建立在"宾主分明"基础上的一种理想情景关系的呈现形态。换言之，"宾主分明"意在突出情与景的主次关系，"宾主镕合"则意在说明情与景的亲密关系。二者处于不同的层面，"宾主分明"是基础性的第一层次，"宾主镕合"则是以"宾主分明"为前提的第二层次。

船山的"宾主镕合"说，至少提出了两种情与景的结合形态。一种是

---

① 王夫之：《明诗评选》卷七，朱瑾圻《从军行》评语，《船山全书》第十四册，第1556页。
② 王夫之：《古诗评选》卷四，帛道猷《陵峰采药触兴为诗》评语，《船山全书》第十四册，第726页。
③ 王夫之：《夕堂永日绪论内编》第六则，《船山全书》第十五册，第821页。
④ 王夫之：《明诗评选》卷二，刘炳《燕子楼同周伯宁赋》评语，《船山全书》第十四册，第1188页。
⑤ 王夫之：《明诗评选》卷五，杨慎《折杨柳》评语，《船山全书》第十四册，第1402页。

"情景双显",一种是"情隐景显",这实际上就是前文所说的"情中景"与"景中情"。从"立主御宾"的角度看,"情中景"与"景中情"均强调"情"的统摄性,二者并无实质区别;但从"宾主镕合"的角度看,船山却为两者作出了高下之分。

以引文中第二例为证,"影静千官里,心苏七校前"出自杜甫《喜达行在所》其三:"死去凭谁报?归来始自怜!犹瞻太白雪,喜遇武功天。影静千官里,心苏七校前。今朝汉社稷,新数中兴年。"本诗写于安史之乱之时,杜甫由长安逃窜至唐肃宗的临时政府所在地凤翔,漂泊惊颤之心得以平静,船山尝评之曰:"'影静千官里',写出避难仓皇之余,收拾仍入衣冠队里一段声色情景,妙甚。非此则千官之静,亦不足道也。"[①] "千官之静"作为一个普通的上朝场景,本身并无特别的意义,但在杜甫惊魂甫定之后的"复苏之心"的观照下,却有了别样的内涵,它既包含一种归属感,亦暗含对天下社稷的殷切希望。所以,从"宾主分明"的角度来看,此诗相当成功,是典型的"情中景",船山称其为"得主矣"。但在情景或者说主宾的结合方式上,此联诗却未能做到泯然无迹,而是"尚有痕迹","尚有痕迹",指的就是处于"主位"的"情"是"显在"的,"心苏七校前"一句即特别突显了"情"的一端,在船山看来,这种"情"或"主"的"痕迹"使得诗歌未能臻至绝妙之境。

船山推崇备至的是"花迎剑佩星初落"这样的诗句,此句出自岑参《和贾舍人早朝大明宫之作》:"鸡鸣紫陌曙光寒,莺啭皇州春色阑。金阙晓钟开万户,玉阶仙仗拥千官。花迎剑佩星初落,柳拂旌旗露未干。独有凤凰池上客,阳春一曲和皆难。"贾至作《早朝大明宫》之后,王维、杜甫等诗人多有唱和,岑参此诗也是其中一首,主要描绘上朝时的庄严华贵。全诗围绕"早""朝"二字展开,以"花迎剑佩"一联为例,"星初落""露未干"皆切"早",船山即云:"毛诗'庭燎有辉','言观其旂',以状夜向晨之象,景外独绝。千载后乃得'花迎剑佩'一联,星落乃知花之相迎,旌之拂柳也。"[②] 但除开"早",本联也透露出"朝"的一面,

---

① 王夫之:《唐诗评选》卷三,杜甫《喜达行在所》评语,《船山全书》第十四册,第1017页。
② 王夫之:《唐诗评选》卷四,岑参《和贾舍人早朝大明宫之作》评语,《船山全书》第十四册,第1082页。

"剑佩""旌旗"皆切"朝"。如果说"早"所显现出来主要还是一种"晨景",那么"剑佩""旌旗"等"朝"的物事,则暗示着官员上朝时必然要有的"庄严""凝重"的独有情态。然此情深隐,只融于景中,不着痕迹,所以船山称其为"宾主历然镕合一片"。

可见在船山眼中,"宾主不分"更多地体现在"景显情隐"的"景语"当中,这是船山对诗歌的一种最高要求。船山曾经提出过一系列类似"情景镕合"的评语,如他评岑参诗曰:"景者情之景,情者景之情。"① 评王维《渭川田家》曰:"前八句皆情语,非景语。"② 评李白《采莲曲》曰:"卸开一步,取情为景,诗文至此只存一片神光,更无行迹矣。"③ 这些诗歌无一例外都是以写景为主,船山的"不分宾主",其实主要就体现在以"景语"为主的诗歌当中。在这些"景语"中,"情"与"景"密合无间,合为一体,形成一个整体性的审美意象,船山所谓"全匹成熟锦"④、"蓬勃如春烟,弥漫如秋水"⑤、"二十字如一片云"⑥ 等,均意在突出诗中"宾主镕合""情寓景中"的整体意象之美。

总而言之,船山一方面竭力在诗中寻找"情"的痕迹,提出"宾主分明";一方面又极为强调"情"的幕后性、隐微性,提出"宾主镕合"。这两者实际上并不矛盾,寻找"情",更多的是从批评者或鉴赏者的角度而言的;隐藏"情",则是对作者而言的。从创作的角度讲,主体的隐身特性或者说情感的隐微特性,是船山更为看重的,也是中国古典诗歌的一种特质,正如萧驰(当时名为肖驰)在早年著作《中国诗歌美学》中所

---

① 王夫之:《唐诗评选》卷四,岑参《首春渭西郊行呈蓝田张二主簿》评语,《船山全书》第十四册,第1083页。诗为:"回风度雨渭城西,细草新花踏作泥。秦女峰头雪未尽,胡公陂上日初低。愁窥白发羞微禄,悔别青山忆旧谿。闻道辋川多胜事,玉壶春酒正堪携。"
② 王夫之:《唐诗评选》卷二,王维《渭川田家》评语,《船山全书》第十四册,第940页。诗为:"斜阳照墟落,穷巷牛羊归。野老念牧童,倚杖候荆扉。雉雊麦苗秀,蚕眠桑叶稀。田夫荷锄至,相见语依依。即此羡闲逸,怅然吟式微。"
③ 王夫之:《唐诗评选》卷一,李白《采莲曲》评语,《船山全书》第十四册,第907页。诗为:"若耶溪傍采莲女,笑隔荷花共人语。日照新妆水底明,风飘香袂空中举。岸上谁家游冶郎,三三五五映垂杨。紫骝嘶入落花去,见此踟蹰空断肠。"
④ 王夫之:《古诗评选》卷五,袁彖《游仙》评语,《船山全书》第十四册,第775页。
⑤ 王夫之:《古诗评选》卷一,鲍照《拟行路难》其九评语,《船山全书》第十四册,第537页。
⑥ 王夫之:《古诗评选》卷三,王俭《春诗》其一评语,《船山全书》第十四册,第622页。诗为:"兰生已匝苑,萍开欲半池。清风摇杂花,细雨乱丛枝。"

说:"中国古典诗歌的取景角度尽管各不相同,却比西方诗歌更讲求逃遁自我。……从根本上说它是由抒情主体的受动性所致。此即王夫之所谓'立一主以待宾'之谓。待者,受动也。"[1] 从这种"寓情于景""景显意微"的"受动性"角度,来理解船山"不立宾主""不分宾主"的观点,可能更能体会船山诗学中"景语"的内涵。

第二节 "以景达情":"景象"对"诗情"的视觉呈现

在船山"情景论"中,"景"主要是以"景象"而非"景物"的含义存在的。既然是"象",就必然具备"象"的特征。船山在注解张载"几者,象见而未形也"[2] 一句时提出"事无其形,心有其象"[3],就已经指明了"心象"对于"几"的"突显"作用,虽然这里的"象"并非"目视"而只是"心见",但这种想象的即视感,却为"几"由"隐微"发展至"彰显"提供了一个预显式的过渡环节。从这个角度可以说,"象"就是"几"的呈现途径,具体到诗论当中,作为"象"的"景",就是"情几"的主要呈现途径之一。

李壮鹰先生曾指出:"文学作品,尤其是诗歌创作中,作为抒情之中介,往往要对事物进行描写,那么诗人所描写的,是事物的那种与人无关的纯粹的实在方式呢,还是它在抒情主体心目中的生动意象呢? 正确的回答应该是后者。因为艺术的最重要的特征即在于它的直接可感性,它所表达的必须是作者的感受,所诉诸的也必须是读者的感受。因此,诗人所谓的'体物',所取于事物者,并非以'形'为用,而是以'象'为用的。正因为如此,在中国古代诗学中,人们也就往往以'象'来说诗中所描写的事物。"[4] 此论十分精辟地说明了"象"之于艺术创作的作用。需要注意的是,"象"虽侧重主观,居于心内,但显然也离不开视觉的维度,它是

---

[1] 肖驰:《中国诗歌美学》,北京大学出版社,1986,第221页。
[2] 王夫之:《张子正蒙注》卷二,《神化篇》,《船山全书》第十二册,第93页。
[3] 王夫之:《张子正蒙注》卷二,《神化篇》,《船山全书》第十二册,第93页。
[4] 李壮鹰:《逸园续录》,齐鲁书社,2012,第146~147页。

"事物反映在人的视觉感受中的影像、意象"①。"象"之所以能成为"几"由隐至显的中间环节,既离不开其"感受性",也离不开其"视觉性","感受性"连接的是"隐微"的一端,"视觉性"连接的是"彰显"的一端。从所发挥的作用来看,"象"的内在"感受性"固然重要,但相比之下,"视觉性"则是"几"之由"微"入"显"的更为关键的一步。所以,艺术论或者说诗论中的"意象论",其开拓意义也正在"象"的视觉维度上,只不过它所偏重的更接近于一种"内视觉"。

船山诗论中,存在着类似的"意象论",如他评谢灵运《登上戍石鼓山诗》时曾言:"言情则于往来动止、缥缈有无之中,得灵蠁,而执之有象"②,评杜甫《咏怀古迹》时也说"妙于取象"③,此处之"象",皆有"意象"之义。船山诗学中以"视觉感"来突显"情几"的理论,从字面上来看,并不以"象"为主,而是以"景"为主,但这一"景"的本质内涵,实际上就是"景象"。

所以,在船山诗论中,"景象"是表现"情"、突显"情"的重要途径,它所依赖的哲学基础是"诗之情,几也",以及"几者,象见而未形"。一方面,"景象"本身就渗入了情,可以说是"情"的另一副面孔,即所谓"情不虚情,情皆可景;景非滞景,景总含情"④;另一方面,"景"的成象性、画面感,使作为"几"的"情"可以更为顺畅地呈现出来、突显出来,船山"情景论"中的"远近之间"(远与近)、"广大深微"(大与小)、"象外圜中"(外与内),无不是以"景"达"情",并达到了极好的表"情"效果。

一 "远近之间"

船山云:

---

① 李壮鹰:《逸园续录》,齐鲁书社,2012,第 144 页。
② 王夫之:《古诗评选》卷五,谢灵运《登上戍石鼓山诗》评语,《船山全书》第十四册,第 736 页。
③ 王夫之:《唐诗评选》卷四,杜甫《咏怀古迹五首选二》其一评语,《船山全书》第十四册,第 1095 页。
④ 王夫之:《古诗评选》卷五,谢灵运《登上戍石鼓山诗》评语,《船山全书》第十四册,第 736 页。

以神理相取，在远近之间。才着手便煞，一放手又飘忽去，如"物在人亡无见期"，捉煞了也。如宋人咏河鲀云："春洲生荻芽，春岸飞杨花。"饶他有理，终是于河鲀没交涉。"青青河畔草"与"绵绵思远道"，何以相因依，相含吐？神理凑合时，自然恰得。①

所谓"神理"，实即"不思之思""无理之理"，指的是心物交触之时自然洽合、相值相取的"得位"状态。但这种"磕着即凑""自然洽合"的时机十分短暂，即所谓"才着手便煞，一放手又飘忽去"，一旦过了这个时机，"洽合"状态就无从谈起，或景离情过近，或景距情过远。李颀《题卢五旧居》中的"物在人亡无见期"，睹物思人，哀思之情强烈而直露，了无余味，还没延展便结束了，这便是景离情过近，是"着手便煞"；梅尧臣《范饶州坐中客语食河豚鱼》中的"春洲生荻芽，春岸飞杨花"，全联写景，景象超逸，但在船山看来，其象与意相脱节，缥缈游离，所咏之词与河豚不触边际，这便是景距情过远，是"放手飘忽去"②。蔡邕《饮马长城窟行》中的"青青河畔草，绵绵思远道"，目力所及，青草绵绵延延，伸向远方，心中思情亦如这绵长的青草，无穷无尽。单独一句"青青河畔草"似乎景象偏远，"绵绵思远道"则使之与诗情关联起来，拉之使近；单独一句"绵绵思远道"似乎情意过浓、景象偏近，"青青河畔草"则以色彩、视觉使之更为意象化、间接化，引之使远。所以两句诗相互配合，情以景显，景因情活，情与景相依相存，相融相洽，相含相吐，此即"远近之间"。

"远近之间"是船山对"景"与"情"之关系的一种美感要求，强调的是景象与情感之间的恰当距离：景象不可离情太近，否则景的视感作用无从发挥，情就会流于直露无味；景象也不可离情过远，否则情的统摄功

---

① 王夫之：《夕堂永日绪论内编》第十一则，《船山全书》第十五册，第823页。
② 船山此处对梅尧臣之诗的批评缺乏常识。蒋寅曾就此做过评论："将梅尧臣《范饶州坐中客语食河豚鱼》和《古诗十九首》'青青河畔草'一首对比，以为古诗情景相关，自然融合，而梅诗两句写景却与河鲀（即河豚）无关，不知春洲、春岸两句写景，杨花飞时正是河鲀最美的时节，而荻芽却是河鲀最佳的配菜，两句绝非无关系的闲笔，可见王夫之的议论失之轻率。"（蒋寅：《理论的巨人批评的矮子——漫说王夫之诗学的缺陷》，《文史知识》2010年第3期）因此此例并不恰当，但船山所言之意仍可以领会，有其理论价值。

能会失去意义，景象自身只能流于缥缈难测；景象唯有处在与诗情远近适中的距离上，才能以其视觉性、画面感，将诗情恰到好处地呈现出来。

在《古诗评选》中，他对蔡邕的《饮马长城窟行》作了进一步的评论："或兴或比，一远一近，谓止而流，谓流而止。"① 此评尤其适用于开篇的"青青河畔草，绵绵思远道"两句："青青河畔草"为"起兴之景"，是"兴象"，"绵绵思远道"则是"比喻之景"，是"比象"，这两种景象在表现情感时所发挥的效果是不同的。刘勰继承孔颖达的说法，认为"比显而兴隐"②，"显"即"近"，如在目前，"隐"即"远"，缥缈难寻，今人徐复观就从这一"隐显"或者说"远近"的角度对"比"与"兴"作了更为详细的阐释，他提出："比是经过感情反省而投射到与感情无直接关系的事物上去，赋予此事物以作者的意识、目的，因而可以和与感情直接相关的事物相比拟。"③ 这就是说，"比"是"景象"与"情感"的直接对应，因此是"近而显"的。"兴"则不同，"'兴'所叙述的主题以外的事物，是在作者的感情中与诗的主题溶成一片；在这里，不能抽出某种概念，而只能通过他所叙述的事物，以感触到某种感情的气氛、情调、韵味、色泽。……'兴'的事物与主题的关系，不是理路的联络，而是由感情的气氛、情调，来作不知其然的溶合；这种由感情所融合的关系，正和感情自身一样，朦胧缥缈，可感受而不易具体把握，可领略而难以具体地表达。"④ 由于"兴象"与"情感"之间，并无清晰的理路，并无明确的对应关系，所以其效果就是"朦胧缥缈"，是"隐而远"的。

由此再来看"青青河畔草，绵绵思远道"这两句诗，就可理解，"青青河畔草"作为"兴象"，在表情效果上偏于"隐"、偏于"远"，"绵绵思远道"作为"比象"则偏于"显"、偏于"近"，此即船山所谓"或兴或比，一远一近"。但这两句诗又是一个互相补充、互相配合、不可分割的审美整体，"青青河畔草"因是"兴象"，所以缥缈朦胧，流动不止，"绵绵思远道"则以相对固定的诗情指向使其趋于静止；同样地，"绵绵思

---

① 王夫之：《古诗评选》卷一，蔡邕《饮马长城窟行》评语，《船山全书》第十四册，第497页。
② 刘勰著，范文澜注《文心雕龙注·比兴》，人民文学出版社，1958，第601页。
③ 徐复观：《中国文学论集》，台北：学生书局，2001，第103页。
④ 徐复观：《中国文学论集》，台北：学生书局，2001，第102页。

远道"因是"比象",在与情感的关系上比较固定,所以在效果上偏于静止,"青青河畔草"则以缥缈动荡的动态属性带动着它一起流动起来,此即船山所说的"谓止而流,谓流而止"。

从"比兴"角度重新审视诗中"景象",确实可以帮助我们理解"景象"在表达"诗情"之时所形成的不同效果。"物在人亡无见期"虽不能说是一种比喻,但其中的"物"作为一种对比之象,仍然突显出了一种"比象"的近距感;"春洲生荻芽,春岸飞杨花"则明显偏于"兴",充满"兴象"的缥缈与朦胧。这两例,前者过近,止而不流,后者过远,流而不止,都未能如"青青河畔草,绵绵思远道"两句诗那样达到"远近之间"的诗美效果。

实际上,船山的"远近之间"说,主要就是从"景象"的"兴""比"效果着眼的,"兴象"则远,"比象"则近。兴比兼用,则往往能达到"远近之间"的审美效果。所以船山在其诗论中,对"兴""比"常常相提并论,如:

> 兴比杂用,有如冗然,正是其酣畅动人处。[1]
> 空中布意,不堕一解,而往复萦回,兴比宾主,历历不昧……乃以视《青青河畔草》,亦相去无三十里矣。[2]
> 才清切拈出,即用兴,用比,托开结意。尺幅之中,春波万里。[3]
> 兴比相关处全不浅遽,当亦婉曲绝伦。[4]
> 句句用兴用比,比中生兴,兴外得比,宛转相生。[5]
> 兴以远愈近,比以旧得新,赋以粗入细,较明远始唱,风华殆将过之。[6]

---

[1] 王夫之:《古诗评选》卷一,魏主曹叡《步出夏门行》评语,《船山全书》第十四册,第514页。
[2] 王夫之:《古诗评选》卷一,鲍照《代东门行》评语,《船山全书》第十四册,第530页。
[3] 王夫之:《古诗评选》卷一,吴迈远《长相思》评语,《船山全书》第十四册,第538页。
[4] 王夫之:《古诗评选》卷一,吴均《城上乌》评语,《船山全书》第十四册,第551页。
[5] 王夫之:《古诗评选》卷一,庾信《燕歌行》评语,《船山全书》第十四册,第562页。
[6] 王夫之:《唐诗评选》卷一,王昌龄《行路难》评语,《船山全书》第十四册,第896页。

"兴"与"比"虽主要是诗歌的两种表现手法，但若从"兴象""比象"的效果层面去看，可能更易理解两者的配合关系。首先，二者都是对情感的间接表现，所谓"往复萦回""婉曲绝伦""宛转相生"，都意在突出"兴""比"在抒情达意时的宛转特征，而这种"宛转"，主要依靠的就是一种或远或近的视觉体验。其次，"兴象"与"比象"又分工不同，"比象"近而显，"兴象"远而隐，"比象"以其"近"可以克服"兴象"的过于缥缈悠远，"兴象"以其"远"也同样可以弥补"比象"的过于质实贴近。所以"兴"与"比"配合在一起，在"以景达情"的过程中才可以达到一种绝好的效果，船山所谓"比中生兴，兴外得比"，颇得个中滋味。

二 "广大深微"

除了附着于"景象"之上的"兴""比"效果，"景象"自身的"广大"与"细微"形态，在突显"诗情"时同样具有其独特的美学意义。在诗歌的空间体验层面上，景与情既可能相顺（如"景情俱广"与"景情俱细"），也可能相逆（如"广景微情"与"微景广情"），但比较来看，船山显然更看重后面这一类"景象"与"诗情"在空间体验上的相逆属性。

在具体评诗的过程中，船山常从这一"广大"与"深微"的张力角度，对诗之高下作出评价，如：

> 取意取景，广大中有其微至。广大，固难乎微至也。[1]
> 广大深微。亦豪。[2]
> 天与造之，神与运之。呜呼，不可知已！"池塘生春草"，且从上下、前后、左右看取，风日云物，气序怀抱，无不显者！较"胡蝶飞南园"之仅为透脱语，尤广远而微至。[3]

---

① 王夫之：《明诗评选》卷四，刘基《旅兴》其五评语，《船山全书》第十四册，第1249页。
② 王夫之：《明诗评选》卷四，刘基《感怀》其三评语，《船山全书》第十四册，第1243页。
③ 王夫之：《古诗评选》卷五，谢灵运《登池上楼》评语，《船山全书》第十四册，第732页。

实际上，这三个例证是在两个相反的立场上言说的。第一例中的"广大深微"，是指"景广而情微"，第二例与第三例中的"广大微至""广远微至"则是指"景微而情广"。我们可进行具体分析。

首先看"景广情微"。"取意取景"一评，为刘基《旅兴》第五首的评语。其诗为："微风振檐铎，玱如环佩响。登高看秋色，俯见明月上。木落天地宽，云散川原广。来者不可期，逝者日已往。离居岂无怀，恻怆萦远想。"此诗格局远大，视野开阔，尤其三四五六这四句，所言之景多为壮阔之景，所以在"取景"上，此诗是偏于"广"的，最后四句开始直接抒情，但所言却颇为模糊，所谓"不可期""日已往""岂无怀""萦远想"，均点到即止，绝不说破，深得隐微不出的"情几"之妙，所以在"取意"上，此诗又偏于"微"。从全诗之景情关系来看，这就是船山所说的"广大中有其微至"，其情"微"，其景"广"，二者之间由此形成一种反差效果，耐人寻味。

在评论江总《秋日游昆明池》一诗时，船山表达了相同的意思。江总此诗为："灵沼萧条望，游人意绪多。终南云影落，渭北雨声过。蝉噪金堤柳，鸳饮石鲸波。珠来照似月，织处写成河。此时临水叹，非复采莲歌。"船山评之曰："有起有结，亦似自相呼应，排律之体成，而诗变极矣。'终南'一联，大极远而细入微！声偶得此，雄视千秋。"①

江总本为陈时重臣，陈亡后北上入隋，此诗当为入隋之后游长安昆明池时所作，同游的元行恭、薛道衡皆有同题之作。本诗画面感极强，且自有层次，一二两句像是刚刚提笔立足于纸前，秋意萧瑟，情绪良多，随后开合泼墨，视野千里，成"终南云影落，渭北雨声过"一句，随即着眼于眼前细物，描摹精妙，寓意精微。所以总体来看，本诗之景象有大有小，有广有细，但均暗含了一种今昔对比之感，最终落脚在一个"思"字上。诗中第二句之"意绪多"与最后两句"此时临水叹，非复采莲歌"形成呼应，所以船山称其为"有起有结，亦似自相呼应"，但这一"思情"十分隐蔽，虽然最后有点题之意，但其显现途径主要还是"以景达情"。船山尤其看好"终南云影落，渭北雨声过"一联，评其为"大极远而细入微"，

---

① 王夫之：《古诗评选》卷六，江总《秋日游昆明池》评语，《船山全书》第十四册，第874~875页。

此论颇为独到，但也极具深意。如果说"蝉噪金堤柳，鸳饮石鲸波。珠来照似月，织处写成河"一类微润之景还与江南景色有所相似的话，那么"终南云影落，渭北雨声过"的开阔之景则与江南景色有了区别，这种开阔辽远的大景，一方面与故土风貌形成"大小"之别，另一方面，也以其"异乡异景"的特点提醒他，不论那残荷杨柳与江南水色如何相近，此时此地已非故时故地，具有水乡特色的《采莲歌》已不复可闻了。在这里，山远天高的大景，与隐微曲致的思情之间，形成了一种张力之美，而这种"相反相差"，比起"睹物思乡"的"相正相合"，显然更具感染力。

其次看"景微情广"。刘基作有一组《感怀》诗，其中一首为："东园多桃李，攫干何交加。春秋互递代，衰荣竞相夸。槭槭去故物，英英发新花。花谢叶复作，空令人叹嗟。"刘基此诗为咏物诗，船山曾对咏物诗有一段评述："咏物诗齐、梁始多有之。其标格高下，犹画之有匠作，有士气。征故实，写色泽，广比譬，虽极镂绘之工，皆匠气也。……至盛唐以后，始有即物达情之作，'自是寝园春荐后，非关御苑鸟衔残'，贴切樱桃，而句皆有意，所谓'正在阿堵中'也。'黄莺弄不足，含入未央宫'，断不可移咏梅、桃、李、杏，而超然玄远，如九转还丹，仙胎自孕矣。宋人于此茫然，愈工愈拙，非但'认桃无绿叶，道杏有青枝'，为可姗笑已也。"[①] 船山此论意思显豁，他鄙薄齐梁匠人气的刻画，亦反对宋人谜语式的隳栝，而是推崇盛唐那种即物达情之作。刘基此诗，即属"即物达情"，一个突出表现，即只写眼前现景，不作牵强附会，然而又"句皆有意"。诗人由桃李的衰荣递代，引申到更为深远的层次，这个引申的情意虽难下定论，但其中的宏大悠远之感却是能感受到的。正是从这一"以小景传广情"的角度，船山评其为"广大深微，亦豪"。

船山对谢灵运"池塘生春草"的评论，也主要着眼于该句"景微情广"的效果。船山曰："天与造之，神与运之。呜呼，不可知已！'池塘生春草'，且从上下、前后、左右看取，风日云物，气序怀抱，无不显者！较'胡蝶飞南园'之仅为透脱语，尤广远而微至。"[②]

"池塘生春草"出自谢灵运《登池上楼》，"胡蝶飞南园"出自张协

---

① 王夫之：《夕堂永日绪论内编》第四十八则，《船山全书》第十五册，第842页。
② 王夫之：《古诗评选》卷五，谢灵运《登池上楼》评语，《船山全书》第十四册，第732页。

《杂诗》，这两首诗我们在前文都作过分析。此处主要在结合全诗意旨的基础上，对这单独的两句诗进行对比。张协的这首《杂诗》，主要表达的是戍边怀乡之情，"胡蝶飞南园"作为一句景语，很难确定是诗人眼前实景，还是追忆之景，但无论哪一种，这一景象所关联的确然是一种思乡之情。谢灵运的《登池上楼》所要表达的情绪则较为复杂，其中有一个情感迁转的轨迹：先是写官场失意的牢骚与进退不得的苦闷，随即写病初愈后登楼所见的满目春色，情绪逐渐转向开朗，最后又由春景转向自己的感慨，情绪转为感伤。"池塘生春草"处于诗人情绪的第二阶段，表面来看，这只是对眼前初春景色的直接描绘，但其内在容量却极为广阔，正如船山所说，"从上下、前后、左右看取，风日云物，气序怀抱，无不显者"。船山此论实际上已经指出了这句诗的精妙所在——实在空间的远大与精神空间的远大。从实在空间的角度看，"池塘生春草"展现的虽然只是最普通不过的实物细物，但它所蕴含的勃勃生机，却昭示着一种充盈于天地间的生命活力，"风日云物"均从中可见；从精神空间的角度看，"池塘生春草"这句看似平常的状景之句，却包蕴着诗人因这初春生机而生起的壮阔情绪，其中既有对自然生机的赞赏，也有对自身寄托的期许，还有无法言明的其他情愫，但不论其情具体所指为何，其情感的倾向却可以把握，概言之，就是一种开阔辽远、蓬勃向上的生命态度，此即船山所说的"气序怀抱，无不显者"。

当然，千百年来，历代文人对"池塘生春草"几乎众口一词地赞赏有加，这其中确乎存在着"虚假意识"的嫌疑[1]，但就具体的诗评而言，也并非都是无根、袭古之论，比如某一些诗评的背后就存在着与之相对应的诗学理论，船山的评论尤其明显，他对此句诗的推崇，并非虚言妄语，而是建立在自己独特的诗论观的基础上——"现量"强调其起情的真实，"广远微至"则强调其"以微景写广情"的独特美感。按照船山的诗学眼光，谢灵运的"池塘生春草"是上下几千年来最能体现其诗学观点的绝佳例证，船山对此诗所作的诸多解读，可能对还原这句诗的原意并无作用，但对我们了解船山的情景理论却是大有裨益的。

---

[1] 参见李壮鹰先生《"池塘生春草"》，《逸园丛录》，齐鲁书社，2005，第216~243页。

三 "象外圜中"

(一) "圜中"与"象外"

"象外圜中"可以说是对"微景广情"的进一步发展,如果说"微景广情"强调的是"小中见大",那么"象外圜中"突出的则是"有中见无""实中见虚"。

船山曾明确提出:

> 知"池塘生春草""胡蝶飞南园"之妙,则知"杨柳依依""零雨其濛"之圣于诗;司空表圣所谓"规以象外,得之圜中"者也。①

"规以象外,得之圜中",原作"超以象外,得其环中",出自《二十四诗品》首则"雄浑"。"环中"则出自《庄子·齐物论》"枢始得其环中,以应无穷"②这句话。"枢"是使门可以转动的立轴,它必须套在门框上下的两个环中,而环的中间是虚空的,正因为有了这个虚空,立轴方能转动,门才能实现开与阖的活动,所以"环中"一词的核心就在于"虚空性"。《二十四诗品》以"环中"对应"象外",表达的是同一个意思,都是要特意突出处于"景象"之外的、隐藏于"虚空"之中的深厚意蕴。但是这一"环中""象外"的意蕴,不可能单独生出,而是必须要借助于这个实实在在的"环"与"象"才能得以生成,正如司空图所言,"近而不浮,远而不尽,然后可以言韵外之致耳"③。"近而不浮,远而不尽",就是说,唯有做到"景象"鲜明,如在眼前,才能使意蕴、余味或者说情感空间延伸无止,无穷无尽,梅尧臣所说的"状难写之景如在目前,含不尽之意见于言外"④,也正是言此效果。由此可以知道,"环中"超越"环",却离不开"环","象外"超越"象",但也离不开"象",具体到诗歌当中,则无限情韵、意蕴的生成,自然也离不开"景象"的鲜活与生动。

船山对于"象外""圜中"的理解,在基本路向上与《二十四诗品》

---

① 王夫之:《诗译》第十一则,《船山全书》第十五册,第812页。
② 陈鼓应注译《庄子今注今译》,台北:台湾商务印书馆,1977,第61页。
③ 司空图:《与李生论诗书》,参见司空图著,王济亨、高仲章选注《司空图选集注》,山西人民出版社,1989,第97页。
④ 欧阳修:《六一诗话》,见何文焕《历代诗话》,中华书局,1981,第267页。

是相合的，都强调"内"与"外"的关联性。但船山没有再对"圜中"（虚）与"圜"（实）作出专门区分，而是认为"圜中"就是一个实在性的整体存在，指的就是"内"，"象外"指的则是代指"虚空"的"外"。正是在这一理解层面上，船山并不认为"象外"与"圜中"是并列关系，相反，他似乎更倾向于将二者理解为对立却又共存的对举关系。如他多次提出：

　　多取象外，不失圜中。①
　　言有象外，有圜中。当其赋"凉风动万里"四句时，何象外之非圜中，何圜中之非象外也。②

　　"多取象外，不失圜中"的潜在思维，显然是将"象外"与"圜中"当成了对立的两面，在这句话背后，其实隐藏着船山所要批判的两种诗歌类型：一是只有"圜中"，而没有"象外"；二是只有"象外"，而没有"圜中"。第一类诗歌过于质实，第二类诗歌则过于缥缈，都为船山所不取，船山理想中的诗歌，是在"圜中"的基础上达到"象外"的效果。一旦做到了这一点，那么"圜中"与"象外"就成为一个不可分割的意象整体，说它是立足于"圜中"的"象"，但它却蕴含着广阔的"象外"空间；说它蕴含着无穷无尽的"象外"之意，但它又与逼真鲜活的"圜中"之"象"息息相关。正是源于"象外"与"圜中"的这种相辅相成的关系，所以船山提出，"何象外之非圜中，何圜中之非象外也"。

　　船山的"象外圜中"说，虽在"圜中"的理解上与《二十四诗品》有出入，但并未影响其整体的理解，运用到诗歌当中，指的同样是"目前之景"与"不尽之意"，只不过在船山这里，它们分别对应了"圜中"与"象外"。戴鸿森释"象外圜中"曰："这里是说通过不加刻画的景象烘染，表达出真切又丰富的感情。"③ 这一解释比较准确。船山自己对此也有

---

① 王夫之：《古诗评选》卷五，谢灵运《田南树园激流植援》评语，《船山全书》第十四册，第737页。
② 王夫之：《明诗评选》卷四，胡翰《拟古四首》其三评语，《船山全书》第十四册，第1281页。
③ 王夫之著，戴鸿森笺注《薑斋诗话笺注》，上海古籍出版社，2012，第23~24页。

相当明确的说明，他尝言："取景玄真，含情虚远。"① "玄真之景"即"圜中"，"虚远之情"即"象外"，这可以说是对"象外圜中"的最为贴切的解释。船山所举的"池塘生春草""蝴蝶飞南园""杨柳依依""零雨其濛"四句诗，之所以能达到"象外圜中"的效果，就是因为这些诗句中的"景象"在"圜中"的层次上做得极好，都达到了鲜活逼真的地步，在此基础上，"象外之意"自然从中生出，景活而情深，景真则意远，这就是船山所理解的"规以象外，得之圜中"。

在具体诗评中，船山常以"象外"来品诗论诗，如：

> 题中偏不欲显，象外偏令有余。②
> 清劲不减高、岑。一结得象外之象。③
> 骎入唐制，而有神行象外之妙。④
> 居然五言小诗之祖。三、四象外得玄。⑤

在这些评语中，船山一方面特意强调，"象外"与"象中"所要追寻的绝不仅仅止于"象"的层次，而是"情"或"意"的层次，此即所谓"象外有意"⑥、"意伏象外"⑦、"象外象中，随意皆得"⑧。另一方面，他又特别突出了"象外"的独特意义，常常在"圜中"之外，单提"象外"，所谓"偏令有余""象外之象""象外之妙""象外得玄"，均以"象外"着眼，之所以会如此，是因为，虽然"象外"依赖于"圜中"，得益于"圜中"，但"圜中"一旦生出"象外"，"象外"就有了相对独立的美

---

① 王夫之：《明诗评选》卷五，李梦阳《早春繁台》评语，《船山全书》第十四册，第1390页。
② 王夫之：《唐诗评选》卷一，李白《长相思》评语，《船山全书》第十四册，第906页。
③ 王夫之：《唐诗评选》卷四，李郢《送刘谷》评语，《船山全书》第十四册，第1135页。
④ 王夫之：《明诗评选》卷一，秦简王《折杨柳》评语，《船山全书》第十四册，第1145页。
⑤ 王夫之：《明诗评选》卷七，杨慎《雨后见月》评语，《船山全书》第十四册，第1551页。
⑥ 王夫之：《明诗评选》卷五，包节《夏日雨后过陈园》评语，《船山全书》第十四册，第1415页。
⑦ 王夫之：《古诗评选》卷一，曹操《秋胡行》评语，《船山全书》第十四册，第499页。
⑧ 王夫之：《明诗评选》卷五，金銮《柳堤》评语，《船山全书》第十四册，第1430页。

学意义,它的广阔的空间性,相较于纯粹视觉性的"圜中"之"象",会给读者带来更为新奇难测的阅读感受。他尝言:

> 意伏象外,随所至而与俱流,虽令寻行墨者,不测其绪。①
> 佳句得之象外,然唐人亦或能之。每一波折,平平带出,令读者如意中所必有,而初非其意之所及,则陶、谢以降,此风逸矣。②

船山论诗之创作,每每能从接受心理的角度,核验创作的成功与否,此处即为典型例证。按船山之意,诗中"景象"只是一个最为基本的层次,"诗情"皆在"景象"之外。读者在欣赏"景象"时,会自然而然地从"象"出发,进而体会其"象外之意",并尽力捋其脉络,寻其踪迹。船山于此处特别指出了读者在体会"象外之意"时可能遇到的两个特点:一方面,这一"与之俱流"的过程不可确定,此即"不测其绪";另一方面,"象外之意"会以一种"如意中所必有,而初非其意之所及"的新意迭出的方式,若即若离地吸引着读者,领其愈走愈远,最终达到一种含情无尽的"象外"之境。"象外"的美学意义,由此可见一斑。

总体而言,诗人对"象外之意"的追寻不可或缺,缺乏"象外"的"象",只能"近"而不能"远",只能"有"而不能"无",只能"实"而不能"虚",因此它无法带领读者进入更为辽阔悠远的审美空间之中。但与此同时,"象外"所具备的情意悠远的广阔空间,以及它所带给读者的"无尽之感",也必须要以鲜活剔透的"景象"为基础和前提,"远"由"近"观,"无"从"有"来,"虚"以"实"生。无"象",则无所谓"象外"。所以"圜中"之"象"是"象外"的根本基础,"象外"之"情"是"圜中"的最终寄托,"象外"与"圜中"不可分割。因此船山曰:"多取象外,不失圜中。"

(二)"无字处皆其意"

由于主要凭借视觉体验发挥作用,所以"象外圜中"说与绘画的关系似乎更为密切。谢赫尝言:"若拘以体物,则未见精粹;若取之象外,方

---

① 王夫之:《古诗评选》卷一,曹操《秋胡行》评语,《船山全书》第十四册,第499页。
② 王夫之:《古诗评选》卷四,张协《杂诗八首》其四评语,《船山全书》第十四册,第705页。

厌膏腴，可谓微妙也。"① 谢赫所言之"象外"主要是指观物作画之时应能体悟到物以外的东西，唯此才能使画作趋于"微妙"。明代画家王履也曾提出"得其形者，意溢乎形"②，强调"意"由形显而又溢出于形的"象外"特征，这一论点显然与"象外圜中"的内涵更为接近。

船山诗论中的"象外圜中"说，也往往与画论有着极其紧密的联系，如船山尝云："'四面各千里'，真得笔墨外画意！唐人说边关景物尽矣，皆无此妙。"③ 又说："'广泽生明月'、'云中君不降'二句：'可谓笔外有墨气。'"④ "笔墨外画意""笔外有墨气"其实就是从绘画角度对"象外圜中"说的另一种表达。但确切地说，船山"以画论诗"或者以"画"论诗之"象外"特征的典型例证，还不是笼统的"笔外画意"说，而是"势"论。

在《夕堂永日绪论内编》中，他从绘画角度入手，对诗中之"势"作了详细的说明：

> 论画者曰："咫尺有万里之势。"一"势"字宜着眼。若不论势，则缩万里于咫尺，直是《广舆记》前一天下图耳。五言绝句，以此为落想时第一义，唯盛唐人能得其妙。⑤

于纸上画山水，看起来似乎主要是一个"以小见大"的问题，但船山慧眼指出，画中若无"势"，则"缩万里于咫尺"毫无美学意义，只是一张实用的地图而已。那么，"势"的意义体现在哪里？画论中的"咫尺万里"，又当作何解呢？

其实对于"势"的认识，在画论当中也有一个渐进发展的过程。南朝之时，画家们已然从操作层面的"远近""大小"问题，逐渐接近对美学

---

① 谢赫：《古画品录》，见俞剑华编著《中国古代画论类编》，人民美术出版社，1998，第357页。

② 王履：《畸翁画叙·华山图序》，见俞剑华编著《中国古代画论类编》，人民美术出版社，1998，第707页。

③ 王夫之：《古诗评选》卷五，袁淑《效古》评语，《船山全书》第十四册，第747页。

④ 王夫之：《唐诗评选》卷三，马戴《楚江怀古》评语，《船山全书》第十四册，第1041页。

⑤ 王夫之：《夕堂永日绪论内编》第四十二则，《船山全书》第十五册，第838页。

层面的"势"的认识。如南朝宋时的宗炳尝云:"夫昆仑山之大,瞳子之小,迫目以寸,则其形莫睹,迥以数里,则可围于寸眸。诚由去之稍阔,则其见弥小。今张绢素以远暎,则昆、阆之形,可围于方寸之内。竖划三寸,当千仞之高;横墨数尺,体百里之迥。是以观画图者,徒患类之不巧,不以制小而累其似,此自然之势。如是,则嵩、华之秀,玄牝之灵,皆可得之于一图矣。"[1] 宗炳在这里所说的,实际上就是绘画中的"透视法",按其所言,实物之"远"与"近",恰巧对应着画中之"小"与"大",所以只要掌握好"近大远小"的原则,就可以在画中实现"咫尺有万里之遥"的效果。宗炳此论,主要是从艺术家的创作角度着眼,实用性的《广舆记》自然不可与其相提并论。与宗炳同时代的画家王微在其《叙画》中专门指出了绘画与地图的不同:"夫言绘画者,竟求容势而已。且古人之作画也,非以案城域,辨方州,标镇阜,划浸流,本乎形者融,灵而动变者心也。灵亡所见,故所托不动,目有所极,故所见不周。于是乎以一管之笔,拟太虚之体;以判躯之状,画寸眸之明。"[2] 如果说宗炳的"透视法"主要还是偏重于如何"以小见大"这类具体的画法操作层面,那么王微所提出的"容势"以及"以一管之笔,拟太虚之体"的观点则已经道出了画中之"势"的核心内涵——"以实见虚"。

南朝陈代姚最的《续画品》在评论梁代画家萧蕡时提出:"含毫命素,动必依真。尝画团扇,上为山川,咫尺之内,而瞻万里之遥;方寸之中,乃辩千寻之峻。"[3] 第一次明确提出了"咫尺万里"的说法,但这里的论述尚过于简略。至唐宋,"势"与"咫尺万里"开始联系起来,杜甫的《戏题王宰画山水图歌》尝云:"尤工远势古莫比,咫尺应须论万里。"[4] 宋代《宣和画谱》亦评展子虔画曰:"江山远近之势尤工,故咫尺有千里趣。"[5] 若结合王微的画论观则不难看出,"万里之势"的提出,已预示出画家们

---

[1] 宗炳:《山水画序》,见俞剑华编著《中国古代画论类编》,人民美术出版社,1998,第583页。
[2] 王微:《叙画》,见俞剑华编著《中国古代画论类编》,人民美术出版社,1998,第585页。
[3] 姚最:《续画品并序》,见俞剑华编著《中国古代画论类编》,人民美术出版社,1998,第372页。
[4] 杜甫:《戏题王宰画山水图歌》,见陈洙龙编著《山水论画诗类选》,人民美术出版社,2014,第3页。
[5] 俞剑华注译《宣和画谱》,江苏美术出版社,2007,第39页。

对山水画中"虚实空间"的重视。

明人对画中"虚实"的表述要更为明确,沈颢曰:"笔与墨最难相遭。具境而皴之,清浊在笔;有皴而势之,隐现在墨。"[①] "势"即在"隐现"之间,具体而言,则是"笔墨"为"实"为"现","势"则为"虚"为"隐",但一旦笔墨成型,"势"亦勃然而出。沈颢还从"少"与"多"的角度阐释"势"之"虚远"特征:"大痴(元黄公望)谓画须留天地之位,常法也。予每画云烟著底,危峰突出,一人缀之,有振衣千仞势。客讶之。予曰:'此以绝顶为主,若儿孙诸岫,可以不呈,岩脚枯根,可以不露,令人得之笔笔之外。'客曰:'古人写梅剔竹,作过墙一枝,离奇具势,若用全干繁枝,套而无味,亦此意乎?'予曰:'然。'"[②] 所谓"留天地之位",就是以一种收敛、简约、留白的笔法来作画,"不呈""不露"皆指此,而"客"之理解则从"少"与"多"的维度出发,认为在画中,"一枝梅"可以"具势",而"繁枝"则"无势",这种"以少见多"的意味,在本质上与"以实见虚"是一致的。

由此可以稍作总结,绘画要解决"大小""远近"的问题,有三种途径,或者说三种类型。第一种,地图式的制作,即船山所说的《广舆记》,此种类型重在知识而不在审美,虽然可以严谨地实现"缩万里于尺幅"的要求,但与艺术创作相去甚远。第二种,"透视",愈近愈大,愈远愈小,这种"近大远小"的透视法已然触摸到作画的基本规则,但这只能说是基础部分,以这种透视法则,当然可以轻松实现"缩万里于尺幅"的要求,但画中之"势"却不一定能由此生出。第三种,"简约",或者说"留白",这一类型直接关系到"势"的生成,与船山同一时期的画家笪重光对此曾有评论:"空本难图,实景清而空景现;神无可绘,真境逼而神境生。位置相戾,有画处多属赘疣;虚实相生,无画处皆成妙境。"[③] 要表现"虚",就离不开"实",要表现"神",就离不开"真",此处"虚"与"神"所代指的悠远、缥缈意味,就是画中之"势"。概而言之,绘画的这

---

① 沈颢:《画麈·笔墨》,见俞剑华编著《中国古代画论类编》,人民美术出版社,1998,第774页。
② 沈颢:《画麈·位置》,见俞剑华编著《中国古代画论类编》,人民美术出版社,1998,第775页。
③ 笪重光著,吴思雷注《画筌》,四川人民出版社,1982,第24页。

三种类型,第一、二种类型强调的是"由近及远""以小见大",第三种类型突出的却是"由实见虚""以少见多""以有限表现无限",画中之"势",虽然与"透视法"不无关系,但主要还是与"虚实"的关联更为密切。所谓"虚实相生,无画处皆成妙境",正是对画中之"势"的形象说明。

船山所说的"咫尺有万里之势",主要就是从"虚实"角度着眼,进一步而言,"实"即"圜中","虚"即"象外",所以"势"的本质仍然是"象外圜中",细言之,就是以"圜中之象"生"象外之情"。但另一方面,画论中的"势论"所带来的"由实见虚""以小见多",以及"以有限表现无限"的具体层面,又大大丰富了诗论中的"象外圜中"说的内涵容量,为评诗论诗提供了更为精微的视觉思维。船山对崔颢《长干行》、李梦阳《黄州》两首诗的分析,即从画之"势论"入手。如其所言:

"君家住何处?妾住在横塘。停船暂借问,或恐是同乡",墨气所射,四表无穷,无字处皆其意也。李献吉诗:"浩浩长江水,黄州若个边?岸回山一转,船到堞楼前。"固自不失此风味。[①]

"无字处皆其意",一语道破"势"之本质。如果说绘画强调的是"以简略之笔绘无穷之势",那么在诗歌当中,强调的就是"以有限之字写无尽之情"。妙绝之处在于,二者不仅所求一致,而且凭借的路径也是相似的——此即"视觉之象"的突出:绘画以其简略逼真之"图象",衍生出"象外"的悠远空间,诗歌也同样以文字所描绘出的鲜明之"景象",呈现"象外"的无尽情意。在此评中,船山还对诗中"景象"的类型作了一定的暗示,这也是与画中之"景"密切关联的:画要生"势","笔墨"不能太繁,同样,诗要生"势","景象"也不能过详。

那么具体到诗中,如何能实现"景中生势"呢?李壮鹰先生有一独得之见,颇有启发意义,他说:"王夫之那段话中所举的两首绝句,确是有'势'作品的好例子,而它们的'势'都是诗人通过截裁的办法'蓄'出

---

① 王夫之:《夕堂永日绪论内编》第四十二则,《船山全书》第十五册,第838页。

来的。"① 这里所说的"截裁",就是"景"之所以生"势"的关键所在。崔颢的《长干行》即纯以剪裁之法写之,用简单的白描手法描绘出一个诗意的刹那。"君家住何处?妾住在横塘。停船暂借问,或恐是同乡。"四句全以女子自问自答之口吻传神,不专状人,然女子灵动率直的音容笑貌却宛在目前;不专写景,然异乡浩淼江水上的舟行景象却跃然纸上;不主叙事,然诗中未明言的"因闻声而相问""不待答而自答"的生动情节却能自动浮出。最为可贵的是,从她闻乡音而急于停舟、不待答而自答、直问同乡与否等一系列颇显急切的表现中,不难想见她背井离乡、风行水宿的飘零境遇。她的客居异乡的孤独感、浓烈的思乡之情,以及得见同乡时难以抑制的喜悦,全部由这短短的四句自问自答之语"生"出来了。所言如此之少,所含却如此之多;用词如此之简,情意却如此之深;尺幅如此有限,空间却如此广远,这显然与画论所说的"咫尺有万里之势"是相连通的。船山评之曰"墨气所射,四表无穷,无字处皆其意也",可谓恰如其分。

李梦阳的《黄州》②一诗,在表现诗中之"势"上与崔颢的《长干行》有相似之处,其诗曰:"浩浩长江水,黄州若个边?岸回山一转,船到堞楼前。"在《明诗评选》中,船山评此诗曰:"心目用事,自该群动。"③ 在此诗中,目中之景是显、是实的,心中之情是隐、是虚的,而连接心与目的,正是这个"群动"。从空间上看,乘船人之"目"随着"岸回""山转""楼前"进行着空间转移,黄州城仿佛从浩浩江水所在的天边,瞬间转至眼前,作者之"心"也由巨大空间所带来的迷茫,瞬间转至聚焦时的豁然开朗,这一情思开阖,极具张力;从时间上看,此诗又暗含着一个由古及今的历史流转过程,黄州,这个承载着丰富意蕴的遥远的历史符号,却在不期然之间于现实中显现,并最终落脚于现实世界中可见可触的小小"堞楼"之上。在这迁转有序的景象之后,蕴藏的是诗人对历史时空的思索,这刹那之间的时空变幻,寄寓了诗人阔大而悠长的沧桑之感和对岁月流逝的慨叹之思。由此而言,此诗言简而意深,辞敛而情阔,可

---

① 李壮鹰:《"'势'字宜着眼"》,《文艺理论研究》2004年第1期。
② 《黄州》这组诗有两首,均咏黄州,第二首为"日落清江远,光摇赤壁山。无人说吴魏,来往钓舟闲",两首诗其实都接近咏史诗,寄寓着深厚的历史意识。
③ 王夫之:《明诗评选》卷七,李梦阳《黄州》评语,《船山全书》第十四册,第1548页。

谓深得画论中"咫尺有万里之势"的妙处。

要言之，船山引用画论"咫尺有万里之势"来论诗，用意就在于借上乘画作中"以实见虚""以少见多""以有限表现无限"的"生势"过程，来阐明诗歌中"无字处皆其意"的"势"之生成过程。画论与诗论，在"超以象外"的层面上由此达到了一种美学的契合，这是船山"以势论诗"的根本价值所在。

四　"哀景乐景"

除了"远近""大小""内外"等不同空间形态的区分，诗中"景象"的性质区分，如"哀景"与"乐景"，也会对"诗情"之表达产生巨大的影响。

在前文"物景之辨"的部分中，本书曾对"乐景哀景"说与"荣凋悲愉"说作了层次上的区分说明。基本观点是：第一，船山所说的"当吾之悲，有未尝不可愉者焉，当吾之愉，有未尝不可悲者焉"[1]，强调的是"物之荣凋"与诗情"生成"之间的关系。在船山看来，人在心物交感之时，其悲情、愉情的产生，并不与"天物荣凋"有什么规定性、固定性的联系，心物相值相取，是一个偶然性的瞬间碰触，无法预测、无法预设，只是偶然、只是变动不居。所以，物之凋荣，与人心碰触之间有着无限的可能性，由此，心物交感所生成的"诗情"，也是不可确定的。第二，船山所说的"以乐景写哀，以哀景写乐，一倍增其哀乐"[2]则已经由诗情的"生成"层次转向了"景象"对诗情的"显现"层次。如果说"景物"是在与心的交互作用下"生起"诗情，那么"景象"则是诗情生起后，通过对景物的统摄与渗透作用，使其化为诗中之"象"。"乐景""哀景"的命名，就已经透露出诗中"景象"背后的情感维度。

但是何为"乐景"，何为"哀景"呢？船山以"哀乐"命名"景象"的依据是什么？船山提出"以乐景写哀，以哀景写乐"的用意又是什么？

---

[1] 王夫之：《诗广传》卷三，《小雅六十一论》八《论采薇二》，《船山全书》第三册，第392页。

[2] 王夫之：《诗译》第四则，《船山全书》第十五册，第809页。

若从船山"不敛天物之荣凋,以益己之悲愉"① 的观点来看,"悲愉"等诗情的生起,显然并不与"天物之荣凋"有什么固定的联系,在心物交互过程中,春花春鸟可以生起乐情,也可以生起哀情,同样,秋月秋蝉可以生起哀情,也可以生起乐情。在这种情形下,诗中被"诗情"所统摄的"景象",也就没有了绝对的"哀""乐"之分,而只是相对性的区别:一旦心物交感的碰触之点完成,情以生,自然物色随即转为情之景象,此时若生的是"哀情",则诗中之景必为"哀景",若生的是"乐情",则诗中之景必为"乐景",这与这个"景象"本身是"荣"还是"凋",是没有任何联系的。

以上是从船山"不敛天物之荣凋,以益己之悲愉"这一观点出发所推出的一个自然而然的结论。但实际上,船山所说的"哀景""乐景",却又似乎并不是从他的"天物荣凋"说而来,因为若按"天物荣凋"的思路,"哀情"之下,皆是"哀景","乐情"之下,皆为"乐景",绝不会有"以乐景写哀,以哀景写乐"的这种反差效果的存在。船山于此处专门突出这一论点,实际上是考虑到了"天物荣凋"与"哀情乐情"的生成之间在长期的历史过程中所形成的心理积淀式的"正相关"关系。

古人很早就强调自然物色与人之情感之间存在某种对应性,如《庄子·大宗师》在形容"真人"时尝云:"其心忘,其容寂,其颡頯;凄然似秋,暖然似春,喜怒通四时,与物有宜而莫知其极。"② 在庄子的理解中,四时之天包含着蓬勃的生命力,人之情感与四时之天可以互相感应,而且这个感应并非随机的,而是固定的,"凄然似秋,暖然似春"指出了这一内在关联性。西汉董仲舒尤其强调天人感应,他明确提出:"喜气取诸春,乐气取诸夏,怒气取诸秋,哀气取诸冬。"③ 又云:"阴始于秋,阳始于春,春之为言犹偆偆也,秋之为言犹湫湫也,偆偆者,喜乐之貌也,湫湫者,忧悲之状也。"④ 以四时对应人之喜怒哀乐,尤其突出了"春"与"乐"、"秋"与"悲"之间的对应性。在文学创作中,天人感应的说法更

---

① 王夫之:《诗广传》卷三,《小雅六十一论》八《论采薇二》,《船山全书》第三册,第392页。
② 陈鼓应注译《庄子今注今译》,台北:台湾商务印书馆,1977,第186页。
③ 董仲舒著,赖炎元注译《春秋繁露今注今译》,台北:台湾商务印书馆,1984,第296页。
④ 董仲舒著,赖炎元注译《春秋繁露今注今译》,台北:台湾商务印书馆,1984,第296页。

为常见，宋玉《九辩》云："悲哉，秋之为气也！"① 又云："皇天平分四时兮，窃独悲此凛秋。"② 便是将"秋"与"悲"联系在一起。又，古人常以"春"为"阳"，以"秋"为"阴"，所以又有"阴惨阳舒"的说法，张衡《西京赋》曰："人在阳时则舒，在阴时则惨。"③ 此处的"阴"指秋冬寒冷之时，"阳"指春夏温暖之时，"惨"即"不快"，"舒"即"舒畅"。刘勰继承了张衡的说法，明确提出"春秋代序，阴阳惨舒"④，认为春秋四季不断更代，秋冬寒冷的天气使人觉得沉闷，春夏温暖的日子使人感到舒畅，"阴阳惨舒"说对传统的"悦春悲秋"式的天人感应论作了理论总结，明确了"物之荣"与人之"乐情"以及"物之凋"与人之"悲情"之间的固定联系，经过漫长的发展与积累过程，"阴惨阳舒"已成为一种典型的"历史积淀"，得到了普遍的心理认同，而天与人、心与物之间的这一搭配模式也就理所当然地成了一种"正相关"模式。

船山"以乐景写哀，以哀景写乐"中的"哀景""乐景"，指的正是在此"正相关"视域下所理解的"景象"之别，"哀景"即"物凋"之景，"乐景"即"物荣"之景，这遵循的显然是"阴惨阳舒"的路子。而事实上，这种"正相关"式的理解，主要是站在读者的角度着眼的。若从作者的角度看，"乐情"之下，皆为"乐景"，无关"物之荣凋"，"哀情"之下，皆为"哀景"，无关"时之惨舒"。正是由于以"心物"间的自然契合为基础，所以诗人们既可以写出"亭皋木叶下"这类以"物凋之景"对应"哀情"或"池塘生春草"这种以"物荣之景"对应"乐情"的诗，也可以写出"秋风病欲苏"这类以"物凋之景"对应"乐情"或"感时花溅泪"这种以"物荣之景"对应"哀情"的诗。诗中"景象"无论是凋落之景，还是繁荣之景，皆是在作者"诗情"的观照下自然呈现，真实无妄。

但在读者的眼中，"物之荣凋惨舒"却始终是一个关键性的影响因素。对于接受者而言，由于缺乏作者"诗情"发生时的在场感、即时感，且无

---

① 宋玉：《九辩》，见王逸章句，洪兴祖补注，夏剑钦校点《楚辞章句补注》，岳麓书社，2013，第179页。
② 宋玉：《九辩》，见王逸章句，洪兴祖补注，夏剑钦校点《楚辞章句补注》，岳麓书社，2013，第182页。
③ 张衡：《西京赋》，见萧统编，李善注《文选》卷二，上海古籍出版社，1986，第48页。
④ 刘勰著，范文澜注《文心雕龙注·物色》，人民文学出版社，1958，第695页。

法回避那种共认的、历史生成式的、心理积淀式的"阴惨阳舒"类型的"正相关"模式,所以他们更易接受"喜春悲秋"式的诗歌,但问题在于,这类诗歌在易被接受的同时,也容易流于熟滥与僵化。而在"凋景乐情"或"荣景哀情"的诗歌中,诗人由自己情感观照而来的"乐景""哀景",与"正相关"理解下的"乐景""哀景"是相悖的,这就极易引起读者产生某种悖谬的、被侵犯的感受,由此陌生感再深入体会,自然会旋绕得更久、更深,由此引起读者的深度接受与理解。

正是在这个层面上,我们说,船山所提出的"以乐景写哀,以哀景写乐,一倍增其哀乐",就其效果而言,更偏重于读者,而非作者。以"相反相成"来概括船山这一"乐景哀情,哀景乐情"说并无不可,但这里的"反"与"成",不仅仅指情景关系,更指接受者心理积淀式的"阴惨阳舒"说与作者真情观照下的"阴舒阳惨"说的冲突与互动,并在这一互动、碰撞的过程中,使读者对"情"的理解趋于"广",趋于"达"。船山尝言:"导天下以广心,而不奔注于一情之发,是以其思不困,其言不穷,而天下之人心和平矣。"① 此论明确落脚在了接受层面上,意思即为,在诗歌写作中,心物交感以生其情,但并不让这个"情"固定不动,而是要有启发性,与读者要有互动,要有"广心"的功能。善于用情的人,是应该可以与读者有交锋的人,从而引导读者在更广阔的天地中体会其情、在更通达的层次上理解其情,这即是"广心"。正如前面所分析的,心物交感中,心理积淀式的"阴惨阳舒"的对应模式,是读者基本的"前理解",船山的"乐景写哀,哀景写乐",正是从读者的角度,从"阴惨阳舒"的视角出发的,但给出的却是另一种不同的心物关系、不同的情感发生维度、不同的视野,从而使读者先是疑惑,继而沉思,继而了解,继而达到"广"。心物之正相关、反相关的合题,实际上就是引领读者从各类不同的"一情"出发,最终走向"广心"与"广情",船山尝言:"古之为《诗》者,原立于博通四达之途,以一性一情周人情物理之变而得其妙。"② "乐景哀情,哀景乐情"的提出,则在"博通四达"的"广情"之

---

① 王夫之:《诗广传》卷三,《小雅六十一论》八《论采薇二》,《船山全书》第三册,第392页。
② 王夫之:《四书训义》卷二十一,《论语十七·阳货第十七》,《船山全书》第七册,第915页。

途中，迈出了关键性的一步。

最后需要说明的是，虽然船山得出"乐景哀情，哀景乐情"这一结论时所引用的例证——"昔我往矣，杨柳依依。今我来思，雨雪霏霏"，并不恰当①，但这并不影响此一观点的正确性与深刻性。船山对诗歌中"乐景哀情，哀景乐情"的关注，并非一朝一夕的偶然之事，而是在长期的诗歌鉴赏活动中所得出的深思之论。读者之维，虽与创作活动不在同一层面，但从读者反应的角度来逆推、理解创作过程中的种种手法，反而更易理解其奥妙所在。前文中曾提出，船山论诗之创作，每每能从接受心理的角度，审视、核验创作的成功与否，此处的"哀景乐景"之论，显然又是一个经典例证。

由此，可对船山诗论中的"以景达情"论做一个小结。"诗情"本为"几微"状态，诗人可感而难言，可察而难状，诗中"景象"则以其独有的营造画面感的内视觉能力，使"诗情"有了可以由"隐"而至"显"的外现可能。但与此同时，"诗情"的"几微"特征，也于内在之中要求诗之"景象"不能过于粗略直露，船山所提出的"远近之间""广大深微""象外圜中""哀景乐景"就是在不同层面上对诗中"景象"提出的美感要求。"远近之间"，强调的是景象与情感之间的恰当距离，可以从"兴比杂用"的角度来理解，在诗歌当中，"比象"近而显，"兴象"远而隐，"比象"以其"近"，可以克服"兴象"的过于缥缈悠远，"兴象"以其"远"，也同样可以弥补"比象"的过于质实贴近，所以"兴"与"比"配合在一起，诗中"景象"才能使"诗情"呈现得更为精妙、恰切、淋漓尽致。"广大深微"主要分为"以广景写微情"与"以微情写广景"两种情况，所谓"以广景写微情"，主要是指诗中阔大之景与隐微曲致的思情之间，形成一种张力之美；"以微景写广情"，则是指用微细之景，呈现诗人辽阔的"气序怀抱"。"微景广情"进一步发展，就是"象外圜中"，"圜中"即诗中所绘之"景象"，"象外"即诗中未言之"情感"，诗歌就应该由"圜中"而至"象外"，在这一过程中，"圜中"是基础，"象外"是结果，二者相辅相成，缺一不可。船山还引入了画论"咫

---

① 姚爱斌先生对此辨析甚详，可参见其论文《王夫之〈诗·小雅·采薇〉评语的症候式解读》，《北京师范大学学报》（社会科学版）2011年第5期。

尺有万里之势"的说法，认为诗歌应如绘画一样，绘画讲究"以实见虚""以少见多""以有限表现无限"，以简约、留白之笔法生起无穷之境界，而诗歌也应做到"无字处皆其意也"，这可以看作对"象外圜中"说的深入阐释。"哀景写乐，乐景写哀"则在"景象"的空间形态之外，又从性质层面，站在读者的角度，对"景象"与"诗情"的关系作了更为深入的探讨，具体来说，就是在"凋景乐情"或"荣景哀情"的诗歌中，诗人由自己情感观照而来的"乐景""哀景"，与读者在"正相关"理解下的"乐景""哀景"形成矛盾和冲突，在此冲突的基础山，进而引起读者的深度接受与理解。

　　以上，船山从"远近""大小""内外"等空间形态维度，以及"哀乐"的性质维度，对诗中"景象"作了细致的区分，这为"以景达情"的顺利实现提供了颇具启发意义的操作路径。

第四章
"以声达情":"诗情"的音乐性呈现

在诗歌当中,相较于"情"与"景","情"与"声"的关系似乎要更为密切,船山尤为看重诗歌音声特质对几微之情的突显作用,在《诗广传》中,他将"响"与"几"相提并论,提出了"几愈微响愈幽,非夔旷之识,谁从而审之哉"[①] 这一"以声显情"的观点。所谓"几",即"诗"中之"情几",所谓"响",即"诗"中之声响,偏指一种音乐性。在诗歌初成时期,语言的表义作用十分有限,对此"几微"之"情"的表达,"文字之表意"显然不如"旋律之呈现"来得鲜明而透彻,尤其对于那种隐晦难解的"诗情",音乐声响的呈现作用显然要更为明显。在言不尽意的困境中,旋律更能以其幽微的表现力将情感的微妙之处呈现出来,这也就是船山所说的"几愈微响愈幽"。但在这种情形下,欣赏者的音乐素养显然也要极为高超,所以船山说"非夔旷之识,谁从而审之哉",这一方面当然指明了音乐修养的重要性,但另一方面也确凿无疑地证实了船山此段所说的"响",正指音乐之旋律。

从音乐性的角度来论诗,是船山诗学的一大特色,在《张子正蒙注·乐器篇》篇中,他开篇即语:"此篇释《诗》、《书》之义。而先之以《乐》,《乐》与《诗》相为体用者也。"[②] 在注释张载"《诗》亦有《雅》,亦正言而直歌之,无隐讽谲谏之巧也"一句时也提出:"正《雅》直言功

[①] 王夫之:《诗广传》卷四,《大雅四十八论》四七《论瞻卬一》,《船山全书》第三册,第479~480页。
[②] 王夫之:《张子正蒙注》卷八《乐器篇》,《船山全书》第十二册,第315页。

德，变《雅》正言得失，异于《风》之隐谲，故谓之《雅》，与乐器之雅同义。即此以明《诗》、《乐》之理一。"① 诗乐一理或者诗乐合一的论述，在船山著作中比较常见，他指明了这样一个事实："诗"因其可歌可咏的旋律性，内在之中与"乐"确有一致性。然就其本质而言，船山的"诗乐一体"论，实际上是要恢复先秦汉魏时期"以乐达情"的诗歌传统。船山的这一诗论取向，与明人重视诗声的传统是一脉相承的，但其中又有拓深与发展，他提出了颇具独创意义的"声情"理论，试图解决明人所未能言明的诗歌内部音乐性的表现问题，以及这种音乐性与情感表达之间的关系问题。在本章当中，笔者即主要围绕"声情"问题进行论述。

第一节 诗乐分合与内向转型：诗歌音乐性的发展脉络

一 "诗""乐"之合与分

诗与乐的关系，经历了一个由合到分的过程。从现有文献来看，上古时期的"诗"与"乐"具有鲜明的"合一"性质。《尚书·舜典》曾描绘过诗乐不分的情形："帝曰：夔，命女典乐，教胄子。直而温，宽而栗，刚而无虐，简而无傲。诗言志，歌永言，声依永，律和声。八音克谐，无相夺伦，神人以和。"②《吕氏春秋·古乐》则对诗乐舞一体的现象作了例证说明："昔葛天氏之乐，三人操牛尾，投足以歌八阕：一曰载民，二曰玄鸟，三曰遂草木，四曰奋五谷，五曰敬天常，六曰达帝功，七曰依地德，八曰总万物之极。"③ 这两则引文都突出了上古时期诗乐合一的性质及其形态。

如果说《尚书》与《吕氏春秋》只是描述了一种诗乐合一的现象，那么后出于汉代的《乐记》与《毛诗序》，则对诗与乐之所以能够比类相连的内在成因作了较为清楚的理论分析。《乐记》曰："凡音之起，由人心生

---

① 王夫之：《张子正蒙注》卷八《乐器篇》，《船山全书》第十二册，第316页。
② 孔安国传，孔颖达正义，黄怀信整理《尚书正义》卷三，《舜典第二》，上海古籍出版社，2007，第106页。
③ 陈其猷校释《吕氏春秋校释·古乐》，学林出版社，1984，第284页。

也。人心之动,物使之然也。感于物而动,故形于声。声相应,故生变;变成方,谓之音;比音而乐之,及干戚羽旄,谓之乐。乐者,音之所由生也;其本在人心之感于物也。"① 《毛诗序》也提出:"情动于中,而形于言。言之不足,故嗟叹之,叹之不足,故咏歌之。"② 不难看出,"乐"之生成与"诗"之生成有着极强的相似性,"乐"与"诗"均以"感物论"为基础,在感物生情的基础上,"音声"或"咏歌"自然而发。若进一步分析,则可发现乐与诗的相似性,不仅仅体现在"乐情"与"诗情"因"物感"而由"无"至"有"的"生成"过程中,更体现在"情"借音乐旋律由"隐微"状态而发展至"彰显"状态的"突出"过程中。细言之,"乐情"的呈现,靠的是"声""音""乐","诗情"的呈现,靠的是"言""嗟叹""咏歌",在"以声达情"的呈现途径上,"诗"与"乐"实际上是相当一致的。

但诗与乐在存有诸多相似之处的同时,也存在显著的相异之处——与"乐"纯以"声"之形态存在不同,"语言"作为"诗"的唯一存身媒介,不仅仅有"声"的一面,还有其"义"的一面。朱自清对此解释得相当清楚,对于《诗大序》所说的"情动于中而形于言。言之不足,故嗟叹之,叹之不足,故永歌之。永歌之不足,不知手之舞之足之蹈之也"这段话,朱自清曾评论说:"这一整段话也散见在《乐记》里,其实都是论乐的。而诗教更不能离乐而谈。一来声音感人比文辞广博得多,若只着眼在'诗辞美刺讽谕'上,诗教就未免狭窄了。二来以声为用的诗的传统——也就是乐的传统——比以义为用的诗的传统古久得多,影响大得多。"③ 朱自清这段话包含两层信息:第一,"诗"与"乐"是不同的,"诗"是"以义为用","乐"是"以声为用";第二,《诗经》实际已经开启了"以义为用"的路向,但相较之下,"声"在"达情"方面更具优势,因为"音感人比文辞广博得多",所以在《诗经》当中,"以义为用"只起辅助作用,"以声为用"仍是主脉。

从用诗、解诗的角度看,先秦时期的"赋诗言志"、孔子对《诗》的

---

① 王梦鸥译注《礼记今注今译·乐记》,台北:台湾商务印书馆,2006,第607~608页。
② 毛公传,郑玄笺,孔颖达等正义,黄侃经文句读《毛诗正义》,上海古籍出版社,1990,第15页。
③ 朱自清:《诗言志辨》,岳麓书社,2011,第113页。

功能性解读，以至汉人对《诗经》的注疏，都突出了诗之"以义为用"的一面，将诗歌与音乐区分了开来。从作诗的角度看，随着诗歌语言表意功能日渐成熟，"以义为用"在诗中的地位也日益突出，诗中的声义关系也从浑然一体的"声义并用"逐渐转变成"声义分离"，但与解诗传统相比，诗歌创作中的"声义分离"要更为晚出，其过程也更为漫长。汉魏至唐，诗歌尚能继承《诗经》传统，虽然在"诗义"突出的同时，可入乐吟唱的音乐性已有所减弱，但仍然可以说是"声义并用"的时代，至宋则义理盛行，"以声为用"的诗歌开始消失殆尽，郑樵曾云："自后夔以来，乐以诗为本，诗以声为用，八音六律为之羽翼耳。仲尼编《诗》，为燕、享、祀之时用以歌，而非用以说义也。……奈义理之说既胜，则声歌之学日微。"① 朱熹亦尝言："凡圣贤之言诗，主于声音少而发其义者多……志者诗之本，而乐者其末也。"② 如此来看，宋人更看重诗之思想的深刻、命意的超拔，言"理"而不言"情"，所以主"义"而不主"声"。

明人作诗论诗则完全站在宋人的反面，他们论诗主"情"反"理"，强调诗歌应"以声为用"，主张"以乐论诗"。从李东阳到前后七子，再到明末的陈子龙，无不注重诗歌的音乐性。李东阳首开明代"以乐论诗"的先河，《怀麓堂诗话》开篇即语："《诗》在六经中别是一教，盖六艺中之乐也。……后世诗与乐判而为二，虽有格律而无音韵，是不过为俳偶之文而已。"③ 显然在李东阳看来，"诗"区别于"文"的一个主要标准就是其音乐特质。前七子的李梦阳亦注重"以乐论诗"，尝曰："人动之志必著之言，言斯永，永斯声，声斯律，律和而应，声永而节，言弗睽志，发之以章，而后诗生焉。"④ 他还善从音调的角度评论诗之高下，提出："诗至唐，古调亡矣。然自有唐调可歌咏，高者犹足被管弦。宋人主理不主调，于是唐调亦亡。"⑤ 此处李梦阳所言之"调"，实即可歌、可咏乃至可以被弦入

---

① 郑樵：《通志》卷四十九，《乐略·乐府总序》，中华书局，1987，第625页。
② 朱熹：《答陈体仁》，见郭齐、尹波点校《朱熹集》第三册，四川教育出版社，1996，第1673~1674页。
③ 李东阳著，李庆立校释《怀麓堂诗话校释》第一则，人民文学出版社，2009，第1页。
④ 李梦阳：《林公诗序》，见吴文治主编《明诗话全编》第二册，江苏古籍出版社，1997，第1977页。
⑤ 李梦阳：《缶音序》，见吴文治主编《明诗话全编》第二册，江苏古籍出版社，1997，第1981页。

乐的诗之音乐特质,但由先秦至宋,随着诗义、诗理的逐渐突出,诗的"合乐"特质逐渐走向了消亡。后七子的谢榛也常从"乐"的角度评论诗歌,如他曾言"唐人歌诗,如唱曲子,可以协丝簧,谐音节"[1],又说"唐去汉、魏乐府为近,故歌诗尚论律吕"[2],与李梦阳观点颇为相似。七子之后,强调"以乐论诗"的观点连绵不绝,胡应麟评初唐四杰之诗曰:"抑扬起伏,悉协宫商,开合转换,咸中肯綮。"[3] 明末陈子龙亦从"诗乐一体"的角度提出了"审声"说:"凡诗之声,发于内心,流寓于物变,殽杂乎山川。是以明堂、清庙,取其和以平也;故国故都,取其感以思也;边风朔雪,取其壮以悲也;劳人思妇,取其幽以怨也。纯大,则皆鼓与角也;纯细,则皆丝与竹也;纯浮,则韦縵而不震也;纯切,则弦绝而不醳也。故审声之作,十不失一二焉。"[4]"审声",或者说能否做到诗乐结合,成为陈子龙衡量诗歌的终极标准。明人重提"诗乐一体",意在恢复先秦汉魏"诗乐合一"的传统。但由于诗之表义功能的愈渐成熟,诗与乐的分离已是不可逆转的必然之势。明人对此其实是有着清醒认识的,他们从"宫商"角度评诗论诗的诸多言论,大多已不再是对诗之入乐特性的评价,而是对诗歌语言本身所蕴含的音乐性质的评论。这就涉及了诗歌音乐性的外内之分。

二 诗歌音乐性的内向转型

"诗乐合一",从诗的角度来看,可以理解为诗歌所具备的音乐特质。作为以语言为媒介的艺术形式,"诗所用的声音是语言的声音"[5],诗歌自其产生之初,其音乐特质就是紧扣于语言之上的,但这种以语言为基础的音乐性,表现出来的形态却有所不同。

诗最早即有辞之乐或入乐之辞,称为"歌"。《诗经》可以说是"歌"的典范,赵敏俐曾指出:"《诗经》的艺术远源是上古与乐舞结合在一起的

---

[1] 谢榛著,李庆立、孙慎之笺注《诗家直说笺注》卷一,齐鲁书社,1987,第96页。
[2] 谢榛著,李庆立、孙慎之笺注《诗家直说笺注》卷二,齐鲁书社,1987,第280页。
[3] 胡应麟:《诗薮》内编卷三,上海古籍出版社,1958,第46页。
[4] 陈子龙著,施蛰存、马祖熙标校《陈子龙诗集》附录三《湘真阁稿序》,上海古籍出版社,2006,第770页。
[5] 朱光潜:《诗论》,中华书局,2012,第116页。

用以传唱和表演的歌。"①既然是歌,就必然能入乐可唱,所以此时的诗之音乐性,主要就是指语调声响与外在音乐的相契相合,可简称为"入乐性"或"合乐性"。《诗经》之中的"风""颂",实际就是民俗歌谣、祭祀乐歌等,其"合乐性"是十分突出的。诗到汉代流为乐府,"乐府"本是掌管音乐诗歌的官方机构,它所掌管的乐歌主要有两个来源:一是民间歌谣,如郭茂倩《乐府诗集》中的《横吹曲辞》《鼓吹曲辞》《清商曲辞》《相和歌辞》《杂曲歌辞》等,二是专业乐师或文人所作的颂德祈神的乐歌,如《乐府诗集》中的《燕射歌辞》《郊庙歌辞》等。汉代以后,以文人创作为主的五言诗逐渐兴起,诗之独立性增强,诗之入乐可唱的"合乐性"特征也逐渐淡化,其余脉却不绝,但主要就是以民歌或乐工之歌为主了,文人之拟作则往往不再入乐。仍以乐府为例,魏晋南北朝、唐、宋均存在相当数量的乐府诗,魏晋时期的"鼓吹曲辞""相和歌辞""杂曲歌辞",以及南朝时广泛流行的吴歌、西曲,皆入乐可唱。唐人乐府有新题旧题之别,旧题为拟作,新题为自创,明人胡震亨云:"而诸诗内又有诗与乐府之别,乐府内又有往题、新题之别。往题者,汉、魏以下,陈、隋以上乐府古题,唐人所拟作也;新题者,古乐府所无,唐人新制为乐府题者也。其题或名歌,亦或名行,或兼名歌行。又有曰引者,曰曲者,曰谣者,曰辞者,曰篇者。有曰咏者,曰吟者,曰叹者,曰唱者,曰弄者。复有曰思者,曰怨者,曰悲若哀者,曰乐者。凡此多属之乐府,然非必尽谱之于乐。谱之乐者,自有大乐、郊庙之乐章,梨园教坊所歌之绝句、所变之长短填词,以及琴操、琵琶、筝笛、胡筘、拍弹等曲,其体不一。"②由此来看,唐人所作的这些旧题、新题乐府,事实上大都是不能入乐的徒诗,钱志熙就指出,"汉魏乐府与南朝新声乐府,虽然其曲调至唐时尚有存者,但与诗人的古乐府写作却毫不相涉"③,真正能入乐的作品还是出于乐工之手,即胡震亨所说的"谱之乐者,自有大乐、郊庙之乐章,梨园教坊所歌之绝句、所变之长短填词,以及琴操、琵琶、筝笛、胡筘、拍弹等曲"。宋代乐府则全面走向徒诗化,如果说唐人乐府还有恢复汉魏乐府之乐歌传统的诉求,那么宋代乐府则已自觉脱开了乐府的入乐性质,他们突

---

① 赵敏俐:《乐歌传统与〈诗经〉的文体特征》,《学术研究》2005年第9期。
② 胡震亨:《唐音癸签》卷一,上海古籍出版社,1981,第2页。
③ 钱志熙:《唐人乐府学述要》,《中国社会科学》2013年第8期。

出的是对脱离音乐、作为徒诗的乐府诗的重视①。总而言之，乐府可以说是最能体现诗之入乐性质的诗体之一，但文人、乐工的逐渐分流，使得乐府之"合乐性"消失殆尽，在此种诗乐分离的背景下，诗人们要重新寻找诗歌中的音乐特质，就不能不转移到诗体内部，实际上，五言诗、七言诗，尤其五、七言近体的兴起，就为诗歌内部音乐性的发现提供了一个更加适宜的领域。

南朝齐梁之时至初唐，是诗歌声律理论迅速发展的时期，从某种程度上说，这种诗歌语言的音响规律，可以称为一种内部音乐性，朱光潜就认为："齐梁时代，乐府递化为文人诗到了最后的阶段。诗有词而无调，外在的音乐消失，文字本身的音乐起来代替它。永明声律运动就是这种演化的自然结果。"② 这种"文字本身"的音乐性，与汉魏乐府之"合乐性"基本没有任何联系，纯是语言自身的音调特质，主要表现为平仄相协、声韵相和等特点。声律理论于唐代发展成熟，对后世诗歌创作尤其律诗创作的影响极为深远，由此开辟了独具特色的"律"的道路。但此"声律"之途，有其弊端所在，一个突出表现就是人为规范性太突出，容易走向刻意，走向僵化。实际上到了明代，随着诗格诗法类著作的泛滥，格律之说确实已走向琐碎、刻板、僵化的末途，因此遭到明代诗论家们的抨击，李东阳就曾明确提出："后世诗与乐判而为二，虽有格律，而无音韵，是不过为排偶之文而已。使徒以文而已也，则古之教何必以诗律为哉！"③ 显然在李东阳看来，过分讲究格律的律诗，对平仄音韵的规定过于严格，这与《诗经》、汉魏乐府中的那种"合乐性"殊途异质。这其实表明了明人对诗歌内在音乐性的独特理解：这一内在音乐性，并不从人为的文字平仄安排中见出，而是从其流畅自然的音响中见出。《诗经》、汉魏乐府时期的诗歌，在其"合乐性"之外，语言文字本身其实也有其独特的表征，只不过这些表征主要是为配合可歌可唱的"合乐性"而生的，如双声、叠韵、一唱三叹等便于吟唱的自然特质，诗乐分流之后，外在配乐消失，但诗歌中具备"合乐特质"的语言特征却保存了下来，并对古诗、歌行均有深远的影响。李东阳此处所隐含的"有音韵"之诗，就是指这种具备"合乐特

---

① 此观点可参见罗旻《宋代乐府诗研究》，北京大学 2013 年博士学位论文。
② 朱光潜：《诗论》，中华书局，2012，第 212 页。
③ 李东阳著，李庆立校释《怀麓堂诗话校释》第一则，人民文学出版社，2009，第 1 页。

质"的自然成韵之诗。不仅仅是律诗,唐代五古也在一定程度上受到了声律的影响,李攀龙在《选唐诗序》中即言:"唐无五言古诗而有其古诗"①,指出唐代没有汉魏的五言古诗,但自有唐人的五古,唐人之五古不同于汉魏之诗,其中一个重要原因就在于,唐代五古有了人为的诗格律,与汉魏五古的自然声调之美已全然不同。谢榛极为看重诗歌之声律,但他所推崇的诗歌内部音乐性并非指向文字之平仄安排,而是侧重一种内在的合乐特质,如他提出的"诗家四关",其中有两关"诵之行云流水""听之金声玉振",明显与诗歌中自然合乐的音响特质相关。屠隆提出的"协于宫商,娴于音节,固琅然可诵"②,同样是从诗歌语言之"琅然可诵"的内在合乐性着眼的。总而言之,明人所推崇的诗之内部音乐性,与齐梁以来的诗歌格律并不相同,它所继承的主要是先秦汉魏诗歌的合乐特质,具体而言,主要是指一种自然灵动、朗朗上口的吟咏特征,其中并不掺杂人为刻意的格律要求。

处于明末清初的船山,深受明人"诗乐一体"论的影响,亦十分强调"以乐论诗",如他尝云:"乐语孤传为诗。"③ 又说:"韵以之谐,度以之雅,微以之发,远以之致,有宣昭而无罨霭,有淡宕而无犷戾。明于乐者,可以论诗。"④ 明确指出了诗与乐的亲密关系,并透露出对诗歌内部音乐性的关注。实际上,船山所推崇的诗歌音乐性,在其形态上也与明人一脉相承,此即斥"律"(声律)而重"乐"(内在合乐性)。船山这一评判标准在其批评实践中表现得非常鲜明:从文类文体的角度看,船山更看重乐府、古诗、歌行,而对律诗常有微词,如他尝云:"乐府之作既被管弦,歌行之流必资唱叹。……初唐人于七言不昧宗旨,无复以歌行近体为别。大历以降,画地为牢,有近体而无七言,牝鸡司晨,亦可哀已。"⑤ 明确突出了对乐府、歌行之合乐特质的偏爱,以至于将"无复以歌行近体为别"作为评判诗之好坏的标准。而"'一三五不论,二四六分明'之说,

---

① 李攀龙著,李伯齐点校《选唐诗序》,《李攀龙集》,齐鲁书社,1993,第 375 页。
② 屠隆:《与友人论诗文》,见吴文治主编《明诗话全编》第五册,江苏古籍出版社,1997,第 4944 页。
③ 王夫之:《夕堂永日绪论内编·序》,《船山全书》第十五册,第 817 页。
④ 王夫之:《夕堂永日绪论内编·序》,《船山全书》第十五册,第 817 页。
⑤ 王夫之:《唐诗评选》卷一,宋之问《至端州驿见杜五审言沈三佺期阎五朝隐王二无竞题壁慨然成咏》评语,《船山全书》第十四册,第 891 页。

不可恃为典要"①、"声律拘忌，摆脱殆尽，才是诗人举止"②等评语，则又从反面对诗之格律作出了批评。由此不难看出船山"崇古斥律"的诗体观。从时代文体的角度看，船山更推崇汉魏之诗，而对唐宋以后诗常有批评，如他提出："汉、魏作者，惟以神行，不藉句端著语助为经纬。陶、谢以降，神有未至，颇事虚引为运动，顾其行止合离，断不与文字为缘。……唯然，歌咏初终，犹觉去乐理未远。后人用此者，一反一侧，一呼一诺，一伏一起，了了与经生无异，而丝竹管弦、蝉联暗换之妙湮灭尽矣，反不如俚歌填词之犹存风雅也。"③所谓"歌咏初终，犹觉去乐理未远"，正指明了汉魏之古诗、歌行的"合乐"性质，而所谓"一反一侧，一呼一诺，一伏一起，了了与经生无异"，则对诗中之格律法则作了抨击。在船山看来，诗歌若没有这种"琅然可诵"的内在合乐特质，则无论其辞义如何高雅，实际上去雅已远，相比之下，那些民间可唱之词倒是更有古代的风雅之致。

所以，船山所推崇的诗歌音乐性，继承的是汉魏乐府、古诗、歌行中可吟可咏、音响自然的内在合乐传统，配乐可以消失，但"合于乐"的语言特征不可泯灭。从李东阳以至船山，所说的"以乐论诗""诗乐一体"之"乐"，含义正在此。只不过与明人相比，船山对诗之内在音乐性的理解，不再仅仅停留在语焉不详的层次，而是围绕着"声情"概念，作了极富层次性的思考。

第二节 从"心之元声"到"声情"：船山论诗情与诗声之关系

船山论诗之音乐性，离不开其"情几"视域，一方面，诗情是其他一切诗歌元素的根本，另一方面，诗之音乐性又是呈现"几微"之"情"的重要途径。船山对诉诸听觉的诗之音乐性给予了极高的地位，这不仅仅由

---

① 王夫之：《夕堂永日绪论内编》第二十则，《船山全书》第十五册，第827页。
② 王夫之：《明诗评选》卷六，程嘉燧《十六夜登瓜洲城看月怀旧寄所亲》评语，《船山全书》第十四册，第1536页。
③ 王夫之：《古诗评选》卷五，谢朓《新治北窗和何从事》评语，《船山全书》第十四册，第773页。

于他继承了明人的"重声"传统，也与他对感官的独特认识相关联。船山将人之感官体验分为两类，并作出了高下区分：

> 周尚文，求之于臭，弗求之味。殷尚质，求之于声，弗求之色。声臭者神之所主也。虽有绚采，弗视弗知其色。虽有洁荐，弗食弗知其味。待食待视而亲者，人之用也。幽细之音，不听而闻；缭绕之气，不嗅而觉。声响之达，隔垣不蔽；苾芬之入，经宿而留。不见其至，莫之能拒，斯非人用之见功、非人用之能效也，神之用也。①

在船山看来，人之感官体验有两种，第一种是必须主动接触才能感知到，如视觉与味觉，若不主动接触则无法感知，所以船山说"虽有绚采，弗视弗知其色。虽有洁荐，弗食弗知其味"；第二种是不需要主动接触便可感知到，如听觉与嗅觉，此即船山所说的"幽细之音，不听而闻；缭绕之气，不嗅而觉"，之所以能达到如此效果，是因为这类感官体验在一定程度上可以超越空间与时间的限制，"声响之达，隔垣不蔽；苾芬之入，经宿而留。不见其至，莫之能拒"。船山将前一类称为"人之用"，将后一类称为"神之用"，其高下立判。而在同属"神之用"的听觉与嗅觉中，船山又有区分，提出"周之尚臭也，又不如殷之尚声也。……萧艾脂膋之氤氲，诚不如鞉鼓磬管之昭彻也"②。可见在船山心目中，人的感官体验以听觉的地位为最高，具体到诗歌当中，与听觉相关的音乐性也就成为船山最为看重的艺术特质，同时也就成为表现幽微诗情的最佳途径。这可以说是船山提出"心之元声"说与"声情"说的一个理论基础。

一 "声""音""乐"辨

《乐记》有云：

> 感于物而动，故形于声。声相应，故生变；变成方，谓之音；比音而乐之，及干戚羽旄，谓之乐。乐者，音之所由生也，其本在人心

---

① 王夫之：《诗广传》卷五，《商颂五论》—《论那一》，《船山全书》第三册，第510页。
② 王夫之：《诗广传》卷五，《商颂五论》—《论那一》，《船山全书》第三册，第510页。

之感于物也。……凡音者，生于人心者也。乐者，通伦理者也。是故知声而不知音者，禽兽是也；知音而不知乐者，众庶是也。唯君子为能知乐。是故审声以知音，审音以知乐，审乐以知政，而治道备矣。是故不知声者不可与言音，不知音者不可与言乐。知乐则几于礼矣。①

船山对《乐记》此论有专门评价：

《记》曰："乐者，音之所由生也。其本在人心之感于物也。"此言律之即于人心，而声从之以生也。又曰："知声而不知音，禽兽是也。知音而不知乐，众庶是也。惟君子为能知乐。"此言声永之必合于律，以为修短抗坠之节，而不可以禽兽众庶之知为知也。②

结合《乐记》所言与船山所论，可对"声""音""乐"作一个大致的区分。《乐记》两次提到"感物而动"，但其结论并不同，一次是说"形于声"，一次是说"生成音"，实际上"声"与"音"是有区别的，"声相应，故生变，变成方，谓之音"，所以"声"是单音节的，多个"声"相应相和按一定规律组织起来而成"音"，对人而言，"声"只是一个过渡环节，最终的落脚点还是在"音"上，"音者，生于人心者也"才是其中的核心命题。"声"无法在人兽之间作出区分，人当然可以"感物"而成声，兽也同样可以如此，人的"感物"过程比较复杂，既包含自然因素的直接刺激，也包括历时形成的集体无意识式的积淀心理（这一点笔者在前文论述哀景乐景时已然提及，在后文分析"声-情"关系时也会详细论及），所以人因感物而成之"声"会于瞬间向"音"过渡，否则难以表现其复杂的心理感受；兽之"感物成声"则要简单直接的多，主要就是自然外物的直接刺激，如天气之骤变、灾变之突生、猎物之出现等，均会引起其"声"的形成。这样看来，人、兽之"感物成声"，主要是一种复杂程度上的区别，其本质原理却是一致的。"音"则不同，"音"是一种复杂的"声"之规律性组合，是人所特有的现象（可发之于口，也可借助于乐

---

① 王梦鸥译注《礼记今注今译·乐记》，台北：台湾商务印书馆，2006，第607~610页。
② 王夫之：《尚书引义》卷一，《舜典三》，《船山全书》第二册，第252页。

器），由于是多个音节的组合，所以"音"有"声调"，有"节奏"，也就是船山所说的"以成一定之节奏"①。正是在此前提下，《乐记》提出"知声不知音，禽兽是也"。船山重"音"甚于重"声"，多次提出"声永之必合于律"等论断，这里的"律""声永"，指的就是"声"之规律性组合的具体显现，即"音"。

"音"的下一阶段即为"乐"。"乐"与"音"的区别不仅在于"乐"在"音"的基础上加入了许多礼仪性舞蹈元素，如"干戚羽旄"之类，更在于其深隐了一种教化意义上的人文内涵。《乐记》直言："乐者，通伦理者也""审乐以知政，而治道备矣"，从中不难见出其政教意味。船山亦尝论"音"曰："责之以'直温宽栗，刚无虐，简无傲'者，终不可得。是欲即语言以求合于律吕，其说之不足以立也。"② 就是说，若只是"合于律吕"而缺乏政教意味，则只能称为"音"而不能称为"乐"。那何为政教意味呢？其实就是这里所说的"直温宽栗，刚无虐，简无傲"，此论原句为"直而温，宽而栗，刚而无虐，简而无傲"③，出自《尚书·舜典》，船山将其列于此处，就是为了说明"音"要转变为"乐"，外在的礼仪元素还在其次，关键是其声调、节奏需符合这个"直温宽栗"的要求，若达不到这个要求，"音"就不能转化为"乐"。

由此可以知晓，"声""音""乐"组成了一个逐层递进的关系链条。"声"为"音"的元素，"音"为"乐"的基础，"乐"是最终的完成形态。以此来看，"乐"自然是最为重要的一个层次，明人以及船山提倡的"诗乐一理"论，其立足点也多是在"乐"的层次上，但若是深入去看，会发现，"音"的地位其实要更为关键。一方面，它以节奏性将"声"组织了起来，同时也就与"声"区分了开来，在呈心表情方面"音"无可替代。另一方面，"音"是"乐"之生成的基础，甚至直接可以说，"乐"只是"音"的一种独特形态（"直温宽栗"）而已。事实上，船山在相关著作尤其诗学著作中，其所言之"声"多数时候都是在指"音"，其所言之乐，也多指特定的含蓄内敛之"音"。所以"音"在船山这里实际

---

① 王夫之：《尚书引义》卷一，《舜典三》，《船山全书》第二册，第252页。
② 王夫之：《尚书引义》卷一，《舜典三》，《船山全书》第二册，第252页。
③ 孔安国传，孔颖达正义，黄怀信整理《尚书正义》卷三，《舜典第二》，上海古籍出版社，2007，第106页。

上处于一种核心地位。

声音乐关系示意：

《乐记》 { 声：人、兽之单音节声响
音：多个"声"的规律性组合，具有合律性 } 船山所言之"声"
乐：加入礼仪性、人文性、教化性元素的"音" （"元声"、"声情"之"声"）

在《诗广传》中，船山还特别强调了"音"之于"言"的优位，"音"不仅以其节奏性更易表现人情，即所谓"动而应其心，喜怒作止之几形矣；发而因其天，郁畅舒徐之节见矣"①，而且可以超越语言之表义性的局限，即所谓"今夫言，胡之与粤有不知者矣，音则无不知也"②。在诗评实践中，船山所惯用的"声""永""韵""响"等，无不是诗语之"音"的具体呈现，只不过船山对这些诗"音"又有一种特殊的美感要求，如说"永"就是"长言永叹"③，说"声"就是"曼声缓引，无取劲促"④，说"韵"说"响"则是"沉响细韵"⑤，这实际上深深契合了《尚书·舜典》中所说的"直而温，宽而栗，刚而无虐，简而无傲"的要求，以此要求来成"音"，则此"音"已可称为"乐"。

由此也就可以理解，船山在其诗论中所常用的"元声""声情"等概念，其"声"之内涵也并非单音节之"声"的本义，而是指"音"，又因此"音"暗含着含蓄内敛的节奏要求，所以又可以指"乐"。而从其深层意蕴来看，"声情"之内涵就是"以乐达情"。在正式进入船山的"声情"说之前，对"声"的这一内涵认知，是必不可少的一个环节。

---

① 王夫之：《诗广传》卷五，《商颂五论》二《论那二》，《船山全书》第三册，第511页。
② 王夫之：《诗广传》卷五，《商颂五论》二《论那二》，《船山全书》第三册，第512页。
③ 王夫之：《夕堂永日绪论内编》第二十三则，《船山全书》第十五册，第829页。
④ 王夫之：《古诗评选》卷一，谢惠连《前缓声歌》评语，《船山全书》第十四册，第528页。
⑤ 王夫之：《古诗评选》卷四，陆云《答兄平原》评语，《船山全书》第十四册，第699页。

二 "心之元声"与"声情"

(一)"心之元声"

在分析"声情"之前,我们尚需厘清一个与"声情"密切相关的概念,即"心之元声"。船山尝云:

> 世教沦夷,乐崩而降于优俳。乃天机不可式遏,旁出而生学士之心,乐语孤传为诗。诗抑不足以尽乐德之形容,又旁出而为经义。经义虽无音律,而比次成章,才以舒,情以导,亦所谓言之不足而长言之,则固乐语之流也。二者一以心之元声为至。舍固有之心,受陈人之束,则其卑陋不灵,病相若也。韵以之谐,度以之雅,微以之发,远以之致,有宣昭而无罨霭,有淡宕而无犷戾:明于乐者,可以论诗,可以论经义矣。①

此段指明"乐教"沦落之后,"诗"与"经义"继而承之,成为"乐"的替代者。按船山之意,"诗"为"乐语之孤传",因此其音乐特质较为显著,"经义"无音律,因此其"乐"之继承性主要体现在"乐德"上。"诗"与"经义"之所以能成为"乐"的后继者,船山认为是因为"二者一以心之元声为至":"诗"之"元声"体现在音乐性上,"经义"之"元声"则体现在"比次成章""长言"等章节安排、语言风格上。但实际上,船山此处对"经义"之音乐性的阐明有些牵强,他所说的"才以舒,情以导,亦所谓言之不足而长言之"更合于"诗",段末所说的"韵以之谐,度以之雅,微以之发,远以之致;有宣昭而无罨霭,有淡宕而无犷戾"也更适用于对"诗"的评价。

当然,不论是评"诗"还是评"经义",船山此处的逻辑都十分显豁。首先,船山提出"心之元声"说,看起来似乎只有"心"与"声"两个要素,但实际上"心"与"声"之间,少不了"情"的参与(即船山所谓"情以导")。船山对此有较为翔实的辨析。在对《乐记》中"凡音之起,由人心生也。人心之动,物使之然也。感于物而动,故形于声"这句话进行驳斥时,船山提出:

---

① 王夫之:《夕堂永日绪论内编·序》,《船山全书》第十五册,第817页。

第四章　"以声达情"："诗情"的音乐性呈现　◀　211

> 此章推乐之所自生因于人心之动几，固乐理之自然，顾其曰"人心之动，物使之然"，则不知静含动理，情为性绪，喜怒哀乐之正者，皆因天机之固有而时出以与物相应，乃一以寂然不动者为心之本体，而不识感而遂通之实，举其动者悉归外物之引触，则与圣人之言不合，而流为佛、老之滥觞，学者不可不辨也。①

船山此处的批判并非全然反对音乐之起乃由人心而生，而是：第一，针对"生情"的缺席。《乐记》此论只言"感物而动而形于声"，中间的"生情"环节却略而不谈，船山对此是不满的，所以他在"人心之动，物使之然"之后补充说"情为性绪，喜怒哀乐之正者，皆因天机之固有而时出以与物相应"，"情"之生成的可能性，在"心"，也在"物"，在恰当的时机地点（即所谓"天机之固有"），心物相应，则"喜怒哀乐"之情自然生出，且皆合于"正"，这正是船山"情者阴阳之几"②的具体阐述。而唯有"情"生成了，"声"才可能形成，所以，与其说"声自心出"，毋宁说"声自情出"。第二，针对《乐记》"感物而动"之说。船山认为，按照《乐记》"人心之动，物使之然"的说法，人心只有被动的"受"义，失却了主动的"取"义，"阴阳之几"的双向运动只被简化成了"阳（物）阴（心）"的单向过程，也就是船山说的"悉归外物之引触"。这样的定位显然不完整，而且这种"齐物""忘我"式的单向度运动方式，也容易流向佛、老，所以为船山所不取。船山对《乐记》之"感物形声"说的反驳，已显示出他对"心-声"关系的独特认识，按船山的理解，"声"之成并非全因"物感"，也并非全自"心"来，而是在"心物交感"以生"情"的基础上自然而成的。

所以船山论声，绕不开一个"情"字，他的"心之元声""元音""元韵"等说，背后都隐含着"情"的维度。船山之所以惯于略"情"而直言"心之元声"，是因为此处的"情"与"心"，在很大程度上具有同

---

① 王夫之：《礼记章句》卷十九，《船山全书》第四册，第889页。
② 船山主张"吾心之动几，与物相取，物欲之足相引者，与吾之动几交，而情以生，不纯在外，不纯在内，或往或来，一来一往，吾之动几与天地之动几相合而成者也"（王夫之：《读四书大全说》卷十，《船山全书》第六册，第1067页），显然船山并不认为"情"是先天存在的，而是生于"吾之动几"与"天地之动几"的"一来一往"之间，也就是说，"情"产生于"心物交感"，有"感"才有"情"。具体可参见本书第一章。

义性。从结构来看,船山的"心之元声"说,既包含"情"对"声"的统摄,也包含"声"对"情"的突显。而这两个过程的顺利实现,都需基于一个共同的基础——"诚"。

其次,船山的"心之元声"说,在"情"("心")与"声"这两个方面都提出了相关要求。对于"心""情"而言,要求要"诚",关于"情之诚"第一章第二节中已有论述,概而言之,所谓"诚情"就是"自得之情",就是诗人的"本真""独一"之情,"诚情"的反面是"袭情",即沿袭、重复他人之情,与自我之心全无关系,其性质为"伪"。船山于此处所说的"舍固有之心,受陈人之束,则其卑陋不灵,病相若也"①,所表达出的明显是对"袭情"的不满,暗含了"情之诚"的要求。

对于"声"而言,则要求其为"元声"。何为"元声"?船山所说的"元声"又为何意呢?② 具体而言,"元声"是一个颇有历史渊源的概念,它本是一个乐论概念,乐有十二律,十二律以黄钟为首,其他十一律以黄钟之律为准,黄钟就是"元声"。但在儒家思想体系中,音乐并非只是一种艺术,更是一种意识形态,所以如何审定"元声",也就成了一个意识形态问题,至宋,则转变成一个理学范畴。由于对"理"的认识不同,朱熹一派与王阳明一派对于"元声"的认知也是不同的:朱熹一派强调"天理"的外在性,所以要寻求通于"天理"的"乐理"(也就是"元声"),也需向外使力,强调一种外在的途径和标准,基于此种认识,他们推崇"制管候气之法"③ 与"损益之法"④;阳明则认为"天理"只在本心,不

---

① 王夫之:《夕堂永日绪论内编·序》,《船山全书》第十五册,第817页。
② 此处关于"元声"及船山之"元声"的阐释多参考自羊列荣先生的论文《王船山的"元声"说》,《中国文学研究》(辑刊)总第七辑,2005年第1辑。
③ 《律吕新书》卷一《律吕本原·黄钟第一》云:"声气之元不可得而见,及断竹为管,吹之而声和,候之而气应,而后数始形焉。"数,指黄钟九分寸之数。《候气第十》曰:"候气之法:为室三重,户闭涂衅,必周密布缇幔。室中以木为案,每律各一案,内卑外高,从其方位,加律其上,以葭莩灰实其端,覆以缇索,案历而候之气至,则吹灰动索,小动为和气,大动为君弱臣强专改之应,不动为君严猛之应。其升降之数,在冬至则黄钟九寸,大寒则大吕八寸三分七厘六毫,雨水则太簇八寸,……。"
④ 三分损益法是周代正式确立的我国古代生律的方法。其按振动体长度来进行音阶或十二律吕的相生,史称"三分损益法"。最早记述这一理论的是《管子》一书。其求五音之法为:先求得一个标准音"黄钟",把它作为宫音。然后就宫音的弦长增加三分之一(三分益一),即得低四度的徵音;再就徵音的弦长减去三分之一(三分损一),即得高五音的商音;把商音的弦长增加三分之一,得低四度的羽音;就羽音弦长减去三分之一,可得角音。

必向外求索，提出"若要去葭灰黍粒中求元声，却如水底捞月，如何可得？元声只在你心上求"。① 又说："古人为治，先养得人心和平，然后作乐。比如在此歌诗，你的心气和平，听者自然悦怿兴起。只此便是元声之始。《书》云'诗言志'，志便是乐的本。'歌永言'，歌便是作乐的本。'声依永，律和声'，律只要和声，和声便是制律的本。何尝求之于外？"② 所以王阳明不仅将"元声"视为"心之所出"，也将"音律"视为"心之所出"。

船山之"元声"与朱熹、王阳明均有一定关联，但差别也十分明显，自有其独特之处：第一，从对"元声"的定位来看，船山认同王阳明"元声只在心上求"的观点，常言"二者（诗、经义）一以心之元声为至"③、"元韵之机，兆在人心"④。船山对此"心之元声"，同样有"诚"的要求，如果说"情之诚"强调的是"诗情"的"自得""不袭"，那么"元声之诚"则强调"声"与"情"的真实契合，强调"声"在呈"情"时的真实性，即所谓"元韵之机，兆在人心，流连泆宕，一出一入，均此情之哀乐，必永于言者也"⑤。第二，对于相对固定的"音律"，船山既不同意朱熹一派以"制管候气"寻求音律的做法，也不同意王阳明"律由心出"的观点。对于前者，他提出："律者，要不可以吹者也"⑥，"管不待吹，弦不待弹，鼓不待伐，钟不待考，而五音十二律已有划一之章。然则言吹律者，律已成，乐已审，而吹以验之也，非藉吹之得声而据以为乐也"⑦，在船山看来，"音律"并非是由"吹""弹""伐""考"等实践中得来的，而是一种先验的存在，它对于后人来说是已经完成形态的东西，"制管候气""吹弹伐考"仅是起到验证"音律"的作用。基于这种"音律"先验性的认识，船山对于阳明"律由心出"的观点也就不以为然了，这里需要稍微辨别一下"律"与"音"（亦即此处之"声"）的区别，如果说

---

① 王守仁：《传习录》，王守仁著，谢延杰辑刊《王阳明全集》（上），中央编译出版社，2014，第107页。
② 王守仁：《传习录》，王守仁著，谢延杰辑刊《王阳明全集》（上），中央编译出版社，2014，第107页。
③ 王夫之：《夕堂永日绪论内编·序》，《船山全书》第十五册，第817页。
④ 王夫之：《诗译》第一则，《船山全书》第十五册，第807页。
⑤ 王夫之：《诗译》第一则，《船山全书》第十五册，第807页。
⑥ 王夫之：《思问录外篇》，《船山全书》第十二册，第461页。
⑦ 王夫之：《思问录外篇》，《船山全书》第十二册，第461页。

"律"更多的是一种规律性的先验存在,那么"音"就是在"律"之主导下所形成的具体形态,"元声"虽自"心"发,但并非率尔为之,这中间尚需一个"损益合律"的过程,如船山所言,"屈元声自然之损益,以拘桎于偶发之话言,发即乐而非以乐乐,其发也奚可哉!"① 羊列荣阐释曰:"这意味着:'元声'是'自然损益'之道的直接体现,有所损益,就不是脱口而出、直抒胸臆;损益之道是必然的,依于此必然性,方是'元声'。"② 如此"损益合律"之后的"音",一方面满足了表"情"的需要,一方面也符合了"音律"的标准,这样的"元声",距"乐"已然不远。

综上,船山所提出"元声"说,其主要特点就是:"源自心出""达情真实""合于音律"。"源自心出""合于音律"突显的是"元"之"原始""本原"之义,"心"与"律"恰好构成了"元声"在内容层与形式层上的两个源头;"达情真实"突显的则是"元"的"至诚至善"(大善)之义。"心之元声"的提出,为"声情"的出场作了良好的理论铺垫。

(二)"声情"

"声情"最早出自曲评,明人王世贞曰:"凡曲,北字多而调促,促处见筋;南字少而调缓,缓处见眼。北则辞情多而声情少,南则辞情少而声情多。"③ 可见"声情"是与"辞情"相对而言的,此处的"辞情"即"以辞达情",强调"以义为用","声情"即"以声达情",强调"以声为用"。

船山开始将"声情"一词广泛应用于诗评当中,使其成为诗论中的一个核心范畴。据笔者统计,船山在三本诗评著作中,共使用"声情"24次,其中《古诗评选》12次,《唐诗评选》4次,《明诗评选》8次。又,在《述病枕忆得》中使用一次。暂举数例如下:

> 所咏虽悲壮,而声情缭绕,自不如吴均一派装长髯大面腔也。丈

---

① 王夫之:《尚书引义》卷一《舜典三》,《船山全书》第二册,第251页。
② 羊列荣:《王船山的"元声"说》,《中国文学研究》(辑刊)总第七辑,2005年第1辑。
③ 王世贞:《曲藻》第四则,见中国戏曲研究院编著《中国古典戏曲论著集成》第四卷,中国戏剧出版社,1959,第27页。

夫虽死,亦闲闲尔,何至赪面张拳?①

一往动人,而不入流俗,声情胜也。声情不由习得。故天下无必不可学文之心,而有必不可学诗之腕。②

一气四十二字,平平衍序,终以七字于悄然暇然中递转递收。气度声情,吾不知其何以得此也!③

宣城于声情中外别有玄得,时酣畅出之,遂臻逸品,乃不恤古人风局。顾如此等作,收放含吐,绝不欲奔涌以出。其致自高,非抗之也。④

长吉长于讽刺,直以声情动今古,真与供奉为敌,杜陵非其匹也。⑤

声情自遒,于挽诗为生色。⑥

针线密,声情缓。白刃临头时,亦尔从容不促。⑦

首先需要说明的是,船山的"声情"说与"心之元声"说确实有莫大的关联。"心之元声"说为"声情"的具体展开,提供了重要的理论前提:从"声""情"之性质来看,二者都需达到"诚"的境界,"声"不可作伪,"情"亦不可矫揉造作;从"情""声"之关系来看,二者需做到内外相符。"声情"说的理论走向,基本未偏出"心之元声"说所划定的方向,不过对"情""声"及其关系的规定要更为具体,从某种角度来说,"声情"说可以视作"心之元声"说的具体化、实践化,在这一实践过程

---

① 王夫之:《古诗评选》卷一,汉铙歌曲《战城南》评语,《船山全书》第十四册,第485页。
② 王夫之:《古诗评选》卷一,晋乐府辞《休洗红》评语,《船山全书》第十四册,第522页。
③ 王夫之:《古诗评选》卷一,鲍照《代白纻舞歌词三首》其一评语,《船山全书》第十四册,第533页。
④ 王夫之:《古诗评选》卷五,谢朓《酬王晋安德元》评语,《船山全书》第十四册,第767页。
⑤ 王夫之:《唐诗评选》卷一,李贺《昆仑使者》评语,《船山全书》第十四册,第925页。
⑥ 王夫之:《唐诗评选》卷三,骆宾王《乐大夫挽词二首》其一评语,《船山全书》第十四册,第985页。
⑦ 王夫之:《明诗评选》卷五,范景文《临终诗》评语,《船山全书》第十四册,第1456页。

中,船山对"情""声"关系的辨析,也愈加透彻。

船山尝曰:"《乐记》云:'凡音之起,从人心生也。'固当以穆耳协心为音律之准。"① 这里的"穆耳协心",实即"声情"之内涵所在。"穆耳",即强调音声的合律(音律)性质,"协心",则强调"情"与"声"之间的密切联系——声由情出,情由声显。具体来看,船山所说的这一"穆耳协心"的"声情",实际上有其特定的美学标准及功能所指,从以上所引的诸多例证中不难体会出来。

第一,按船山之意,"情"与"声"都应指向含蓄之美,"情"应为内敛从容之情,与此相对应,"声"亦应为宛转圆畅之音。从这个角度来说,"声情"完全可以看作一个"情缓声宛"、内外相应的整体性的审美范畴。船山以"声情"来论诗,就是强调诗歌要"和缓内敛",这既是对诗情的要求,也是对诗声的要求。他多次提出:"宣城于声情中外别有玄得……收放含吐,绝不欲奔涌以出""针线密,声情缓。白刃临头时,亦尔从容不促""声情自遂,于挽诗为生色",均意在突显"情缓声宛"的"声情"美学观。以此来论诗,也就可以理解悲戚悱恻的"挽诗"更易具备"声情"之美。对于那种飞沙走石、刚厉迅猛的情感,船山认为不可直接呈现而出,而是应以"声情"作"柔化""缓和化"处理,所以他对汉铙歌曲《战城南》作了这样的评价:"所咏虽悲壮,而声情缭绕,自不如吴均一派装长髯大面腔也。丈夫虽死,亦闲闲尔,何至赪面张拳?"② 《战城南》处理的是征战题材,战士战于城南,尸横北郭,乌鸟乱飞,战马斗死,其情其景颇为悲壮,但船山认为,此诗的优秀之处却在于能跃出"悲壮"之情,并将其转化为"声情缭绕"的从容不迫状态。在船山看来,"丈夫虽死,亦闲闲尔,何至赪面张拳",意即真正的大丈夫在面对死亡时反而是心平气和的,不会作咬牙切齿的悲愤之状。在诗歌当中,也唯有将悲愤激烈之情转化为"声情",诗歌之美感、内蕴、价值,才能真正地显现出来。

---

① 王夫之:《夕堂永日绪论内编》第二十则,《船山全书》第十五册,第827页。
② 王夫之:《古诗评选》卷一,汉铙歌曲《战城南》评语,《船山全书》第十四册,第485页。其诗为:"战城南,死郭北,野死不葬乌可食。为我谓乌:'且为客豪,野死谅不葬,腐肉安能去子逃?'水深激激,蒲苇冥冥。枭骑战斗死,驽马徘徊鸣。梁筑室,何以南,何以北,禾黍不获君何食,愿为忠臣安可得!思子良臣,良臣诚可思。朝行出攻,暮不夜归。"

第二，"声情"之功能有两类，一在"动人"，一在"讽刺"。"动人"主要侧重"声情"的感染力，即所谓"一往动人，而不入流俗，声情胜也"，实质上就是意图借"声情"之"缓"实现一种雅化和净化的作用："缓，故雅"①、"惟不迫，故无不雅"②、"故闻温柔之为诗教，未闻其以健也"③，此为"雅化"；"读子桓乐府，即如引人于张乐之野，泠风善月，人世陵嚚之气淘汰俱尽。古人所贵于乐者，将无在此？"④ 此为"净化"。"声情"之"讽刺"功能则重在突显一种批判性，只不过，"声情"之批判性与宋人之"理"、杜诗之"赋"呈现出来的批判性，差异十分明显："声情"的批判性不是直接的，而是间接的，不是直白托出，而是深隐含蓄，其中以李贺之诗最具典型性。船山评李贺《昆仑使者》一诗云："长吉长于讽刺，直以声情动今古。"李贺向来善以宛曲之笔藏讽刺之意，此诗亦如此，诗曰："昆仑使者无消息，茂陵烟树生愁色。金盘玉露自淋漓，元气茫茫收不得。麒麟背上石文裂，虬龙鳞下红枝折。何处偏伤万国心，中天夜久高明月。"此诗意在讽刺汉武帝求长生之事，以汉说唐，借古讽今，但其锋芒深隐内敛，其声情含蓄节制，以此间接性、隐晦性，引人以思，进而实现其批判功能。总而言之，"声情"的这两个功能，体现了船山对"乐教"精神的继承，这一接受角度的分析，对更好地理解创作维度中的"声情"内涵，是十分有益的。

船山以"声情"为核心的诗评观，主要就表现为"含蓄内敛"的美感要求与"宛转动人"的功能要求。但要实现这两个要求，"声情"就不能仅仅停留在笼统含混的层次，而必须具备操作性的表现途径。实际上，船山在其诗评中已暗含了"声情"的实现途径，这就是"节奏"。萧驰尝曰，所谓"声情"，就是"使外在的'声'昭彻内在的'情'，外在的节奏模写内在的节奏"⑤，船山之"声情"的实现，靠的正是"以外在的节奏模

---

① 王夫之：《明诗评选》卷一，僧宗泐《江南曲》评语，《船山全书》第十四册，第1183页。
② 王夫之：《古诗评选》卷四，张协《杂诗八首》其三评语，《船山全书》第十四册，第704页。
③ 王夫之：《古诗评选》卷五，庾信《咏怀三首》其三评语，《船山全书》第十四册，第821页。
④ 王夫之：《古诗评选》卷一，曹丕《钓竿》评语，《船山全书》第十四册，第502页。
⑤ 萧驰：《抒情传统与中国思想——王夫之诗学发微》，上海古籍出版社，2003，第192页。

写内在的节奏"。

所谓"内在的节奏",即诗中内隐的"情感节奏",所谓"外在的节奏",即诗中经吟咏可知的"意义节奏"与"语体节奏"。"声情"的实现过程,就是"外在节奏"与"内在节奏"相合相协的过程。船山尝言:"元韵之机,兆在人心,流连泆宕,一出一入,均此情之哀乐,必永于言者也"①,"流连泆宕"即内在的情感节奏,"永于言",即"言"之"长言咏叹",涵括外在的意义节奏与语体节奏。船山推崇"以乐论诗",认为:"韵以之谐,度以之雅,微以之发,远以之致,有宣昭而无罨霭,有淡宕而无犷戾。明于乐者,可以论诗。"② 这正是从内外节奏的角度,对"以乐论诗"作出的详细注脚。

第三节 节奏论:"声情"的实现方式

船山在其诗论中,有两处直接以"节奏"论诗:在《唐诗评选》卷三中,评杜甫《千秋节有感》曰:"杜于排律极为烂漫,使才使气,大损神理,庸目所惊,正以是为杜至处。解人正自知其无难。今为存其**节奏**不繁者三数篇,俾庸人有遗珠之叹,于杜乃为不失。"③ 在《唐诗评选》卷四中,又评杜甫《即事》一诗曰:"纯净。好**节奏**。"④ 一则强调其节奏"不繁",一则强调其节奏"纯净",其实都是在表达相同的意思,意在突显"诗意"的纯一不杂,这主要是在诗歌之意义节奏层面上所作出的评价。实际上,船山论诗并未仅仅局限在意义节奏上,除意义节奏外,还涵括语体节奏、情感节奏。可暂举几例:

转韵如不转,此如调瑟理笙,妙在唇指,不在谱也。⑤

---

① 王夫之:《诗译》第一则,《船山全书》第十五册,第807页。
② 王夫之:《夕堂永日绪论内编》序言,《船山全书》第十五册,第817页。
③ 王夫之:《唐诗评选》卷三,杜甫《千秋节有感》评语,《船山全书》第十四册,第1058页。
④ 王夫之:《唐诗评选》卷四,杜甫《即事》评语,《船山全书》第十四册,第1096页。
⑤ 王夫之:《古诗评选》卷五,何逊《拟青青河畔草转韵体为人作其人识节工歌》评语,《船山全书》第十四册,第808页。

意亦可一言，而竟往复郑重，乃以曲感人心。诗乐之用，正在于斯。①

裁成不迫促，正使曲终尽三叹之致。②

这几则诗评明显都在讲一种类似节奏感的读诗体验。第一则诗评注重语体层面，强调声韵的圆转自如；第二则注重诗歌意义的回环往复，是在说明一种意义节奏；第三则所说的"不迫促"则意在强调诗歌内在情感的舒缓有度。三类节奏处于不同的层面，正如前文所言，情感节奏是一种内在节奏，意义与语体节奏则相对外显。在诗歌当中，情感节奏状态深隐，一般难以自行呈现，需借助于意义节奏与语体节奏才能呈现，后两者其实恰好构成了船山心目中"琅然可诵"的诗歌音乐特质：意义节奏突出的是"一意"基础上的"一唱三叹"的特点，语体节奏突出的则是诗歌"圆转自如"的自然音调之美。以如此"琅然可诵"的意义节奏、语体节奏，来表现张弛有度的情感节奏，正是船山"以声达情"的具体内涵。

一 "敛纵含蓄"：船山论情感节奏

朱光潜尝言："节奏是传达情绪的最直接而且最有力的媒介，因为它本身就是情绪的一个重要部分。"又说："每种情绪都有它的特殊节奏。"③郭沫若也曾说："情绪的进行自有它的一种波状的形式，或者先抑而后扬，或者先扬而后抑，或者抑扬相间，这发现出来便成了诗的节奏。"④情绪的节奏或者情感的节奏，在艺术作品中是存在的，它是一种极为内在的心理节奏，关系到艺术活动的发生机制，不论是音乐、绘画、舞蹈、诗歌，情感节奏都是内隐其中的关键因素。在诗歌中，情感节奏是其音乐特质的根源所在。

---

① 王夫之：《古诗评选》卷一，《瑟调曲五首》之《西门行》评语，《船山全书》第十四册，第489页。
② 王夫之：《古诗评选》卷一，戴嵩《车马客》评语，《船山全书》第十四册，第555页。
③ 朱光潜：《诗论》，人民出版社，2010，第100页。
④ 郭沫若：《论节奏》，见中国社会科学院科研局组织编选《郭沫若集》，中国社会科学出版社，2005，第375页。

船山尝云："知敛纵者，乃可与言乐理。"① "敛"与"纵"，其表面意义是指诗歌表现方式的收放自如，其深层含义则是诗中情感的含蓄跌宕。按照这种理解，懂得情感的运行张力，才能讨论诗歌的音乐美。

除敛、纵、收、曲外，船山还提出了"忍"这一重要观念，并在诸多场合与"势"并提，形成了以"忍势"为核心的一个范畴群，包括敛势、收势、忍势、养势、留势、拙势等。这些范畴共同指向一种理想的情感节奏，即"含蓄"。

（一）论诗之"敛、纵、收、曲"

船山在诗论中提出一系列以"敛、纵、收、曲"等概念论诗的评语：

> 体度固有敛纵。②
> 含吐曲直，流连辉映，足为千古风流之祖。③
> 意深故可曲喻，度敛故可微通。不意六代之末，乃有此作。④
> 清直中自有留惜，所以必非元次山一流所隶。⑤
> 有放有隐；其放可知，其隐不可知也。⑥
> 石仓妙笔，在一出即留。此尤高妙：尽放去，却仍留也。⑦

对此，陶水平评价说："船山具体提出了一个'收敛'或'纵放'要合度的诗学主张，即在艺术笔法上要有敛有纵、有留有放，敛纵或留放皆要'合度'。"⑧ 他又进一步指出，船山诗学中，艺术笔法上的"放"又可表述为纵、直、宕，似为直接抒写；笔法上的"收"又表述为敛、留、

---

① 王夫之：《古诗评选》卷一，宋子侯《董娇娆》评语，《船山全书》第十四册，第 495 页。
② 王夫之：《古诗评选》卷一，汤惠休《怨歌行》评语，《船山全书》第十四册，第 539 页。
③ 王夫之：《古诗评选》卷一，柳恽《江南曲》评语，《船山全书》第十四册，第 554 页。
④ 王夫之：《古诗评选》卷一，魏收《美女篇》评语，《船山全书》第十四册，第 559 页。
⑤ 王夫之：《唐诗评选》卷二，邢象玉《古意》评语，《船山全书》第十四册，第 927 页。
⑥ 王夫之：《明诗评选》卷五，郭奎《寄陈检校》评语，《船山全书》第十四册，第 1355 页。
⑦ 王夫之：《明诗评选》卷五，曹学佺《夜泊彭山江口》评语，《船山全书》第十四册，第 1450 页。
⑧ 陶水平：《船山诗学研究》，中国社会科学出版社，2001，第 267 页。

停、曲、惜、隐等，似为间接、委婉、含蓄的表达。陶水平认为，船山所倡导的正是"敛"与"纵"的平衡。

这一说法有三点值得商榷：第一，仅仅将"收敛""纵放"视为一种单纯的"艺术笔法"、表现方式，似乎有将其简单化之嫌。敛与纵不可能作为一种纯技术性的手段凭空出现，它们有极为深厚的发生基础，这便是诗歌情感运行的收与放、敛与纵。船山曾说，"汉、魏作者，惟以神行，不藉句端著语助为经纬"①，在他看来，理想的诗歌应以内在的"神"为运行基础，其他一切手段都应废除，即使汉魏之后的陶、谢，虽"神有未至"，但仍然以诗中之"神"为主导，其他"虚隐"的手段都在其次，必须为"神"所统摄。这里的"神"就与诗中的内在情感多有重合的地方。由此可见，船山强调敛与纵，绝不是仅仅着眼于艺术笔法的层次，而是重在情感之敛纵的内在层次。表现层面的敛纵必须与情感层面的收放相一致，唯此，诗歌厚积薄发、舒缓有度的节奏美才能更好地显现出来。

第二，将收、敛、停、曲等解释为委婉、含蓄，基本贴切，但将放、纵、直、宕解释为直接抒写却有一定问题。船山提出放与纵等概念，意在揭示出诗歌中一种节奏倾向。他评鲍照《拟行路难》"迅发如临济禅，更不通人拟议；又如铸大像，一泻便成"，评李白乐府歌行"倾囊而出"，这种一气直下、迅疾刚猛的诗歌节奏才是船山所说的放、纵、直、宕。但需要指出的是，船山对偏重放与纵的诗歌并不是一味排斥，他对鲍照、李白的迅疾直宕诗风就十分推崇，但相对而言，船山论诗的主要倾向仍然在收与敛的含蓄一面，以此为标准，所以他仍然认为李白诗多有"不能忍"的一面，反而对平时并不怎么看好的杜甫较为推重，认为"情语能以转折为含蓄者，唯杜陵居胜"。

第三，认为船山所倡导的是"敛"与"纵"的平衡，也有不当之处。船山虽提出了敛与纵，但在其诗论中，二者的地位并不相同。相比之下，"敛"的地位显然更为重要，也更为内在，而"纵"的作用只是配合"敛"，二者在配合中形成一种和缓有度、厚积薄发的含蓄美。船山曾说：

---

① 王夫之：《古诗评选》卷五，谢朓《新治北窗和何从事》评语，《船山全书》第十四册，第773页。

"敛者固敛,纵者莫非敛势。"① 意思就是:"敛"的存在是要达到"敛"的效果,"纵"的存在同样是要达到"敛"的效果。在船山看来,"纵"固然是与迅疾的节奏息息相关,但在好的诗歌中,"纵"不应再以凸显迅疾节奏为己任,而是应该通过与"敛"的对比融合,形成一种蓄势待发的张力,达到含蓄和缓的节奏效果。

(二)"势"与"忍势"

在诗学著作中,船山有多达二十几处论及"势",但对"势"的正面解释仅一处,即"势者,意中之神理也"。这句话的关键有两个,一是"意",二是"神理"。船山诗论中的"意"有两种完全不同的含义,此处的"意"当为船山所推崇之"意",指"以性情为绝对主导、以内隐性哲理元素为辅助、在遵循简约性原则的基础上所形成的诗之立意"②。

至于"神理",则相对复杂,"理"的最基本含义即"规律"、"规范"或"规则",在"理"之前冠之以"神",则暗示出此"理"既关联"规范"又超越"规范"的特殊属性,事实上,"神理"概念的提出主要关涉到"诗情",既与"诗情"的"生成"有关,也与"诗情"的"运动"有关:在诗情"生成"之时,神理的提出,主要是为突出心物交触时的"一触即合""磕着即凑";在诗情"流动"时,神理的提出,则主要是为突出诗情流转运行的"自然而然"。此处所说的"意中之神理",显然是与诗情的运行相关联的,它强调的是其运行状态的精微奥妙,不可言说,只可意会。

所以"势",其实就是指诗中情感自然精微而又自有规范的流转运行。但船山对"势"又有自己独特的审美追求,这便是前人提到的"夭矫连蜷""曲折回环"的含蓄美。船山这一审美追求是通过一系列"势"的具体实现方式——忍势、收势、敛势、养势、留势、拙势等表现出来的。如果说,"势"是指诗歌情感精微而又规范的流转运行,那么"忍势"等就是诗中情感运行的具体状态,或者说是情感流转的具体节奏,它们的最终指向正是情感节奏的含蓄表达。

---

① 王夫之:《古诗评选》卷一,宋子侯《董娇娆》评语,《船山全书》第十四册,第495页。
② 杨宁宁、文爽:《王船山"以意为主"说考辨》,《海南师范大学学报》(社会科学版)2014年第4期。

第四章 "以声达情"："诗情"的音乐性呈现 ◀ 223

船山诗论中，涉及忍势、收势、敛势、养势、留势、拙势的相关评论有：

文笔之差，系于忍力也。如是不忍则不力，不力亦莫能忍也。①
愈缓愈迫，笔妙之至。惟有一法曰忍，忍字固不如忍篇。②
此篇心有密理，笔有忍势，艳而不俗，方可不愧作者。③
敛者固敛，纵者莫非敛势。知敛纵者，乃可与言乐理。④
二章往复养势，虽体似《风》《雅》，而神韵自别。⑤
密好成章，一结尤有留势。⑥
往回有拙势，正其不妄作处。子威起元声于末俗为邑犬所吠，宜矣。⑦
笔底全有收势。真钵盂下工何人？有雅度故。⑧

萧驰认为"船山诗学中'势'的讨论，更着重以语言作为表达情感的过程"⑨。忍势、收势、敛势、养势、留势、拙势等强调的正是情感运行的具体状态，这些状态以"忍"为核心，注重情感流转运行的低回婉转、和缓含蓄，完全奉行了船山"宛转屈伸以求尽其意"的诗学追求。

在《夕堂永日绪论内编》第十二则中，船山对"忍"有具体阐述：

太白胸中浩渺之致，汉人皆有之，特以微言点出，包举自宏。太

---

① 王夫之：《古诗评选》卷一，《羽林郎》评语，《船山全书》第十四册，第493页。
② 王夫之：《古诗评选》卷一，曹操《碣石篇四首》其二评语，《船山全书》第十四册，第501页。
③ 王夫之：《古诗评选》卷一，江总《长相思》评语，《船山全书》第十四册，第566页。
④ 王夫之：《古诗评选》卷一，宋子侯《董娇娆》评语，《船山全书》第十四册，第495页。
⑤ 王夫之：《古诗评选》卷二，嵇康《赠秀才入军十七首》其一、二评语，《船山全书》第十四册，第579页。
⑥ 王夫之：《唐诗评选》卷二，宋之问《初至崖口》评语，《船山全书》第十四册，第930页。
⑦ 王夫之：《明诗评选》卷五，刘凤《十五夜月》评语，《船山全书》第十四册，第1432页。
⑧ 王夫之：《明诗评选》卷五，僧洪恩《经衲头庵忆法秀禅师》评语，《船山全书》第十四册，第1458页。
⑨ 萧驰：《抒情传统与中国思想——王夫之诗学发微》，上海古籍出版社，2003，第117页。

白乐府歌行，则倾囊而出耳。如射者引弓极满，或即发矢，或迟审久之：能忍不能忍，其力之大小可知已。要至于太白，止矣。一失而为白乐天，本无浩渺之才，如决池水，旋踵而涸。再失而为苏子瞻，菱花败叶，随流而漾。胸次局促，乱节狂兴所必然也。①

船山将"忍"比喻为引弓将射的情形，"引弓极满"，是说诗歌情感运行的力量蓄积，即"蓄势"；"即发矢"与"迟审久之"分别代表两种不同的诗歌风格，前者不重力量的积蓄，一气直下，发而成诗，后者则蓄势长久，强调一种忍力。船山认为，"能忍不能忍"是判别诗歌内在力量大小的重要标尺。

对于此段中的言论，戴鸿森有一段案语值得参考：

"忍"是一种比喻的说法，略如"节制"。可并非消极的半含不吐，扭捏作态，而是要像蝶飞似的"往复百歧，总为情止；卷舒独立，情依以生"，以表现上的曲折多样，来加深感情的凝注集中。这样的诗，作者的意思有时虽较难名言指实（"文外隐"），而自能令人深为其感染（"文内自显"）。结构上几乎只受内在情感的展转屈伸的影响，而全非外在的"钩锁映带、起伏间架"之类法规所能范畴。这番言论，说的也就是自来论诗者好说的"含蓄"，不过船山说得深微透贴，颇多新意。②

戴鸿森的这段案语，有两点需要注意：第一，以"节制"解释"忍"，十分恰当，可以认为，船山诗论中的"忍"是"忍势"的简称，"忍"的深层含义是针对情感运行的节制而言的；第二，认为"文内自显"就是指诗歌结构"受内在情感的展转屈伸的影响"，进而指出这番言论其实正是对诗歌含蓄美的"深微透贴"的解释，也较有见地。

所谓"忍"或者"忍势"，根本上还是就情感的发生流转而言的，强调的是情感运行的节制力或蓄积力，前人所提及的诗歌表现层次上的

---

① 王夫之：《夕堂永日绪论内编》第十二则，《船山全书》第十五册，第824页。
② 《夕堂永日绪论内编》第十二则下的戴鸿森案语，见戴鸿森笺注的《薑斋诗话笺注》，上海古籍出版社，2012，第68页。

"忍",其实只是情感节制的外显,二者是因果关系。但具体来说,船山所提出的以"忍势"为核心的一系列范畴,相互之间仍有细微差别:忍势、敛势、养势、拙势这四者主要从诗歌情感运行流转的宏观层面着眼,强调的是情感从发生到结束这一整体过程的力量蓄积;而收势与留势却主要着眼于诗歌的收结。类似的评论还有"言之耆然止,飘然远涉"①、"倏然澹止,遂终以不穷"②、"每于结撰处作回波止弩不力之力"③。萧驰认为,这些评论"皆是强调诗势在落句之后仍无行迹地延续"④。所以,如果说忍势、敛势、养势、拙势注重的是诗歌情感整体运行的"夭矫连蜷",那么收势、留势强调的则是情感厚积而发之后的"余味无穷"。

(三)"含蓄":情感节奏的理想境界

除了"敛纵收曲"及"忍势"论,船山还常用一些更为鲜明直观的评语,对诗歌中的情感节奏作生动描述,例如,他常直接用"含蓄"一词论诗:

> 用事如不用,一色神采。究竟含蓄。⑤
> 尽含蓄,尽光辉。诗中元有此广大昌明之气,开荡天下人心目。⑥
> 情语能以转折为含蓄者,唯杜陵居胜,"清渭无情极,愁时独向东","柔橹轻鸥外,含悽觉汝贤"之类是也。⑦

船山诗论中的"含蓄",与前文所提及的"敛纵收曲"有相似之处,其深层用意并未仅仅停留在表现层次,而是深入了内在的情感层次。换言之,作为一种表现手法的"含蓄",往往是与诗歌之内在情感相关联的,第一例中的"神",第二例中的"气",都指明了"含蓄"与诗中情感的

---

① 王夫之:《古诗评选》卷一,鲍照《代白纻曲》评语,《船山全书》第十四册,第534页。
② 王夫之:《古诗评选》卷一,鲍照《拟行路难九首》其三评语,《船山全书》第十四册,第535页。
③ 王夫之:《古诗评选》卷二,曹植《朔风诗》评语,《船山全书》第十四册,第575页。
④ 萧驰:《抒情传统与中国思想——王夫之诗学发微》,上海古籍出版社,2003,第117页。
⑤ 王夫之:《明诗评选》卷一,高启《当垆曲》评语,《船山全书》第十四册,第1159页。
⑥ 王夫之:《明诗评选》卷七,杨维桢《杨柳词》评语,《船山全书》第十四册,第1542页。
⑦ 王夫之:《夕堂永日绪论内编》第二十六则,《船山全书》第十五册,第830页。

密切联系。更进一步，"含蓄"式的情感，强调的是一种"忍力"，也就是船山所说的"射者引弓极满"而"迟审久之"的情感状态。因此，船山所说的"含蓄"，实际上即是将情感"含而蓄之"并给予节制，使其呈现一种缓而不迫的运行效果。从第三则例子中可以更为清晰地感受到"含蓄"的深层内涵："情语能以转折为含蓄者，唯杜陵居胜"，意即杜甫诗歌中所隐含的充沛激荡的情感，在转折变换的过程中常常呈现为一种和缓不迫、运行有度的节奏效果。例如船山所举的杜甫这两例诗句："清渭无情极，愁时独向东"，以清澈绵长的渭水作比，诗人浓重的愁情也绵延开去了；"柔橹轻鸥外，含悽觉汝贤"，则分用"柔""轻"二字形容"橹"与"鸥"，诗人满腹的凄怆之感也轻柔化了。这两联诗，表面上是"含蓄"的笔法，内在里则是"缓而不迫"的情感节奏。

船山诗论中，与"含蓄"一词意义相同或相近的说法还有"韬束不迫，駘宕不奔""一切皆柔""和缓""不迫促"等，如：

> 直甚，乃其兴比相关处全不浅遽，当亦婉曲绝伦。[1]
> 裁成不迫促，正使曲终尽三叹之致。[2]
> 摇摇缓缓，自为乐府余音。[3]
> 文不弱，质不沉，韬束不迫，駘宕不奔，真古诗也。[4]
> 针线密，声情缓。白刃临头时，亦尔从容不促。[5]

所谓"婉曲绝伦""不促迫""摇摇缓缓""声情缓""韬束不迫，駘宕不奔"（"韬束""駘荡"都指舒缓的样子，"不迫""不奔"即指"不迫促""不迅疾"）等，都与"含蓄"的内涵相接近，强调的是情感节奏的蓄积与节制性运行。这些更具直观性、形象性的评语，不但生动描绘出诗歌情感节奏的运行特征，同时，作为船山所追寻的审美境界，也在一定

---

[1] 王夫之：《古诗评选》卷一，吴均《城上乌》评语，《船山全书》第十四册，第551页。
[2] 王夫之：《古诗评选》卷一，戴嵩《车马客》评语，《船山全书》第十四册，第555页。
[3] 王夫之：《唐诗评选》卷四，张谓《别韦郎中》评语，《船山全书》第十四册，第1084页。
[4] 王夫之：《明诗评选》卷四，石珤《拟古》评语，《船山全书》第十四册，第1298页。
[5] 王夫之：《明诗评选》卷五，范景文《临终诗》评语，《船山全书》第十四册，第1456页。

程度上具备了效仿性的典范意义。

二 "一意回旋往复"：船山论意义节奏

诗歌中的"意义节奏"，是呈现诗之"情感节奏"的重要途径之一。一般来讲，意义节奏至少包含两个层面的含义：它既指字词按语义关系的疏密原则形成的组合形式，也指诗歌整体层面上的意义起伏。船山论及的意义节奏主要指的是第二种含义。从这个层面上来讲，意义节奏在不同时期有不同的特点。唐代之前的诗歌，追求的是"意俭辞尽"的音乐性特征，意义的纯俭与贯穿是这一时期整体语义节奏的突出表现，这也是船山极为推崇的意义节奏特点。随着近体诗成形，诗歌整体意义节奏逐渐由简约向繁复发展，典型特征即用典、对仗、起承转合的运用，意义的繁复转折、勾连对应成为主要的审美追求。对于这种意义节奏，船山是较为排斥的。船山在其诗论中所推崇的"一意回旋往复"的意义节奏，主要继承《诗经》、古诗传统而来，深得"一唱三叹"的古乐精髓。具体来说，船山论及的意义节奏，主要指整首诗的句与句之间，乃至组诗中诗与诗之间意义的跌宕关联。

（一）"意可一言，往复郑重"：单首诗歌中的意义节奏

船山论诗十分讲究"表意"的纯净与简约，他提出："意必尽而俭于辞，用之于《书》，辞必尽而俭于意，用之于《诗》；其定体也。"[①] 又说："古人之约以意，不约以辞，如一心之使百骸；后人敛词攒意，如百人而牧一羊。治乱之音，于此判矣。"[②] 船山认为，史书应当用精练的语言来表达确切的内容，而诗歌则要围绕一个主题或中心反复唱叹。换言之，是否表现"一意"是"诗"与"史"的一个重要区别。正是由于这一诗学立场，船山在评诗时一再要求诗歌中情意要"一""约""不枝""不滥""不杂""无凌杂之心"。

船山提倡"一意"说，提倡意简而约，纯而净，多从正面加以肯定，如：

[①] 王夫之：《诗广传》卷五，《鲁颂一·论駉》，《船山全书》第三册，第596页。
[②] 王夫之：《古诗评选》卷一，《古歌谣·鸡鸣歌》评语，《船山全书》第十四册，第495~496页。

意亦可一言，而竟往复郑重，乃以曲感人心。诗乐之用，正在于斯。①

扣定一意，不及初终，中边绰约，正使无穷。古诗固以此为大宗。②

首句即末句，只是一意，如春云萦回，人漫疑其首尾。③

与此同时，船山还以"无多""不滥""不枝""不杂"等否定性词语加以限定，如：

无多意，却好。④

一意不滥。陶石篑谓文长诗深于法，可谓具只眼。⑤

古诗无定体，似可任笔为之，不知自有天然不可越之矩矱。故李于鳞谓唐无五古诗，言亦近是；无即不无，但百不得一二而已。所谓矩矱者，意不枝，词不荡，曲折而无痕，戌削而不竟之谓。⑥

一时一事一意，约之止一两句；长言咏叹，以写缠绵悱恻之情，诗本教也。……自潘岳以凌杂之心作芜乱之调，而后元声几熄。⑦

不论是对"一意"的肯定，还是对"多意""凌杂之心"的否定，船山对诗歌之"意"的要求紧扣住"俭""约"二字。六朝以及之前的诗歌之所以能产生悦耳动人的效果，一个原因是诗歌中口语化词句所蕴含的流动美效果（即"圆转自如"的语体节奏），另一个原因就是这个"一意回旋"的意义节奏。正是由于"意"的简约、不枝不蔓，诗歌才有可能围绕

---

① 王夫之：《古诗评选》卷一，《瑟调曲·西门行》评语，《船山全书》第十四册，第489页。
② 王夫之：《古诗评选》卷四，古诗《新树兰蕙葩》评语，《船山全书》第十四册，第653页。
③ 王夫之：《唐诗评选》卷四，杜甫《曲江对酒》评语，《船山全书》第十四册，第1090页。
④ 王夫之：《明诗评选》卷八，程嘉燧《瓜州渡头风雪欲回南岸不得》评语，《船山全书》第十四册，第1630页。
⑤ 王夫之：《明诗评选》卷五，徐渭《铜雀妓》评语，《船山全书》第十四册，第1441页。
⑥ 王夫之：《夕堂永日绪论内编》第九条，《船山全书》第十五册，第822页。
⑦ 王夫之：《夕堂永日绪论内编》第二十三条，《船山全书》第十五册，第829页。

这个"意"反复唱叹、回环不穷。可以说,在船山诗论中,"俭于意"是诗歌音乐美的内在基础,而围绕"一意"的"回环往复""往复郑重"则是诗歌意义节奏的存在形式。

可从具体的诗歌入手,体会这种"一意回旋往复"的意义节奏:

> 出西门,步念之,今日不作乐,当待何时?(一解)夫为乐,为乐当及时。何能坐愁怫郁,当复待来兹。(二解)饮醇酒,炙肥牛,请呼心所欢,可用解愁忧。(三解)人生不满百,常怀千岁忧。昼短苦夜长,何不秉烛游?(四解)自非仙人王子乔,计会寿命难与期。自非仙人王子乔,计会寿命难与期。(五解)人寿非金石,年命安可期?贪财爱惜费,但为后世嗤。(六解)

船山评曰:

> 意亦可一言,而竟往复郑重,乃以曲感人心。诗乐之用,正在于斯。苏子瞻自诧《燕子楼》词以十三字了盼盼一事,乃刑名体尔。故唐宋以下,有法吏而无诗人。古人幸有遗风,胡不向浊水中照面也?[1]

这首诗是古乐府,分为六解。第一解,今日不行乐,要等到什么时候呢?第二解,行乐应当抓紧时间,哪能整日愁眉苦脸,等待快乐自己上门?第三解,痛饮美酒,大口吃肉,做自己喜欢的事情,这都是可以消解忧愁的。第四解,人生短暂,却总是怀有无尽的忧愁,白昼如此短,苦夜如此长,让我们秉烛游乐吧。第五解,我们都不是仙人王子乔,寿命难测。第六解,人不是金石,寿命难长,守财者忧戚不知享乐,岂不被后人耻笑?不难发现,此这六解,每一解其实都在讲述同一个意思,即"人生苦短,为乐当及时"。六解六个层次都是在这个意思的基础上,反复说明,反复咏叹,回环往复,韵味无穷。这种意义节奏对诗歌中"一意"的阐释极为深入,表现力和感染力也很强。

---

[1] 王夫之:《古诗评选》卷一,《瑟调曲五首》之《西门行》评语,《船山全书》第十四册,第489~490页。

船山此处的评语还涉及对唐以后尤其是宋代诗歌意义节奏方面的批判:"苏子瞻自诧燕子楼词以十三字了盼盼一事,乃刑名体尔。故唐宋以下,有法吏而无诗人。"燕子楼词,即苏轼的词作《永遇乐·明月如霜》,篇中有"燕子楼空,佳人何在,空锁楼中燕"的名句,十三字即将张建封妾盼盼的典故巧妙化用,晁无咎评曰:"只三句,便说尽张建封事。"① 但船山认为,这种用典的做法只能称为刑名体,即注重用事法则、强调作诗规范的一种套路。典故的运用,是对诗歌音乐美的基础——"俭于意"的严重破坏。

船山指出的用典问题,也是唐宋诗歌中普遍存在的一个现象。唐宋诗,尤其是律诗中,典故的运用无疑正是船山所反对的"敛词攒意"的突出表现。可以黄庭坚的诗《寄黄几复》为例,体会宋诗中"敛词攒意"的特征,诗曰:"我居北海君南海,寄雁传书谢不能。桃李春风一杯酒,江湖夜雨十年灯。持家但有四立壁,治病不蕲三折肱。想见读书头已白,隔溪猿哭瘴溪藤。"②

此为思友之作。首联从空间的遥远凸显了对友人的思念,颔联则从时间的漫长突出了友情的厚重,颈联赞颂友人的清廉品格和出众才干,尾联想象了友人目前在恶劣环境中仍然勤奋不已的情景,表达了对友人怀才不遇、不得重用的同情和惋惜。诗中运用了大量典故,首联中的"北海""南海"暗用了《左传》僖公四年楚王的话:"君处北海,寡人处南海,唯是风马牛不相及也。"③ 不仅突出了空间的遥远,并且与黄庭坚、黄几复当时所处的地理位置十分一致。颔联中的"桃李""春风""一杯酒",也各自暗含深意,并化用了前人的很多诗句。颈联的两层意思分别借用《史记》和《左传》中的典故说出。尾联则借用"瘴溪藤"这一南方的典型事物凸显出友人所处环境的险恶,用"猿哭"衬托出友人超人的高洁品格。全诗四联八句,极尽用典之能事,涵括了大量的隐在信息。用词极敛,表意极繁,可以说是这首诗的主要特征。全诗意义层叠以出,分别从现实、回忆、赞赏、同情不同层面表现这段友谊,正可谓一句一意。由此也不难看出,本诗虽说是发思友之情,但并不以抒情为主,而夹杂叙事和

---

① 龙沐勋编选,卓清芬注说《唐宋名家词选》,台北:里仁书局,2007,第 255 页。
② 任渊、史容、史季温注,黄宝华点校《山谷诗集注》,上海古籍出版社,2003,第 42 页。
③ 杨伯峻:《春秋左传注》(修订本),中华书局,2009,第 289 页。

议论。具体来说，首联抒情意味浓，颔联叙事意味浓，后两联则有浓厚的议论味道。因此，这首诗显然与船山重视"一意"、注重反复咏唱的诗学追求是不相符的。

对于这种"意繁辞简"的意义节奏，船山评论说：

> 古人之约以意，不约以辞，如一心之使百骸；后人敛词攒意，如百人而牧一羊。治乱之音，于此判矣。①
>
> 扣定一意，不及初终，中边绰约，正使无穷，古诗固以此为大宗。②
>
> 歌行最忌者，意冗钩锁密也。③

船山认为，古诗之所以多有优秀之作，就是因为"约意不约辞"，以简明之"意"统摄繁凑之辞，恰如"一心之使百骸"，驾驭得当，主次分明。后人无视这一传统，在作诗行文时主张"敛词攒意"，这就像百人牧一羊，主次颠倒，层次混乱。在船山看来，能否做到"扣定一意"是判定诗歌高下的一个主要标准。而从音乐性角度看，"意俭辞尽"可以形成一种回环往复、一唱三叹的吟咏和抒情节奏，这种合乐的节奏感在"意冗钩锁密"的诗歌类型中是无法找到的。

（二）"旋相为宫"：组诗中的意义节奏

船山对"一意回旋"之意义节奏的强调，不仅仅体现在单首诗歌中，还体现在组诗当中，他从音乐中的"旋宫"角度对杜甫《秋兴八首》所作的分析，生动体现出了对组诗之意义节奏的见解。

安史之乱后的唐王朝，藩镇林立、军阀分治的局面已然形成。国益敝，家益贫，寓居夔州的杜甫，此时已漂泊西南六载，对长安的思念与日俱增，正是在这一背景下，杜甫创作了七律组诗《秋兴八首》。此诗问世以来，向为人所称颂，以宗唐著称的明人，更是多次将其选入各类唐代诗

---

① 王夫之：《古诗评选》卷一，《古歌谣三首》之《鸡鸣歌》评语，《船山全书》第十四册，第495~496页。
② 王夫之：《古诗评选》卷四，《古诗四首》其三评语，《船山全书》第十四册，第653页。
③ 王夫之：《明诗评选》卷二，杨慎《宿金沙江》评语，《船山全书》第十四册，第1206页。

歌选本中，然而这些唐诗选本多是将八首诗割裂看待，仅录其中几首入选，如高棅《唐诗正声》选录四首，李攀龙《唐诗选》亦选四首（内一首互异），钟惺《唐诗归》仅选录一首，并给出理由："《秋兴》，偶然八首耳，非必于八也。今人诗拟《秋兴》已非矣，况舍其所为《秋兴》而专取盈于八首乎？胸中有八首，便无复《秋兴》矣！杜至处不在《秋兴》，《秋兴》至处亦非以八首也，今取此一首（指'昆明池水汉时功'一首——笔者注），馀七首不录。"①钟惺以为，《秋兴八首》乃偶然所作，"八首"之数并非必然，因此八首诗之间并无内在关联性。船山对此种狭隘的选诗之法是持批判态度的，在《唐诗评选》中，他一改明人的割裂作法，将《秋兴八首》悉数选入，并于第一首之后写下评语：

　　　　八首如正变七音旋相为宫，而自成一章；或为割裂，则神体尽失矣。选诗者之贼不小。②

船山将"割裂"选诗的明人斥之为"贼"，可见其轻蔑态度。在船山眼中，"秋兴"之八首诗是一个不可分割的整体，一旦割裂了八首诗的整体性，诗歌之"体"③与"神"也就消失殆尽了。尤为值得注意的一点是，船山将《秋兴八首》与音乐之"正变七音旋相为宫"作了对比。古人有"宫""商""角""徵""羽"五音之说，加上"变宫""变徵"，共是七音。"旋相为宫"即"旋宫"，指调高的转换，即宫音在十二律上的位置发生变动，商、角、徵、羽、变宫、变徵各阶亦随之发生音高的变动。中国古代以五音或七音配十二律，十二律轮流作宫音，以构成不同调高的五音或七音音阶，此即"旋相为宫"。从这一以乐论诗的视角出发，可发现船山此条评语中的两个要点：

其一，船山此处以《秋兴八首》比之于"七音旋相为宫"，其用意即在于指明八首诗中的每一首，都可像音乐中的"旋宫"一样，开启一个不

---

① 钟惺：《唐诗归》第二十二卷，盛唐十七，明万历四十四年刻本。
② 王夫之：《唐诗评选》卷四，杜甫《秋兴八首》其一评语，《船山全书》第十四册，第1093页。
③ 按姚爱斌先生的理解，古人所言之"体"常有整体之义，文论及诗论中之"体"犹然。参见姚爱斌《"体"：从文化到文论》，《学术论坛》2014年第7期。

同的调高，由此，八首诗即可形成八种调高。但是在音乐中，无论这些调高如何不同，其"调式"却又必定是相同的，作为主音（即作为起点和终点）的"宫"调，正是这些调式的中心，因此可以说，"宫"是贯穿整个"旋宫"结构的核心所在。船山之所以认为八首诗可"自成一章"，关键原因也是关注到了"宫"的核心地位。

其二，"旋相为宫"，即"十二律轮流作宫音"，这里的"旋"字不可小视，其中蕴含了次序性、关联性、往复性三种特性。由此，船山提出的"八首如正变七音旋相为宫"，也暗含了八首诗围绕宫音所形成的井然有序、密切关联、回环往复的三种结构性特征。

船山擅长以乐论诗，此处评论尤为鲜明，但也过于简略，许多问题尚难以明晰，如，作为八诗之中的贯穿性核心脉络，这里的"宫"是指什么？又比如，八首诗之间的"旋"之形态又是如何体现出来的？对于第一个问题，船山其实在《秋兴八首》的其他一些评语中给出了较为翔实的答案。《诗译》第九则云：

"子之不淑，云如之何"，"胡然我念之"，"（亦）[伊]可怀也"，皆意藏篇中。杜子美"故国平居有所思"，上下七首，于此维系，其源出此。俗笔必于篇终结锁，不然则迎头便喝。①

此评语从《诗经》中的某些篇目中归纳出了一种"一意贯穿"的诗歌结构理论——"意藏篇中"说，并将其视为《秋兴八首》的结构源头。《诗经》中的《君子偕老》《小戎》《东山》三诗，都是以其中的立意主旨之句为核心②，形成"一意回旋往复"的诗歌整体，在《秋兴八首》之中，船山认为存在一个类似的结构，围绕着组诗中的立意之句——"故国平居有所思"（第四首末句），前面三首、后面四首，都可看作此句的演绎与展开。这与《君子偕老》《小戎》《东山》的"意藏篇中"的诗歌结构

---

① 王夫之：《诗译》第九则，《船山全书》第十五册，第811页。
② 船山认为，"子之不淑，云如之何"是《诗·鄘风·君子偕老》一诗的立意之句，"胡然我念之"是《诗·秦风·小戎》一诗的立意之句，"伊可怀也"是《诗·豳风·东山》一诗的立意之句。三首诗均是围绕其中的立意之句反复铺陈而成。更具体的分析可参见拙文《意藏篇中，旋相为宫：王船山评〈秋兴八首〉——兼及船山的诗歌结构观》（《古代文学理论研究》总第四十四辑）。

是完全一致的。而从以乐论诗的角度看，船山所言八首"旋相为宫"之"宫调"，也正是指"故国平居有所思"一句。如果说音乐中的"旋相为宫"是围绕"宫调"的定位形成不同的调高，那么《秋兴八首》的"旋相为宫"则是围绕简约明了的诗之"立意"（形诸"故国平居有所思"一句）形成每一首具体的诗歌。

至于第二个问题：以"旋相为宫"作比，八首诗之间的"旋"之形态是如何体现出来的？可以从"旋"之次序性、关联性、往复性分别来看。八诗如下：

其一：玉露凋伤枫树林，巫山巫峡气萧森。江间波浪兼天涌，塞上风云接地阴。丛菊两开他日泪，<u>孤舟一系故园心</u>。寒衣处处催刀尺，白帝城高急暮砧。

其二：夔府孤城落日斜，每依北斗望京华。听猿实下三声泪，奉使虚随八月槎。画省香炉违伏枕，山楼粉堞隐悲笳。请看石上藤萝月，已映洲前芦荻花。

其三：千家山郭静朝晖，日日江楼坐翠微。信宿渔人还泛泛，清秋燕子故飞飞。匡衡抗疏功名薄，刘向传经心事违。同学少年多不贱，五陵裘马自轻肥。

其四：闻道长安似弈棋，百年世事不胜悲。王侯第宅皆新主，文武衣冠异昔时。直北关山金鼓振，征西车马羽书驰。鱼龙寂寞秋江冷，<u>故国平居有所思</u>。

其五：蓬莱宫阙对南山，承露金茎霄汉间。西望瑶池降王母，东来紫气满函关。云移雉尾开宫扇，日绕龙鳞识圣颜。一卧沧江惊岁晚，几回青琐点朝班。

其六：瞿塘峡口曲江头，万里风烟接素秋。花萼夹城通御气，芙蓉小苑入边愁。珠帘绣柱围黄鹄，锦缆牙樯起白鸥。回首可怜歌舞地，秦中自古帝王州。

其七：昆明池水汉时功，武帝旌旗在眼中。织女机丝虚夜月，石鲸鳞甲动秋风。波漂菰米沉云黑，露冷莲房坠粉红。关塞极天惟鸟道，江湖满地一渔翁。

其八：昆吾御宿自逶迤，紫阁峰阴入渼陂。香稻啄余鹦鹉粒，碧梧栖老凤凰枝。佳人拾翠春相问,仙侣同舟晚更移。彩笔昔曾干气象,白头吟望苦低垂。①

首先,音乐中的"旋相为宫",讲究前后相续的次序性,《秋兴八首》同样如此。八首诗中,第一首描绘峡中壮丽秋景,在浑成悲壮的景色中,寄寓漂泊之感,抒发思乡之情;第二首于夔州黄昏至深夜的驻望中,思念长安,怀念旧事;第三首以夔州清晨景色起笔,感叹自己壮志难酬、一事无成的窘境。这三首诗,虽然都提到了对长安及旧事的怀念,但其立足点仍在夔州,第一首以夔州秋景起兴,尾联之"急暮砧"唤起第二首之"落日斜",第二首承"急暮砧"而来,自"日斜"写至"月映",第三首以夔州朝景起兴,承上一首之"月映芦荻",这三首诗,不仅个别诗之中存在时间上的次序性②,诗与诗之间也隐含一种次序感。从第四首之后,诗之描写重点开始由"实相"的夔州转向了"虚相"的长安:第四首颇有浑成之意,表达对长安今昔对比的感叹,并特别点出"故国平居有所思"的家国之思,随后第五首专忆长安宫殿之雄伟,第六首专忆长安曲江之繁华,第七首专想长安昆明池之秋景,第八首专忆长安名胜渼陂之美景。船山在第四首"闻道长安似弈棋"之后评曰:"末句连下四首为作提纲,章法奇绝。"③ 末句即"故国平居有所思",此句全面开启了诗人的故国追忆之思,船山认为,此句成为以下四首诗的写作提纲,由此不难见出后五首诗之间的次序关系。但是总体来看,由前三首,至后五首,组诗两部分之间的地域转换痕迹(由夔州至长安)与思情迁转痕迹(逐渐趋于细致深厚),显然更为明显,沈德潜《唐诗别裁》总评此诗:"曰巫峡,曰夔府,曰瞿塘,曰江楼、沧江、关塞,皆言身之所处;曰故国、故园,曰京华、长安、蓬莱、曲江、昆明、紫阁,皆言心之所思,此八诗中线索也。"④ 十

---

① 王夫之:《唐诗评选》卷四,杜甫《秋兴八首》,《船山全书》第十四册,第1093~1095页。
② 以第二首最为明显,船山曾评曰:"'夔府孤城落日斜',继以'月映荻花',亦自日斜至月出诗乃成耳。"见王夫之《夕堂永日绪论内编》第八则,《船山全书》第十五册,第822页。
③ 王夫之:《唐诗评选》卷四,杜甫《秋兴八首》其四评语,《船山全书》第十四册,第1094页。
④ 沈德潜:《唐诗别裁集》,中华书局,1975,第192页。

分恰切地指明了整组诗之间的鲜明的层次感与次序感。

其次,以这一次序性为基础,《秋兴八首》的全部组诗之间形成了一种极强的关联性,八诗成为一个结构整体。船山《诗译》曰:"杜子美'故国平居有所思',上下七首,于此维系。"① 以"故国平居有所思"为立意主旨,八首诗之间形成了"一意贯穿"的结构关系。对于后四首而言,船山提出:

> 至若"故国平居有所思","有所"二字虚笼喝起,以下曲江、蓬莱、昆明、紫阁,皆所思者。②

按船山之意,"故国平居有所思"一句,其实直接作用了后面四诗的成形,"思"之一字,贯穿其中,只是扣住了不同的地点来发思国之幽情:第五首写"蓬莱宫阙",第六首写"曲江"盛衰,第七首写"昆明池",第八首写"渼陂",四首诗均是从对不同地点的感怀寄兴中表现"所思"中"故国"之事,因此,后四首诗完全可以视作"故国平居有所思"的具象描绘与细节演绎。

前三首与后四首其实相似,作为诗情萌发的初始阶段,这三首诗虽然主要是言"身之所处",其追忆性远不如后四首强烈,但每首诗虽每以眼前实景起兴,却都无一例外地将重点落在了"心之所思"上:第一首曰"孤舟一系故园心",第二首曰"每依北斗望京华",第三首曰"五陵裘马",所表达的均是对"不存之故园""不见之长安""不尽之往事"的怀恋与唏嘘,与第四首末句"故国平居有所思"有着千丝万缕的联系。由此,《秋兴八首》中的前三首与后四首,实质上都统一在了"故国平居有所思"这一句之下。"故国之思"绵延千里,纵横数载,同时也贯穿八诗,使八首诗歌成为难以分割的整一体。从这一角度来看,船山所提出的"杜子美'故国平居有所思',上下七首,于此维系"的观点,不可谓不深刻。

最后,《秋兴八首》所运用的"旋相为宫"的创作手法,还体现为一种回环往复性。前三首描绘"平居"伫望之景,独立于夔州,怅惘于长

---

① 王夫之:《诗译》第九则,《船山全书》第十五册,第811页。
② 王夫之:《夕堂永日绪论内编》第十八则,《船山全书》第十五册,第826页。

安，视角在"身之所处"，然愈望而愈思，愈此而愈彼，愈近而愈远，终究还是推衍到故国之思上；后四首则正写"故国"之思，当下之景渐少，追忆、幻想之景渐多，然愈思而愈苦，言彼而念此，言昔而恨今，终究还是回到对当前无奈现实的感伤上。整体而言，八首诗不论是分看还是合看，不论是顺读还是逆读，其中的今昔回环意味都十分明显。这种回环往复性，是《秋兴八首》"旋宫"结构的重要表征之一。

由此，我们可对《秋兴八首》的意义节奏有一个大致的了解：此组诗以"故国平居有所思"为核心之"宫调"，以"旋宫"所具备的"次序性""关联性""往复性"为基本表现特征。这可以说是船山"一意回旋"之意义节奏观在组诗当中的演绎与深化，而以"旋宫"理论来阐释诗歌意义节奏的做法，也鲜明地透露出船山对诗之合乐特质的推崇与重视。

三 "天流神动"：船山论语体节奏

如果说意义节奏主要是通过"一唱三叹"的合乐特质来呈现诗情节奏，那么语体节奏则主要是以"圆转自如"的自然音调来达到相同的目的。这种语体节奏所体现的是一种自然的音节节奏，船山常以"天流神动"一类评语突显其不假人力、唯求天然的自然节奏之美。如：

> 流文舒思，妙得从容之巧。[1]
> 七言之制，遣句既长，自非骀荡流连，则神气不能自举，故明远以降，概以率行显其迅度。[2]
> 乃其妙流不息，又合全诗而始尽。吾无以称康乐之诗矣。[3]
> 两间之固有者，自然之华，因流动生变而成其绮丽。[4]
> 才说到折处便休，无限无穷，天流神动，全从《十九首》来。[5]
> 神动天流。此小诗正宗也。[6]

---

[1] 王夫之：《古诗评选》卷一，何承天《芳树篇》评语，《船山全书》第十四册，第523页。
[2] 王夫之：《古诗评选》卷一，沈君攸《桂楫泛中河》评语，《船山全书》第十四册，第542页。
[3] 王夫之：《古诗评选》卷五，谢灵运《游南亭》评语，《船山全书》第十四册，第733页。
[4] 王夫之：《古诗评选》卷五，谢庄《北宅秘园》评语，《船山全书》第十四册，第752页。
[5] 王夫之：《明诗评选》卷五，杨慎《折杨柳》评语，《船山全书》第十四册，第1402页。
[6] 王夫之：《明诗评选》卷八，孙蕡《寄高彬》评语，《船山全书》第十四册，第1583页。

强调诗歌所具有的流动美，可以说是船山在语体节奏层面对诗歌音乐性的整体要求。在船山看来，具备流动性音乐美的典范正是汉魏六朝诗歌，就诗体而言则是乐府、歌行和古诗。我们可从船山对不同时期不同诗体的评论中，总结出船山对于流动性语体节奏的具体观点。

（一） 强调自然成诗，反对律度束缚

明代谢榛曾对古、近体诗之别作过较深入的探讨：

> 《古诗十九首》，平平道出，且无用工字面。若秀才对朋友说家常话，略不作意。如"客从远方来，寄我双鲤鱼。呼童烹鲤鱼，中有尺素书"是也。……魏、晋诗家常话与官话相半，迨齐、梁，开口俱是官话。官话使力，家常话省力；官话勉然，家常话自然。夫学古不及，则流于浅俗矣。今之工于近体者，惟恐官话不专，腔子不大，此所以泥乎盛唐，卒不能超越魏、晋而追两汉也。①

谢榛指出古体诗与近体诗存在"家常话"与"官话"的区别，家常话即自然而发的口语，官话可理解为规范性较强的书面语。所谓古诗与近体诗的差别，其本质正在于前者强调自然成诗，后者则强调律度规范，后人作诗一味强调起承转合等律法，反而在艺术成就上远不如古诗。在古、近体诗之对比上，船山基本持类似的观点，如他也曾说："知率笔口占之难，倍于按律合辙也。"② 但船山所推崇的诗体包括乐府、歌行，而不仅仅是古诗，在船山诗论中，这三者固然有差别，但其出现场合多是与近体相对而言的，船山注重的是它们之间的相同点而非相异处，船山推崇的口语化与音乐性是三种诗体都具备的核心元素。

船山强调自然而成、反对律度拘束的语体节奏观，可从三个层面作具体分析。

第一，认为诗歌应当"不劳映带而自融合"，强调诗歌的自然流转。

船山云："古人但因事序入，或直或纡，前后不劳映带，而自融合首末，结成一片，随手意致自到矣。"③ 又说："远不以句，深不以字，转折

---

① 谢榛著，李庆立、孙慎之笺注《诗家直说笺注》卷三，齐鲁书社，1987，第323页。
② 王夫之：《夕堂永日绪论内编》第三十八则，《船山全书》第十五册，第837页。
③ 王夫之：《古诗评选》卷五，王僧达《依古》评语，《船山全书》第十四册，第764页。

第四章 "以声达情"："诗情"的音乐性呈现 239

不以段落，收合不以钩锁，才是古诗。"① 在船山看来，诗歌本身自有其伏脉走向，创作时顺应思想情意的贯穿发展，诗歌会自然流转，宛尔成篇。但这并不是说诗歌写作没有任何规则，船山提出：

> 古诗无定体，似可任笔为之，不知自有天然不可越之榘矱。……所谓榘矱者，意不枝，词不荡，曲折而无痕，戍削而不竞之谓。②

诗歌创作绝不能受到外界人为法则的破坏，而应该按照其自身逻辑发展成形，这个自身逻辑便是"意不枝，词不荡"，即前面所论述的意义节奏，这是诗歌音乐性得以存在的基础。在此基础上，还应做到"曲折而无痕，戍削而不竞"，这其实是船山对诗歌创作提出的另一要求，即"得句即转，转处如坏之无端"③ "转折平圆"④ 的原则。诗歌创作既要"意不枝，词不荡"，又要"转折无痕"，这便是船山所谓"不劳映带而自融合"的具体含义。

第二，反对"起承转合"等作诗法则。

《唐诗评选》卷六中，船山对于近体诗有一段较详尽的论述：

> 近体之制肇于唐初，迨其后，刻画以立区宇，遂与古诗分朋而处。此犹一王定制，分伯而治；伯之陆梁，挟别心而与王相亢。风会之衰，君子之所忾也。唐之为此体者，自贞观以迄至德，奉王而伯者也。大历以降，亢伯于王者也。皎然一狂髡耳，目蔽于八句之中，情穷于六义之始，于是而有开合收纵、关锁唤应、情景虚实之法，名之曰"律"，钳梏作者，俾如登爰书之莫遁。此又宋襄之伯，设为非仁之仁非义之义以自麖，而底于衄也。……至文之于天壤，初终条理，自无待而成，因自然而昭，其象则可仪矣。设仪以使象之必然，是木偶之机，日动而日死也。

---

① 王夫之：《明诗评选》卷四，黄佐《咏志三首》其三评语，《船山全书》第十四册，第1318页。
② 王夫之：《夕堂永日绪论内编》第九则，《船山全书》第十五册，第822页。
③ 王夫之：《唐诗评选》卷二，王绩《石竹咏》评语，《船山全书》第十四册，第927页。
④ 王夫之：《古诗评选》卷五，徐悱《古诗酬到长史登琅邪城》评语，《船山全书》第十四册，第801页。

诗歌以古诗为正宗，但从大历时起，近体诗逐渐压过古体。皎然等人针对近体诗所提出的开合收纵、关锁呼应等诗律法则也逐渐盛行。在船山看来，这种人为法则的确立完全扰乱了诗歌中诗意宛转的自然生成，对诗歌音乐性而言，则是对流动性语体节奏的肆意破坏。

近体诗中的律法主要可分为两层：一层侧重于四声的搭配、平仄的协调，这是声音的律法；另一层侧重于诗句的起承转合、词句间的对仗钩锁，这是结构的律法。有关声律的内容，会在后文详细阐述，此处所讲的诗歌律法主要侧重结构方面。船山在其诗论诗评中多处都涉及了对诗歌结构法则的批判：

> 如此作"及君"二字，用法活远，正复令浅人迷其所谓。……后人用此者，一反一侧，一呼一诺，一伏一起，了了与经生无异，而丝竹管弦、蝉联暗换之妙，湮灭尽矣，反不如俚歌填词之犹存风雅也。[1]
> 若王昌龄、常建、刘慎虚一流人，既笔墨浓败，一转一合，如蹇驴之曳柴车，行数步即踬。[2]
> 一篇止以事之先后为初终，何尝有所谓起承开合者。俗子画地成牢，誓不入焉可也。[3]
> 一开一合，恶诗之诀。[4]
> 中唐人必有安排，有开合，有抑扬，不能一片合成。[5]
> 杜云："老节渐于诗律细"，乃不知细之为病，累垂尖酸皆从此得。[6]
> 起承转收，一法也。试取初盛唐律验之，谁必株守此法者？法莫

---

[1] 王夫之：《古诗评选》卷五，谢朓《新治北窗和何从事》评语，《船山全书》第十四册，第773页。

[2] 王夫之：《唐诗评选》卷二，王维《自大散以还深林密竹磴道盘曲四五十里至黄牛岭见黄花川》评语，《船山全书》第十四册，第942页。

[3] 王夫之：《唐诗评选》卷三，杜甫《晚出左掖》评语，《船山全书》第十四册，第1016页。

[4] 王夫之：《唐诗评选》卷四，王维《敕赐百官樱桃》评语，《船山全书》第十四册，第1078页。

[5] 王夫之：《明诗评选》卷五，潘纬《送友人北游》评语，《船山全书》第十四册，第1436页。

[6] 王夫之：《明诗评选》卷六，杨维桢《送贡尚书入闽》评语，《船山全书》第十四册，第1469页。

要于成章；立此四法，则不成章矣。①

起承转收以论诗，用教幕客作应酬或可。其或可者，八句自为一首尾也。塾师乃以此作经义法，一篇之中，四起四收，非蛊虫相衔成青竹蛇而何？②

船山对所谓"起承转合"等法则颇为排斥。他认为，诗歌本应以诗意的自然流转为内在线索，以"流文舒思"自然宛转的流动性语体节奏为基调，一味强调起承转合，必然会造成三种弊端：首先，船山曾言"一篇止以事之先后为初终，何尝有所谓起承开合者，俗子画地成牢，誓不入焉"。起承转合之所以"画地成牢"，原因就在于它们会使诗意的自然贯穿受到严重破坏，诗意的独立性消失，转而完全依附于外在的结构法则，这样的诗歌仅成为没有实质内容的空架子，缺乏真情实感。其次，起承转合还会使诗歌自然而成的整体性特征遭到破坏。"一转一合，如蹇驴之曳柴车，行数步即踬""有开合，有抑扬，不能一片合成""立此四法，则不成章矣""一篇之中，四起四收，非蛊虫相衔成青竹蛇而何"，这些评语，都旨在揭示起承转合四法对诗歌整体性的破坏殆尽。由于过于强调每一句每一字的功能，反而忽视了全篇，这是律诗中屡见不鲜的。船山所谓"中唐之病，在谋句而不谋篇，琢字而不琢句"③，所批驳的正是不顾诗意的自然贯穿、一味推崇以起承转合之法强合令成的"脆蛇寸断、万蚁群攒之诗"④。最后，起承转合对诗歌流动性的语体节奏有极大的破坏，进而使诗歌中的音乐性丧失不存。船山认为："一反一侧，一呼一诺，一伏一起，了了与经生无异，而丝竹管弦、蝉联暗换之妙，湮灭尽矣。"过于重视句子间人为设定的意义勾连、结构起伏，自然会使"不劳映带而自融合""自然流转""蝉联暗换"的语体节奏消失无余。

第三，认为诗歌创作应恰当运用反复、排比、叠句等手法，诗歌中的对句也应消除其凝滞感，诗歌语体节奏的最终指向是流动美。

---

① 王夫之：《夕堂永日绪论内编》第十八则，《船山全书》第十五册，第 826 页。
② 王夫之：《夕堂永日绪论内编》第十九则，《船山全书》第十五册，第 827 页。
③ 王夫之：《唐诗评选》卷三，钱起《早下江宁》评语，《船山全书》第十四册，第 1027 页。
④ 王夫之：《唐诗评选》卷三，杜审言《春日江津游望》评语，《船山全书》第十四册，第 1048 页。

《诗经》中存在大量因配乐而生的形式特征，赵敏俐指出："《诗经》的艺术远源是上古与乐舞结合在一起的用以传唱和表演的歌。在长期的歌的演唱中形成了一系列程式和技巧，如比兴、重复、固定的诗行、用词的技巧等。"① 其后的乐府、歌行中，《诗经》段落上的重章叠沓已不多见，但反复、排比、叠字叠句等修辞手法却仍然是凸显诗歌音乐性的重要途径之一。船山所推崇的汉魏六朝诗歌之所以具有如此明显的整体音乐性，就语体而言，重复、排比等修辞法的娴熟运用肯定是一个不可忽视的原因（另一原因是"韵"的完美使用）。船山对这些手法曾给出较高评价：

排比句一入其腕，俱成飞动。②

四用胡笳，各不相承，有如重见叠出，而端绪一如贯珠，腕下岂无神力！③

用复字者，亦形容之意，"河水洋洋"一章是也。"青青河畔草，郁郁园中柳"，顾用之以骀宕。善学诗者，何必有所规画以取材！④

第三例中，船山提出"复字"既可以形容意象，增强诗歌的形象感；也可以骀荡音节，增强诗歌的音乐性。但船山主张，"复字"应灵活处理，恰当运用，不可机械分类，不可用死。如其所说：

乐府中有复句叠序者，正自各有思理，不容不尔。……比见有学《焦仲卿诗》叠序两三番者，痴鄙徒增人笑。先生于此亦仿古人声腔，乃令减去一句得否？有耳有吻者当自知之。⑤

非有吞云梦者八九之气，不能用两三叠实字；非有轻燕受风、翩翩自得之妙，不能叠用三数虚字。然一虚一实，相配成句，则又俗不

---

① 赵敏俐：《乐歌传统与〈诗经〉的文体特征》，《学术研究》2005 年第 9 期。
② 王夫之：《古诗评选》卷一，曹丕《善哉行四首》其二评语，《船山全书》第十四册，第 506 页。
③ 王夫之：《唐诗评选》卷一，岑参《胡笳歌送颜真卿使赴河陇》评语，《船山全书》第十四册，第 900 页。
④ 王夫之：《诗译》第十五则，《船山全书》第十五册，第 814 页。
⑤ 王夫之：《明诗评选》卷一，赵南星《秋胡行二首》其二评语，《船山全书》第十四册，第 1178 页。

可耐。故造语之难，非嵇川南、赵梦白、汤义仍、黄石斋，尟不堕者。①

船山论诗注重音乐性，但对反复、叠字等凸显音乐性的修辞手法，并不是盲目肯定，而是有所反思。他认为，这些修辞法的运用必须与诗歌内在的发展逻辑相一致，才能达到理想的效果，一味机械应用而不考虑诗歌本身的特殊性，反会对诗歌艺术性造成反作用。近体诗中，叠字的运用也较为常见，但多"紧接在形容词或不及物动词的前面或后面以修饰它们，如'野日荒荒白，春流泯泯清'；'城乌啼眇眇，野鹭宿娟娟'"②。这种用法，其重点在炼字炼句，强调通过打破常规的搭配与组合达到言简意丰的目的，即使运用贴切，其中的叠字也多在增强某种形象感，而与流动的语体节奏并无瓜葛。

对于诗歌中出现的对句、偶句，船山并未否定，而是从诗歌整体流动性的角度提出了要求：

> 对偶语出于诗赋，然西汉、盛唐皆以意为主，灵活不滞。唯沈约、许浑一流人，以取青妃白，自矜整炼，大手笔所不屑也。宋人则又集古句为对偶，要亦就彼法中改头换面，其陋一尔。况经义以引伸圣贤意立言，初非幕客四六之比。邱仲深自诧博雅，而以"被发左衽"、"弱肉强食"两偶句推奖守溪，此七岁童子村塾散学课耳。况以韩文对经语，其心目中止知有一韩退之，谓可与尼山并驾。陋措大不知好恶，乃至于此！③

船山认为，对偶句于早期诗赋中就已出现，西汉、盛唐时的对偶句尚灵活不滞，自沈约提倡四声、牵附比偶之后，对偶句则有了炼字炼句的倾向，宋人又将其推进一步，集古句为对偶。自此，对偶句中所包含的流动特质逐渐消失，索字造意之句、"韩文对经语"充斥其间。对于对偶句的这一僵化倾向，船山持极力批判的态度。船山并不反对对句的出现，但他

---

① 王夫之：《夕堂永日绪论外编》第八则，《船山全书》第十五册，第846页。
② 王力：《汉语诗律学》，上海教育出版社，1979年11月新2版，第252页。
③ 王夫之：《夕堂永日绪论外编》第九则，《船山全书》第十五册，第847页。

认为,对句之中应充满流动之美:

> 七言之制,遣句既长,自非骀荡流连,则神气不能自举。故明远以降,概以率行显其迅度,非不欲事整密,势不得也。君攸此作,始以对仗行之。后人不知其对仗之中通体皆有流动,因谓七言可以整密立长篇,命之曰七言排律,若将与歌行分垒然者。支移补凑,以矜其富,繁委杂沓,以尽其情,肥者如象,瘦者如驼,举体疲茸,何有于唱叹?①

这一段主要论述七言歌行与七言排律的区别。船山认为,七言歌行的特色在于使气率行,重在气脉的贯穿,由于受气势影响,因此不适合过于整密的叙述。沈君攸这篇七言歌行开始出现了对仗的用法,但对仗之中仍充满气势的流动性,后代人却只看到对仗,而忽视了其中蕴含的流动性,因此就认为,七言是可以实现整密叙事的,其手段就是对仗,这样便形成了排律。但排律中的对仗却只是"支移补凑""繁委杂沓",根本没有流动之美,因此船山认为,排律已经完全不可与歌行同日而语,它已经与"唱叹"无关,完全丧失了音乐性。

类似的说法还有:

> 以歌行体为之,自是本色。虽有偶句,终不凝滞。②
> 偶句皆有流势。俗笔偶者必滞,流者必单,今古相争于此二途,孰知固有合一者哉!③
> 对仗中有睥睨之致,不为律苦。④
> 起手亦带古诗入,每联生动不滞。⑤

---

① 王夫之:《古诗评选》卷一,沈君攸《桂楫泛中河》评语,《船山全书》第十四册,第542~543页。
② 王夫之:《古诗评选》卷三,江总《怨诗二首》评语,《船山全书》第十四册,第643页。
③ 王夫之:《古诗评选》卷一,卢思道《听鸣蝉篇》评语,《船山全书》第十四册,第568页。
④ 王夫之:《唐诗评选》卷四,钱起《题郎士元半日吴村别业兼呈李长官》评语,《船山全书》第十四册,第1101页。
⑤ 王夫之:《明诗评选》卷五,文征明《立春日迟道复不至》评语,《船山全书》第十四册,第1387页。

在船山诗学观念中，诗歌是否具备自然而生的流动性语体节奏，是判断诗歌高下的一个重要标尺，对偶句的滞与不滞也正是从这个角度评判的。船山推崇具有流动性音乐美的汉魏六朝乐府、歌行以及古诗，并自觉以其特征评论后代诗歌，以古诗、歌行论五、七近体甚至绝句，是船山诗论中一个特有的现象，后文将对这种现象进行深入论述。

（二）强调重"韵"，反对重"声"

重韵不重声，是船山诗论中一个极为明显的现象。这里所说的"韵"是指诗歌中的押韵和换韵，"声"则是指诗歌对"四声"或"平仄"的讲究。我们可首先举出船山反对声律平仄的诗评例证：

> 五言之敝，始于沈约。约偶得声韵之小数，图度予雄，奉为拱璧，而牵附比偶，以成偷弱、汗漫之两病，皆所不恤。①
> 自沈约创四声以来，继起者惟炼声响，不恤局度，就其体中别为高古，殆与古诗分朋而处，遂使有唐一代操觚之士，莫能出其范围。②
> 声律拘忌，摆脱殆尽，才是诗人举止。③

船山论诗讲求音乐性，但他所强调的音乐性主要还是指诗歌吟咏唱叹的功能。他推崇乐府、歌行和古诗所具有的"率笔口占"的口语化，以及自然天成、悦耳动人的流动美，而不是近体诗中讲究的平仄对仗的声音和谐。近体诗注重四声、平仄，强调字与字、词与词、句与句之间的意义与声音搭配，而诗歌整体层面的流动性节奏却消失不见了。

诗乐本是一体，配乐消失后，诗中能凸显整体性、流动性节奏美的方式尚有一意的回旋往复，词句的反复、排比，具体到声音而言则是对用韵的重视。乐府、歌行、古诗能具有宛转流动的诗体节奏，"韵"是一个很重要的因素，鉴于此，船山极力提倡押韵和换韵。船山以"韵"论诗的赞

---

① 王夫之：《古诗评选》卷五，庾信《咏怀三首》其三评语，《船山全书》第十四册，第820页。
② 王夫之：《古诗评选》卷六，张正见《秋日别庾正员》评语，《船山全书》第十四册，第859页。
③ 王夫之：《明诗评选》卷六，程嘉燧《十六夜登瓜洲城看月怀旧寄所亲》评语，《船山全书》第十四册，第1536页。

美性文字随处可见：

《行路难》诸篇，一以天才天韵吹宕而成，独唱千秋，更无和者。①

全以韵胜。元和末煮字煎句之陋，此一洗矣。②

韵胜即雅。竟陵淫蝶已甚，亦由韵不足耳。③

神力仙韵，于安顿处见之。此种极可得一切诗法。④

韵，可以说是早期乐歌留存于后世诗歌的最为明显的音乐特征。船山《诗广传》卷五《鲁颂·论駉》云："《风》《雅》之遗犹有存者，其为《駉》乎！……长言而不厌，犹其韵也。"⑤ 降至后世，这一评价仍有一定的适用性，不论何种诗体，韵对诗歌的音乐性凸显还能起到一定作用，船山重视押韵、以韵评诗自然与这一点密切相关。此外更进一层，船山对诗歌韵脚还有更明确的要求，即对换韵或转韵的提倡，这是他对诗歌中自然宛转的流动性节奏的审美追求。

转韵则主要出现于古体、歌行当中，近体中极少用到。实际上，历时来看，用韵伴随诗歌的发展有两个明显趋向：一是从种类繁多趋于狭窄，二是从居无定形趋于固守不变。船山持一种复古主义的诗论观，在看待诗歌音乐性方面更是如此，所以他尤其看重乐府、歌行以及古诗中行云流水的换韵方式。他多次提及：

空中缭绕，随地风华，真《十九首》之亲骨血也。转韵妙。⑥

转韵如不转，此如调瑟理笙，妙在唇指，不在谱也。⑦

---

① 王夫之：《古诗评选》卷一，鲍照《拟行路难九首》其一评语，《船山全书》第十四册，第534页。
② 王夫之：《唐诗评选》卷三，周贺《秋宿洞庭》评语，《船山全书》第十四册，第1036页。
③ 王夫之：《明诗评选》卷八，刘涣《绝句》评语，《船山全书》第十四册，第1583页。
④ 王夫之：《明诗评选》卷八，徐渭《边词五首》其四评语，《船山全书》第十四册，第1618页。
⑤ 王夫之：《诗广传》卷五，《鲁颂三论》一《论駉》，《船山全书》第三册，第506页。
⑥ 王夫之：《古诗评选》卷五，何逊《与苏九德别》评语，《船山全书》第十四册，第807页。
⑦ 王夫之：《古诗评选》卷五，何逊《拟青青河畔草转韵体为人作其人识节工歌》评语，《船山全书》第十四册，第808页。

看他转韵不用承合，自然浃洽处，岂非歌行独步？①
转韵回波，一以自然，不至貌人倔强。②

这几个例证全出自三部诗歌评选中乐府、歌行和古诗的部分。"转韵"，可以说是这三种早期诗体的共通部分，转韵的运用增强了这几类诗体的整体流动美。正如船山所言："转韵如不转，此如调瑟理笙，妙在唇指，不在谱也。"不露痕迹的转韵是乐府等诗体得以成形的一个部分，它需要在诗人的具体创作过程中体现出来，而不需要呆板的法则规定。

概言之，船山提倡换韵转韵，主要是从诗歌音响效果而言的，转韵的应用可使诗歌形成一种圆转流畅的流动美，这是船山心仪的诗歌音乐美的重要表现形式。

（三）以乐府、歌行、古诗评论近体

在船山的诗学观念中，具备早期诗体特征的乐府、歌行以及古诗，是诗歌发展的正宗一脉，尤其五言古诗和七言歌行更是具备一种近体诗根源的意味。

首先，船山在其诗论中，对五七言律诗、绝句的渊源作了许多论述。

船山尝云："五言一体，自有源流，如可别营造极，古人久已问津，奚更吝留，用俟来者？惟以比偶谐音，差为近体，至其成章造句，则非苏、李、陶、谢，又何以哉？"③ 在船山看来，五言近体与古诗的区别只在于它有比偶谐音，而在遣词成章方面与古诗不应有区别。另外，船山在《古诗评选》中还专门列了"五言近体"的部分，不难看出船山的用意即在于突出五言近体的源头是在六朝，而不是唐代的独创。对此张健曾评论道："王夫之不仅在五言古诗的体裁范围内不能接纳唐诗传统，而且在近体诗的体裁范围内，他所肯定的也是古诗的传统。由于王夫之审美价值观的核心在古诗传统，所以他在论诗时，不是强调近体诗在审美上的独特性

---

① 王夫之：《唐诗评选》卷一，岑参《邯郸客舍歌》评语，《船山全书》第十四册，第901页。
② 王夫之：《明诗评选》卷一，刘基《圣人出》评语，《船山全书》第十四册，第1147页。
③ 王夫之：《唐诗评选》卷三，钱起《早下江宁》评语，《船山全书》第十四册，第1027页。

与独立性,而是强调近体诗对古诗审美传统的继承性。"①

关于七言,船山首先对七言歌行有一个厘定:"七言之制,断以明远为祖何?前虽有作者,正荒忽中鸟径耳。柞械初拔,即开夷庚。明远于此,实已范围千古。故七言不自明远来,皆荑稗而已。由歌行而近体,则有杜易简;由近体而绝句,则有刘梦得:渊源不昧,元唱相仍。"② 船山认为,七言歌行当以鲍照为正宗,而七言律诗又应以七言歌行为渊源,他说:"乐府之作既被管弦,歌行之流必资唱叹。……初唐人于七言不昧宗旨,无复以歌行近体为别。大历以降,画地为牢,有近体而无七言,縶威凤使司晨,亦可哀已。"③ 所谓初唐诗人不以歌行、近体为别,正符合船山所说的歌行、近体基本精神相同的观点,可见,船山认为七言律诗为歌行之变体。而所谓"必资唱叹"等则指明了歌行、近体相通的基本精神,正在于音乐性。

此外,上面引文还提到了七言绝句与七言歌行的相承关系,关于五言绝句和七言绝句的渊源,船山有更明确的论述:

> 五言绝句自五言古诗来,七言绝句自歌行来,此二体本在律诗之前;律诗从此出,演令充畅耳。……自五言古诗来者,就一意中圆净成章,字外含远神,以使人思。自歌行来者,就一气中骀宕灵通,句中有余韵,以感人情。修短虽殊,而不可杂冗滞累则一也。五言绝句有平铺两联者,亦阴铿、何逊古诗之支裔。七言绝句有对偶,如"故乡今夜思千里,霜鬓明朝又一年",亦流动不羁,终不可作"江间波浪兼天涌,塞上风云接地阴"平实语。④

在船山看来,五绝来自五言古诗,它应该具有五言古诗的特征;七绝来自歌行,它应该具有歌行的审美特征。船山对五七言近体、绝句的渊源判定,很大程度上表明了他以汉魏六朝诗歌为审美标准的立场。而在汉魏

---

① 张健:《清代诗学研究》,北京大学出版社,1999,第287页。
② 王夫之:《古诗评选》卷一,鲍照《代白纻舞歌辞三首》其一评语,《船山全书》第十四册,第533页。
③ 王夫之:《唐诗评选》卷一,宋之问《至端州驿见杜五审言沈三佺期阎五朝隐王二无竞题壁慨然成咏》评语,《船山全书》第十四册,第891页。
④ 王夫之:《夕堂永日绪论内编》第四十三则,《船山全书》第十四册,第839页。

六朝诗歌中,圆转流动的节奏感显然是不可或缺的重要部分。

其次,船山诗论中存在大量以乐府、歌行、古诗评论近体诗的现象。

船山推崇具有流动性音乐美的汉魏六朝乐府、歌行以及古诗,故而自觉以古诗、乐府、歌行论五、七言近体甚至绝句,这是其诗论中一个特有的现象。如:

> 以歌行体为之,自是本色。虽有偶句,终不凝滞。①
> 全自乐府歌行夺胎而出天迥。②
> 才说到折处便休,无限无穷,天流神动,全从《十九首》来。以古诗为近体者,唯太白间能之,尚有未纯处。至用修而水乳妙合,即谓之千古第一诗人可也。③
> 一丝阐缓,真以古诗法作近体。④
> 纯以乐府作律。⑤
> 七言近体带歌行意,不迷初始。开、天以下一人而已。⑥
> 搅碎歌行绝句作近体,佛家所谓意生身也。分段生分段死者,真可怜悯。⑦

船山重视乐府、歌行和古诗中圆转流动的音乐特质。他评价谢惠连《前缓声歌》:"乐府动人,尤在音响,故曼声缓引,无取劲促。音响既永,

---

① 王夫之:《古诗评选》卷三,江总"小诗"《怨诗二首》评语,《船山全书》第十四册,第643页。
② 王夫之:《唐诗评选》卷四,杜审言"七言律"《春日京中有怀》评语,《船山全书》第十四册,第1064页。
③ 王夫之:《明诗评选》卷五,杨慎"五言律"《折杨柳》评语,《船山全书》第十四册,第1402页。
④ 王夫之:《明诗评选》卷五,高叔嗣"五言律"《行至车骑关河南尽处与亲知别》评语,《船山全书》第十四册,第1406页。
⑤ 王夫之:《明诗评选》卷五,曹学佺"五言律"《城南古意》评语,《船山全书》第十四册,第1448页。
⑥ 王夫之:《明诗评选》卷六,杨维桢"七言律"《寄小蓬莱主者闻梅涧并简沈元方宇文仲美贤主宾》评语,《船山全书》第十四册,第1471~1472页。
⑦ 王夫之:《明诗评选》卷六,高启"七言律"《早春寄王行》评语,《船山全书》第十四册,第1483页。

铺陈必盛,亦其势然也。"① 评价谢灵运《游南亭》:"条理清密,如微风振箫;自非夔、旷,莫知其宫徵迭生之妙。翕如、纯如、皦如、绎如,于斯备。取拟《三百篇》,正使人憾《蒸民》、《韩奕》之多乖音乱节也。"② 此外还有:"乐府之作既被管弦,歌行之流必资唱叹。"③,船山推崇乐府、歌行、古诗,音乐性是一个极为重要的因素,船山以乐府、歌行、古诗来评价近体诗、绝句,用意也正在突出近体诗中的音乐性元素。

在船山看来,近体、绝句全自古诗、歌行来,惟其继承古诗、歌行的唱叹风神、音乐之美,"无复以歌行、近体为别",才算是延续了诗歌的正宗命脉。具体来说,则是要求"小诗"中"虽有偶句,终不凝滞",七律要"自乐府歌行夺胎而出""带歌行意",五律则是要"以古诗为近体""天流神动"。由此不难看出,圆转流动的语体节奏,是近体、绝句继承古诗、歌行等诗体音乐性的主要体现。

最后本章做一个小结:船山的"心之元声"说、"声情"说,最终都落脚于诗歌之节奏论上。"节奏论",船山虽未旗帜鲜明地标举而出,但其众多的诗评实践确然暗含了明显的节奏视角。"心之元声"与"声情"的提出,主要是船山为"以乐论诗"所作的根基式的合法性论证,而情感节奏、意义节奏、语体节奏的层次设定,则以"外在节奏模写内在节奏"的方式,完整地呈现了"声情"的内在意蕴,并使其落到了具体可见的操作层面上。细言之,"内敛含蓄"之"情"要实现"由隐而至显",一方面,要遵从由《诗经》传统而来的"一唱三叹"的"永言"特质,另一方面,也要遵从由乐府、古诗、歌行传统而来的"圆转流动"的自然音响特质。就其本质而言,船山的"元声"论、"声情"论,实际上就是要恢复先秦汉魏时期"以乐达情"的诗歌传统。这里的"乐",实即"意义节奏"与"语体节奏"的合体,它不仅是对先秦汉魏诗歌的美感继承,而且在发挥"乐教"功能方面,亦多能达到"雅化"与"净化"的目的。正如船山所

---

① 王夫之:《古诗评选》卷一,谢惠连"古乐府"《前缓声歌》评语,《船山全书》第十四册,第528页。
② 王夫之:《古诗评选》卷五,谢灵运"五古"《游南亭》评语,《船山全书》第十四册,第733页。
③ 王夫之:《唐诗评选》卷一,宋之问《至端州驿见杜五审言沈三佺期阎五朝隐王二无竞题壁慨然成咏》评语,《船山全书》第十四册,第891页。

云:"言不足,则嗟叹咏歌,手舞足蹈,以引人于轻微幽浚之中"①,"异志同心,摇荡声情,而檠括于兴观群怨"②。"引人于轻微幽浚",换一种表述就是"引人于张乐之野,泠风善月,人世陵嚣之气淘汰俱尽"③,这是对读者情感的净化;"檠括于兴观群怨",则突出了诗之合乐特质所显露出来的温柔敦厚的"雅化"一面。美感与乐教,由此在船山的"声情"论、节奏论中得到了统一。

---

① 王夫之:《诗广传》卷五,《鲁颂一·论駉》,《船山全书》第三册,第596页。
② 王夫之:《述病枕忆得》,《船山全书》第十五册,第681页。
③ 王夫之:《古诗评选》卷一,曹丕《钓竿行》评语,《船山全书》第十四册,第502页。

第五章
"以事为景"与"化理入情"
——"情几"统摄下的"诗事"与"诗理"形态

古典文论中,"理""事""情"作为三个并立的概念被明确提出,是较为晚出的事情,一般而言,学界公认叶燮对此三者的并立论述最早,也最为系统清晰。但叶燮诗论中所提出的理、事、情,与前人诗论所涉及的诗歌之理、事、情,尚有不小的差异,不可一概而论。叶燮曰:"曰理、曰事、曰情,此三言者足以穷尽万有之变态。凡形形色色音声状貌,举不能越乎此,此举在物者而为言,而无一物之或能去此者也。"[1] 又说:"譬之一木一草,其能发生者,理也;其既发生,则事也;既发生之后,夭矫滋植,情状万千,咸有自得之趣,则情也。"[2] 从中可知,叶燮所言之理、事、情,皆是就"物"而言的,"理"是事物发生的必然趋势或客观规律,"事"是事物的客观存在,"情"是客观存在的万事万物所呈现出来的千姿百态的情状,三者是客观事物本身所涵括的相互关联的三个基本层次,这里并不涉及主观要素,叶燮将主观要素另置一系统,即才、胆、识、力。在叶燮的理解中,诗歌创作,实际上就是诗人以其"才、胆、识、力"的主观能力,处理客观事物之"理、事、情"的过程。但这种对主客系统构成的精细划分,在增强其阐释力的同时,也模糊了诗歌中所存在的"理""事""情"的本来面目。

事实上,诗歌中的理、事、情,很难被僵化地归类到主、客领域中去,它们更多的是指一种诗歌创作的侧重或倾向,分别对应着主理诗、叙

---

[1] 丁福保辑《清诗话》,《原诗》卷二《内篇下》,上海古籍出版社,1983,第579页。
[2] 丁福保辑《清诗话》,《原诗》卷二《内篇下》,上海古籍出版社,1983,第579页。

事诗与抒情诗。从历时发展的角度看，这三类诗在出现时间上孰早孰晚，并不易厘清。三者在《诗经》中都可找到其相应的源头，但在诗歌发展过程中，三类诗却均有其相对应的黄金时代：抒情诗或者说主情诗，可以说是中国古典诗歌的主流，《诗经》、楚辞、汉魏诗、南朝诗、唐诗、元诗、明诗，均以抒情诗为主；主理诗则主要兴盛于两晋、宋代，前者表现为玄言诗，后者表现为议论诗；叙事诗的兴盛之作则主要集中于汉魏南北朝乐府中，杜甫的诗史之作以及明清之际的叙事诗亦是代表性作品。以"主情"观点为根基，明人开始对主理诗与叙事诗进行清算，船山承续此一路向，作为坚定的"主情"派，他在诗论中亦多次论及诗歌中的"事"与"理"。因此，船山诗论中的理、事、情是兼具的，他所言之"理""事""情"，延续的显然是传统意义上的诗类划分。

在"主情"视域的观照下，如何理解诗歌中"理"与"事"的存在状态，就成为一个无法避开的问题。对此，船山并未像明人那样仅仅停留在批判层次，而是分别提出了"化理入情"与"以事为景"两种应对策略。船山对"诗理"与"诗史"的这种建设性反思，具有重要的理论价值：如果说"情景论"与"声情论"是船山"主情"观的正面立论，那么，"化理入情"说与"以事为景"说则是在重新批判反思"诗理""诗史"的基础上所作出的反面思考，它们分别从一正一反的角度，共同构建了船山"情几"诗学的理论体系。

第一节 "以事为物为景"：船山诗论中的"诗事"形态

叙事诗在中国古典诗歌中向来比较边缘，《诗经》以及汉魏乐府中的叙事传统，在后世诗歌中绝少再现，一直到唐代，杜甫以一己之力重振"赋"之功能，以健笔记时事，谓之"诗史"。"诗史"作品及其命名的出现，不能不说是古典诗歌发展过程中的一次大事件，因为由此开始，借助于"诗史"之名，叙事诗开始具备了与处于主流地位的抒情诗一较高下的能力与资格。经过两宋时期的酝酿与沉淀，"'诗史'从一个对杜诗进行总结的普通概念上升成为杜诗的尊称、尊号，有时更作为文学批评的一个标准，用来评论杜诗以外的诗歌。这就使得'诗史'概念有可能从杜诗学中脱离出来，成为具有普遍理论价值的文学概念"①。作为独立概念的"诗史"一词，虽最早出自唐代孟棨的《本事诗》②，但此一概念的流传以及影响力的逐渐扩大，却主要是通过宋人的集中阐释而得以实现的。只不过宋人的"诗史"说，主要还是紧扣杜诗来谈的，"诗史"本身所蕴含的普遍意义上的诗歌之叙事性，到了明人那里才得到进一步的延伸性阐释。而从某种程度上说，船山对"诗史"或"诗事"的思考，实质上就是明人"诗史"辨析的延续，只不过由于船山有根基深厚的"情几"观作为支撑，所以他在理解"诗史""诗事"问题时，不仅能看到诗中之"事"的异质性，还能借助于"诗情"之统摄功能，对"诗史"或"诗事"问题作出独具新意的合理化改造。

一 "诗不可以史为"：船山之"诗史"批判

（一）明人的"诗史"批判

船山诗论中所涉及的问题，往往是接着明人说的，"诗史"问题尤为明显。明人对"诗史"问题的辨析，是船山提出其"诗事"观的重要历史语境，是进入船山"诗史"批判之前不可或缺的前理解。

张晖认为："'诗史'概念到了明代，基本上已被广泛接受与认同。和唐宋纷杂的'诗史'说比起来，明代复古诗论比较集中地关心一个问题：即诗歌如何记载时事。"③ 这一定位是准确的，明人对"诗史"问题的讨论，往往能突破杜诗研究的界限，进入诗学的普遍层面。但若细言之，明人更多是将"诗史"以及由其引发的叙事问题，视为一种异端潮流，对其多持批判态度，如：

李东阳曰："诗之所以贵情思而轻事实也。"④

王廷相曰："子美《北征》之篇，昌黎《南山》之作，玉川《月蚀》之词，微之《阳城》之什，漫敷繁叙，填事委实，言多趁帖，情出附辏，

---

① 张晖：《中国"诗史"传统》，生活·读书·新知三联书店，2012，第 75 页。
② 孟棨《本事诗·高逸第三》："杜逢禄山之难，流离陇蜀，毕陈于诗，推见至隐，殆无遗事，故当时号为'诗史'。"见丁福保辑《历代诗话续编》，中华书局，1983，第 15 页。
③ 张晖：《中国"诗史"传统》，生活·读书·新知三联书店，2012，第 134 页。
④ 李东阳著，李庆立校释《怀麓堂诗话校释》第二十二则，人民文学出版社，2009，第 80 页。

此则诗人之变体，骚坛之旁轨也。"①

何景明曰："诗三百皆弦歌，后世乐府或立篇题，词多托讽，义兼比兴，其随事直陈悉曰古诗，格变异矣。"②

显而易见，明代复古派诗论家们多倾向于将叙事言实之作视为诗歌之"变体"与"旁轨"，而此一观点背后的深层原因，即李东阳所说的"诗之所以贵情思而轻事实也"。沿着这一路向，杨慎对"诗史"问题作了更加深入的思考，提出：

> 宋人以杜子美能以韵语纪时事，谓之"诗史"。鄙哉！宋人之见，不足以论诗也。夫六经各有体：《易》以道阴阳，《书》以道政事，《诗》以道性情，《春秋》以道名分。后世之所谓史者，左记言，右记事，古之《尚书》《春秋》也。若《诗》者，其体其旨，与《易》《书》《春秋》判然矣。《三百篇》皆约情合性而归之道德也，然未尝有道德字也，未尝有道德性情句也。二《南》者，修身齐家其旨也，然其言"琴瑟""钟鼓"，"荇菜""芣苢"，"夭桃""秾李"，"雀角""鼠牙"，何尝有修身齐家字耶？皆意在言外，使人自悟。至于变风变雅，尤其含蓄。言之者无罪，闻之者足以戒。如刺淫乱，则曰"雍雍鸣雁，旭日始旦"，不必曰"慎莫近前丞相嗔"也；悯流民，则曰"鸿雁于飞，哀鸣嗷嗷"，不必曰"千家今有百家存"也；伤暴敛，则曰"维南有箕，载翕其舌"，不必曰"哀哀寡妇诛求尽"也；叙饥荒，则曰"牂羊羵首，三星在罶"，不必曰"但有牙齿存，可堪皮骨干"也。杜诗之含蓄蕴藉者，盖亦多矣，宋人不能学之。至于直陈时事，类于讪讦，乃其下乘末脚，而宋人拾以为己宝。又撰出"诗史"二字，以误后人。如诗可兼史，则《尚书》《春秋》，可以并省。又如今俗《卦气歌》《纳甲歌》，兼阴阳而道之，谓之"诗易"可乎？③

在本段文字中，杨慎开篇即亮明了自己的态度，以"鄙哉"二字评价"以韵语纪时事"的"诗史"之作，其排斥态度可见一斑。其后的大段文

---

① 王廷相著，王孝鱼点校《王廷相集》第二册，中华书局，1989，第502页。
② 何景明：《大复集》卷三十四，《四库全书》第1267册，第307页。
③ 杨慎著，王仲镛笺证《升庵诗话笺证》卷四，上海古籍出版社，1987，第125~126页。

字,则主要从两个方面对其批判性观点作了充分论证。第一,从"辨体"的思想出发,杨慎认为六经各有其体,各司其职,不可相互混淆、替代,例如《诗》的功能是"道性情",《尚书》《春秋》的功能是"记言""纪事",若以《诗》来承担记载历史的功能,则《尚书》《春秋》就没有存在意义了。在古人诗论中,《诗》往往可代表"诗"这一文体,《诗》与《尚书》《春秋》的功能区分,已然指明了"诗"与"史"的根源性差别。第二,从艺术特色出发,杨慎认为,"诗史"重在记载时事,所以用语多为直陈,而这与诗歌所应具备的"含蓄蕴藉""意在言外"的艺术特征是不相符的。杨慎于后文所列举的大量例句,其意正在突出《诗经》与杜诗在表现相同主题时,所呈现出来的"一蕴藉、一直白"的迥异艺术特征。

　　需要注意的是,杨慎于此段文字中特意点出了对宋人的不满,他提出,杜诗中并非仅有"诗史"之作,杜甫含蓄蕴藉的诗作亦不在少数,但宋人却只把目光聚焦在这"下乘"的纪事诗上,并"拾以为己宝,又撰出'诗史'二字,以误后人"。虽然杨慎将"诗史"一词的发明权错误地安置到了宋人的头上,但他对宋人的这一评述却是相当精准的,正如笔者在前文所说,"诗史"一词,虽最早出自唐代孟棨的《本事诗》,但这一概念的流传以及影响力的逐渐扩大,却主要是通过宋人的集中阐释而得以实现的。可以说,宋人对"诗史"的有意突出,才是"诗史"说得以流行的关键节点所在,从这个角度来看,"诗史"一说,与其说是唐人的,不如说是宋人的。"诗史"说的背后,实际上是宋人对诗体界限的重新定位,正如张少康所说:"宋人在'诗史'问题上的错误,是宋代文学思想发展中片面强调以文为诗,而模糊文学与非文学的界限、抹煞文学的美学特征之典型表现。"[①] 对"诗史"的聚焦,可以说是宋人"以文为诗"潮流中的一个突出表现。

　　总体而言,不论是从全面性上看,还是从深刻性上看,杨慎对"诗史"说所作出的批评,都很有说服力,后来学者在辨析"诗史"时,大多都受到了杨慎的影响。如王世贞从提倡直陈之"赋"法的角度对杨慎偏重含蓄蕴藉之诗观的回应,完全可以看作对杨慎之"诗史"观的修正。许学

[①] 张少康、刘三富:《中国文学理论批评发展史》(下),北京大学出版社,1995,第186页。

夷则全盘接受了杨慎将《诗》与其他五经分开的辨体思想，但在对"诗史"之作的认识上，许学夷与杨慎也有区别。杨慎并不否认"诗史"的存在，他理想中的"诗史"之作，应有含蓄的特征，不可过于直白；许学夷则完全否认"诗史"的合法性，他的逻辑是，诗歌可以记载时事，但不能直白地记录，而是应以"抑扬讽刺"的态度写之，唯其如此，才符合诗歌的文体规范，但这样写出来的诗，也就不能再称为"诗史"了。从这一比较当中其实不难体会出，许学夷对"诗史"的认识与杨慎实质上是相通的，二人都认为过于直露地记载时事不合于诗歌的本质，而他们所分别提出的"含蓄蕴藉"与"抑扬讽刺"，实际上都是为弥补叙事诗的这一缺陷所提出的补救措施。

王世贞、许学夷之外，对杨慎之反"诗史"说作出回应的还有胡应麟与郝敬。胡应麟重点关注的是杨慎的"斥宋"立场，郝敬则继续关注着由王世贞从"直陈"与"含蓄蕴藉"中所引申出来的"赋比兴"问题。可以说，明人对"诗史"问题的不断反思与辩论，一直绵延不绝，而对于一直关注、反思明代诗坛的船山而言，"诗史"问题显然也就成为一个避不开的话题，与此同时，明人对"诗史"问题的一系列思考成果，尤其是杨慎所开启的重辨体、重含蓄的思考路向，对船山之"诗史""诗事"观的形成，有着极大的启发意义。

（二）船山的"诗史"批判

船山对"诗史"的批评，基本沿着杨慎所开辟的思考维度展开。无可讳言，船山在"诗史"批评方面的论断，其继承性要远大于创新性。

第一，与杨慎强调辨体的思路相一致，船山亦从辨体角度提出了"诗不可以史为"的观点：

> 夫诗之不可以史为，若口与目不相为代也，久矣。[1]
>
> 咏古诗下语善秀，乃可歌可弦，不而犯史垒。足知以"诗史"称杜陵，定罚而非赏。[2]
>
> 杜子美仿之作《石壕吏》，亦将酷肖。而每于刻画处犹以逼写见

---

[1] 王夫之：《诗译》第十二则，《船山全书》第十五册，第812页。
[2] 王夫之：《古诗评选》卷一，曹丕《煌煌京洛行》评语，《船山全书》第十四册，第509页。

真，终觉于史有余，于诗不足。论者乃以"诗史"誉杜，见驼则恨马背之不肿，是则名为可怜闵者。①

船山对于"史"与"诗"的文体区分意识很鲜明。在船山的眼中，"史"的功能就是记录事实，"事"是"史"的唯一存在依据，从这个角度来看，以"记事"为主的杜诗，确实与"史"有很大的相似性，所以人们称杜甫的一些纪事诗为"诗史"是一种很自然的类比联想，只不过，在船山看来，"诗史"这一命名，并非"誉称"，而是"贬称"，即所谓"罚而非赏"，因为在船山的理解中，被称作"史"的诗歌显然已经偏离了"诗"的正途，这正是从辨体角度得出的结论。

在区分六经之不同文体时，杨慎尝曰："六经各有体，《易》以道阴阳，《书》以道政事，《诗》以道性情，《春秋》以道名分。后世之所谓史者，左记言，右记事，古之《尚书》《春秋》也。若诗者，其体其旨，与《易》《书》《春秋》判然矣。"② 与此相对应，船山也提出过类似的见解："诗以道情，道性之情也。性中尽有天德、王道、事功、节义、礼乐、文章，却分派与《易》、《礼》、《书》、《春秋》去，彼不能代《诗》而言性之情，《诗》亦不能代彼也。"③ 不难看出，船山与杨慎的辨体思路相当一致，《诗》道性情，成为诗体成立的内在前提。在此辨体思想的基础上，船山又进一步对代表"史"的《尚书》与代表"诗"的《诗经》作了深度辨别，他提出：

有求尽于意而辞不溢，有求尽于辞而意不溢，立言者必有其度、而各从其类。意必尽而俭于辞，用之于《书》；辞必尽而俭于意，用之于《诗》，其定体也。两者相贸，各失其度，匪但其辞之不令也。为之告戒而有余意，是贻人以疑也，特眩其辞而恩威之用抑黩。为之咏歌而多其意，是荧听也，穷于辞而兴起之意微矣。故《诗》者，与

---

① 王夫之：《古诗评选》卷四，《古诗四首》其一《上山采蘼芜》评语，《船山全书》第十四册，第 651 页。
② 杨慎著，王仲镛笺证《升庵诗话笺证》卷四，上海古籍出版社，1987，第 125 页。
③ 王夫之：《明诗评选》卷五，徐渭《严先生祠》评语，《船山全书》第十四册，第 1440~1441 页。

《书》异垒而不相入者也。①

船山在这里表述得要更加明白:《尚书》是记言纪事的,其特征是"意必尽而俭于辞",意即用简明扼要的语言将所有的意思表达清楚;《诗经》则是"道性情"的,其特征是"辞必尽而俭于意",意即使用形象丰富的文辞来突显出诗中简约而又意味深长的情意主题。这两者不可混淆,一旦混淆,便可能"各失其度":若以写诗的方式来写《尚书》,则语言繁复、意味无穷,很可能会令读者感到不知所云,疑窦丛生;若以记言纪事的方式来写《诗》,则言辞精简,却又意绪繁多,诗中情感的表达与渲染会受到很大影响,对于这种以史笔写诗体的弊端,船山在评价杜诗时,也多有阐释,如他在《薑斋诗话》中提出:

> 若杜陵长篇,有历数月日事者,合为一章,《大雅》有此体。后唯《焦仲卿》、《木兰》二诗为然。要以**从旁追叙**,非言情之章也。②

杜甫这种"从旁追叙"的长篇叙事诗,是拙于"道情"的,究其原因,其实就是船山所说的"咏歌而多其意,是荧听也,穷于辞而兴起之意微矣"。"意俭辞尽"的基本规范被打破了,诗之表情达意的功能必然受到影响,而造成这一结果的深层原因,正在于叙事元素的渗入。戴鸿森对此一现象的解释颇具说服力,他提出:"诗人意之起迄发抒与事之始终曲折,难得密合无间,一气贯穿。情、事之间有一定距离,欲牵就补苴,'强合令成',势必顾了形式上的'成章',而削弱达意、抒情的功能。"③ 这就是说,由于叙事诗中"情"的起讫与"事"的始终之间,在配合上不好把握,因此很容易造成"强合令成"、顾此失彼的片面化缺陷。细言之,如果过于注重诸多事件的发展,就势必会影响到情感的表达,而一旦将诗歌的抒情特质提到首位,纷繁复杂的事件线索也就显得多余而无从呈现。

所以在船山看来,"诗"绝不能以"史"的方式来完成,"诗""史"有别,"诗"以道"情"而"史"以记"事","诗"与"史"就像人之

---

① 王夫之:《诗广传》卷五,《鲁颂三论》—《论駉》,《船山全书》第三册,第506页。
② 王夫之:《夕堂永日绪论内编》第八则,《船山全书》第十五册,第822页。
③ 王夫之著,戴鸿森笺注《薑斋诗话笺注》,上海古籍出版社,2012,第59页。

"口"与"目"一样,它们分管着不同的功能,不可以随便越界。但另一方面,船山也并未忽视"事"的元素,关于诗歌如何处理"事"、表现"事",船山也作了相应的思考,这一点后文会详细展开,此处需要提出的是,无论船山采用了何种应对策略,他的立足点都是唯一的,此即"诗道性情"。船山的基本逻辑是,既然是要写"诗",而不是写"史",就应该按照"诗"的内在要求来进行,换言之,诗中之"事",应该是被统摄在"诗道性情"这一命题之下的。

第二,与杨慎强调诗之"含蓄蕴藉"、许学夷强调诗之"抑扬讽刺"的思路相一致,船山也试图从诗歌的表达方式上传达出自己对"诗史"的独特认识。在评价李白《登高丘而望远海》一诗时,船山提出了自己的"诗史"观:

> 后人称杜陵为诗史,乃不知此九十一字中有一部开元天宝本纪在内。俗子非出像则不省,几欲卖陈寿《三国志》以雇说书人打匾鼓夸赤壁鏖兵。可悲可笑,大都如此。①

如前所述,船山对于一味记载时事的叙事诗相当排斥,所以,对于常人所说的以杜诗为代表的强调纪事的"诗史"之说颇不以为然,在本段当中,他所说的"俗子非出像则不省,几欲卖陈寿《三国志》以雇说书人打匾鼓夸赤壁鏖兵",其实就是对以纪事为目的的"诗史"之作的嘲讽。但另一方面,正如张晖所说,船山更多"不满的是诗歌在记载时事时,没有满足诗体的要求,他并不是反对'诗史'概念本身"②。船山对"诗史"有自己的见解,在这段文字中,船山就为心目中的"诗史"概念作了界定,他提出,李白的《登高丘而望远海》一诗"九十一字中有一部开元天宝本纪在内",这其实就是他对"诗史"的理解。

具体来看看李白的这首诗,诗曰:

> 登高丘,望远海。六鳌骨已霜,三山流安在?扶桑半摧折,白日

---

① 王夫之:《唐诗评选》卷一,李白《登高丘而望远海》评语,《船山全书》第十四册,第909页。
② 张晖:《中国"诗史"传统》,生活·读书·新知三联书店,2012,第149页。

沉光彩。银台金阙如梦中，秦皇汉武空相待。精卫费木石，鼋鼍无所凭。君不见骊山茂陵尽灰灭，牧羊之子来攀登。盗贼劫宝玉，精灵竟何能。穷兵黩武今如此，鼎湖飞龙安可乘？①

本诗的讽刺之意十分明显："三山流安在"，是说海上蓬莱、方丈、瀛洲三座仙山已漂流远去，借秦皇汉武求仙问药的无功而返，来暗讽玄宗的相似行为；"骊山茂陵尽灰灭"则影射了皇室穷尽民力、修造陵墓的行为；"穷兵黩武今如此"则又对不顾百姓死活穷兵黩武的行为进行讽刺。总而言之，此诗借用秦皇汉武之事，勾勒出大唐在玄宗一代由盛转衰的轨迹，诗中的"六鳌""三山""扶桑""白日""银台金阙"，本都是光彩壮美的唐盛世的象征，但如今都变成了颓败、摧折、虚无、沉寂的景象，在这种今昔对比中，诗歌透露出强烈的历史意味。从这个角度来看，船山以"九十一字中有一部开元天宝本纪在内"来评价此诗，是可以理解的，但其中的问题也很明显，开元、天宝凡四十四年，并非求仙、筑陵、打仗三事就可以概括的，然船山强调此论，可见他所说的"开元天宝本纪"，本就不在纪实、纪事，而在于一种历史感的贯穿，表现在诗歌中，就是"微言影射，以情带事"。

船山尝言："杜子美……每于刻画处犹以逼写见真，终觉于史有余，于诗不足。"② 而在李白此诗当中，沉郁的历史感、幽眇曲折的影射，使得历史事件不再以平铺直叙的"史"的面貌出现，而是具备了浓郁的"诗"的意味。这就克服了叙事诗"于史有余，于诗不足"的内在缺陷。在这之中，"情感"的统摄性，可以说是克服这一缺陷的关键所在。"以情带事"，可以说是船山对"诗史"的独特界定，但需要注意的一点是，在此类诗（以咏史诗居多）中，所谓的"情"，更多是一种怨情、讽刺之情。这里的"怨"与"刺"，均应是曲折抑扬的，不可过于直接，正如船山所说："咏史诗以史为咏，正当于唱叹写神理，听闻者之生其哀乐。"③ 这里的"唱叹"，不仅仅指声咏因素，还涵括情感，正是因为有"哀叹之情"，闻者才

---

① 瞿蜕园、朱金城：《李白集校注》，上海古籍出版社，1980，第283~284页。
② 王夫之：《古诗评选》卷四，《古诗四首》其一《上山采蘼芜》评语，《船山全书》第十四册，第651页。
③ 王夫之：《唐诗评选》卷二，李白《苏武》评语，《船山全书》第十四册，第953页。

能受到感染。所以，以情感渗透下的曲笔与美刺，去带动事件，才是船山理想中的"诗史"面貌。

由此也不难看出，船山这一"诗史"观，与许学夷提倡的"微婉"与"讽刺"极为相近，但相比之下，船山更为自觉地引入了"情"的视角。以"情"来作为诗中之"事"呈现的根本动力，是船山"诗史"观的主要特征。但我们也不能不注意到，船山这一"情事"观，仅仅是他解决"诗事"问题的其中一个方案而已，实际上，对于如何处理诗中之"事"，船山还有更为系统的解决方法，后面两节主要探讨这一问题。

二 "即事生情"："事"的物态呈现

"微言影射，以情带事"的"诗史"观，主要还是船山从杨慎、许学夷那里承继而来的，在此一路向的思考中，船山的拓深之功明显要大于开创之功。相比之下，船山以其"情几"思想（即"情者阴阳之几"与"诗之情，几也"）为基础，从诗之生情、达情的角度对诗中之"事"所作的一系列思考，要更具开创意味，也更富于条理性。此一思考路向中，船山关注的主要有两点：一是"事"与"情之生成"的关系，二是"事"与"情之表达"的关系。而在这一过程中，"景"作为参照因素的作用开始逐渐呈现出来，"事"与"景"的身份，在某种程度上，已具有明显的重合迹象。换言之，在"情几"视域下，船山有意将诗中之"事"，并置到"景"的层面中去，在船山的诗评中，"事"与"景物""景象"，在相应层面上，均具备了某种同构性。

（一）"事""物"同构：从"即物达情"到"即事生情"

与一般文论家所认为的"情"为"先天自成"的观点不同，船山并不认为"情"是先天存在的，他提出："吾心之动几，与物相取，物欲之足相引者，与吾之动几交，而情以生，不纯在外，不纯在内，或往或来，一来一往，吾之动几与天地之动几相合而成者也。"[①] 在船山看来，"情"生于"吾之动几"与"天地之动几"的"一来一往"之间，"吾之动几"就是"心"，"天地之动几"就是"物"，"情"就是"心""物"往来互动的产物。

[①] 王夫之：《读四书大全说》卷十，《船山全书》第六册，第1067页。

在诗论当中，船山运用了多种说法来形容"诗情"的这一产生过程，如"即景会心""心目相取""触目生心""会景而生心，体物而得神"等，这些不同的术语，均关注到了"情"之生成的两端——"心"与"物"，对于"情"而言，这两者显然缺一不可。

在"心"与"物"两个元素中，"心"显然更易被重视。"阴阳之几动于心"，心物交触之时，"情"萌动而生，但"情"之所处，依然是在人"心"之中。另外，"情"虽寓于"心"，但它的产生，也离不开与外物的互动，在心物交触时，外有其物，方能内有其情，换言之，"情"虽位于"心"内，但它的生成，必然是有外"物"呼应于其外，才有可能实现的，"情"不可能依"心"而独生。只不过，与"心"之自然而然的必要性相比，"物"的存在确实需要更多的强调与说明，换言之，"物"的一端，在"情"的产生过程中更易被忽视，所以船山特别强调了"情"在产生之时"物"的必要性。也正缘于此，在某些表述中，船山常常省略掉"心"的一面，而单纯强调"物"与"情"之生成的关系，如："景生情"[①]、"即物达情"[②]、"即景含情"[③]、"取景含情"[④]、"从景得情"[⑤]、"景中藏情"[⑥]、"情者景之情"[⑦]、"情以景生"[⑧] 等。正如前文所言，船山所说之"景"有两层内涵，一为"自然景物"，一为"诗中景象"，此处例证中的"景"皆为"景物"之意。而对于"景物"之义而言，亦包涵两层所指，一指自然物色，一指社会人事，实际上，钟嵘在《诗品序》当中已然表达过类似的意思，刘勰的《物色》与《时序》也分别强调了"物"

---

① 王夫之：《诗译》第十六则，《船山全书》第十五册，第 814 页。
② 王夫之：《夕堂永日绪论内编》第四十八则，《船山全书》第十五册，第 842 页。
③ 见《古诗评选》卷五谢惠连《西陵遇风献康乐五章》其二评语，《船山全书》第十四册，第 746 页；以及《唐诗评选》卷一柳宗元《杨白花》评语，《船山全书》第十四册，第 920 页。
④ 王夫之：《古诗评选》卷一，隋炀帝《江都夏白纻歌》评语，《船山全书》第十四册，第 565 页。
⑤ 王夫之：《古诗评选》卷三，失名《子夜春歌》评语，《船山全书》第十四册，第 617 页。
⑥ 王夫之：《唐诗评选》卷四，刘禹锡《松滋渡望峡中》评语，《船山全书》第十四册，第 1112 页。
⑦ 王夫之：《唐诗评选》卷四，岑参《首春渭西郊行呈蓝田张二主簿》评语，《船山全书》第十四册，第 1083 页。
⑧ 王夫之：《夕堂永日绪论内编》第十七则，《船山全书》第十五册，第 826 页。

的自然性与社会性。与此相对应，在"即景含情"之外，船山在其诗论中亦提出了"事"的一面：

诗则即事生情，即语绘状。①
因事起情，事为情用，非日脱卸，法尔宜然。②
即事为情，不为事使。③

如果说对"即物达情""即景含情"等说法，强调的是自然物色的"起情"功能，那么"即事生情"说的提出，则显然突显出社会人事在"起情"方面具备相同的功用。从这一"生情""起情"的角度来看，"事"是极为接近于"物"（景物）之层次的，人"触物"可以生"情"，"触事"同样可以生"情"。因此，这里所说的"即事生情""因事起情"，与"即物达情""即景含情"并无实质性区别，作为"起情"的外在刺激因素，"事"与"物"可以说是同质的。但另一方面，从呈现形态上看，"事"与"景"又有很大的不同，"事"是线性呈现的，"景"则是当下呈现的，船山"即事生情"说的提出，实质上就是要将线性的"事"转化为当下之"景"的一种特殊形态。从"即物达情"到"即事生情"，在看似相同的结构中，"事"的本原形态已经被改造了。

（二）"一时一事"："即事生情"的"现量"之维

在"即事生情"的相关论述中，船山对"事"的改造，实际上就是一方面使其"物"化，一方面突出其当下性。船山在《夕堂永日绪论内编》第八则提出：

一诗止于一时一事，自《十九首》至陶、谢皆然。"夔府孤城落日斜"，继以"月映荻花"，亦自日斜至月出，诗乃成耳。④

---

① 王夫之：《古诗评选》卷四，《古诗四首》其一《上山采蘼芜》评语，《船山全书》第十四册，第 651 页。
② 王夫之：《古诗评选》卷四，阮籍《咏怀二十首》其九评语，《船山全书》第十四册，第 680 页。
③ 王夫之：《古诗评选》卷三，徐防《赋得蝶依草》评语，《船山全书》第十四册，第 635 页。
④ 王夫之：《夕堂永日绪论内编》第八则，《船山全书》第十五册，第 822 页。

所谓"一时一事",按其字面之意,指的是一段时间内的一个事件。在此评当中,船山列举了《古诗十九首》、陶渊明、谢灵运的诗歌,以及杜甫《秋兴八首》中的第二首,来论证其"一诗止于一时一事"的观点。

《古诗十九首》一般都被认为是纯粹的抒情诗,但其中不乏叙事因素。以《行行重行行》为例,起首的"行行重行行,与君生别离"显然是叙事句,以下全部的抒情之句全是在这两句叙事句的基础上展开的,所以清人张玉穀即认为:"首二,追叙初别,即为通章总提。"①"追叙初别"的定位是准确的,"行行重行行,与君生别离"正是对当初离别场景的追忆性叙述,这一叙述呈现两个鲜明的特征:第一,时间是确定的,事件也是简明而确定的,完全符合船山所说的"一时一事"的原则;第二,这一叙述的场景再现呈现极强的"当下"特征,即所言虽是过去之事,但却具有鲜明的即视感,这实际上就是将"过去之事"转化成了如在目前的"当下之景"。在"冉冉孤生竹"一首中,中间的"千里远结婚,悠悠隔山陂"两句,不论在内容还是在追叙的笔法、特点上,都与"行行重行行,与君生别离"极为相似。这种场景化的追叙,虽然简洁,但却是诗中情思的起点,诗中的抒情之句都是由此生发而来,即所谓"即时即事,正尔情深"②。正是在这个意义上,张玉穀称这种写作手法为"以叙引抒",换句话说,"叙"所对应的其实就是"诗情"的"生成","抒"所对应的则是"诗情"的具体"呈现"。而从"叙以生情"的角度看,其中的"事"显然承担了"物"的"生情""起情"功能。

陶渊明诗歌中的叙事性要更为明显。《饮酒》第九首基本就是以叙事成篇,其诗曰:"清晨闻叩门,倒裳往自开。问子为谁与?田父有好怀。壶浆远见候,疑我与时乖。繿缕茅檐下,未足为高栖。一世皆尚同,愿君汩其泥。深感父老言,禀气寡所谐。纡辔诚可学,违己讵非迷!且共欢此饮,吾驾不可回。"③诗中叙述,田父一早拿着酒来与诗人畅饮,他奉劝诗人应改变清高独立的处世态度,唯有迎合世俗功利,才能摆脱贫困现状,诗人拒绝这一建议,并重申了自己的绝不与官场同流合污的志向。整体来

---

① 张玉穀:《古诗十九首赏析》,收入隋树森编《古诗十九首集释》,中华书局,1936。
② 王夫之:《古诗评选》卷四,《古诗十九首》之《明月皎夜光》评语,《船山全书》第十四册,第646页。
③ 陶渊明著,袁行霈笺注《陶渊明集笺注》,中华书局,2011,第179页。

看，本诗大致可以分为两部分，从层次上看是一问一答，从手法上看则是一叙述事件一抒发情志，这实际上依然遵循了"叙以生情"的模式，特定时间段（"清晨"）内的特定事件（"饮酒对话"），体现出明显的"场景化"特征，诗人的高洁情志借此突显而出。在《乞食》一诗中，这种"即事生情"的痕迹要更为明显，诗曰："饥来驱我去，不知竟何之。行行至斯里，叩门拙言辞。主人解余意，遗赠副虚期。谈谐终日夕，觞至辄倾杯。情欣新知欢，言咏遂赋诗。感子漂母惠，愧我非韩才。衔戢知何谢，冥报以相贻。"① 在这首诗中，诗人坦陈其乞讨的过程，诗人因饥饿太甚而去乞讨，叩开门之后，却口讷辞拙，不知所云，主人家看见诗人的饥色与窘迫之貌，已然明了，不仅赠他粮食，还与他相谈甚欢，并留他吃晚饭，诗人很高兴结识了这位新朋友，但心怀感激之余，也感到无以为报，唯有以冥报回馈了。此诗感人至深，但其中的情感却基本都是从叙事当中逐渐显现出来的，从中不难窥见诗人从痛苦、窘迫到高兴、感激的情感变化过程。但另一方面，我们也不能不注意到，诗人所记述的这一乞讨过程，最为关键的是"叩门拙言辞。主人解余意，遗赠副虚期。谈谐终日夕，觞至辄倾杯"几句，这聊聊数句，以十分形象的笔触，将诗人的乞讨之事转化成了生动的场景，诗人的情感全由此场景中流露而出。

谢灵运山水诗中的叙事则有所不同，谢诗在结构上惯用"叙事—写景—说理"的章法，细言之，就是开头记叙出游的缘起经过，中间描写山水景色，结尾抒发感慨。诗中的叙事作用是很明显，就是明确地记录其观景的缘由与经过，以力求在其后的景物描绘中营造出一种感同身受的效果。从这一角度来看，谢诗中的叙事元素，其实是其景物描写的前奏，"事"是从属于"景"的。以《于南山往北山经湖中瞻眺》一诗为例："朝旦发阳崖，景落憩阴峰。舍舟眺迥渚，停策倚茂松。侧径既窈窕，环洲亦玲珑。俯视乔木杪，仰聆大壑淙。石横水分流，林密蹊绝踪。解作竟何感？升长皆丰容。初篁苞绿箨，新蒲含紫茸。海鸥戏春岸，天鸡弄和风。抚化心无厌，览物眷弥重。不惜去人远，但恨莫与同。孤游非情叹，赏废理谁通？"② 此诗发端两句表明了游览的时间，清晨从南山出发，抵达

---

① 陶渊明著，袁行霈笺注《陶渊明集笺注》，中华书局，2011，第 72 页。
② 萧统编，海荣、秦克标校《文选》，上海古籍出版社，1998，第 164 页。

北山已是日暮，接着，"舍舟"二句补叙出途中经过湖面的情形，这四句诗，清楚地交代出此次出游的时间、地点和过程。"侧径"以下十二句，以诗人的视角，从各个角度摹写了自然景物。"抚化"六句，则为诗人"瞻眺"自然景物时所生发出的感受。从清晨到日暮，时间虽跨度稍长，但所述仅有出游一事，因此仍然在"一时一事"的范围之内，而叙事句中景物元素的渗入，也使得"事"最终化归于"景"，这仍然是"以事为景（物）"的效果呈现。

船山还专门举出杜甫《秋兴八首》中的第二首，以其作为叙事准则的典范。诗曰："夔府孤城落日斜，每依北斗望京华。听猿实下三声泪，奉使虚随八月槎。画省香炉违伏枕，山楼粉堞隐悲笳。请看石上藤萝月，已映洲前芦荻花。"船山评曰："'夔府孤城落日斜'，继以'月映荻花'，亦自日斜至月出，诗乃成耳。"船山对诗中"日斜至月出"的强调，就是为了突显出该诗在叙事时的"一时一事"特征。在孤城落日的黄昏以至深夜中，诗人翘首北望，抚今追昔，"一时一事"的叙述，所面向的当然是诗人的当下，这是与前面所讲的陶诗、谢诗相一致的，但诗中也有追忆的叙事成分（主要体现为"画省香炉违伏枕"一句），这种追忆虽是过去时，但它依然属于当下的情景，它是与当下的时间相重叠的，从这个角度说，这个过去的"事"，也是当下之"景"的一部分。

"一时一事"突出的主要是诗歌叙事的简约性、清晰性原则，并以此来保证诗歌的抒情功能。蒋寅即从这一层面作了概括，他认为，船山在此"提出了一个与前文论写景相类似的抒情的范围问题，主张抒情言事也有个感触可及的界限，只有在一定的连续性的时空中，抒情诗才能成立，超出界限就成了叙事诗。"① 这一结论是精当的。但另一方面也应注意到，船山的"一时一事"说，还包含有更深的理论诉求，即力求将"线性之事"（包括过去之事和当下之事）转化为"当下之景"，换言之，就是将事件场景化、"景物"化，将"即事"转化为"即目"，将时间空间化。在这一过程中，当下之事转化为当下之景，过去之事也转化当下之景，从更深的层面来看，由船山"一时一事"说所引申出来的这一"以事为物"说，其深层机理，与"现量"说中"不缘过去作影"的"现在"义，恰好是相

---

① 蒋寅：《清代诗学史》（第一卷），中国社会科学出版社，2012，第428页。

通的,而"一时"的事件作为诗情之起点,在某种层面上其实也暗合了"一触即觉"的"现成"义,船山尝云"方入景事,得一时因兴现成之妙"①,所言正与此合。

三 "事之景":"事象"的形成及其形态

与"以景达情"的诗歌相类似,"即事生情"的叙事诗,在"诗情"表达上亦呈现鲜明的图像化特征,船山称为"事之景",实际上就是"事象"。但有一点需要特别指出:前文在论述"即事生情"的过程中也曾提及,对"一时一事"的叙事诗而言,其诗情的生起,亦往往要借助于图景化的事件。换言之,这里的图景化事件,似乎兼具了两重身份:一方面,它是诗情生起的关键,是起点;另一方面,它又是诗情显现的重要途径,是终点。之所以会产生这种循环现象,关键就在于"事""景"之别上。如果说诗中之"景"尚可区分出"景物"与"景象"的差异,那么在"一时一事"的叙事诗中,诗中之"事"则很难在"事物"与"事象"之间做出清晰的划分,在更多情况下,它们融合在一起、难以辨明。以陶渊明的《乞食》一诗为例,诗中场景化的乞讨过程,既是诗情得以生起的关键,但同时也是诗情得以呈现的途径。这是因为,作为当下事实存在的乞讨之"事",在诗中则呈现为一种场景,同样地,以场景化出现的乞讨过程,其背后必然是乞讨这一事实本身,在诗歌当中,作为事实的"事件"与作为场景的"事件",实际上是二而一的,这就造成了诗中之"事"的身份复杂性。不过,船山在其诗论中,对"事"的不同身份或者说层次,区分得还比较清楚,他所说的"即事生情",显然是就"事"之事实层面,也就是"事物"层面而言的,而"事之景",则显然是就"事"之景象化层面,也就是"事象"层面而言的。从这不同的层面来看,其实也不难辨别出诗中"场景化"事件的具体所指。

"事之景"的提出,是船山"以事为景(象)"说得以成立的关键一步。船山曰:

---

① 王夫之:《古诗评选》卷六,江总《侍宴临芳殿》评语,《船山全书》第十四册,第872页。

于景得景易，于事得景难，于情得景尤难。"游马后来，辕车解轮"，事之景也。"今日同堂，出门异乡"，情之景也。子建而长如此，即许之天才流丽可矣。①

船山于此提出，诗中之"景"有三种类型，即"物之景"、"事之景"与"情之景"。"物之景"实即"景象"，"事之景"实即"事象"，"情之景"作为"情感"的视觉化，以"意象"概括却并不全面，这里的"情之景"实际上是一类更高级的概念，它涵括了"物之景"与"事之景"。所谓"事之景"，实际上就是将事件描述为一种视觉场景，一种具体的"事象"，通过这种视觉感，使藏于其后的"诗情"浮现出来，这与"景象"对于"诗情"的视觉突显作用是一致的。与"以景达情"的方式相关联，"事象"对"诗情"的传达呈现两个鲜明特征。

（一）"情中之事"："体验"统摄下的"事象"形成

船山曰：

> 杜陵长篇，有历数月日事者，合为一章，《大雅》有此体。后唯《焦仲卿》、《木兰》二诗为然。要以从旁追叙，非言情之章也。②

在这一评语中，船山对长篇叙事诗提出了批评。他认为，这类诗歌，源出于《大雅》，此处的《大雅》当指《大雅·生民》。作为最早出的叙事史诗，《生民》主要叙述了周人祖先后稷的事迹，全诗全用赋法，不假比兴，叙述生动，是一首较为成功的叙事诗，但船山却对其持批评态度，理由是"从旁追叙，非言情之章"。对于汉乐府的双璧——《孔雀东南飞》（又名《焦仲卿妻》）与《木兰诗》，船山同样以此理由作了批判。应该说，船山的这一观点是失之偏颇的，《大雅·生民》《孔雀东南飞》《木兰诗》作为历史沉淀下来的经典叙事之作，其艺术水平很高，船山的理由并不具有说服力。但若从船山"主情"的角度来看，他提出这一批评理由又自有其根据。

---

① 王夫之：《古诗评选》卷一，曹植《当来日大难》评语，《船山全书》第十四册，第511页。
② 王夫之：《夕堂永日绪论内编》第八则，《船山全书》第十五册，第822页。

所谓"从旁追叙",意即在叙述事件时,作者置身于事件之外,从旁观者的角度,以第三人称写成。在《大雅·生民》一诗中,对后稷的记述,从其母受孕,到其出生,再到其儿时之事、成年后之事,均是以一种全知全能的旁观者视角,进行全面"追叙"。《孔雀东南飞》与《木兰诗》中的叙事,同样是以第三人称展开,在这种全知型的旁观视角下,一切事件尽收眼底,事件的发展显得异常清晰。但按照船山的观点,这种历经数月乃至数年的长时段事件,显然与强调当下性、瞬时性的"现量"格格不入,它打破了"诗情"生成的可能,而"情"的缺席,就使得诗人摒弃了在场或参与其中的体验可能,只能以一种置身其外的旁观者视角作客观记述,所以,这样的诗更接近于一种"无情"之诗,也就是船山所说的"非言情之章"。

船山这一观点虽有偏激之嫌,但其中自有其理路在,在这类长篇叙事诗中,其所述之"事"更多是一种现象的排列,而缺乏主体情感的渗入,如《大雅·生民》叙述后稷儿时即善稼穑,"诞实匍匐,克岐克嶷,以就口食。蓺之荏菽,荏菽旆旆。禾役穟穟,麻麦幪幪,瓜瓞唪唪",《木兰诗》记述木兰购置物品"东市买骏马,西市买鞍鞯,南市买辔头,北市买长鞭",均是直叙其事,"情"的成分很少。虽然我们不能否认,在长篇叙事诗中,不乏富有情感的各类场景存在,但大体而言,此类诗歌,更多的是以事件发生、发展的轨迹打动读者,而非以饱含情感的场景营造感染读者,船山"事之景"的提出,正是从后一种角度提出的补救方略,只不过只适用于"一时一事"的诗歌当中。

正如前文所言,具有"现量"意蕴的"一时一事"原则,是叙事诗之"诗情"生成的根本。在此类诗歌中,"事之景"或者说"事象",是"诗情"得以呈现的主要途径,而反过来说,"诗情"也是"事象"得以成立的关键,在"一时一事"的叙事诗中,"事象"的形成是与主体体验密切关联的。

"体验"的表现之一,是惯用第一人称。第一人称的运用,决定了诗人以其主体视角参与其中,这种参与性使得诗中之事蕴含了情感的维度。在陶渊明的《乞食》中,第一人称的使用是显而易见的,诗曰:"饥来驱我去,不知竟何之。行行至斯里,叩门拙言辞。主人解余意,遗赠副虚期。谈谐终日夕,觞至辄倾杯。情欣新知欢,言咏遂赋诗。感子漂母惠,愧我非韩才。衔戢知何谢，冥报以相贻。"① 此诗中，"我""余"的反复出现已然明确了诗人的主体视角。在此视角中，行路、叩门、拙言、倾杯、赋诗，皆以"我"之视角为中心，作了场景化呈现。

"体验"的表现之二，是通过主体视角的动词运用，营造出一幅幅相关联的动态图景或者说动态事象。曹植的《当来日大难》即用此法，诗曰："日苦短，乐有余，乃置玉樽办东厨。广情故，心相于。阖门置酒，和乐欣欣。游马后来，辕车解轮②。今日同堂，出门异乡。别易会难，各尽杯觞。"船山认为其中的"游马后来，辕车解轮"就是"事之景"，而事实上，此诗通首都可以说是"事之景"。此诗记述与友人的欢宴，虽未呈现第一人称，但依诗中所叙，却暗含着明显的主体视角，诗人以主人的身份，嘱咐东厨把酒席办好，又力劝友人开怀畅饮，并让人将友人的马牵出，将车轮的键销卸下，免得友人早早离去。这一系列动态事件的描述，环环相扣，组成一幅生动的宴饮图，看似热闹，却又寄寓着诗人浓重的感伤情绪，在此一情绪的感染下，所谓的"和乐欣欣""辕车解轮"等都具备了更为深厚的含义，事件被成功转化成为"事象"。

总之，按照船山的观点，不论是第一人称的运用，还是主体视角动词的运用，所追求的效果都是一致的，都是以诗人情感观照下的主体视点为中心，将诗中之"事"整合为一个个连续一体的生动图景，将"事件"化为"事象"。而这种在场的体验感，对于"事象"的生成而言，显然是一个必不可少的前提条件。

(二) "事中比兴"："事象"的片断式存在形态

在诗人主体视角的统摄下，"事象"有了生成的可能，但"事"一旦转化为"象"，其历时性也就隐退了，随之而来的是一个个"截面"式、"片段"式场景的兴起。在以情感表达为主的叙事诗中，这是一个必然存在的现象，学界对此已多有论及，如陈平原就提出："故事情节的叙述，在中国叙事诗中不占主要地位，倒是场面的描写与情感的抒发成为中

---

① 陶渊明著，袁行霈笺注《陶渊明集笺注》，中华书局，2011，第72页。
② 辕车解轮：据《后汉书·陈遵传》载，陈遵好客，每当宴会，就把客人的车轮的键销丢到井中，以免客人早早离席而去。此句用其意说主人殷勤留客的诚意。

心。……因此,'场面'成了中国叙事诗的基本单位。"① 葛晓音也认为,"汉魏古诗叙事言情往往借单个场景或事件的一个片断来表现",之所以如此安排,是因为"用一个场景或事件的片断来抒情,除了便于寻找连贯的节奏感以外,还为多种抒情手段提供了容量较大的表现空间"②。除此之外,葛晓音还十分独到地发现了抒情类叙事诗中"比兴"与"场景"的互补性关系,她提出:"在一个单一的场景片断中,句意必须连贯不断,而且受到同一时间地点及叙述顺序的局限,而比兴的跳跃性恰好与之互补,可以开扩其表现的范围,加强抒情表意的自由性。"③ 这一观点极富启发意义,"比兴"与叙事"场景"之间,确实存在着紧密的联系,但除了互补关系外,它们之间还有一种"互置"关系,所谓"互置",即相互取代、替代,"比"或者"兴",都是为表现情感服务的,其表"情"途径则都是通过视觉的营造,由此而形成"比象"与"兴象",在抒情类的叙事诗中,看似写实的"场景"其实往往通于比象或兴象,而看似比喻的"比象"或看似起兴的"兴象",则又往往直指现实"场景"。在这一点上,船山在评论庾信《燕歌行》一诗时,作了十分细致的阐释。其诗曰:

代北云气昼昏昏,千里飞蓬无复根。寒雁嗈嗈渡辽水,桑叶纷纷落蓟门。

晋阳山头无箭竹,疏勒城中乏水源。属国征戍久离居,阳关音信绝能疏。愿得鲁连飞一箭,持寄思归燕将书。

渡辽本自有将军,寒风萧萧生水纹。妾惊甘泉足烽火,君讶渔阳少阵云。

自从将军出细柳,荡子空床难独守。盘龙明镜饷秦嘉,辟恶生香寄韩寿。春分燕来能几日,二月蚕眠不复久。

洛阳游丝百丈连,黄河春冰千片穿。桃花颜色好如马,榆荚新开巧似钱。蒲桃一杯千日醉,无事九转学神仙。定取金丹作几服,能令华表得千年。

---

① 陈平原:《中国小说叙事模式的转变》之《附录二·说"诗史"》,北京大学出版社,2010,第286页。
② 葛晓音:《论汉魏五言的"古意"》,《北京大学学报(社会科学版)》2009年第2期。
③ 葛晓音:《论汉魏五言的"古意"》,《北京大学学报(社会科学版)》2009年第2期。

船山评之曰:

> 句句叙事,句句用兴用比。比中生兴,兴外得比,宛转相生,逢原皆给。故人患无心耳。苟有血性、有真情如子山者,当无忧其不淋漓酣畅也。
>
> 子山自歌行好手,其情事亦与歌行相中,"凌云"之笔,惟此当之,非五言之谓也。杜以庾为师,却不得之于歌行,而仅得其五言,大是不知去取。《哀王孙》、《哀江头》、《七歌》诸篇何尝有此气韵?"春分燕来能几日?二月蚕眠不复久",自是千古风流语,元来又是叙事。妙绝![1]

《燕歌行》,属《相和歌·平调曲》,燕处北方边地,征戍连年不绝,所以此题多写征人思妇的相思离愁。庾信此诗在主题上亦不出其外,但风格遒劲、纵横开合,明显不同于曹丕、谢灵运、梁元帝等人偏于纤秀的同题之作。此诗虽为长篇,但在叙事安排上独具匠心,时段集中,头绪简约,且事融于景、景通于事,在事景交织更迭的构图中,将思情淋漓尽致地表现了出来。

诗之起首四句,是对征人所处环境的描绘,云气昏暗,飞蓬乱起,群雁南归,桑叶纷落,这一景象描绘中蕴含了明显的比兴意味:飞蓬作为一种比象,对应着漂泊的征人,而嗈嗈南归的群雁则对应着夫妻离别的惨境[2],四类物象作为一个整一的萧瑟的兴象,也开启了全诗离愁别绪的书写。这些景象,成为有效推动诗中叙事的行动起点,从这个层面说,称这些"比""兴"之象为叙事要素也是绝不为过的。

其后的六句分别从不同方面描绘了守城的惨象:"晋阳山头无箭竹",化用《史记·赵世家》中的典故[3],说明在危难之时并无神人相助;"疏勒

---

[1] 王夫之:《古诗评选》卷一,庾信《燕歌行》评语,《船山全书》第十四册,第562页。
[2] 《楚辞》曰:"雁嗈嗈而南游"。王逸注曰:"雌雄和乐,群戏行也。"(王逸章句,洪兴祖补注,夏剑钦校点《楚辞章句补注》,岳麓书社,2013,第181页)
[3] 《史记·赵世家》载:智伯率韩、魏攻赵,赵襄子逃至晋阳。途中遇到三位神人,送他两节竹子,竹中有红字:智伯必亡。后来赵襄子果然灭了智伯。

城中乏水源", 化用《后汉书·耿恭传》中的典故①, 说明城中水源将断, 也并无神迹发生;"属国征戍久离居, 阳关音信绝能疏", 则化用苏武的典故②, 说明久戍边关、音书难通的处境;"愿得鲁连飞一箭, 持寄思归燕将书", 部分借用《史记》中"鲁连飞箭"③的典故, 说明思归心切, 希望能有鲁仲连一样的人物来为他们传递信息。从"比"的角度看, 这里的典故, 实际上都起着一种"类比"的作用, 它们分别从不同角度突出了"守城被困"这一事实;从"兴"的角度看, 这些典故组合在一起, 形成了刘勰所说的"兴则环譬以托讽"④中的"环譬"现象, 所谓"环譬", 即用几个相似的暗比, 引起所要表达的意思, 在这里, 显然就是由四个与"围困"有关的类比式的典故, 引出因边关隔绝而萌生出的忧愁之意。

其下四句, 交代征人出征的原因。"渡辽本自有将军, 寒风萧萧生水纹。妾惊甘泉足烽火⑤, 君讶渔阳少阵云", 辽河边关本有守军, 但战火四起, 形势危急, 在这种情况下, 征人应命出征。这里的事件交代, 仍是以颇具画面感的比兴之象呈现出来的, "甘泉烽火"作为对比指代的"比象", 与"寒风萧萧"、一去不返的"兴象", 共同构成了一幅生动的临危受命图。

其下六句描写征人走后思妇独守的情形。"自从将军出细柳, 荡子空床难独守", 化用《古诗十九首》中的名句"荡子行不归, 空床难独守", 表达自己独守空房的寂寞;"盘龙明镜饷秦嘉, 辟恶生香寄韩寿"则分别化用秦嘉⑥、韩寿⑦典故, 表达思妇对征人的刻骨相思。这两个典故, 与前面所用之典一样, 都含有极强的叙事功能, 但在对比、引出思妇思情方

---

① 《后汉书·耿恭传》载: 耿恭镇守疏勒城, 被匈奴围困, 断绝水源。乃于城中掘井十五丈, 不得水。乃整衣向井再拜, 为吏士祷, 飞泉奔出, 众皆称万岁, 扬水示虏, 匈奴以为神明, 乃去。
② 苏武出使匈奴被扣留, 十九年乃得归汉, 被任命为典属国。
③ 《史记》载: 有燕将攻下齐国的聊城, 齐派人到燕国散布流言, 燕将不敢归燕, 困守聊城, 齐将田单久攻不克, 鲁仲连乃写书, 以矢射入城中。燕将见书, 泣三日, 乃自杀。
④ 刘勰著, 范文澜注《文心雕龙注》, 人民文学出版社, 1958, 第601页。
⑤ 汉孝文帝时, 匈奴进攻西汉北部, 候骑至于雍、甘泉, 烽火至于甘泉、长安, 京师大骇, 发三将军屯细柳、棘门、霸上, 数月乃止。
⑥ 秦嘉于桓帝时任黄门郎, 与妻徐淑互有赠答, 托诗以寄意。其《赠妇诗》有句云: "何用叙我心。遗思致款诚。宝钗好耀首, 明镜可鉴形。"
⑦ 韩寿被尚书令贾充召为司空掾, 与其女贾午相恋, 午以家藏西域奇香赠寿, 其香经月不歇, 遂被发觉, 充终于以女妻寿。

面，却又蕴含着明显的"比""兴"之意。"春分燕来能几日？二月蚕眠不复久"两句中的"比"象极为突出，思妇感到自己的青春，如同春去秋来的燕子，来去匆匆，又似"二月蚕眠"，难以长久，这两个看似美好的"比象"，却蕴含着征人的有家难回、思妇的相思成灰、夫妻的生离死别等一系列残酷的叙事单元。正是从这个角度出发，船山对这两句诗作出了"自是千古风流语，元来又是叙事"的深刻评价。

随后的四句则陡然一转，色调从阴暗色转向明亮轻快：百丈游丝随风飘荡，黄河千里冰层消融，娇艳的桃花美如白毛红点的骏马，新开的榆荚恰似灵珑别致的铜钱。这些"比象"生动地描绘出一幅明艳多姿的洛阳春景图，似乎游离于诗歌主题之外，但最后的四句则给出了答案，"蒲桃一杯千日醉，无事九转学神仙。定取金丹作几服，能令华表得千年"，春光美景都是转瞬即逝的，它们不如美酒可以令人沉醉不醒，更不如仙丹可以让人长生不老，不如华表那样千年永存。而在这看似豁达的话语背后，隐藏的依然是不尽的愁肠与相思，只是因无可奈何，唯有故作旷达语，所以这八句诗作为一个整体，实质上仍是对无尽之战事、无尽之守望的延续，飘逸之笔下所隐含的仍是离别之事与愁怨之情。

通观此诗并不难发现，此诗本在纪事，但事件却从未以线性讲述的方式显现出来，而是以一个个生动鲜活的画面连缀而成。这些画面或者说场景，一方面以"比"或"兴"的方式，联系并且推动着事件的发展；另一方面也以其视觉特性，生动地呈现其中的情感要素。船山所说的"句句叙事，句句用兴用比"，在本诗中得到了完美的体现，从这一"兴比事"相通的观点，以及这一成功的诗歌实践中，不难推论出："比象"与"兴象"，正是抒情类叙事诗中"事象"存在的两种基本形态。

第二节 "化理入情"：船山诗论中的"诗理"形态

"理语"入诗，是古典诗论中的一个大问题，其源也久，其流也广，其影响也巨。在抒情诗之外，言理之诗自成一个传统，在某种程度上我们甚至可以笼统地说，唐诗与宋诗的差异，其实就是抒情诗与说理诗的区别。但另一方面，诗歌中的"理语"又是相对复杂的，它既与思想领域中的"理"有万千联系,但同时在内涵上又自有其独特之处,在形态上也较为多样。

船山对诗中之"理语"的分析,具有很强的廓清之力,他以"情几"视点为基础,在诗论中较为深入地探讨了诗中"理语"的存在价值以及理想形态,其反思性与总结性是十分明显的。他的理学家与诗学家合一的身份,使其更易看到诗中之"理"的长处与弊端,以及"诗理"发展过程中的种种症结。不过我们也应该注意到,在这一过程中,船山的视角主要是诗学的,而非理学的。从这一诗学的视角出发,船山对"诗理"的重述与反思,本质上都是其"情几"诗学的进一步延伸与细化。

一 "诗理"批判的历史语境

(一)"理"与宋诗之"理"

何谓"理"?《说文解字》曰:"理,治玉也,从王里声。"段玉裁注之曰:"郑人谓玉之未理者为璞,是理为剖析也。玉虽至坚,而治之得其□理,以成器不难。谓之理。"[①] 所以"理"之本义,即"治玉""剖析",即依循玉本身的天然纹理而治之。这种有序性、条理性,是"理"最原初也是最本质的内涵。戴震《孟子字义疏证》曰:"理者,察之而几微必区以别之名也,是故谓之分理;在物之质,曰肌理,曰腠理,曰文理;得其分则有条而不紊,谓之条理。"[②] 在"理"之本义的基础上,对其作了类别上的基本划分。实际上,进入思想思辨领域之后,"理"的形态已然多样化,如战国时期,"理"与不同的思想观念相结合,形成不同的具体义项,《墨子》中的"理"主要是一种逻辑之理,庄子所言之"理"主要是指"天理",即"自然之理",孟子所言之"理"则主要指"性理",即"人伦之理"。与此同时,"理"在思想领域中的地位也在不断提升,从魏晋玄学开始,"理"的本体地位逐渐得到确立,到宋明时期,"理"已经成为最高、最核心的哲学范畴,而在这一过程中,"理"的意涵,也逐渐由多样而趋向于特定,宋明之学中的"性理",成为"理"的主要内涵。这是我们在进入"诗理"之前,须了解的一个基本前提。

[①] 段玉裁:《说文解字注》,中华书局,2013,第15页。
[②] 戴震:《孟子字义疏证》,中华书局,1982,第1页。

与思想领域中的活跃期相一致，诗中之"理"主要与晋、宋两个时期关系密切，并形成了相应的诗歌类型——玄言诗与言理诗。玄言诗颇遭后人诟病，南朝以后其风渐靡，影响有限。宋人以"性理"为核心的言理诗，则影响极广，形成一种有别于"缘情诗"的新的诗歌范式。宋人写诗论诗，重书、重知识、重议论、重文字、重才学、重典故、重诗法，而这些倾向的背后，无一例外都是"理"在起着支撑作用。严羽曾在高举宗唐大旗的同时，对宋诗作了相当精练的概括：

> 夫诗有别材，非关书也；诗有别趣，非关理也。然非多读书、多穷理，则不能极其至，所谓不涉理路、不落言筌者，上也。
>
> 近代诸公乃作奇特解会，遂以文字为诗，以才学为诗，以议论为诗，夫岂不工？终非古人之诗也。盖于一唱三叹之音有所歉焉。且其作多务使事不问兴致，用字必有来历，押韵必有出处，读之反覆终篇，不知着到何在，其末流甚者，叫噪怒张，殊乖忠厚之风，殆以骂詈为诗，诗而至此可谓一厄也，可谓不幸也。①

严羽先是提出了宋诗的两大特征，一是"重书"，二是"重理"，但在其下所扩而言之的"以文字为诗""以才学为诗""以议论为诗"，更多是从"书"的一面说的，"理"则所涉有限。钱锺书对此中缘由作过颇具说服力的论述：

> 沧浪以"别材非书"、"别趣非理"双提并举，而下文申说"以文字为诗，才学为诗"，"多务使事，必有来历出处"，皆"书"边事，惟"以议论为诗"稍著"理"字边际。……窃疑沧浪所谓"非理"之"理"，正指南宋道学之"性理"；曰"非书"，针砭"江西诗病"也，曰"非理"，针砭《濂洛风雅》也，皆时弊也。于"理"语焉而不详明者，慑于显学之威也；苟冒大不韪而指斥之，将得罪名教，"招拳惹踢"（朱子《答陈肤仲》书中语）。方虚谷尊崇江西诗

---

① 严羽著，张健校笺《沧浪诗话校笺》，上海古籍出版社，2012，第129、173页。

派,亦必借道学自重;严沧浪厌薄道学家诗,却只道江西不是。①

由钱锺书先生此论,可牵引出三个重要问题:

第一,就严羽所区分的宋诗类型而言,"书"所连接的主要是"江西诗派","理"所指向的则主要是道学家的诗。这两种类型,可以说已经基本涵括了宋诗的内容,但另一方面,虽然这两类诗歌的作者身份不同,但其诗中所贯注的"以理为主"的宋学精神则是一致的。

第二,与"书"相比,"理"的地位要更为根本。在严羽的论述中,对宋人"重书"现象的说明似乎要更为细致,而对"重理"则作了模糊处理,语焉不详,在钱锺书先生看来,严羽如此做法,并非是认为"重书"现象高于"重理",而是因为"理"乃宋之显学,慑于此"显学之威",严羽不敢贸然指斥,这实际上已然暗示出"书"与"理"的高下之别:作为宋学之基,"理"的存在显然要更为根本,而在诗歌当中,因为"重理",所以知识、书籍显得尤为重要,并以此关联到文字、才学、用事、议论等。

第三,"议论"与"理"不能完全等同,按钱锺书所说,"'以议论为诗'稍著'理'字边际"。从注重理性思考的层面上说,二者确有重合之处,但从内容倾向上看,二者还是有相当差异。严羽此处所言之"理"更多指向"性理",更侧重诗歌中人性、道德哲思的呈现,而"议论"则主要强调一种"入微翻新"的求新求异思路,突显的是一种典型的逻辑思维。如果说前者是性理哲学观念的诗化,那么后者则是经由对事物的规律性观察、本质抽象而来的普通理性思路的呈现。前者可以称为"性理诗",后者则可称为"物理诗"。

由此可知,如果从广义角度来看,那么"以理为诗"就不仅包含"性理""议论",还涵括"以文字为诗""以才学为诗",以及诗中的"用事"手法等,也就是萧华荣所说的,"宋人的以文字、学问、议论为诗,其实皆自主理这个根子上生发而来"②;若从狭义角度来看,则诗中"理语"只包括"明心见性"的"性理"之语,以及"一本万殊"的"物理"之语。

---

① 周振甫、冀勤编著《钱锺书〈谈艺录〉读本》,上海教育出版社,1992,第369页。
② 萧华荣:《中国诗学思想史》,华东师范大学出版社,1996,第229页。

（二）"反诗理"倾向的形成与发展

"以理入诗"在风靡两宋的同时，也在南宋时期逐渐催生出了比较小众的"反诗理"潮流，但秉持这一倾向的诗人或诗论家，尚未提出特别明确的"反理"言论，而大多是以重提"缘情"或"言志"的方式，重述抒情传统。如朱弁（1085—1144）主张回到钟嵘"即目""直寻"的论调[①]；张戒则着意将宋人常用以说明物理的"咏物诗"纳入抒情言志的传统，认为"咏物"的目的不在"体物"，而在"显情"[②]；"四灵"诗派则提倡回归唐诗传统，虽然他们所说的"唐"实际只是"晚唐"，但其对尚学问的江西诗派的反拨之意是极为明显的。

如果说这几家的观点，因主要是从反用事、反体物等更为具体的"理语"症候出发，从而显得支离零碎的话，那么严羽则以其相对宏观的反思视野，对宋诗中的说理倾向作了较为系统的清算。正如前文所言，严羽将宋诗分为"重书"与"重理"两个倾向，前者对应"江西诗派"，后者对应道学家诗，但实际上，这两种倾向只是"理"的不同表现而已，作为以"以文字为诗，以才学为诗，以议论为诗"为特征的江西诗派，更接近"物理""事理"的层面，而道学家们的诗则更接近"性理"。只不过，在这一论述过程中，严羽着重批判的还是江西诗派的一脉，而对于"性理"之诗则似乎有意回避。这种批判的不充分性，是严羽在反思宋诗主理倾向时的一个明显缺陷。而另一方面，严羽也并非完全排斥诗理，在批判宋诗"理语"之外，他也给出了自己的方略：

> 诗有词理意兴。南朝人尚词而病于理，本朝人尚理而病于意兴，唐人尚意兴而理在其中。汉魏之诗，词理意兴，无迹可求。[③]

[①] 《四库全书总目》在关于朱弁的《风月堂诗话》提要中说："首尾两条，皆发明钟嵘'思君如流水，既是即目；明月照积雪，无无故实'之义，盖其宗旨所在。"
[②] 张戒《岁寒堂诗话》曰："'诗者，志之所之也'，'情动于中而形于言'，岂专意于咏物哉？子建'明月照高楼，流光正徘徊'，本以言妇人清夜独居愁思之切，非以咏月也，而后人咏月之句，虽极其工巧，终莫能及。渊明'狗吠深巷中，鸡鸣桑树颠'，本以言郊居闲适之趣，非以咏田园，而后人咏田园之句，虽极其工巧，终莫能及。"（陈应鸾：《岁寒堂诗话校笺》，巴蜀书社，2000，第16页）
[③] 严羽撰，张健校笺《沧浪诗话校笺·诗评》，上海古籍出版社，2012，第525页。

在严羽看来，词、理、意兴，是诗歌的三大要素，诗并非不能说"理"，只是在说"理"之时，应当与"意兴"相融合，甚至于泯然无迹，这显然是"以情化理"的路数。严羽此论，对船山诗理观的形成有着重要影响，此点笔者在后面论述船山诗理观时会详细论及。

元人对宋诗主理倾向的不满已经较为普遍，观点的表述也更加鲜明。其中最突出的一点是，将"性情"与"议论"作为唐诗与宋诗的主要区别，并以此为标准，作出高下之分，如戴良明确提出："唐诗主性情，故于风雅为犹近；宋诗主议论，则其去风雅远矣。"① 吴澄也认为："黄太史必于奇，苏学士必于新，荆国丞相必于工：此宋诗之所以不能及唐也。"② 所谓"奇""新"等，仍然是就"入微翻新"的议论之"理"而言的，崇"性情"而斥"议论"，可以说是元代诗学的一个突出特征。与此相关联，元人对于宋人的"以学问为诗"也极为排斥，如杨维桢就认为："诗不可以学为也。诗本情性，有性此有情，有情此有诗也。"③ 欧阳玄也提出："诗得于性情者为上，得之于学问者次之。"④ 在此"情""理"对立的格局中，元人毫不迟疑地站在了"情"的一方。

明人深受严羽诗学的影响，同时延续了元代诗学的主情路向，所以在对待宋人诗理的态度上，他们与宋元时期的"反诗理"诸说一脉相承，在对抒情与说理两类不同范式的辨析中，确定其崇情斥理、宗唐黜宋的整体倾向。如李东阳曰："宋诗深，却去唐远；元诗浅，去唐却近。"⑤ 所谓"宋诗深"，是指宋诗以说理议论为主，以思考的深入性为目的，所谓"元诗浅"，是指元诗以纯粹的抒情为主，寻求的是情志的浅近显现，而非道理的深度说明。二者分属不同的诗歌范式，宋诗以其说理性自成一体，元诗则可归于唐诗一脉。杨慎也有过类似的说法，他提出："唐人诗主情，去《三百篇》近，宋人诗主理，去《三百篇》却远矣。"⑥ 杨慎的这一论

---

① 戴良：《皇元风雅序》，见李军、施贤明校点《戴良集》，吉林文史出版社，2009，第325页。
② 吴澄：《王实翁诗序》，见吴文治主编《辽金元诗话全编》第三册，凤凰出版社，2006，第1586页。
③ 杨维桢：《剡韶诗序》，见吴文治主编《辽金元诗话全编》第四册，凤凰出版社，2006，第2378页。
④ 欧阳玄：《梅南诗序》，见《欧阳玄集》卷之八，岳麓书社，2010，第84页。
⑤ 李东阳著，李庆立校释《怀麓堂诗话校释》第八则，人民文学出版社，2009，第33页。
⑥ 杨慎著，王仲镛笺证《升庵诗话笺证》卷四，上海古籍出版社，1987，第111页。

断，与前文所举的戴良的观点极为接近，只不过，戴良以"议论"概括宋诗，杨慎则直接以"主理"涵括宋诗，在指涉性上要更为明确。

在明代诗话中，这类崇情斥理的言论十分常见，可略举几例：

> 勿偏枯，勿求理，勿搜僻，勿用六朝强造语，勿用大历以后事，此诗家魔障，慎之慎之。①（王世贞《艺苑卮言》卷一第五六则）
>
> 唐人诗主于性情声律，宋人诗主于义理用事，故唐人诗虽不至于用事，而卒未尝不用事也；宋人诗汲汲于用事以为工，其于声律远矣。②（姜南《蓉塘诗话》卷六《唐宋诗》）
>
> 宋人宗义理而略性情，其于声律，尤为末义，故一代之作，每每不尽同于唐人。③（陆深《俨山集》卷三六《重刻唐音序》）
>
> 《三百篇》之《风》，汉魏之五言，唐人之律、绝，莫不以情为主，情之所至，即意之所在；不主情而主意，则尚理求深，必入于元和、宋人之流矣。④（许学夷《诗源辩体》卷三十五第三一则）

王世贞所谓之"偏枯"（即诗风枯淡）、"搜僻"（即用事偏僻），实际上都是由"诗理"生发而来，所以他所谓的五条"诗家魔障"，"诗理"实占其三。姜南似更排斥宋诗之"用事"，许学夷则更排斥宋诗之"主意"。陆深以"宗义理而略性情"来概括宋诗，但并未给出明确的褒贬态度。总体来看，这几则评论基本都是承续元人之论而来，其创见有限，深度亦有限，比较而言，李梦阳对"诗理"的反思要更为深入一些，他提出：

> 夫诗比兴错杂、假物以神变者也。难言不测之妙，感触突发，流动情思，故其气柔厚，其声悠扬，其言切而不迫，故歌之心畅，而闻之者动也。宋人主理，作理语，于是薄风云月露，一切铲去不为。又

---

① 王世贞著，罗仲鼎校注《艺苑卮言校注》，齐鲁书社，1992，第28页。
② 姜南：《蓉塘诗话》，见吴文治主编《明诗话全编》第四册，江苏古籍出版社，1997，第3439页。
③ 陆深：《俨山集》，见吴文治主编《明诗话全编》第三册，江苏古籍出版社，1997，第2159页。
④ 许学夷著，杜维沫点校《诗源辩体》，人民文学出版社，1987，第341页。

作诗话教人，人不复知诗矣。诗何尝无理，若专作理语，何不作文而诗为邪？今人有作性气诗，辄自贤于"穿花蛱蝶""点水蜻蜓"等句，此何异痴人前说梦也！即以理言，则所谓"深深""欵欵"者何物邪？诗云："鸢飞戾天，鱼跃于渊"，又何说也？孔子曰："礼失而求之野。"予观江海山泽之民，顾往往知诗，不作秀才语，如《缶音》是已。①

李梦阳此论表达了三层意思。第一，诗当以表现"情思"为主，重在"以情动人"，而非"以理教人"。但诗中并非不能有"理"，"诗理"也是可以存在的，但前提是不能居于主导地位，即不能"主理"。第二，宋诗是"主理"的，这种做法混淆了"诗"与"文"的区别，言外之意，就是认为"诗主情"而"文主理"，诗歌一旦"主理"则不成诗矣。第三，明人之"性气"诗，一般认为就是"主理"诗，但李梦阳还认为，这种"性气"诗不仅远离了"情"，即使专就"理"而言，也未能说清，所以是情、理俱无。李梦阳的这一论析，已经把"诗理"的讨论逐渐深化了：一方面，他在批判的"主理"说的同时，也看到诗中之"理"的必要性；另一方面，他对明代"性气"诗的批判，则牵涉到了"诗理"当中独特的"性理"问题。对这两个问题的关注，才是明人在"诗理"反思过程中最具价值的部分。

"诗理"是否具有合理性？对于这一点的思考，郝敬的辨析最具代表性，他提出：

诗有不可理求者，而理自在，非谓诗皆不主理也。②
严仪卿谓"诗有别趣，非关理也"，天下无理外之文字。谓诗家自有诗家之理则可，谓诗全不关理，则谬矣。诗不关理，则离经叛道，流为淫荡。文字无义理，则无意味、无精彩。《三百篇》纯是义理凝成，所以晶光千古不磨。今之诗，粉饰妆点，趁韵而已。岂惟无

---

① 李梦阳：《缶音序》，见吴文治主编《明诗话全编》第二册，江苏古籍出版社，1997，第1981页。
② 郝敬：《艺圃伧谈》卷之一《古诗》，见周维德集校《全明诗话》第四册，齐鲁书社，2005，第2883页。

理，亦且无稽，浮响虚声，何关性情？何补风教？蛙鸣蝉噪，乌得为诗？①

近代人谓诗不主理，一落议论，便成恶道。按，二雅献纳，三颂扬功德，其谁不根道理，涉议论者乎？今俗士学诗，疾理如雠，惟嘲弄风月，流连光景，即使铿金戛玉，无关性情，无补风教，诗道之赘疣耳。②

郝敬肯定了"诗理"存在的价值，并从三个层次论证了自己的观点。首先，他提出，严羽所说的"诗有别趣，非关理也"是不对的，"理"作为天下之至则，无处不在，诗亦不免，只不过诗中的"理"是一种特殊的"理"而已。其次，郝敬所言之"诗理"，更多指向一种规则式的节制性，与"以性约情"的内涵相当接近，所以这里的"诗理"，其落脚点依然是在情感上。最后，以这种"诗理"观为基础，郝敬对于明代的"反诗理"潮流极为警惕，在他看来，"以议论为诗"，自然于"诗情"有所不合，但一味地反对议论、反对义理，则容易让情感流向泛滥，最终走向"嘲弄风月，流连光景"的一端。郝敬的这种观点，代表了明人当中的清醒之士对"主情"诗论之前景的担忧与反思。

从某种层面上说，"性理"诗正是在"情""理"关系的交织过程中发展起来的。"性理诗"源出宋代，明代学者陆深曾对此类诗歌做过评价："宋诗自道学诸公又一变，多主于义理，而兴寄体裁则鄙之为末事。如明道诗极有佳者，合作处何下唐人。龟山诗笔自好，大篇如《岳阳书事》，开阖转换，妙得蹊径，如'湖光上下天水融，中以日月分西东'之句，尤为奇伟，具见笔力；小诗如'隔雨楼台半有无'，兴致蔼蔼，描写甚工。"③陆深对于唐宋诗的范型之别是相当清楚的，但他并未就此而鄙视宋诗，在他看来，表现"义理"的"性理诗"，在艺术水准上并不输唐诗，以此为视点，他极为推崇程颢与杨时的"性理"之作。李梦阳所批判的"性气

---

① 郝敬：《艺圃伧谈》卷之一《古诗》，见周维德集校《全明诗话》第四册，齐鲁书社，2005，第2887页。
② 郝敬：《艺圃伧谈》卷之一《古诗》，见周维德集校《全明诗话》第四册，齐鲁书社，2005，第2888页。
③ 陆深：《俨山外集》卷十四《溪山余话》，见吴文治主编《明诗话全编》第三册，江苏古籍出版社，1997，第2161~2162页。

诗",实际上就是宋代"性理诗"的自然延伸,二者在本质上是相通的,都是表现其人性、道德哲学的诗作,"性气诗"的代表人物是陈白沙,白沙在诗学上颇有创见,而他最重要的诗学贡献,就是将宋人的"主理"(主要是"性理")观与明代的"主情"观作了精当的融合,他提出:

> 予尝爱看子美、后山等诗,盖喜其雅健也。若论道理,随人深浅,但须笔下发得精神,可一唱三叹,闻者便自鼓舞,方是到也。须将道理就自己性情上发出,不可作议论说去,离了诗之本体,便是宋头巾也。①

白沙此论,明确地区分出了明代"性气诗"与宋代"性理诗"的差别:宋代的"性理诗",不用说,是"以理为主"的,"理"的主导地位不可撼动;而白沙所开创的"性气诗",则高举了"主情"的旗帜,"理"是从属于"情"的。所谓"离了诗之本体,便是宋头巾也",已然透露出两点信息:第一,诗之本体是"情",而不是"理";第二,诗当以情为主,不应以理为主,以理为主便入宋诗窠臼,而白沙称其为"宋头巾",已可见其批判态度。

由此可见,明人对"诗理"的反思有着很强的层次感。第一,明人反对"主理"之诗,"主理",就必然以"理"作为诗之本体,这与明人的"主情"诗学在根本上就是相乖离的。第二,明人并不反对诗中之"理"的存在,相反,明代的不少诗论家还看到了"诗理"存在的必要性,即"诗理"对"诗情"的发展存在一种制约或规范作用。第三,在以"情"为诗之本体、诗之主导的前提下,诗也是可以言"理"的,此即"以情统理",也就是白沙所说的"须将道理就自己性情上发出",这一方案的提出,对船山的诗理观有不小的影响。

就船山而言,他一方面身处明代"主情"诗学的大传统中,另一方面,其理学家的身份也令他对宋明"性理诗""性气诗"颇多"理解之同情"。正是在这样的双重传统中,船山建立起了他自己的诗理观念。而在

---

① 陈献章:《次王半山韵诗跋》,见黄宗羲《明儒学案》(修订本)卷五《白沙学案上》,沈芝盈点校,中华书局,2008,第90页。

此过程中，宋人的"物理"说、严羽的"词理意兴"说、元明以来的"崇情斥理"说、郝敬的"诗家之理"说、陈白沙的"以情统理"说，都在或多或少地影响着船山对"诗理"的理解与重识，从某种角度来看，这些历时的线索与观点，实质上已经交织成为船山"诗理"观破土而出的历史语境。

二 "议论入诗，自成背戾"：船山对诗之"议论"的批评

从前文所述来看，宋人对"诗理"的涉及虽然多样，类型却基本可辨，且自有其体系性，但元人与明人在批驳"诗理"时，要么是"只论一点，不及其余"，呈现典型的"以偏概全"特征，如只批"用事"而不提"议论"，只批"学问"而不涉"性理"，等等；要么就笼统而言，以一"理"字全数带过，如王世贞、李梦阳、郝敬皆只言"理"，而不作具体解释。船山在其诗论中避免了这些弊端，他对"诗理"所作的种种反思与分析，呈现鲜明的分类式思维特征。整体而言，船山对于诗之"议论"是相当排斥的，而对诗歌中所涉及的"物理""玄理""性理"，却在批判反思的基础上，提出了自己的修缮策略。本部分主要聚焦于船山对诗中"议论"成分的反思与批判。

对于宋诗中的"议论"倾向，船山是极为不满的。在多个场合他对此一创作倾向均提出了批评，而总体来看，这些批评在其指向上，主要集中在三个方面。

第一，"以议论为诗"，必然要以逻辑思维取胜，情感则退居其次，甚至于泯然无迹，这与船山的"主情"诗学从根本上就是相冲突的。在宋人的"议论"之诗中，情感恰恰常是缺席的状态，船山深恶此点，提出：

> 诗固不以奇理为高。唐、宋人于理求奇，有议论而无歌咏，则胡不废诗而著论辨也？雅士感人，初不恃此，犹禅家之贱评唱。[①]

船山在这里不仅将矛头指向了宋人，同时也兼涉了唐人，这一评析是准确的。实际上，自盛唐之后，已多有议论之诗出现，如叶燮就曾指出

---

① 王夫之：《古诗评选》卷五，江淹《清思》其二评语，《船山全书》第十四册，第787页。

"唐人诗有议论者，杜甫是也。杜五言古，议论尤多"①，船山亦尝言："杜陵败笔有'李瑱死歧阳，来瑱赐自尽'、'朱门酒肉臭，路有冻死骨'一种诗，为宋人谩骂之祖，定是风雅一厄。"② 其实不仅仅是杜甫，此种直发议论的诗歌，在中唐以后的其他诗人那里亦不少见，如白居易《白牡丹》："彼因稀见贵，此以多为轻。始知无正色，爱恶随人情。岂惟花独尔，理与人事并。君看人时者，紫艳与红英。"唐昌玉蕊花因其稀少而被人珍重，白牡丹因其常见而变得廉价，花如此，人亦如此，此处的议论性非常突出。除此之外，韩愈的"以文为诗"，杜牧的咏史诗，亦多涉及议论的成分。但总体而言，唐人之议论诗，尚能讲求情致，至宋人，在"议论"兴盛之余，"诗情"则逐渐消退不显了，如苏轼的《琴诗》："若言琴上有琴声，放在匣中何不鸣。若言声在指头上，何不于君指上听。"再如杨万里的《过上湖岭望招贤江南北山》："岭下看山似伏涛，见人上领旋争豪。一登一陟一回顾，我脚高时他更高。"以及《过松源晨炊漆公店》："莫言下岭便无难，赚得行人空喜欢。正入万山圈子里，一山放过一山拦。"这些诗，均意图在稀松平常的生活细节中发掘出令人警醒的触点。

在上面的引文中，船山对于"议论"还提出了一个相当明确的界定，即"于理求奇"。所谓"奇"，实际上就是作翻案文章，发新异之论，也就是船山尝谓的"入微翻新，人所不到之意"：

> 诗之深远广大与夫舍旧趋新也，俱不在意。唐人以意为古诗，宋人以意为律诗绝句，而诗遂亡。如以意，则直须赞《易》陈《书》，无待诗也。"关关雎鸠，在河之洲；窈窕淑女，君子好逑"，岂有入微翻新，人所不到之意哉？此《凉州词》总无一字独创，乃经古今人尽力道不出。镂心振胆，自有所用，不可以经生思路求也，如此！③

在诗论当中，船山所说的"意"有两种截然不同的内涵。第一类

---

① 丁福保编《清诗话》，上海古籍出版社，1982，第602页。
② 王夫之：《唐诗评选》卷二，杜甫《后出塞》其二评语，《船山全书》第十四册，第958页。
③ 王夫之：《明诗评选》卷八，高启《凉州词》评语，《船山全书》第十四册，第1576～1577页。

"意"其实是"情"的别称,即诗中贯穿始终起主导作用的"情意",对于这一类"意",船山显然是推崇的。第二类"意",即此处所言之"意",则基本摒除了"情"的因素,主要呈现为一种强调逻辑思维的观念或议论。而在船山看来,这种一味追求"入微翻新"的逻辑理路,只能是文的特征,而非诗的特征,所以他多次提出"有议论而无歌咏,则胡不废诗而著论辨也""如以意,则直须赞《易》陈《书》,无待诗也"这类强调诗、文之区别的辨体维度的反驳意见。按其意,"诗"是抒情的,"文"才是议论的,在此一视角下,船山提出"有议论而无歌咏""有议论而无风雅"①的论断,所要突出的正是对此类"议论诗"之情感缺失的批判。

船山尝云:"议论入诗,自成背戾。盖诗立风旨,以生议论,故说诗者于兴、观、群、怨而皆可。若先为之论,则言未穷而意已先竭。在我已竭,而欲以生人之心,必不任矣。以鼓击鼓鼓不鸣,以桴击桴,亦槁木之音而已。"② 船山已然清醒地认识到,在议论诗中,不仅仅情感表达退居其次,其启迪、动人功能亦已丧失,过于缜密的思路沉重地压抑着情感的滋生,在"作者",是"意已先竭",对"读者",则是"难以生人之心",这样的无情之诗,无异于"以鼓击鼓""以桴击桴"——"风旨"既失,诗之"兴观群怨"自然再无存在的可能,这应是船山对"议论诗"之本质的根本判断。

第二,"议论诗"在阐述其观点的同时,往往容易流于谩骂,躁竞之气极盛,而这与船山所一直追求的"平和温婉"诗风,显然背道而驰。船山在其诗论中曾多次指出了议论诗的这种无端谩骂之弊,如:

> 竟陵狂率,亦不自料遽移风化……其根柢极卑劣处,在哼着题目讨滋味发议论。③

> "世人皆欲杀,吾意独怜才"非情语;"不才明主弃,多病故人疏"尤非情语。侲僳讼理,唐人不免,况何大复一流,冲喉直撞,如

---

① 王夫之:《明诗评选》卷四,胡翰《拟古》其四评语,《船山全书》第十四册,第1281页。
② 王夫之:《古诗评选》卷四,张载《招隐》评语,《船山全书》第十四册,第702页。
③ 王夫之:《明诗评选》卷五,王思任《薄雨》评语,《船山全书》第十四册,第1453页。

里役应县令者哉！①

　　启、祯诸公欲挽万历俗靡之习，而竞躁之心胜，其落笔皆如椎击，刻画愈极，得理愈浅。②

　　至理不讦，讦即不成诗矣。③

此四则诗论，皆针对明诗而发。在船山看来，竟陵派不仅"发议论"，且流露出"狂率"的一面，何景明之诗亦不免"冲喉直撞"，天启、崇祯年间的诗人则"落笔皆如椎击"，而其"至理不讦"的评价显然也同样暗示出明诗多"讦"的弊端。明诗之所以呈现如此面貌，自然与其时代风气脱不开干系，船山常形容其为"躁戾"④、"忿戾之气"⑤、"竞气躁情"⑥、"躁竞"⑦、"气矜"⑧等，当代学者赵园对船山这一论断深表赞同，提出："我注意到了王夫之对于士的'躁竞'、'气矜'、'气激'的反复批评。以'戾气'概括明代尤其明末的时代氛围，有它异常的准确性。而'躁竞'等等，则是士处此时代的普遍姿态，又参与构成着'时代氛围'。"⑨正是在这种"躁戾""气矜"的时代风气中，明人难免在其诗歌中流露出相当偏激的议论之辞。但另一方面，明诗中的这种"狂率""讼理"之病，又非其独有，而是有着很深的历史传统，船山依然将此源头归之于唐人。他多次提及：

　　唐宋人一说理，眉间早有三斗醋气。⑩

---

① 王夫之：《明诗评选》卷五，曹学佺《寄钱受之》评语，《船山全书》第十四册，第1451页。
② 王夫之：《夕堂永日绪论外编》第三十七则，《船山全书》第十五册，第860页。
③ 王夫之：《明诗评选》卷八，郑善夫《武夷曲次晦庵棹歌》评语，《船山全书》第十四册，第1595页。
④ 王夫之：《夕堂永日绪论外编》第三则，《船山全书》第十五册，第844页。
⑤ 王夫之：《夕堂永日绪论外编》第三则，《船山全书》第十五册，第844页。
⑥ 王夫之：《明诗评选》卷四，钱宰《拟客从远方来》评语，《船山全书》第十四册，第1285页。
⑦ 王夫之：《明诗评选》卷五，蔡汝楠《报恩寺塔》评语，《船山全书》第十四册，第1424页。
⑧ 王夫之：《明诗评选》卷六，贝琼《送杨九思赴广西都尉经历》评语，《船山全书》第十四册，第1486页。
⑨ 赵园：《明清之际士大夫研究》，北京大学出版社，1999，第4页。
⑩ 王夫之：《古诗评选》卷四，庐山道人《游石门诗》评语，《船山全书》第十四册，第725页。

> 杜陵败笔有"李鼎死岐阳,来填赐自尽"、"朱门酒肉臭,路有冻死骨"一种诗,为宋人谩骂之祖,定是风雅一厄。道广难周,无宁自爱。①
>
> 长庆人徒用谩骂,不但诗教无存,且使生当大中后,直不敢作一字。元、白辈岂敢以笔锋试颈血者?使古今无此体制,诗非佐府,则畏途矣!安得君尽武王、相尽周公,可以歌"以暴易暴"邪?②

显然在船山看来,中唐之诗实已开"谩骂"之端,所谓"三斗醋气",实际上就是指一种攻讦不满之气,以杜甫、白居易等人为代表。杜甫、白居易的诗歌,多是直面现实之作,有很强的现实意义,这与宋人是不同的,如果说宋人的议论诗主要是从稀松平常的生活细节中体悟某种新奇的哲理,那么唐人的议论诗则往往是针对现实不公的境况而发,两相对比,则后一类情况自然极易走向"谩骂"。而在船山那里,"议论"已然是诗之旁轨末流,再由"议论"而流于"谩骂",则距离其理想中的"性情诗",道路不可以千里计。船山尝言:"以诋讦为直,以歌谣讽刺为文章之乐事,言出而递相流传,蛊斯民之忿悁以诅咒其君父,于是乎乖戾之气充塞乎两间,以干天和而奖叛逆,曾不知莠言自口而彝伦攸斁,横尸流血百年而不息,固其所必然乎!"③ 从这一温厚平和的立场出发,船山对此类以凌厉讽刺为主的议论诗自然是极力排斥,即所谓"为嚣,为凌,为荏苒,为脱绝,皆失理者也"④。

第三,"议论诗"既主要调用逻辑思维,则容易造成头绪繁多之病,而船山之"主情"诗学,是建立在"一情一意"的基础上的,由此,议论诗的头绪纷繁又与抒情诗的一意回旋,形成了明显的冲突。船山尝云:

> 古人之约以意,不约以辞,如一心之使百骸;后人敛词攒意,如

---

① 王夫之:《唐诗评选》卷二,杜甫《后出塞》评语,《船山全书》第十四册,第958页。
② 王夫之:《唐诗评选》卷二,曹邺《和谢豫章从宋公戏马台送孔令谢病》评语,《船山全书》第十四册,第976页。
③ 王夫之:《读通鉴论》卷二十七,《船山全书》第十册,第1048页。
④ 王夫之:《古诗评选》卷四,王粲《杂诗》评语,《船山全书》第十四册,第666页。

百人而牧一羊。治乱之音，于此判矣。①

扣定一意，不及初终，中边绰约，正使无穷，古诗固以此为大宗。②

歌行最忌者，意冗钩锁密也。③

"情意"的简约，是诗之所以能达情、动人的关键所在，若议论行于诗中，这一简约性就被破坏掉了。正如船山所言：

分节目，起议论，亦几为唐人开先。而意无预设，因所至以成文，则兴会犹为有权。唐人之能此者，杜陵《渼陂》一种，不能多得也。节目逾显，议论逾多，则凌杂靡薄，益不足观矣。④

所谓"分节目"，其实就是预设其观念层次，然而层次越多，则头绪越繁，也就是船山所说的"节目逾显，议论逾多"，这必然会造成诗歌在结构上的"凌杂"，打破了诗歌"圆净成章"⑤的理想状态。在分析胡翰《拟古》诗时，船山专就此"议论逾多"现象有可能造成的诗"凌杂"之病作了具体的说明，诗曰：

昔闻昆山禾，结实大如黍。一食能疗饥，再餐可轻举。大和溢肌发，含真逐仙侣。左晒东华君，右招西王母。苍箓手共开，金册笑相旅。后皇降嘉种，宁道同宿莽。杲杲晨出日，祁祁载阴雨。煦彼非一朝，长此千万古。

船山评曰：

---

① 王夫之：《古诗评选》卷一，《古歌谣三首》之《鸡鸣歌》评语，《船山全书》第十四册，第495~496页。
② 王夫之：《古诗评选》卷四，《古诗四首》其三评语，《船山全书》第十四册，第653页。
③ 王夫之：《明诗评选》卷二，杨慎《宿金沙江》评语，《船山全书》第十四册，第1206页。
④ 王夫之：《古诗评选》卷四，殷仲文《南州桓公九井作》评语，《船山全书》第十四册，第715页。
⑤ 王夫之：《夕堂永日绪论内编》第四十三则，《船山全书》第十五册，第839页。

唐、宋人于"宁遣同宿莽"之下，必捺忍不住，将下半截道理衍说，则有议论而无风雅。"杲杲晨出日"逆补上半截，止"宁遣"句摄尽，神运气中，无涯际也。故知简字不如简意，意简则弘，任其缭绕，皆非枝叶。呜呼！此夕堂不惜眉毛语，知谁领取？①

胡翰此诗为游仙诗，表面上似乎主要表现对仙境与长生的渴望，潜在中则暗含对离乱之现实的忧叹。由"昔闻昆山禾"以下，直至"金册笑相旅"，均为游仙描绘之句，至"宁遣"二字则似忽起议论之意，但点到即止，不作议论性的展开，以下仍然作景象铺衍，意味无穷。船山认为，若是唐宋人至"宁遣"一句，必然会在其上大做文章，议论横生，即所谓"必捺忍不住，将下半截道理衍说"，然而若由此而生议论，必然会横生枝节，旁出诗外，破坏掉本诗中一以贯之的纯净"诗意"。这种旁溢而出的"衍说""议论"，正是船山所说的"凌杂靡薄"之病的绝妙写照。

船山对诗之"议论"的批判，基本就是从以上三个方面展开，"议论"之诗中所暗含的"逻辑思维""诋评""凌杂"等特征，分别违反了船山理想诗歌的"主情""平和""纯净"等诸多特性，因此为船山所不喜。相比之下，船山对于以"物理""性理"入诗的现象则有更多的同情之心，在论述层次上也更显深入。

三 "化理入情"：船山对诗中"物理"与"性理"的反思与重塑

与对议论诗的全盘否定不同，船山对诗中之"物理"与"性理"的态度则相对复杂，他一方面并不否认诗之"物理"与"性理"之存在的必要性，但另一方面也对它们的存在形态多有不满。从根本上说，船山是试图将"物理"与"性理"融合到他的"情几"诗学当中去，正如其所言："有无理之情，无无情之理也。"② "以情统理""化理入情"，是船山在对诗中"物理""性理"进行反思与重塑时所采取的主要策略。

---

① 王夫之：《明诗评选》卷四，胡翰《拟古》其四评语，《船山全书》第十四册，第1281页。
② 王夫之：《诗广传》，《邶风十论》七《论匏有苦叶》，《船山全书》第三册，第323页。

（一）"内极才情，外周物理"：船山的"物理"观

作为理学家型的诗论家，船山对诗中之"物理"是相当重视的，这里所谓的"物理"，实际上就是指天地万物之"理"，是一种客观而深入的万物规律。船山对此多有论及：

> 苏子瞻谓"桑之未落，其叶沃若"，体物之工，非"沃若"不足以言桑，非桑不足以当"沃若"，固也。然得物态，未得物理。"桃之夭夭，其叶蓁蓁"，"灼灼其华"，"有蕡其实"，乃穷物理。夭夭者，桃之稚者也。桃至拱把以上，则液流蠹结，花不荣，叶不盛，实不蕃。小树弱枝，婀娜妍茂为有加耳。①

船山于此段论述中，特意在"物态"与"物理"的对比中，突出了"物理"的重要性。显然在船山看来，诗歌当中，"物态"的呈现固然重要，但唯有深入更为本质的"物理"层面，才能将所言所绘之物更为生动地表现出来。在此则评论中，苏轼所认为的"非'沃若'不足以言桑，非桑不足以当'沃若'"②，主要是针对"桑"之形态而发，船山对"桃之夭夭"的分析，则从桃树本身的生长特性去观察，能深入其"理"，自然能了解其"态"。由此不难见出船山在评诗论诗时所主张的"体物""格物"之思路，但与此同时，切不可忽略其背后的内涵所指。船山重视"物理"，但绝非止步于"物理"，他所关注的是由"物理"所连接的情意内涵，正如此处他对"桃之夭夭"的分析，表面上是纯客观的植物属性分析，但内在之中仍然紧扣本诗新婚喜庆的氛围呈现，"物理"的辨析，只是使得诗中情致更为生动而已。

事实上，船山言"物理"，从来都是将其置于"诗情"视域下的。如他尝云：

> 《小雅·鹤鸣》之诗，全用比体，不道破一句，《三百篇》中创调

---

① 王夫之：《诗译》第八则，《船山全书》第十五册，第810~811页。
② 《东坡志林》卷十："诗有写物之功：'桑之未落，其叶沃若'，它木殆不可以当此。"转引自戴鸿森《薑斋诗话笺注》，上海古籍出版社，2012，第17页。

也。要以俯仰物理而咏叹之,用见理随物显,唯人所感,皆可类通。①

《小雅·鹤鸣》一诗曰:"鹤鸣于九皋,声闻于野。鱼潜在渊,或在于渚。乐彼之园,爰有树檀,其下维萚。它山之石,可以为错。//鹤鸣于九皋,声闻于天。鱼在于渚,或潜在渊。乐彼之园,爰有树檀,其下维谷。它山之石,可以攻玉。"

此诗共两章,全用比体写成,两章均使用了相同的物喻,并以此物喻,来暗示出所要表达的意思,船山赞其为"不道破一句"。诗之主题可以理解为"举贤任能",《毛诗序》曰:"《鹤鸣》,诲宣王也。"②《郑笺》曰:"诲,教也。教宣王求贤人之未仕者。"③ 后世解诗者基本遵循此一理解路向,如程俊英在《诗经译注》中就明确指出:"这是一首通篇用借喻的手法,抒发招致人才为国所用的主张的诗,亦可称为'招隐诗'。"④ 以此为基点,则诗中之喻,皆以招隐求贤为旨:"园"隐喻国家,"鹤"指向隐居之贤人,"鱼"之在渊或在渚,则比喻贤人的隐居或出仕,"树檀"即"檀树",亦比喻贤人,"它山之石"则指别国之贤人,相对应地,"萚"与"谷"则皆喻指小人。对诗中各种喻体的这类细读,其实正是对"求贤"之旨的相应发挥。朱熹对此诗背后的寓意也深感兴趣,但其阐释思路却有不同,他主要是从义理的角度对诗歌进行理解,如其所云:"盖鹤鸣于九皋,而声闻于野,言诚之不可揜也;鱼潜在渊,而或在于渚,言理之无定在也;园有树檀,而其下维萚,言爱当知其恶也;他山之石,而可以为错,言憎当知其善也。由是四者引而伸之,触类而长之,天下之理,其庶几乎?"⑤ 朱熹将诗中所提及的四类事物或者说现象,分别对应为四种思想,即诚、理、爱、憎,并由此而引申至"天下之理"。

相比之下,船山对于《鹤鸣》一诗,并未着意于其喻指的对象或者说寓意,而是更看重这一"理随物显"的思维过程。在船山看来,"以俯仰

---

① 王夫之:《夕堂永日绪论内编》第三十七则,《船山全书》第十五册,第836页。
② 毛公传,郑玄笺,孔颖达等正义,黄侃经文句读《毛诗正义》,上海古籍出版社,1990,第375页。
③ 毛公传,郑玄笺,孔颖达等正义,黄侃经文句读《毛诗正义》,上海古籍出版社,1990,第375页。
④ 程俊英:《诗经译注》,上海古籍出版社,2012,第94页。
⑤ 朱熹:《诗集传》,王华宝校点,凤凰出版社,2007,第141页。

物理而咏叹之",惟人为能:人在领悟"物理"的基础上,可以将其化用到自己的情感表达之中,这才是最重要的。"桃之夭夭",暗含"拱把以上,小树弱枝,婀娜妍茂"的"物理",但其作用,却在引起或对应年轻的新嫁娘;"鹤鸣"悠长、"鱼潜"无定,自然之"物理",但用于诗中,却绝非言此"物理"而已,而是有其相对应的情感观照。由此我们就不难理解,船山所谓"俯仰物理而咏叹之","理随物显,唯人所感",均意在指出"物理"背后的情感统摄性,在诗歌当中,"物理"之后必然有"情"的存在,那些纯粹的"物理"之诗,正如前文中所提及的苏轼的《琴诗》,或杨万里的《过上湖岭望招贤江南北山》,在船山那里,是遭到彻底否定的。

船山在诗论中多次专门论及"诗情"与"物理"的关系,均体现出鲜明的"以情统理"特征,如:

感物言理,亦寻常尔。乃唱叹沿洄,一往深远!储、王亦问道于此,而为力终薄。力薄,则关情必浅。①

看他起处,于己心物理上承授,翻翩而入,何等天然。②

天情物理,可哀而可乐,用之无穷,流而不滞,穷且滞者不知尔。"吴楚东南坼,乾坤日夜浮。"乍读之若雄豪,然而适与"亲朋无一字,老病有孤舟"相为融浃。③

第一则引文为张协《杂诗八首》其五评语,诗为:"朝登鲁阳关,狭路峭且深。流涧万余丈,围木数千寻。咆虎响穷山,鸣鹤聒空林。凄风为我啸,百籁坐自吟。感物多思情,在险易常心。朅来戒不虞,挺辔越飞岑。王阳驱九折,周文走岑崟。经阻贵勿迟,此理著来今。"此诗为行旅诗,描绘诗人出行的情景。在这旅途当中,他一方面感慨着"感物多思情",另一方面由此险峻环境联想到"经阻贵勿迟"的道理,由"物之险"所引发的"危情"与"事理",由此交叉互渗,"理"愈著而"情"

---

① 王夫之:《古诗评选》卷四,张协《杂诗八首》其六评语,《船山全书》第十四册,第705页。
② 王夫之:《明诗评选》卷五,文徵明《四月》评语,《船山全书》第十四册,第1386页。
③ 王夫之:《诗译》第十六则,《船山全书》第十五册,第814页。

愈深，是此诗魅力所在。船山评其为"感物言理"，正是看到了此诗"感物生情"与"感物言理"的交融之态。第二则引文为文徵明《四月》评语，诗曰："春雨绿阴肥，雨晴春亦归。花残莺独啭，草长燕交飞。香奁青缯扇，筠窗白葛衣。抛书寻午枕，新暖梦依微。"此诗描写春景，船山认为此诗"起处于己心物理上承授"，意即本诗前两句本质上是说理的，春雨降下，草木自然滋润鲜亮，雨后翠意则又宣告了春天的来临，但以这种出于"己心"的"体验"式的方式说出来，则物之理自然诗意盎然。此处的"物理"之所以会达到如此效果，依然还是"物理"出于"诗情"的缘故。第三则引文更为明确地突显出了"诗情"与"物理"的交融状态，在船山看来，优秀的诗歌，其"物理"往往能与"诗情"浑成合一，比如杜甫的《登岳阳楼》，"吴楚东南坼，乾坤日夜浮"一联看似在言"物态"，实际也是在言"天地布局"之"理"，此"理"的展示，格局雄浑，暗含出一种蓬勃之气，颇近于"乐情"，但在其下"亲朋无一字，老病有孤舟"一联的观照下，却又瞬间融入一种"漂泊无成""举目无亲"的孤凄情绪中，此天地之"理"由此又自然而然地流于"哀情"之中。船山云"天情物理，可哀而可乐，用之无穷，流而不滞"，正是要突出"物理"与"诗情"在交融形态上的可变性与多样性。

事实上，对于"诗情"与"物理"的关系，船山还有一个更为清晰的论断，即"内极才情，外周物理"①，这可以说是对船山之"物理观"的经典概括。学者陶水平对"内极才情，外周物理"有一段比较有价值的阐释："船山作为一个具有浓厚理学心性思想的哲学家，作为一位主张'诗道性情'的诗学家，船山不同于张璪突出'外师造化，中得心源'，而是强调'内极才情，外周物理'，对主客体关系作了调整，将'内极才情'置于'外周物理'之前，并改'中得'为'内极'，高扬了诗人作为抒情主体的能动作用，强调了充分发挥诗人主观创造性的重要性；同时，不言'外师'而称'外周'，这又凸显出完整、深刻地把握审美客体的审美物态及其内在意蕴道的审美取向。"② 由此不难看出，船山"内极才情，外周物理"的提法，是颇含苦心在内的，它涵括了船山之"物理"观的核心内

---

① 王夫之：《夕堂永日绪论外编》第二则，《船山全书》第十五册，第843页。
② 陶水平：《船山诗学研究》，中国社会科学出版社，2001，第83页。

涵：第一，"外周物理"的提出，显然已经透露出船山对"物理"的肯定态度，但专以"周"来形容探讨"物理"的过程，也说明船山对待"物理"相当严谨，体现出其理学家的素养，这种素养，是与船山对"桃之夭夭"一诗的分析，以及他对苏轼作出的"然得物态，未得物理"的评价息息相通的。第二，将"内极才情"与"外周物理"并提，也在某种程度上突显出船山对"诗情"与"物理"之"交融性"的重视，这与船山所说的"天情物理，可哀而可乐，用之无穷，流而不滞"的内涵是相一致的。第三，惟"内极才情"，方能"外周物理"，这一前后次序的安排，极为明显地突出了"诗情"对"物理"的统摄作用，这与船山所说的"理随物显，唯人所感"，以及"于己心物理上承授"等一类提法，于内在之中是相通的。总而言之，"内极才情，外周物理"，可以说是船山"以情统理"之"物理"观的理论总结。

（二）"自然恰得"：船山的"神理"观

船山在其诗论中，常常论及一个词——"神理"。从表面上看，这一"神理"之"理"似乎与我们所论及的"议论""物理"，以及即将论及的"性理"等，不甚搭界，但若从"理"之最基本的"规律"、"规范"或"规则"之义上看，它们还是相通的。船山所言之"神理"，在"理"之前冠之以"神"，已然暗示出此"理"既关联"规范"又超越"规范"的特殊属性。从船山诗论使用"神理"的情况来看，"神理"之说主要关涉到"诗情"，具体而言则是两个方面：一是"诗情"的生成，二是"诗情"的运动。

1. "神理凑合"与"诗情"的生成

船山尝云：

> 以神理相取，在远近之间。才着手便煞，一放手又飘忽去：如"物在人亡无见期"，捉煞了也；如宋人咏河豚云："春洲生荻芽，春岸飞杨花。"饶他有理，终是于河豚没交涉。"青青河畔草"与"绵绵思远道"，何以相因依，相含吐？神理凑合时，自然恰得。[①]

[①] 王夫之：《夕堂永日绪论内编》第十一则，《船山全书》第十五册，第823页。

此段评论旨在讨论诗中景象与诗中情感的距离问题或者说关系问题。但在论及"诗情"与"景象"的关系之前,船山首先提及了"诗情"的生成问题。此段评语逻辑如下:诗人在面对外物时,心与物在自然洽合的状态下相碰触,由此生成"诗情",眼前之景也就随之转变成为"景象",但这一过程是相当微妙的,在形成文字之时,把握不好就极易产生差错,所谓"才着手便煞,一放手又飘忽去"正是极易出现的两种差错类型。其后有关"情""象"之远近关系的论述,在本书第二章中已作详解,此不赘言。在这里我们主要关注"神理"问题:船山此处所言之"神理",指的其实是心物交触之时"自然洽合""相值相取"的"得位"状态。从某种角度来看,心物交融也是有其规则的,这一规则就是"磕着即凑",就是"自然洽合",这种灵活多变、自然而然的"规则",也可以称为"理",此即"神理"。

而笔者在论述有关"诗情"之生成的"现量"三义时也曾经提及:"现量"之"现在"义突出的是"心物之几"发生的"当下性","现成"义突出的是"心物之几"发生时的直觉性、刹那性,"显现真实"义突出的则是"心物之几"过程中"心"与"物"的"自然契合"关系。显而易见,上面引文中的"神理"与"现量"中的"显现真实"义,正是相对应的。与此同时,笔者在前文还曾提及:这种类似本质直观的、强调心物自然契合的"显现真实"义,同时也是与船山"不思之用齐乎思"的观点相连通的。"不思之用其乎思",即"不思之思",即"无理之理",实际上也就是"神理"。由此,"神理"与"现量"的"显现真实"义之间,达到了一种逻辑上的相通,而船山最后所说的"神理凑合时,自然恰得",则从正面直接指明了"神理"所具备的"心物契合"的内涵,并最终由此通向了"诗情"的生成。

在其他一些诗评诗论中,船山贯彻了"神理"的这一内涵,如:

情不虚情,情皆可景;景非滞景,景总含情。神理流于两间,天地供其一目,大无外而细无垠,落笔之先,匠意之始,有不可知者存焉。[①]

---

① 王夫之:《古诗评选》卷五,谢灵运《登上戍石鼓山》评语,《船山全书》第十四册,第736页。

"牵江色"一"色"字幻妙，然于理则幻，寓目则诚，苟无其诚，然幻不足立也。①

在第一则引文中，"情皆可景""景总含情""流于两间""天地供其一目"的论述已然暗示出其中的"心物交触"维度，在这里，"神理"的"心物契合"之意是比较明显的。在第二则引文中，"神理"一词虽然并未出现，但专注于心（"幻"）、物（"目"）契合关系（"诚"）的"于理则幻，寓目则诚"的说法，已然在某种程度上与"神理"的"自然契合"之义并无太大分别。

2. "意中神理"与"诗情"的运动

"神理"的另一内涵则与"诗情"的运动形态有关，船山曰：

势者，意中之神理也。唯谢康乐为能取势，宛转屈伸，以求尽其意，意已尽则止，殆无剩语；夭矫连蜷，烟云缭绕，乃真龙，非画龙也。②

此处之"意"，指的是诗之"情意"，基本可以理解为"诗情"，"理"本为规范、规则，此处所言"意中神理"，即指诗歌情感自然而然的流转运行。这里的"自然而然"，可以认为是一种规范，但这种规范又是无定法的，所以又超越规范，正是在这个意义上，诗情的这种运行状态，可以称为"神理"。船山随后举出了谢灵运的例子，他认为，谢灵运是善于"取势"的，这是因为，他的诗在"情意"表达上更为灵活多变，不受拘束，即所谓"宛转屈伸""夭矫连蜷"，这正是对诗情运行的"神理"之迹的绝妙写照。

在船山其他诗评当中，这种与"诗情"运动相关的"神理"也不在少数，如：

且如"含情尚劳爱，如何离赏心"，心期寄托，风韵神理，不知

---

① 王夫之：《唐诗评选》卷三，杜甫《祠南夕望》评语，《船山全书》第十四册，第1022页。

② 王夫之：《夕堂永日绪论内编》第三则，《船山全书》第十五册，第820页。

《三百篇》如何?①

极意学古,正以无意得之:神理风局,无一不具美者。②

片段中留神理,韵脚中见化工。③

"风韵神理",实即诗情流转运行的蜿蜒屈伸;"神理风局",则兼涉诗歌之情感运转与诗歌之结构构成两部分;"片段中留神理",评价的是杜甫的《石壕吏》,"片段",即叙事片段,在事件的叙述中,诗人其实注入了相当深厚的同情之心,并随着叙事的发展而自然流转,这同样是"神理"式的情感表现方式。

总而言之,"神理"的提出,主要就是与"诗情"相关联的,它强调的是一种诗情的"自然"之态:在诗情"生成"之时,神理的提出,主要是为突出心物交触时的"一触即合""磕着即凑";在诗情"流动"时,神理的提出,则主要是为突出诗情流转运行的"自然而然"。它们都是在以纯粹"自然"的规则方式,突显了诗歌当中"理"之于"情"的一种特殊的化归形态。以"自然恰得"形容诗中"神理",再合适不过。

(三)"不得以名言之理相求":船山的"性理"观

与静观万物的"物理诗",以及纯粹强调诗情之自然状态的"神理诗"不同,诗歌中还涵括一种与存在、性命等终极问题相关的哲理诗,主要呈现为两个类型:一是"玄理诗",兴盛于魏晋之时;二是"性理诗",兴盛于宋明时期。对于这两类哲理诗,船山的态度是有所差异的。

1. 船山论"玄理诗"

所谓玄理诗,实际上就是玄言诗。汤一介曾为"玄学"下过一个基本的定义:"魏晋玄学是指魏晋时期以老庄思想为骨架,企图调和儒道、会通'自然'与'名教'的一种特定的哲学思潮,它所讨论的中心为'本末有无'问题,即用思辨的方法来讨论有关天地万物存在的根本的问题,也就是说表现为远离'世务'和'事物'形而上学本体论的问题。"④ 由

---

① 王夫之:《古诗评选》卷五,谢灵运《晚出西射堂》评语,《船山全书》第十四册,第732页。
② 王夫之:《古诗评选》卷五,何逊《学古》评语,《船山全书》第十四册,第809页。
③ 王夫之:《唐诗评选》卷二,杜甫《石壕吏》评语,《船山全书》第十四册,第961页。
④ 汤一介:《郭象与魏晋玄学》(增订本),北京大学出版社,2000,第13页。

此可见，"玄理"的理论根源是老庄之学，与由儒家心性理论发展而来的宋明之"性理"说相比，二者虽然同样涉及万物本源问题，但在理论渊源上却有本质差异，表现在诗歌中，也会呈现不同的美学形态。

单从"玄理"入诗的角度看，"玄理诗"极易走向单纯抽象式的枯燥无形、干瘪无味。刘勰《文心雕龙·时序》篇中就提出，"自中朝贵玄，江左称盛，因谈余气，流成文体。是以世极迍邅，而辞意夷泰，诗必柱下之旨归，赋乃漆园之义疏"①，明确指出了魏晋玄言诗以注疏、阐发老庄玄理为主的写作理路。钟嵘对玄言诗抨击更甚，他认为："永嘉时，贵黄、老，尚虚谈。于时篇什，理过其辞，淡乎寡味。爰及江表，微波尚传：孙绰、许询、桓、庾诸公诗，皆平典似《道德论》。建安风力尽矣。"② 所谓"理过其辞，淡乎寡味"，正是对玄言诗的绝妙写照，诗歌沦为玄理的载道之具，其独具的审美特征已经泯然无迹了。刘勰与钟嵘对玄言诗的这一评论，被人们广泛接受，已然成为一种共识，船山亦深受其影响。在诗评当中，船山对西晋玄言诗的态度主要就是批评的，如他尝云：

诗入理语，惟西晋人为剧。理亦非能为西晋人累，彼自累耳。③

船山于此处的态度十分明确，西晋人的"玄理诗"是"自累"的，"自累"，就是说晋人作诗常自己束缚自己，陷入一味的"玄理""玄谈"之中。这种一味玄谈的玄理诗，自然就呈现"理过其辞，淡乎寡味"的特征。更进一步，船山还从情感观照的视角，一针见血地指出了"玄理诗"的根本症结所在：

诗源情，理源性。斯二者岂分辕反驾者哉？不因自得，则花鸟禽鱼累情尤甚，不徒理也。取之广远，会之清至，出之修洁，理顾不在花鸟禽鱼上邪？平原兹制，讵可云有注疏帖括气哉？④

---

① 刘勰著，范文澜注《文心雕龙注·时序》，人民文学出版社，1958，第675页。
② 钟嵘著，曹旭集注《诗品集注》（增订本），上海古籍出版社，2011，第28页。
③ 王夫之：《古诗评选》卷二，陆机《赠潘尼》评语，《船山全书》第十四册，第588页。
④ 王夫之：《古诗评选》卷二，陆机《赠潘尼》评语，《船山全书》第十四册，第588页。

第五章 "以事为景"与"化理入情" ◀ 301

显然在船山看来，诗歌并非不能言"理"，只是不能一味钻入"理"中，而是应以自己的"自得"之情作为"理"之主导，否则的话，诗歌就只能是刘勰所说的"柱下之旨归，漆园之义疏"，船山所说的"注疏帖括"而已。所以能否"自得"，能否将"玄理"化入自身的情感之中，是玄理诗克服其弊端的关键所在。正是从这一立场出发，船山对颇能"以情统理"的陆机之《短歌行》给予了极高的赞誉：

乐府之长，大端有二：一则悲壮霎发，一则旖旎柔入。曹氏父子各至其一，遂以狎主齐盟。平原别构一体，务从雅正，使被之管弦，恐益魏文之卧耳。顾其回翔不迫，优余不俭，于以涵泳志气，亦可为功。承西晋之波流，多为理语。然终不似荀勖、孙楚之满颊塾师气也。神以将容，平原之神固已濯灌，岂或者所可窃哉！虽然，神不平原若者，且置此体可矣。①

船山将乐府诗的风格分为两类，以曹操为代表的"悲壮"和以曹丕为代表的"旖旎"。陆机之《短歌行》似乎与这两类都有所区别，但大体上看，更接近曹丕的"旖旎"诗风。与此同时，船山还指出，陆机此诗"承西晋之波流，多为理语"，但之所以能超出其上，关键就在于它的"涵泳志气""回翔不迫，优余不俭"，这一类评语所描述的实际上都是"诗情"的状态，在这一"悲而不伤""优游不迫"的"诗情"统摄下，人的存在之"理"自然寓于其中。"说理而无理臼"②，这正是陆机此诗的高明之处。不过总体而言，在魏晋时期以"玄理"入诗的诗作当中，像陆机这样的作品是极为罕见的，"玄言诗"的常态仍然是"理过其辞，淡乎寡味"。相比之下，宋人的"性理诗"，虽然在思路上与魏晋人相同，但在"以理入诗"的途径上却高明不少，陆机诗歌中"化理入情"的言理方式，在宋人的"性理诗"那里得到了很好的继承。

---

① 王夫之：《古诗评选》卷一，陆机《短歌行》评语，《船山全书》第十四册，第517页。诗为："置酒高堂，悲歌临觞。人寿几何，逝如朝霜。时无重至，华不再扬。蘋以春晖，兰以秋芳。来日苦短，去日苦长。今我不乐，蟋蟀在房。乐以会兴，悲以别章。岂曰无感，忧为子忘。我酒既旨，我肴既臧。短歌有咏，长夜无荒。"
② 王夫之：《古诗评选》卷四，庐山道人《游石门诗》评语，《船山全书》第十四册，第725页。

2. 船山论"性理诗"

所谓"性理诗",主要是指宋明理学家们以理学之语入诗的诗。这里的理学之语主要涵括"天命之理"、"心性之和"、"名教之乐"以及"风雅之趣"等。船山对"性理诗"的源与流作过较为清晰的论述:

《大雅》中理语造极精微,除是周公道得,汉以下无人能嗣其响。陈正字、张曲江始倡《感遇》之作,虽所诣不深,而本地风光,骀宕人性情,以引名教之乐者,风雅源流,于斯不昧矣。朱子和陈、张之作,亦旷世而一遇。此后唯陈白沙为能以风韵写天真,使读之者如脱钩而游杜蘅之沚。王伯安厉声叱喝:"个个人心有仲尼。"乃游食髡徒夜敲木板叫街语,骄横卤莽,以鸣其"蠢动含灵,皆有佛性"之说,志荒而气因之躁,陋矣哉!①

船山认为,以"理语"入诗始于《诗经·大雅》,这里的"理语",主要是由"周公道得",如追述天命之理的"于昭于天"之类,实际上就是"性理之语"。唐代陈子昂、张九龄的《感遇诗》,承继此风,谈宇宙之理,抒人生况味。其后南宋理学家朱熹作《斋居感兴》二十首,以和陈子昂《感遇》之作,其序言曰:"余读陈子昂《感遇诗》,爱其词旨幽邃,音节豪宕,非当世词人所及。……然亦恨其不精于理,而自托于仙佛之间以为高也。斋居无事,偶书所见,得二十篇。虽不能探索微眇,追迹前言,然皆切于日用之实,故言亦近而易知。"② 事实上,以朱熹所作的《斋居感兴》诗为代表,宋人的"性理诗"已开始由天命、宇宙、人生之理转变到心性伦理上去了,明代的陈白沙(献章)所延续的依然是朱熹的路子,王阳明而下,性理之学日益"骄横卤莽",成功的"性理诗"也极为少见了。至此,船山对"性理诗"的脉络已基本厘清了。在这一边叙边议的过程中,船山也显露出了他对"性理诗"一以贯之的一个观点,此即"化理入情"。

船山极为看重诗歌中"性理"之外的情感元素,对于《大雅》中的

---

① 王夫之:《夕堂永日绪论内编》第四十四则,《船山全书》第十五册,第839页。
② 朱熹著,郭齐、尹波点校《朱熹集》第一册,四川教育出版社,1996,第177页。

"理语",他就曾专门提出:

> 诗虽一技,然必须大有原本,如周公作诗云:"于昭于天。"正是他胸中寻常茶饭耳,何曾寻一道理如此说。①

显然在船山看来,虽然"于昭于天"看起来是言"天命之理"的句子,但实际上并非干枯无味之理,而是从周公心中自然流淌出来的,正如船山所说,这本就是他"胸中寻常茶饭",所以是他的真实性情的流露。周公之言之"理语"之所以"极精微",就是因为这里的"理"是从他的性情当中来。与此相类,船山对陈子昂、张九龄之《感遇诗》中的宇宙人生之"理"颇为看好,也是因为其中不乏诗情的渗入,是可以"骀荡人性情"的。

朱熹、陈白沙的诗作为宋明"性理诗"的代表,船山亦给出了很高的评价,而他给出这一评价的关键原因,依然在于其中所蕴含的"自得之情"。船山对诗之"性理"的这一认识,与陈白沙之见解相通,白沙曾提出:"作诗须将道理就自己性情上发出来,不可作议论说去,离了诗之本体,便是宋头巾也。"② 这里所表达的,俨然正是船山"化理入情"的"自得"之说。与此相对应,王阳明的诗则因在表现"性理"时充满直白说教的成分,毫无半点"自得之情"的引入,必然为船山所厌恶,船山尝曰,诗"不得以名言之理相求耳"③,正是针对此一类诗所作的批判。

正是缘于与白沙"性理"诗学的共鸣,船山不仅在诗论中对其不吝赞语,在具体的创作实践中也多愿延续白沙一脉的路向。船山《六十自定稿·序》云:

> 此十年中,别有《柳岸吟》,欲遇一峰、白沙、定山于流连骀宕中。学诗几四十年,自应舍旃,以求适于柳风桐月,则与马班颜谢,

---

① 王夫之:《明诗评选》卷一,石珤《拟君子有所思行》评语,《船山全书》第十四册,第1169页。
② 陈献章:《次王半山韵跋》,见黄宗羲《明儒学案》(修订本)卷五《白沙学案上》,沈芝盈点校,中华书局,2008,第90页。
③ 王夫之:《古诗评选》卷四,司马彪《杂诗》评语,《船山全书》第十四册,第687页。

了不相应,固其所已。彼体自张子寿《感遇》开之先,朱文公遂大振金玉。窃谓使彭泽能早知此,当不仅为彭泽矣。阮步兵仿佛此意,而自然别为酒人。故和阮和陶各如其量,止于阮陶之边际,不能欺也。①

船山之《柳岸吟》,是一部专门与宋明理学家唱和的集子,其唱和对象包括邵雍、程颢、杨时、陈白沙、庄昶、罗伦,其中以与白沙唱和的诗为最多,如《露坐和白沙》《月坐和白沙》《和白沙中秋》《和白沙真乐吟效康节体》《和白沙八首》《和白沙梅花二首》《和白沙桃花》《和白沙梅花》《和白沙怀古》等。在上面的引文中,船山交代得很清楚:在长时期的亡国之悲之后,船山亦想让自己"求适于柳风桐月",努力在诗歌世界中回归到一种平常态,此种心态显然与司马相如、班固、颜延之、谢灵运的富赡精美诗风不是很对应,而是更契合于一种平淡诗风,作为有深厚理学根底的学者,船山更倾向于一种情致悠远的诗歌形态,因此他试图模拟阮籍的《咏怀诗》,亦试图与陶潜唱和,但最终发现阮诗因酒之故,常有放浪之语,陶诗天然高古,更无从拟和,即所谓"真陶潜外无陶潜"(《广遣兴》五十八首),而船山于此段论述中又重新加以强调的"张九龄《感遇诗》——朱熹《斋居感兴》——白沙诗"这一"性理诗"线索,才正是船山所最终寻找到的具有拟和意义的诗歌典范。

在《柳岸吟》当中,船山秉持"化理入情"的原则,将天地之理、儒门之乐以极具诗情画意的方式呈现了出来,如《和白沙真乐吟效康节体》曰:"真乐夫如何,我生天地间。言言而行行,无非体清玄。春鸟鸣华林,秋水清寒渊。无功之功微,乘龙而御乾。"②《月坐和白沙》云:"幽篠晚风迟,披襟待月痴。亭亭有独坐,夕夕得清嬉。休夏闻西竺,衰周栖仲尼。藕丝非系缚,灰槁亦奚为。"③这些诗,均是践行"化理入情"原则的典范之作。与此同时,需要指出的是,船山在学习、唱和白沙之诗时也有所侧重,他学白沙之诗,主要是取其"涵养粹完,脱落清洒,独超造物牢笼之外,而寓言寄兴于风烟水月之间"的诗,而不学白沙之"借诗讲学,

---

① 王夫之:《六十自定稿·自叙》,《船山全书》第十五册,第 331~332 页。
② 王夫之:《柳岸吟·和白沙真乐吟效康节体》,《船山全书》第十五册,第 442 页。
③ 王夫之:《柳岸吟·月坐和白沙》,《船山全书》第十五册,第 441 页。

间作科诨帽桶脚,有类语录"①的诗。前者"理从情出",后者则"显理弄学",由此可见船山在肯定白沙"性理诗"的同时,也对其中过多的道学气多有纠正。所以,无论是在理论上,还是在创作实践上,船山都更为纯粹地、一以贯之地突显出了他的"以情统理"的"性理"观。

综合来看,这种"化理入情""以情统理"的思路,全面地体现在船山的诗评诗论当中,船山尝言:

> 诗云"角弓其觩","旨酒斯柔"。弓宜觩也,酒宜柔也。诗之为理,与酒同德,而不与弓同用。②

所谓"觩",即弯曲之意,弓弯曲方能发力,可引申为力度。所谓"柔",即温和之意,酒温和方宜入口,可引申为温婉有致。在船山看来,诗歌在表现"理"的时候,应该像"酒"那样温婉平和,而不应像"弓"那样直接粗暴。申而言之,诗之言"理",贵在"化理入情",以"情理"感人,而非直接说出、直白说教。船山这一颇为形象的喻说,可以说是对其"化理入情"之诗理观的一个绝妙的理论概括,透过这一喻说,可以清晰地观察到:在船山诗论当中,不论诗歌是要呈现"物之理"、"神之理"还是"性之理","诗情"的"在场"与"统摄"都是一个最为基本的前提条件,唯有将"诗理"内置于"诗情"基础上发出,"以理为诗"才是可以实现的。

最后对本章做一个简短的小结:船山虽是典型的"主情"一派,但在面对与"主情诗"相抗衡的叙事诗与主理诗时,并未像大多数明人那样,以单纯批判的眼光来否定其存在的合理性,而是从"情几"诗学的立场出发,在对它们提出批评意见的同时,亦给出了极具可操作性的建设性意见,力图使旁行于"主情"一脉之外的叙事诗与言理诗,划归到"主情"诗学当中。船山的具体策略是,对于叙事诗,他一方面努力将引发诗情的客观之事与自然物色相对等,参照"即物达情"的说法,提出了"即事生情"的命题;另一方面,对于诗中之"事",则力求淡化其中的历时性的

---

① 钱谦益:《列朝诗集小传》丙集《陈检讨宪章》,上海古籍出版社,1983,第265页。
② 王夫之:《古诗评选》卷二,应场《报赵淑丽》评语,《船山全书》第十四册,第576页。

叙述线索，反而刻意突出事件片断式的图景特征，简言之，就是将诗中"事件"转化为诗中"事象"，通过这种"以事为物"和"以事为景"的双重转化，叙事诗被自然而然地划归到了"抒情诗"当中。对于言理诗，船山的思考要更为具体化。对于"议论诗"，船山向无好感，"议论"之诗的"逻辑思维""诋讦""凌杂"等特征，违反了他所一贯主张的"主情""平和""纯净"等诸多诗歌特性，因此为船山所不喜，但船山对于以"物理""性理"入诗的现象却有更多的同情之心：在"物理"方面，他提出了"内极才情，外周物理"的说法，力求将"物理"融于"诗情"之中；在"玄理""性理"方面，船山提出了"自得"之说，认为"玄理"与"性理"均应是在"自得之情"的基础上自然生发而来的；除此之外，船山还专门提出了"神理"一说，用以突显"诗情"之"生成"及"流转运行"时的"自然恰得"特性。总之，不论诗歌是要呈现"物之理"、"神之理"还是"性之理"，船山都极力主张"化理入情"，对于诗中之"理"而言，"诗情"所具备的"统摄"作用，是其得以合理存在的一个最为基本的理论前提。

结　语
走向"完成"的"诗"与"诗学"

——船山诗学的人性论意义与诗学史意义
兼及"中国抒情传统"论的再反思

康熙二十九年（1690年）正月二十，船山在《夕堂永日绪论内编》的序言中写下如下一段文字：

> 余自束发受业经义，十六而学韵语，阅古今人所作诗不下十万，经义亦数万首。既乘山中孤寂之暇，有所点定，因论其大约如此。可言者，言及之；有不可言者，谁其知之？①

这一年船山七十二岁，距离其仙逝（1692年正月初二），仅还有两年的时间。而按王之春的考证，船山大部分的诗学著作实际上都是在其晚年写就编订的，如康熙二十二年（1683）船山65岁时写定《诗广传》，康熙二十七年（1688）70岁时编定《南窗漫记》，康熙二十九年（1690）72岁时完成《夕堂永日绪论》内外两编，至于三种诗选，学界也倾向于是在《夕堂永日绪论》之前的几年间完成的②，所谓"有所点定"，正指对三种

---

① 王夫之：《夕堂永日绪论内编·序》，《船山全书》第十五册，第817页。
② 也有学者认为，船山三种诗选的成书时间要更早，大约要提前二十五年，并提出："船山三种诗歌《评选》的编选、评论工作其实在写作《绪论》若干年前已经告成，船山此时所做的，最多不过是对三种《评选》有所修订并最后定稿。其主要工作则是将自己当前的主要想法加以梳理、总结，写成两卷《夕堂永日绪论》。"（战立忠：《船山历代诗歌评选时间考辨》，《船山学刊》2004年第4期）实际上，从三种诗选与《夕堂永日绪论》的对读来看，二者的观点、思路是相当吻合的，即使三种诗选与《夕堂永日绪论》不是成书于同一时段，船山晚年对三种诗选作过重新修订也是可以肯定的。

诗选的评点。此中不难见出"诗"与"诗学"之于船山的某种"归宿"意味,其纵笔一生的归结点,不过是"乘山中孤寂之暇,有所点定"而已:"可言者,言及之",言其盖棺定论之旨;"不可言者,谁其知之",言其知音难觅之慨。此言背后,难掩船山对其诗学观的自负以及对后世研读者的期许,其对自己"诗学"建树的定位从中亦可见一斑。而从宏观角度看,"诗学"在船山之学中的地位确实颇为独特:一方面,"诗"是隐者船山的一种生存方式,其人生阅历、感悟、哀乐、忧患无不寄托于诗歌的创作与批评当中,蕴含着很强的身世之感;另一方面,"诗"也是学者船山的沉思对象,船山以其智性哲人的眼光,不仅关注具体的诗歌文本,而且对诗中的人性意义也多有思考。由此我们就不难理解,对船山而言,"诗学"的完成,从某种层面上看其实就是一种生命体验与人性之思的最终完成。

船山对"诗"的理解,是极富人性论意味的。从船山的相关论述来看,"诗"其实是"性-心-情"人性结构的自然延伸,是"情"的最终完成,同时也可说是人性结构的最终完成。"情"作为人性结构链条中的最后一环,"性"之呈现、"心"之基本效用,都需要通过它来得以实现。在这个过程中,不论是"性体情用"还是"心体情用","情"都是以"用"的身份存在的,这是"情"在确定其人性结构中的地位时,一个基本的定位点。但另一方面,"情"在人性结构中虽然是最后一环,虽然只能以"用"的身份而存在,但就其实现过程而言,"情"也和"性""心"相类似,需要一个更为具体的实现载体,对于"情"而言,这个载体就是"诗"。正如船山所言,"圣人达情以生文,君子修文以函情。琴瑟之友,钟鼓之乐,情之至也"[①],这一说法明确指出了"诗"从"情"出的事实,换言之,"情"与"诗"实际上形成了一个"情体诗用"的新的体用模式。通过"诗",船山对于"情"的阐释更加深入而精微:不仅"情"之中的不同类型有了更为精确的辨析,而且在此基础上,"情"之"尽性""为善"的价值指向也更为显豁。更为重要的是,在具体参与"诗"之构思、成形的过程中,"情"作为一个一以贯之的根本性要素,越来越呈现

---

① 王夫之:《诗广传》卷一,《召南十论》—《论鹊巢》,《船山全书》第三册,第307页。船山此处所说之"文",与"诗"可等同视之。结合后面所说的"琴瑟""钟鼓",可知此"文"实即"诗"之义。

其"本体性""统摄性"的一面,而这恰是从"性-心-情"人性结构层面去认识人之"情"时所忽视的一个方面。所以,"诗"的存在,为我们了解"情"之本真面貌以及"情"之理想状态,都提供了绝佳的观察视域。我们甚至可以说,只有通过"诗",船山关于"情"的阐述才得以最终完成。

反过来说,也正是由于船山将人性结构的阐释视域延伸到了"诗"之中,从人性结构的角度确立了"情"在"诗"中的统摄地位,其视野中的"诗"才因此具备了一种根深蒂固的形上气质,并以此与别家诗论区分了开来。正是缘于对"诗"的这种人性之维、形上之思的理解,船山"诗学"在"抒情传统"的大背景下,也突显出一种明显的"完成性"。中国古典诗学中的"言志缘情"论自有其发展脉络,但基本是一种现象式的陈述,至于究竟"情"为何物,"情"为何形诸"诗",又如何形诸"诗","情"与"诗"的真正关系是什么,这一列问题都没有人去深究。因此,如果说船山之前的"言情"诗学是一种传统,那么这一传统也是较为表层的、不完整的,是缺乏理论基础的。船山的"情几"诗学则从人性结构的角度出发,以其贯通宋明的思想者眼光,为"情"之生成、流变、性质、形态,尤其"情"与"诗"的关系,作了较为全面深入的论证。这种打通哲学与诗学的做法,虽也有前人实践过,但均浅尝辄止,不做深究,只有到了船山这里,"情"与"诗"的内在关系问题,才真正成为一个关键性、基础性的议题。而船山深厚的理学造诣与敏锐的诗学感悟力,显然也为这一议题的纵深开拓提供了良好的条件,由此,诗歌中具体的、个性的"情"与性命哲学中普遍的、共性的"情"在根本上得到了贯通。这种"情感"的本体性考察,即使在以佛老思想为基础的诗学中也是极为罕见的,从这个意义上说,船山的"诗情"理论,不仅仅是儒家式主情诗学传统的完成,它同时也是中国古典诗学中整个"主情传统"的最终结点,换言之,中国古典诗论中的"主情诗学",到了船山这里,才成为一种真正意义上的"传统"。

此外,船山的"情几"诗学,对当前学界盛行的"中国抒情传统"理论也有着极为重要的启示意义。以"抒情传统"来命名中国古典文学中的主情传统其实是相当晚出的事,其参照系是西方文学中的"叙事传统",换言之,"抒情传统"实质上是从现代学术视角对中国古典主情文学的

"现代命名",对"中国抒情传统"论而言,其利在此,其弊亦在此。从"利"的一面来说,"抒情传统"的提出,从一个相对外在的比较性视角,清晰地突显出了中国古典文学的主情本质与线性脉络;从"弊"的一面来说,"中国抒情传统"论对于中国古典文学的理论描述,又暴露出一种一厢情愿式的"简单化"嫌疑。质言之,"中国抒情传统"论,遵循的是一种"由外而内"的思维路向,多是以一种先入为主的方式,从外在宏观的视角切入古典文学(初期关注点主要是诗学),本质上是一种套用式、印证式的研究,不论其细读水平如何高超,其背后总脱不开西方理论思维的强势影响。

我们无意否定"中国抒情传统"论的历史功绩,正如绪论中所言,"抒情传统"学派的一些观点,尤其是高友工、萧驰的诸多论述其实颇有价值,他们深刻意识到"抒情"之所以能成为中国诗学的一种"传统",是与其内在的文化根源分不开的,如高友工明确提出:"我希望在这里能逐步地讨论中国文化中的一个抒情传统是怎样在这个特定的文化中出现的。"[1] 萧驰亦提出:"中国抒情传统作为中国文化的主脉之一,乃一对应传统'意识形态'、'理想'和'价值体系'的大传统。"[2] 从这个角度来看,"抒情传统"学派论对中国古典文学中的"情"的识认相当深入。但我们不可否认的一点是,"中国抒情传统"论中所遮蔽的一些内容其实要更为重要,如它以"抒"代"兴",一字之差,却完全抹去了中国古典诗学中最为核心的"感物"维度,直接改变了中国主情诗学最根本的"发生"范式。从这个意义上说,笔者认为有必要对这一理论作深入反思与相应调整,实际上,"抒情传统"学派后期的一些学者已经注意到了这一理论中的弊端所在,从而力主重回古典作品内部,从最原初的文献出发,展开"由内而外"的全新研究。

作为哲人型诗论家的船山,可以说是真正实现这一研究的经典范例,正如前文所说,船山本人对"情""诗"关系的深入考辨,已然是中国自身主情诗学传统的一种"完成态",他的"情者阴阳之几"论、"现量"论、"情景"论、"声情"论、"诗事"论、"诗理"论,无不以"情"为

---

[1] 高友工:《美典:中国文学研究论集》,生活·读书·新知三联书店,2008,第90页。
[2] 萧驰:《中国思想与抒情传统》第三卷《圣道与诗心》,台北:联经出版事业公司,2012,第ii页。

核心深入展开，这可以视作是对中国"主情诗学"的最为完备的理论总结。从这个角度来看，船山的"情几"诗学具有极为重要的当下意义：它不仅为"中国抒情传统"论的内涵调整提供了借鉴，同时也为当下文学研究中兴起的"由西返中""由外返内"的研究范型提供了契机，指明了方向。

参考文献

一　基础文献

（一）船山著作

《船山全书》（全十六册），岳麓书社，1996。

《周易内传》，岳麓书社，2011。

《周易外传》，中华书局，1977。

《周易稗疏》，上海古籍出版社，1990。

《船山易学》，中央编译出版社，2011。

《张子正蒙注》，中华书局，1975。

《读四书大全说》，中华书局，1975。

《老子衍庄子通》，中华书局，1962。

《庄子解》，中华书局，1964。

《船山思问录》，上海古籍出版社，2000。

《诗广传》，中华书局，1981。

《楚辞通释》，中华书局，1959。

《薑斋诗话笺注》（戴鸿森笺注），上海古籍出版社，2012。

《古诗评选》，上海古籍出版社，2011。

《唐诗评选》，上海古籍出版社，2011。

《明诗评选》，上海古籍出版社，2011。

《王船山诗文集》，中华书局，1962。

《王船山先生诗稿校注》（朱迪光校注），湘潭大学出版社，2012。

《〈姜斋文集〉校注》（阳建雄校注），湘潭大学出版社，2013。

（二）其他基础文献

孔安国传，孔颖达正义，黄怀信整理《尚书正义》，上海古籍出版社，2007。

郑玄：《礼记正义》，上海古籍出版社，2008。

王梦鸥译注《礼记今注今译》，台北：台湾商务印书馆，2006。

郑玄注，贾公彦疏《周礼注疏》，上海古籍出版社，2010。

王弼注，孔颖达疏《周易正义》，北京大学出版社，1999。

孔颖达：《十三经注疏》影印本，中华书局，1980。

李宗侗注译，叶庆炳校订《春秋左传今注今译》，新世界出版社，2012。

陈其猷校释《吕氏春秋校释》，学林出版社，1984。

郭璞注，邢昺疏《尔雅注疏》，上海古籍出版社，2010。

段玉裁：《说文解字注》，中华书局，2013。

戴震：《孟子字义疏证》，中华书局，1982。

陈鼓应注译《庄子今注今译》，台北：台湾商务印书馆，1977。

杨伯峻译注《论语译注》，中华书局，2009。

杨伯峻译注《孟子译注》，中华书局，2012。

毛公传，郑玄笺，孔颖达等正义，黄侃经文句读《毛诗正义》，上海古籍出版社，1990。

周振甫：《诗经译注》（修订本），中华书局，2010。

程俊英：《诗经译注》，上海古籍出版社，2012。

严明编著《〈诗经〉精读》，上海古籍出版社，2012。

赖炎元注译《春秋繁露今注今译》，台北：台湾商务印书馆，1984。

王逸章句，洪兴祖补注，夏剑钦校点《楚辞章句补注》，岳麓书社，2013。

费振刚：《全汉赋》，北京大学出版社，1993。

隋树森编《古诗十九首集释》，中华书局，1936。

孙明君选注《三曹诗选》，中华书局，2005。

陆机著，金涛声点校《陆机集》，中华书局，1982。

陆机著，张少康集释《文赋集释》，人民文学出版社，2002。

范文澜：《文心雕龙注》，人民文学出版社，1958。

钟嵘著，曹旭集注《诗品集注》（增订本），上海古籍出版社，2011。

萧统编，李善注《文选》，上海古籍出版社，1986。

谢赫、姚最：《古画品录·续画品录》，人民美术出版社，1959。

陶渊明著，袁行霈笺注《陶渊明集笺注》，中华书局，2011。

严可均辑《全上古三代秦汉三国六朝文》，河北教育出版社，1997。

遍照金刚撰，卢盛江校考《文镜秘府论汇校汇考》，中华书局，2006。

瞿蜕园、朱金城：《李白集校注》，上海古籍出版社，1980。

白居易著，顾学颉校点《白居易集》，中华书局，1979。

辛文房撰，孙映逵校注《唐才子传校注》，中国社会科学出版社，1991。

王济亨、高仲章选注《司空图选集注》，山西人民出版社，1989。

陈伯海主编《历代唐诗论评选》，河北大学出版社，2003，第104页。

欧阳修：《六一诗话》，凤凰出版社，2009。

黄庭坚著，任渊等注，黄宝华点校《山谷诗集注》，上海古籍出版社，2003。

郑樵：《通志》，中华书局，1987。

朱熹撰，王华宝校点《诗集传》，凤凰出版社，2007。

朱熹：《四书章句集注》，中华书局，1983。

黎靖德编，王星贤点校《朱子语类》，中华书局，1986。

朱熹著，郭齐、尹波点校《朱熹集》，四川教育出版社，1996。

张戒著，陈应鸾校笺《岁寒堂诗话校笺》，巴蜀书社，2000。

严羽撰，张健校笺《沧浪诗话校笺》，上海古籍出版社，2012。

方回：《桐江集》，江苏古籍出版社，1988。

戴良著，李军、施贤明校点《戴良集》，吉林文史出版社，2009。

陈献章撰，孙通海点校《陈献章集》，中华书局，1987。

李东阳撰，周寅宾点校《李东阳集》，岳麓书社，1985。

李东阳撰，李庆立校释《怀麓堂诗话校释》，人民文学出版社，2009。

王守仁撰，邓艾民注《传习录注疏》，上海古籍出版社，2015。

王守仁著，谢延杰辑刊《王阳明全集》，中央编译出版社，2014。

李梦阳：《空同集》，上海古籍出版社，1991。

何景明:《大复集》,吉林出版集团出版社,2005。
王廷相撰,王孝鱼点校《王廷相集》,中华书局,1989。
谢榛著,李庆立、孙慎之笺注《诗家直说笺注》,齐鲁书社,1987。
李攀龙撰,李伯齐点校《李攀龙集》,齐鲁书社,1993。
王世贞撰,罗仲鼎校注《艺苑卮言校注》,齐鲁书社,1992。
王世贞:《艺苑卮言》,凤凰出版社,2009。
杨慎著,王仲镛笺证《升庵诗话笺证》,上海古籍出版社,1987。
胡应麟:《诗薮》,中华书局,1958。
许学夷著,杜维沫点校《诗源辩体》,人民文学出版社,1987。
胡震亨:《唐音癸签》,上海古籍出版社,1981。
陈子龙著,施蛰存、马祖熙标校《陈子龙诗集》,上海古籍出版社,2006。
黄宗羲撰,沈芝盈点校《明儒学案》(修订本),中华书局,2008。
钱谦益:《列朝诗集小传》,上海古籍出版社,1983。
沈德潜:《唐诗别裁集》,中华书局,1975。
吴文治主编《辽金元诗话全编》,凤凰出版社,2006。
吴文治主编《明诗话全编》,江苏古籍出版社,1997。
周维德集校《全明诗话》,齐鲁书社,2005。
何文焕:《历代诗话》,中华书局,1981。
丁福保辑《历代诗话续编》,中华书局,1983。
丁福保辑《清诗话》,上海古籍出版社,1982。
郭绍虞编选,富寿荪校点《清诗话续编》,上海古籍出版社,1983。

二 相关研究论著

罗正钧:《船山师友记》,岳麓书社,1982。
侯外庐:《船山学案》,岳麓书社,1982。
邓潭洲:《王船山传论》,湖南人民出版社,1982。
陆复初:《王船山学案》,湖北人民出版社,1987。
王之春:《王船山年谱》,中华书局,1989。
刘春建:《王夫之学行系年》,中州古籍出版社,1989。
萧萐父、许苏民:《王夫之评传》,南京大学出版社,2002。

朱迪光：《王船山研究著作述要》，湖南大学出版社，2010。

王立新：《天地大儒王船山》，岳麓书社，2011。

王孝鱼：《船山学谱》，中华书局，2014。

范文澜：《唐代佛教》，人民文学出版社，1979。

熊十力：《十力语要》，岳麓书社，2011。

蒙培元：《理学范畴系统》，人民出版社，1989。

嵇文甫：《王船山学术论丛》，生活·读书·新知三联书店，1962。

萧萐父：《船山哲学引论》，江西人民出版社，1993。

张岱年：《中国古典哲学概念范畴要论》，中国社会科学出版社，1989。

张立文：《正学与开心——王船山哲学思想》，人民出版社，2001。

陈赟：《回归真实的存在：王船山哲学的阐释》，复旦大学出版社，2002。

陈来：《诠释与重建——王船山的哲学精神》（第二版），北京大学出版社，2013。

周兵：《天人之际的理学新诠释：王夫之〈读四书大全说〉思想研究》，巴蜀书社，2006。

邓辉：《王船山道论研究》，湘潭大学出版社，2010。

刘梁剑：《天·人·际：对王船山的形而上学阐明》，上海世纪出版集团，2007。

肖驰：《中国诗歌美学》，北京大学出版社，1986。

夏剑钦：《王夫之研究文集》，河北教育出版社，1995。

汪学群：《王夫之易学：以清初学术为视角》，社会科学文献出版社，2002。

熊考核：《王船山美学》，中国文史出版社，1991。

陶水平：《船山诗学研究》，中国社会科学出版社，2001。

吴海庆：《船山美学思想研究》，河南人民出版社，2004。

涂波：《王夫之诗学研究》，湖北人民出版社，2006。

韩振华：《王船山美学基础》，巴蜀书社，2008。

崔海峰：《王夫之诗学思想论稿》，中国社会科学出版社，2012。

袁愈宗：《王夫之〈诗广传〉诗学思想研究》，中央编译出版社，

2012。

任继愈主编《宗教词典》（修订本），上海辞书出版社，2009。

太虚：《法相唯识学》，商务印书馆，2002。

玄奘译，韩廷杰校释《成唯识论校释》，中华书局，1998。

吴信如：《唯识秘法——船山佛学思想探微》，中国藏学出版社，2008。

于凌波：《唯识三论今诠》，台北：东大图书公司，1994。

朱自清：《朱自清古典文学论文集》，上海古籍出版社，1981。

朱自清：《诗言志辨》，岳麓书社，2011。

朱光潜：《诗论》，中华书局，2012。

朱光潜：《朱光潜美学文集》，上海文艺出版社，1983。

钱基博：《明代文学》，商务印书馆，1993。

王元化：《文心雕龙创作论》，上海古籍出版社，1979。

童庆炳：《童庆炳谈文心雕龙》，河南大学出版社，2008。

童庆炳：《中国古代心理诗学与美学》，中华书局，2013。

童庆炳：《中华古代文论的现代阐释》，中国人民大学出版社，2010。

罗宗强：《魏晋南北朝文学思想史》，中华书局，1996。

吴小如等：《汉魏六朝诗鉴赏辞典》，上海辞书出版社，1992。

徐复观：《中国文学论集》，台北：学生书局，2001。

萧华荣：《中国诗学思想史》，华东师范大学出版社，1996。

文史知识编辑部编《名家讲古诗》，中华书局，2013。

李壮鹰：《逸园丛录》，齐鲁书社，2005。

李壮鹰：《逸园续录》，齐鲁书社，2012。

蒋寅：《清代诗学史》第一卷，中国社会科学出版社，2012。

萧驰：《抒情传统与中国思想——王夫之诗学发微》，上海古籍出版社，2003。

萧驰：《佛法与诗境》，中华书局，2005。

萧驰：《圣道与诗心》，台北：联经出版公司，2012。

叶朗：《中国美学史大纲》，上海人民出版社，1985。

张少康、刘三富：《中国文学理论批评发展史》，北京大学出版社，1995。

张健：《清代诗学研究》，北京大学出版社，1999。
孙立：《明末清初诗论研究》，广东高等教育出版社，1999。
李健：《魏晋南北朝的感物美学》，中国社会科学出版社，2007。
赵园：《明清之际士大夫研究》，北京大学出版社，1999。
宗白华：《艺境》，北京大学出版社，1999。
钱锺书：《谈艺录》，中华书局，1984。
周振甫、冀勤编著《钱锺书〈谈艺录〉读本》，上海教育出版社，1992。
徐复观：《中国艺术精神》，华东师范大学出版社，2001。
李泽厚：《美学论集》，上海文艺出版社，1980。
俞剑华编著《中国古代画论类编》，人民美术出版社，1998。
陈洙龙编著《山水论画诗类选》，人民美术出版社，2014。
俞剑华注译《宣和画谱》，江苏美术出版社，2007。
笪重光著，吴思雷注《画筌》，四川人民出版社，1982。
伍蠡甫：《中国画论研究》，北京大学出版社，1983。
涂光社：《势与中国艺术》，中国人民大学出版社，1990。
萧涤非等：《唐诗鉴赏辞典》，上海辞书出版社，1983。
汤一介：《郭象与魏晋玄学》（增订本），北京大学出版社，2000。
王文生：《论情境》，上海文艺出版社，2001。
韩结根等：《古代文论研究的回顾与前瞻》，复旦大学出版社，2002。
郁沅：《心物感应与情景交融》，百花洲文艺出版社，2006。
蒋寅：《古典诗学的现代诠释》，中华书局，2009。
陈平原：《中国小说叙事模式的转变》，北京大学出版社，2010。
姚爱斌：《中国古代文体论思辨》，北京大学出版社，2012。
张晖：《中国"诗史"传统》，生活·读书·新知三联书店，2012。
陈国球、王德威编著《抒情之现代性："抒情传统"论述与中国文学研究》，生活·读书·新知三联书店，2014。
徐承：《中国抒情传统学派研究》，中国社会科学出版社，2015。

三　期刊论文

钱锺书：《中国诗与中国画》，《中国社会科学院研究生院学报》1985

年第 1 期。

萧驰：《王夫之的诗歌创作论——中国诗歌艺术传统的美学标准》，《中国社会科学》1984 年第 3 期。

程亚林：《寓体系于漫话——论王夫之诗歌理论体系》，《学术月刊》1983 年第 11 期。

程亚林：《王夫之论抒情诗的核心问题》，《船山学报》1985 年第 4 期。

王兴华：《试论王夫之诗论中的美学思想》，《山东师范大学学报》1985 年第 1 期。

姚文放：《论王夫之的诗歌美学》，《扬州师院学报》（社会科学版）1987 年第 3 期。

曹毓生：《略论王夫之诗论中的"意""势"及其他》，《湖北师范学院学报》1987 年第 4 期。

姚小鸥：《论〈王风·大车〉》，《东北师范大学学报》（哲学社会科学版）1989 年第 2 期。

张节末：《诗歌的结构运动与"意"的审美转化》，《文艺理论研究》1990 年第 5 期。

李春青：《"吟咏情性"与"以意为主"——论中国古代诗学本体论的两种基本倾向》，《文学评论》1999 年第 2 期。

钱念孙：《朱光潜论中国诗的声律及诗体演变》，《文学遗产》1999 年第 3 期。

张晶：《王夫之诗歌美学中的势论》，《北方论丛》2000 年第 1 期。

陶水平：《船山诗学"以神理相取"论的美学阐释》，《人文杂志》2000 年第 2 期。

魏中林、谢遂联：《二十世纪的王夫之诗学理论研究》，《文艺理论研究》2000 年第 3 期。

王思：《"流意发音""穆耳协心"——王夫之诗歌声律论评析》，《暨南学报》（哲学社会科学）2001 年第 6 期。

刘方喜：《"声情"辨：对一个汉语古典诗学形式范畴的研究》，《人文杂志》2002 年第 6 期。

羊列荣：《王船山"现量"说研究中的若干问题》，出自韩结根等著

《古代文论研究的回顾与前瞻》，复旦大学出版社，2002。

张辉：《现代中国的王夫之——被追认的大儒》，《现代中国》2003年第3辑。

战立忠：《船山历代诗歌评选时间考辨》，《船山学刊》2004年第4期。

李壮鹰：《"'势'字宜着眼"》，《文艺理论研究》2004年第1期。

陈文新：《宋明诗学的流变与王夫之诗学的理论品格》，《南京师范大学文学院学报》2004年第1期。

赵敏俐：《乐歌传统与〈诗经〉的文体特征》，《学术研究》2005年第9期。

羊列荣：《王船山的"元声"说》，《中国文学研究》（辑刊）总第七辑，2005年第1辑。

涂波：《王夫之诗乐关系论探讨》，《中南民族大学学报》（社会科学版）2005年第5期。

葛晓音：《论汉魏五言的"古意"》，《北京大学学报》（社会科学版）2009年第2期。

袁愈宗：《神理凑合，自然恰得——王夫之"情景"论新解》，《广西师范大学学报》（哲学社会科学版）2010年第6期。

蒋寅：《王夫之对情景关系的意象化诠释》，《社会科学战线》2011年第1期。

童庆炳：《〈文心雕龙〉"物以情观"说》，《北京师范大学学报》（社会科学版）2011年第5期。

韩经太：《中国诗画交融若干焦点问题的美学思考》，《北京大学学报》（哲学社会科学版）2011年第3期。

姚爱斌：《王夫之〈诗·小雅·采薇〉评语的症候式解读》，《北京师范大学学报》（社会科学版），2011年第5期。

刘国贞：《"情"与"物"的独立——"物感说"何以在魏晋成熟》，《兰州学刊》2011年第4期。

张毅：《"无声诗"与"无形画"的现象直观》，《北京大学学报》（哲学社会科学版）2012年第3期。

张胜利：《王夫之的诗歌文体观：幽明之际》，《烟台大学学报》（哲学社会科学版）2012 年第 2 期。

钱志熙：《唐人乐府学述要》，《中国社会科学》2013 年第 8 期。

罗钢：《暗夜里的猫并非都是灰色的——关于"情景交融"与"主客观统一"的一种对位阅读》，《文艺研究》2013 年第 1 期。

侯敏：《论唐君毅对王船山诗学观念的疏释》，《船山学刊》2013 年第 2 期。

陈勇：《王船山"情景"诗论源流辨析》，《衡阳师范学院学报》2013 年第 4 期。

耿传明：《天人关系与中国文学的现代转变》，《中国社会科学》2013 年第 11 期。

李小成、陈瑜：《王船山论诗的审美取向——以六朝至盛唐诗歌为中心》，《船山学刊》2014 年第 1 期。

张胜利：《论王夫之诗学的语言之维》，《复旦学报》（社会科学版）2014 年第 4 期。

杨宁宁：《合外内之"境"：文化诗学之语境化研究再议》，《福建师范大学学报》（哲学社会科学版）2015 年第 1 期。

杨宁宁：《意藏篇中，旋相为官：王船山评〈秋兴八首〉——兼及船山的诗歌结构观》，《古代文学理论研究》总第四十四辑。

四　学位论文

王峰：《王夫之诗学研究》，北京大学博士论文，1999。

陶水平：《船山诗学研究》，北京师范大学博士论文，1999。

羊列荣：《船山诗学研究》，复旦大学博士论文，2000。

崔海峰：《王夫之诗学范畴论》，北京师范大学博士论文，2001。

吴海庆：《船山美学思想研究》，山东大学博士论文，2001。

唐铁惠：《王船山美学思想研究》，武汉大学博士论文，2002。

涂波：《船山美学思想研究》，南京大学博士论文，2003。

李钟武：《王夫之诗学范畴研究》，复旦大学博士论文，2003。

袁愈宗：《〈诗广传〉诗学思想研究》，山东师范大学博士论文，2006。

韩振华：《王船山美学基础——以身体观和诠释学为进路的考察》，复旦大学博士论文，2007。

石朝辉：《情与贞的交织：对王船山诗学的一种解读》，北京师范大学博士论文，2009。

魏春春：《船山诗学研究》，陕西师范大学博士论文，2010。

纳秀艳：《王夫之〈诗经〉学研究》，陕西师范大学博士论文，2014。

刘晔：《中国传统诗画关系探究》，南京艺术学院博士论文，2004。

徐岱：《意境的现代阐释》，浙江大学博士论文，2005。

李涛：《俯仰天地与中国艺术精神》，上海师范大学博士论文，2006。

吕亭渊：《魏晋南北朝文论之物感说》，北京大学博士论文，2013。

五 港台海外专著及论文

（一）专著

张西堂：《明王船山先生之年表》，台北：台湾商务印书馆，1978。

钱穆：《中国学术思想史论丛（八）》，台北：三民书局股份有限公司，1980。

杨松年：《王夫之诗论研究》，台北：文史哲出版社，1986。

林安梧：《王船山人性史哲学之研究》，台北：东大图书公司，1987。

蔡英俊：《比兴物色与情景交融》，台北：大安出版社，1986。

杨松年：《中国文学批评史编写问题论析》，台北：文史哲出版社，1988。

王建元：《现象诠释学与中西雄浑观》，台北：东大图书公司，1988。

陈国球编：《香港地区中国文学批评研究》，台北：学生书局，1991。

叶维廉：《中国诗学》，三联书店，1992。

曾昭旭：《王船山哲学》，台北：里仁书局，2008。

陈章锡：《王船山〈诗广传〉义理疏解》，台北：花木兰文化出版社，2009。

侯美珍：《晚明〈诗经〉评点之学研究》，台北：花木兰文化出版社，2009。

庄凯雯：《王船山〈读四书大全说〉研究》，台北：花木兰文化出版社，2009。

施盈佑：《王船山庄子学研究——论神的意义》，台北：花木兰文化出版社，2009。

周芳敏：《王船山"体用相涵"思想之义蕴及其展开》，台北：花木兰文化出版社，2009。

杜保瑞：《论王船山易学与气论并重的形上学进路》，台北：花木兰文化出版社，2009。

陈启文：《王船山"两端而一致"之思维的辩证性及其展开》，台北：花木兰文化出版社，2009。

黄洁莉：《魏晋乐律、乐理、乐境抉微》，台北：花木兰文化出版社，2009。

曾春海：《王船山易学阐微》，台北：花木兰文化出版社，2009。

吴龙川：《太极——船山易学乾坤并建理论新探》，台北：花木兰文化出版社，2009。

柯庆明、萧驰编《中国抒情传统的再发现——一个现代学术思潮的论文选集》，台北：台湾大学出版中心，2009。

郑毓瑜：《引譬连类：文学研究的关键词》，台北：联经出版事业股份有限公司，2012。

龚鹏程：《中国文学史》，台北：世界图书出版公司，2012。

〔美〕刘若愚：《中国文学理论》，田守真等译，四川人民出版社，1987。

〔美〕刘若愚：《中国诗学》，赵帆声等译，河南人民出版社，1990。

〔日〕吉川幸次郎：《中国诗史》，章培恒等译，安徽文艺出版社，1986。

〔日〕青木正儿：《清代文学评论史》，杨铁婴译，中国社会科学出版社，1988。

〔日〕铃木虎雄：《中国诗论史》，许总译，广西人民出版社，1989。

〔新加坡〕李庭辉：《心物相融初探》，中华书局，1992。

〔法〕弗朗索瓦·于连：《迂回与进入》，杜小真译，三联书店，1998。

〔美〕陈世骧：《中国文学的抒情传统——陈世骧古典文学论集》，张晖编，三联书店，2015。

〔美〕高友工：《中国美典与文学研究论集》，台北：台湾大学出版中心，2004。

〔美〕高友工：《美典：中国文学研究论集》，三联书店，2008。

〔美〕宇文所安：《中国文论：英译与评论》，王柏华、陶庆梅译，上海社会科学院出版社，2003。

〔捷〕普实克：《抒情与史诗：现代中国文学论集》，李欧梵编，郭建玲译，上海三联书店，2010。

〔美〕王德威：《现代抒情传统四论》，台北：台湾大学出版中心，2011。

Siu-Kit Wong. *Chinese Approaches to Literature from Confucius to Liang Ch'i-chao*. Princeton：Princeton University press，1978.

Black Alison Harley. *Man and Nature in the Philosophical Thought of Wang Fu-chih*. Seattle：University of Washington Press，1989.

Cecile Chu-chin Sun. *Pearl from the Dragon's Mouth*：*Evocation of Scene and Feeling in Chinese Poetry*. Ann Arbor：Center for Chinese Studies, The University of Michigan，1995.

（二）期刊论文

杜松柏：《王船山诗论中的情景说探微》，《兴大中文学报》1992年第5期。

陈章锡：《王船山音乐美学析论》，《文学新论》创刊号，2003年7月。

陈丽华：《唐宋绘画艺术的意境论》，《空大人文学报》2005年第14期。

张静：《"物色"：一个彰显中国抒情传统发展的理论概念》，《台大文史学报》2007年第67期。

黄伟伦：《物感与情景交融之辨——一个历史与逻辑并观的考察》，《彰化师大国文杂志》2010年第21期。

陈章锡：《王船山诗歌美学之"元声"说》，《文学新论》2010年第11期。

王诗评：《从王船山"乾坤并建"论其"情景交融"之诗学基础》，《中国学术年刊》2011年第33期（春季号）。

吴宇娟：《王夫之诗观里的二元论——论〈姜斋诗话〉中"情景"、"意势"、"主宾"的关系》，《岭东通识教育研究学刊》第4卷第1期。

陈章锡：《王船山〈古诗评选〉"神韵"说之美学观点》，《文学新论》

2012 年第 16 期。

庄川辉：《王船山情景论探究——以身体空间的角度切入》，《中山人文学报》2013 年第 1 期。

（三）学位论文

李锡镇：《王船山诗学的理论基础及理论重心》，台湾大学博士论文，1990。

郭鹤鸣：《王船山诗论探微》，台湾师范大学博士论文，1990。

刘卫林：《中唐诗境说研究》，香港大学博士论文，1999。

贺幼玲：《王夫之诗学情景论研究》，高雄师范大学博士论文，2007。

曾守仁：《王夫之诗学理论重构：思文/幽明/天人之际的儒门诗教观》，台湾大学博士论文，2008。

许铭全：《唐前诗歌中"抒情空间"形成之研究——从空间书写到抒情空间》，台湾大学博士论文，2009。

陈秋宏：《从"气感迁化"到"兴会体物"——论六朝诗歌中知觉观感之转移》，台湾大学博士论文，2012。

王文进：《论六朝诗中巧构形似之言》，台湾师范大学硕士论文，1978。

傅正玲：《王船山美学研究》，东海大学硕士论文，1989。

翁慧宏：《王夫之诗学理论新探》，台湾成功大学硕士论文，1999。

郑英志：《唐代意境观诗论的起源与发展研究》，东海大学硕士论文，2003。

黄素卿：《〈文心雕龙·物色〉研究》，玄奘人文社会学院硕士论文，2004。

许育嘉：《王船山诗学美学研究》，台湾师范大学硕士论文，2005。

施盈佑：《王船山庄子学研究——论"神"的意义》，静宜大学硕士论文，2006。

吕淑媛：《船山论杜诗研究——以〈薑斋诗话〉为主》，东海大学硕士论文，2006。

张舒云：《王船山选评三李诗研究》，高雄师范大学硕士论文，2007。

郭凯文：《王船山评选陶谢诗之研究》，台湾政治大学硕士论文，2012。

致　谢

王船山有云：

以乐景写哀，以哀景写乐，一倍增其哀乐。

在船山众多精辟新颖的诗论片段中，这一条于我而言，意义最为独特。

2012年春天，我第一次报考童老师的博士。在面试阶段，童老师提出的问题我回答得都比较流畅，没想到最后一个问题却把我难住了。童老师问我："你可以背诵王夫之的诗论吗？"刚才还滔滔不绝的我忽然就卡壳了，不知为何，平时常用的几则诗论，此时在我脑中却都是残缺不全的，形不成完整的句子。童老师也不催促，笑眯眯地看着我，许久之后我脑子里才蹦出"乐景哀景"这段话。童老师并没有因为我在面试中的不佳表现而过多责备，只是鼓励我说，中国的古代文论充满诗情画意，不仅要理解、吸收，最好还会背诵。老师对我的这第一次教导，我铭记于心。

但我无论如何也不会想到，我对这则诗论的真正理解，要经历怎样一个痛彻心扉的过程！2015年6月14日，老师仙逝于金山岭的白云绿树之间。在老师走后的日子里，面对那少见的澄明透亮的天空，面对校园里花团锦簇、清亮明媚的景致，我唯一能感受到的，却只有难以言表的悲伤与哀恸。在这悲伤的旋涡中，美景所带来的杀伤力，比之一切肃杀之景超出何止千倍万倍！"乐景增其哀"，诚哉斯言！

如今距老师辞世已近一年，又到草长莺飞的烂漫时节，在痛怀恩师的哀伤心绪中，有思念，也有遗憾，但更多的是感激。

感谢我的导师童庆炳先生！蒙恩师不弃，2013 年 5 月，我最终得入童门，成为童老师指导的最后一名博士生。两年间，在 3 号小红楼 102 的客厅里，童老师与我有过无数次的长谈。在这个师生二人的"小教室"中，童老师耐心地教给我"进-出-进"的基本研究方法，教导我不仅在自己的研究领域内要精要深，而且在研究视野上要开阔，"做明清，但目光不能只停留在明清；做古代，但对西方文论一定要熟悉；做文学，但历史、哲学也要涉猎"。更多时间中，童老师喜欢与我讨论许多具体问题，如古代文论中的"显"与"隐"的话语问题，《文心雕龙》中的"原道"问题与文体问题，"情景交融"的流变问题，"红学"中的"主题"反思问题，郭沫若《蔡文姬》的主题问题以及牵涉出的文化语境问题，"强制阐释"论的问题，等等。在这些长谈中，童老师语速虽慢，思维却异常清晰敏捷，他带着我在古今中外的理论世界中恣意行走，也带给我难以估量的思想启迪。对于我的博士论文写作，童老师也极为关心，他让我一定要重视论文的整体结构感，要将逻辑性与历史性结合起来，力求对船山诗学有一个准确的理解和定位，探析到船山诗学的独特意义所在。可以说，从论文范围的最初选定，到论文开题环节的最终完成，都凝结着老师的心血。在跟随童老师学习的两年间，我也深深体会到老师宽容、博大、仁厚的胸怀，与老师讨论学术问题时，对于我那些浅薄无知的粗陋陈述，他总是耐心地听完，从不打断，并鼓励我多多独立思考；知道我出身贫苦家庭条件不好，就带我发文章、组稿件，一方面锻炼我的学术能力，另一方面也帮我挣稿费、申请奖学金以补贴生活。师恩如山，已非言语所能表达，惟此生铭记，加倍努力！

感谢我的导师姚爱斌先生！自 2009 年考入北师大攻读硕士我就在姚老师门下，读博期间，姚老师又担任我的副导师，前后六载，姚老师给我的影响以及帮助都是巨大的。姚老师严谨的治学态度与严格的教学要求，对我形成端正平实的学风起到了关键性的作用，严羽说"入门须正"，毫不夸张地说，正是姚老师为我确立了这个"正"的方向与道路。姚老师的授课与文章总是有精湛深入的新颖之论，从姚老师那里，我感受到一种思维的乐趣，一种豁然开朗的理论之美。这一方面让我对文艺理论领域一直保有浓厚的热情与兴趣，另一方面也极大地提升了我的理论素养，带给我诸多方法论的启示，让我逐渐具备了独立分析和解决学术问题的能力。在指导我的学位论文方面，姚老师更是不遗余力。我的硕士论文，从理论框架、章节安排，到行文语句、格式规范，几乎每一环节都有姚老师的精心指点。我的博士论文，姚老师同样倾注了大量心血，在论文开题前他就常与我长谈，提出了很多建设性的意见；童老师仙逝后，姚老师开始全面指导我的论文写作，在和我多次讨论的基础上，对论文的基本结构和章节设计作了些调整。在论文写作过程中，姚老师还时时关注着我的进度，教导我、鼓励我；论文基本完成后，又不辞劳苦地为我检视全文、斟酌字句。可以说，没有姚老师的指导，论文是呈现不出当前的面貌的。由衷地感谢姚老师这六年来对我的悉心培养，师恩难报，唯有在今后的学术路途中更加努力，做出成绩，以不负老师所望。

感谢参加我论文答辩的老师们——杜书瀛研究员、罗钢教授、张德建教授、李春青教授、赵勇教授。诸位先生对我的论文都给了很高的评价，同时也提出了很多建设性意见，这对我以后修改论文并继续深入研究，提供了很大的帮助。

感谢北师大文艺学研究中心的各位老师！在中心学习的六年间，老师们的品格与学识已成为我生命道路中最为宝贵的精神财富。程正民老师与李壮鹰老师在我们博一下学期时开堂授课，一展名家风采，我从中受益颇多，二位先生的学术著作对我也有很大的影响。李春青老师、陈太胜老师、季广茂老师在我开题或预答辩时提出了许多宝贵的意见，为我的论文写作提供了极为有益的思路。与此同时，各位老师为我们开设的课程或讲座也极大地开拓了我的视野。蒋原伦老师的媒介文化研究、李春青老师的"中国文化诗学"研究、方维规老师的概念史和文学社会学研究、赵勇老师的大众文化研究、陈太胜老师的现代诗学研究、季广茂老师的精神分析研究、陈雪虎老师的现代性研究、钱翰老师的符号学研究、吕黎老师的翻译理论研究、张炳尉老师的儒家思想研究，都拓展了我的学术兴趣，为我打开了一个个新奇的理论天地。其中尤其感谢赵勇老师。童老师辞世后，赵老师一直对我多方关照，不仅在各类纪念童老师的活动或会议中委我以重任，而且在我的学业和工作上也总是施以援手。

感谢文学院2013级博士班的同学们，尤其感谢与我同住一个寝室的学1楼1005的兄弟们——徐晓军、黄灿、康建伟，我们四个人虽都是文艺学专业，但在具体研究方向上又各有不同，有现代文论方向，有古代文论方向，有叙事学研究，有萨义德研究。正是由于这种"既同又异"的特点，每一次讨论都令我获益良多，古今中西的理论触点激发起不少灵感。同时也感谢古代文学专业的李桔松同学，与他的多次长谈让我在古代文学与文献的认识方面进益不少。

感谢各位童门师兄师姐的关怀与爱护，不论是在写论文的过程中，还是在找工作的旅途上，他们总是给予我很多帮助。

感谢家人的支持！我的求学之路常有曲折，若非父亲母亲一直以来的支持，很难想象我能读到博士毕业。感谢我的姐姐杨明明，从进入文学之门到一路读到博士，一直都有姐姐的鼓励。感谢我的女朋友文爽，在南开读博的她，陪我一起走过了这艰辛又充实的旅程，由于研究方向的相近，我的许多想法都是在与她讨论的过程中生发的。

童老师常说："人生是由许多单元组成，在每一个单元里要做好该做的事。"博士毕业，既是前一个单元的总结，也是下一个单元的开启。在徐徐展开的前方路途中，我会继续奋力前行！

杨宁宁

2016.5.8　记于北师大图书馆

2016.5.26　修改于学1楼1005

跋

此书是在我的博士论文基础上修改而成的。

时光荏苒，倏忽之间，毕业已三载有余。有很多很多的计划，也有许多畅想，但世事难料，因身体状况，只能搁置。此书亦是如此，本打算花费数年功夫补充材料，增写几章内容，但精力有限，只好基本以当前面貌示人。

此书是有关船山诗学的研究，以我近十年间的观察，涉足此领域的专家学者已然不少，但做持续研究者则寥寥。2017年暑假间，在文心雕龙学会的学术会议上偶然遇到复旦大学的羊列荣先生。羊先生是我所认为的中国大陆研究船山诗学的最为透彻的学者，偶然间谈起，羊先生提到，船山之学过于精深博大，并非是学者不愿意在此领域持续使力，而是因为其学问所涉极深，若不从根源上厘清，很难真正进入他的世界中去。羊先生后转向于礼乐研究，颇有成果，若由此积淀再进入船山之学，当必有所得。此种选择，非有毅力者不能行。研究船山，惟此为正途，但于我而言，已是不可能，只能抱憾。

学界对船山诗学的研究，自21世纪以来已算突飞猛进，出现许多优秀论著，但除了对相关范畴的细致研究外，整体的推进程度有所减缓。本书试图在船山哲学诗学间，通过更为具体的契合点，打通二者间的脉络，捋清其中的潜在线索，力图为船山诗学的研究起到一些细微的推动作用。但毕竟学力有限，论证过程亦难免有疏漏，恳请方家指正。

本书能得以完成，非常感谢恩师童庆炳先生、姚爱斌先生的精心指导，感谢答辩委员会杜书瀛先生、罗钢先生、张德建先生、李春青先生、赵勇先生的指点。感谢《北京师范大学学报》（社会科学版）编辑宋嫒老师的帮助。感谢家人的理解，感谢我的妻子文爽为我所做的一切。

本书能得以出版，则尤为感谢2018年度扬州大学"文脉流变与文化创新"项目的大力支持。感谢社会科学文献出版社的编辑老师，李镇先生以精湛务实的专业精神让本书避免了诸多讹误，崔晓璇女士亦为本书出版付出了很多精力。非常感谢！

杨宁宁

2020.1.27 北京

图书在版编目(CIP)数据

王船山"情几"诗学发微／杨宁宁著.--北京：社会科学文献出版社,2020.7
（文脉流变与文化创新）
ISBN 978-7-5201-6370-5

Ⅰ.①王… Ⅱ.①杨… Ⅲ.①王夫之（1619-1692）-诗学-研究 Ⅳ.①I207.22

中国版本图书馆 CIP 数据核字（2020）第 038303 号

文脉流变与文化创新
王船山"情几"诗学发微

著　　者／杨宁宁

出 版 人／谢寿光
责任编辑／崔晓璇　李　镇

出　　版／社会科学文献出版社·政法传媒分社（010）59367156
　　　　　地址：北京市北三环中路甲29号院华龙大厦　邮编：100029
　　　　　网址：www.ssap.com.cn
发　　行／市场营销中心（010）59367081　59367083
印　　装／三河市龙林印务有限公司

规　　格／开　本：787mm×1092mm　1/16
　　　　　印　张：22　字　数：357千字
版　　次／2020年7月第1版　2020年7月第1次印刷
书　　号／ISBN 978-7-5201-6370-5
定　　价／119.00元

本书如有印装质量问题，请与读者服务中心（010-59367028）联系

版权所有 翻印必究